www.bbulmedia.com

www.bbulmedia.com

초록,
하늘로
날다!

조록,
하늘로
날다!

정유나
장편 소설

C o n t e n t s

1부

1부

01. 초록하늘을 만나다

7년 전, 3월 31일.

망했다. 인생 완전 망했다! 이럴 순 없다. 이럴 순 없어! 세상에 다른 사람들도 아니고, 엄마 아빠가 어떻게 이럴 수가. 이렇게 무지막지하게 자신의 딸을 강제로 해외 추방시키다니!

그렇다. 이건 추방이다. 어학연수를 빙자한 추방!

자신의 의사와는 전혀 상관없이, 가기 싫다고 그렇게 말했음에도 불구하고, 눈썹 하나 까닥하지 않고 부모님은 지금 그녀를 캐나다로 날려 보내고 있는 것이다.

"허흑흑흑흑! 흑허윽윽흑!"

어떻게 자기 딸이 조금 잘 운다고, 다른 사람들 말에 거절을 못한다고, 너무 내성적이라 의사표현을 못 한다고, 소심해서 도무지 앞에 나서서 무언가 하는 것을 못 봤다고, 이렇게 내칠 수가 있냔 말이다. 정녕 친딸이 맞긴 한 것인가!

그렇게 울며 초록은 비행기에 올랐다. 국제선답게 큰 비행기 안, 창가 쪽으로 나란히 붙은 세 개의 좌석 중 가운데 자리에 앉아, 사람들이 줄을 서서 타는 모습을 바라보며 울었다. 적어도 저 많은 사람들 중에서 자기처럼 강제로 떠나는 사람은 없을 것이다.

그 생각에 더욱 서러운 감정이 북받쳐 올라왔다.

"Excuse me."

그때, 어디선가 낯선 남자의 목소리가 들려왔다. 울다 고개를 든 초록은 그만 꿀꺽 숨을 들이켰다.

바로 자신 앞에 전성기 시절 레오나르도 디카프리오처럼 잘생긴 외국 남자가 빛을 발하며 서 있었던 것이다. 그 모습에 그만 넋을 놓고 있는 그녀를 향해, 그 외국 남자가 눈썹을 치켜뜨며, 창가 자리를 우아하게 가리켰다.

'아! 이 남자의 자리가 바로 내 옆이구나.'

그제야 상황이 파악된 초록이 반쯤 몸을 일으켰더니, 그 남자가 긴 다리를 쭉 뻗어 무릎을 스치고 그녀 옆에 앉았다.

"Thank you."

목소리까지 멋있다니, 오오오!

그때부터 초록은 눈물을 거둬들였다. 아니 정확히 말하면 눈물이 쏙, 알아서 들어갔다. 언제 서럽고 속상했었는지 모두 잊어버릴 만큼, 정신은 온통 옆에 앉은 신비로운 남자에게로 향해 있었다.

'신이시여, 감사합니다.'

최악의 상황에서도 죽으라는 법은 없다더니, 신께서도 이런 속상한 마음을 위로라도 해 주려는 듯 멋진 남자를 보내 주신 것인가! 영화나 드라마에서 보면 이렇게 멋진 남자가 옆자리에 앉아 장

시간 함께 비행을 하며 감정이 싹트고 꽁냥꽁냥 로맨스가 시작되던데.

드디어 자신에게도 그런 꿈같은 상황이 발생하는 것인가. 21년 평생 성실하게 모태솔로로 인내하며 잘 살았으니, 이제 보상이라도 해 주시려는 건가.

그런데 영어가 짧은 초록은 과연 이 로맨스를 잘 성사시킬 수 있을까 걱정이 되기 시작했다.

먼저 말을 거는 것은 상상도 할 수 없고, 혹시나 이 남자가 먼저 말을 걸면 어떡하지, 어떻게 반응해야 자연스러운 거지, 혼자 김칫국부터 마시고 있는 그녀의 표정이 오묘하다. 언제 슬프게 울었는지 기억도 안 나는 눈치였다.

"저기요!"

그때, 하이톤의 목소리를 지닌 여자가 초록의 어깨를 툭툭 건드렸다. 소리 나는 방향으로 고개를 들었더니, 짙은 선글라스에 찰랑이는 긴 생머리, 세련된 옷차림의 여자가 거만하게 서 있었다.

"네?"

"여기 내 자린데."

"네? 아닌데……."

주섬주섬, 초록은 바지 주머니에 구겨 넣은 비행기 티켓을 꺼냈다.

그러자 그 여자가 초록의 손에 든 티켓을 잽싸게 가져가서 살펴보더니, 딱딱거리는 투로 말했다.

"학생이 잘못 앉았네. 학생 자리는 36B인데, 여긴 33B거든."

그러면서 고개를 살짝 외로 꼬며, 초록에게 빨리 일어나라는 눈짓을 했다. 순간 당황한 초록이 다시 티켓을 자세히 살펴보고는 얼굴이 홍당무처럼 붉어졌다.

정말로 티켓의 좌석번호가 36B로 되어 있었기 때문이다. 왜 이것을 33B로 읽었을까. 우느라 정신없는 와중에 번호를 대충 확인했나 보다.

아! 창피하다. 무척이나. 그리고 아쉬웠다. 정말 잘생긴 남자였는데.

순간적인 당황으로 얼굴이 새빨개진 초록이 재빨리 일어나 다시 자리를 찾아 이동했다. 그러면서 또 다른 꿈을 꾸었다. 어쩌면 그곳에도 이 남자처럼 근사한 남자가 앉아 있을지도 모른다는 그런 황홀한 꿈을.

로맨스 소설을 사랑하는 그녀에게도 소설처럼 기적이 일어나기를 바라며, 부푼 마음을 안고 좌석번호를 찾아왔더니, 오 마이 갓! 파란색 좌석 세 개가 나란히 붙어 있는 좁은 의자 중 초록이 앉을 가운데 좌석만 남겨 놓고 오른쪽엔 인상 험악해 보이는 아줌마가, 왼쪽엔 대머리가 시원해 보이는 아저씨가 앉아 있는 것이 아닌가.

그럼 그렇지. 그런 드라마틱한 상황은 역시 영화나 드라마에서만 발생하는 것인가. 현실 속, 운도 지지리 없는 자신에게 올 리가 없었다. 이후 아까보다 더 큰 실망감과 서러움, 속상함으로 그녀는 다시 울었다.

우울했다. 거기에 낯선 곳에서 예측불허의 삶을 견뎌야 하는 불안감까지 더해졌다. 그래서 펑펑 울었다. 눈이 퉁퉁 붓도록 울어도 옆에 앉은 사람들은 관심도 없다는 듯 잠만 쿨쿨 잔다. 그 모습에 더 서러웠다.

이제 앞으로 말도 통하지 않고 아무도 모르는 낯선 곳에 가서 어떻게 살아야 한단 말인가. 앞길이 막막해 눈앞이 깜깜해진 초록은 출국 전 공항에서 엄마 아빠와 헤어지던 때를 떠올렸다.

출발 전, 아빠는 잔뜩 겁먹고 있는 그녀에게 단호한 표정으로 말했다.

"초록아! 그곳에 가면 강해져야 한다. 생활비도 최소한만 보낼 것이니 최대한 아껴 쓰고, 나머지 필요한 것은 네가 네 스스로 알아서 해. 핸드폰도 여기 두고 가고 전화도 가급적이면 할 생각 마라. 아주 다급하고 위급한 일 아니면 하지 마. 알겠지?"

"아빠. 제게 왜 이러시는 거예요?"

그동안 딸 바보 소리 들으며, 그녀에게 무한 애정을 듬뿍 쏟아 주시던 아빠가 변했다. 변해도 아주 이상하게 변했다. 분명 자신의 아빠였으나 진짜 아빠가 아닌 듯 보였다.

"이것이 다 너를 위해서야. 네 나이 벌써 스무 살이 넘었는데 아직까지도 세상물정 하나도 모르고 순해 빠져서. 때문에 아빠는 더 이상 너를 이대로 둘 수 없겠단 생각을 하게 된 거야. 이제 너도 성인이 되었으니, 더 넓은 세상으로 나가서 많은 것을 보고 경험하고, 삶을 네 스스로 개척해 나갈 수 있는 방법과 기술을 배워 오라는 거다. 강해지라는 것이야!"

"그런 거 여기서도 충분히 배울 수 있어요!"

"아니! 여기선 도와주는 사람이 너무 많아. 특히 네 엄마! 엄마 때문에 안 돼! 네가 저지른 사고 뒷수습, 네가 아니라 네 엄마가 다

하고 있잖아!"

그러면서 아빠가 엄마를 찌릿 바라보자, 엄마가 눈을 부릅뜨고 아빠를 향해 소리쳤다.

"내가 뭘요! 나 뒷수습해 준 것 아무것도 없어요!"

"거짓말 마요. 지난번 초록이가 판매사원에게 속아서 무려 2백만 원짜리 영어교재 사 가지고 왔을 때, 당신이 그거 들고 가서 환불 안 해 주면 경찰에 신고한다고 난리 쳐서 수습하고, 또 지지난 번엔 가짜 홍삼 속아서 사 온 걸 역시나 당신이 들고 가서 바꿔 오고, 이것뿐이에요? 조금만 힘들면 하지 마라, 괜찮다, 이러고 뭐든지 필요하기도 전에 알아서 다 해 주니 우리 초록이가 요 모양 요 꼴인 거라고요!"

요 모양 요 꼴! 아무리 아빠지만, 너무한 거 아닌가. 자기 자식한테 요 모양 요 꼴이라니. 초록은 그만 아빠의 말에 섭섭해서 왈칵 눈물을 터트렸다.

"다른 부모들 제 자식 다 이렇게 키운다고요!"

"아니요, 여보. 다 이렇게 키우지 않아요. 그동안 우리가 자녀교육에 대해 너무 잘못된 길을 선택한 것 같아요. 무조건 오냐오냐, 온실 속 화초마냥 곱게만 키웠더니, 공부 빼고는 아무것도 할 줄 아는 게 없잖아요. 아무것도! 그러니 이제라도 바로잡아야 한다고요!"

아! 아빠가 이렇게 강한 마음을 먹은 이유는 뭐, 다른 것도 많겠지만 특히 그 이상한 아줌마와 잘생겼지만 성격은 이상한 그 남자 때문이다. 그 일만 없었더라도, 집에서 이렇게 추방까지 당하진 않

앉을 텐데 말이다.

　때는 바야흐로 단풍이 소리 없이 땅으로 내려앉던 하늘 높은 가을 어느 날, 학교에서 집으로 돌아오던 길, 그날 그 길가에서 초록은 그만 이상한 아줌마를 만나고야 말았다.

　"이봐요, 학생."

　"네?"

　뒤를 돌아보니, 나이 지긋해 보이는 한국의 전형적인 아줌마가 서 있었다. 몸매는 후덕하고 머리는 뽀글뽀글 파마머리를 하고 집요한 눈길을 지닌 그 아줌마가 그녀를 향해 눈을 반짝이고 있었다.

　"학생, 눈물이 왜 이렇게 많아. 맨날 눈물을 눈에 달고 사는구만! 쯧쯧."

　이 아줌마 뭐지? 혹시 점쟁이? 신기 가득한 무당? 겉모습은 보통의 그냥 그런 아줌마였는데, 자신에 대해 놀랍게도 콕 집어 말하는 그 아줌마를 향해 그녀는 신기함과 놀라움이 가득한 표정을 지어 보였다.

　그렇다. 자신의 별명은 울보다. 그것도 특급 울보! 그냥 툭 하면 운다. 조금만 슬퍼도, 속상해도, 억울해도, 화가 나도, 그리고 누군가에게 서운하고 섭섭한 감정이 들 때도 그녀는 울었다.

　그러지 않으려 이를 악물어도, 눈동자를 비집고 흘러나오는 눈물은 정말 감당이 안 되었다. 진짜로 이 눈물 때문에 미칠 것 같았다.

　"어, 어떻게 아셨어요?"

초록의 당황스러운 반응에 그 아줌마가 씨익 입꼬리를 말아 올렸다. 그럴 줄 알았다는 당연한 반응이 표정으로 스며들었다.

"에유, 쯧쯧, 최근에 조상 한 분이 돌아가셨구만!"

정말로 대단하다. 진짜 이 아줌마, 점쟁이가 맞나 보다. 삼 개월 전, 할머니가 돌아가셨기 때문이다. 정말 놀랍고 신기했다.

"그, 그건 또 어떻게 아셨어요? 네, 맞아요. 우리 할머니가 돌아가셨어요."

할머니, 아, 보고 싶은 할머니, 갑자기 할머니 생각에 눈가기 촉촉해지자, 그 아줌마가 이번에는 주름 가득한 미간을 찌푸리며 예의 그 전문가다운 표정을 지었다. 눈은 위로 치켜뜨고 약간 비웃음이 섞인 미소를 지으며 기괴한 포스를 뿜어 대는 것이다. 그 모습에 초록은 무서운 감정이 스멀스멀 올라오기 시작했다.

"그 할머니가 지금 학생 등 뒤에 딱 붙어 있어!"

"네에?"

순간, 전신으로 소름이 촤아악 하고 돋아 올랐다. 머리털이 쭈뼛거리고 오한이 느껴졌다.

왜! 어찌해서! 기독교 신자였던 할머니가 천국으로 가시지 않고, 내 등에 붙어 있단 말인가!

공포에 질려 아무 말도 못 하고 서 있자, 그 아줌마가 작정한 듯 그녀의 팔을 붙들고 말을 이었다.

"뿐만 아니라 다른 조상들도 같이 붙어 있어. 그래서 학생이 눈물이 많은 거야. 조상이 등 뒤에 붙어 있으니깐, 얼마나 슬퍼. 빨리 이 조상님들 좋은 곳으로 보내 드리지 않으면, 학생 미래가 암담해. 깜깜해. 완전 암흑 속에서 평생 울어야 할걸."

갑자기 어깨가 무거운 느낌이 들었다. 요새 자꾸만 어깨가 뭉치고 뻐근했었는데, 그 이유가 서, 설마⋯⋯. 초록은 완전 몰입된 표정으로 그 아줌마를 바라봤다.

"그, 그럼 어떻게 해야 우리 할머니와 조상님들이 제 등에서 떨어지시는데요?"

"조상신께 제(祭)를 올리면 돼. 나와 함께 가서 같이 제단에 제사를 올리면 바로 떨어져. 가자!"

그러더니 그녀의 팔목을 잡고 어딘가로 마구 끌고 가기 시작했다.

그런데 뭔가 이 아줌마에게서 갑자기 수상한 낌새가 느껴지기 시작했다. 혹시 점쟁이를 가장한 인신매매단인 건가? 순간 너무 무서워진 초록은 어떻게 거절을 해야 좋을지를 생각하다가 조심스럽게 그 아줌마를 불렀다.

"저⋯⋯ 아줌마, 제가 지금 약속이 있어서요⋯⋯."

최대한 조심스러우면서도 예의를 갖추며 말했다. 자신이 지금 거절하고 있는 것을 눈치채지 못하게 말이다. 자신이 받을 상처보다는 남의 상처가 더 신경 쓰이는 그녀였다.

그러자 그 아줌마가 인상을 잔뜩 찌푸리며 말했다.

"아니, 지금 일생일대의 이 중요한 시점에, 약속 따위가 중요해? 일단 제부터 지내. 그게 먼저야."

"저⋯⋯ 그, 그럼 제사 지내는 곳이 어딘데요?"

"여기서 얼마 멀지 않아. 아주 가까워."

"저, 저기⋯⋯ 근데⋯⋯ 제가 지금⋯⋯."

식은땀이 솟아올랐다. 못 가다고 해야 하는데 도무지 말을 못 하겠는 것이다.

아아. 미치겠다. 나는 왜 이렇게 생겨 먹었을까.

누구한테 거절의 말을 하는 것이 세상에서 제일 어려운 그녀는, 머리로는 당장 거절하고 도망가야 한다는 걸 알면서도 그 거절의 순간이 힘들어 계속 질질 끌려가고 있는 것이다.

어찌해야 하나 식은땀만 삐질삐질 흘리며 울상으로 그 아줌마의 거센 손에 이끌려 가고 있는데 어디선가 저음의 남자 목소리가 들려왔다.

"저기요. 아주머니!"

그 소리에 아줌마가 발길을 멈추고, 소리의 방향으로 시선을 옮겼다. 그 순간 아줌마의 눈이 희번덕거리더니 음탕한 미소가 만면으로 번져 나갔다.

도대체 왜 저러나 싶어, 초록 역시 아줌마를 따라 그 목소리의 정체를 향해 시선을 돌렸다. 그랬더니, 나이는 20대 중반 정도로 보이고 흰색 면 티 위에 체크무늬 남방을 걸치고 청바지에 운동화, 백팩을 한쪽 어깨에 메고 있는 어떤 남자가 그들을 향해 걸어오고 있는 것이 아닌가.

자신들에게로 다가오고 있는 그 남자의 모습에 초록은 순간적으로 넋을 놓고야 말았다.

세상에, 이렇게 잘생긴 남자가 이 지구상에 존재하다니.

이 사람을 어떻게 묘사해야 가장 적절할까. 설명 불가능한 조각 같은 외모에 180센티가 훌쩍 넘는 큰 키, 건장한 체격, 딱 벌어진 어깨, 미친 어깨! 반팔 티셔츠 아래로 드러난 적당하면서도 탄탄한 팔뚝, 대박 팔뚝! 그리고 균형 잡힌 몸매를 지탱하고 있는 튼실한 허벅지까지.

멋있다. 순정만화 속 남자 주인공 같다. 근사하다. 그녀 평생, 뭐 초등학교 졸업 이후 여중, 여고를 나오고, 게다가 대학까지 현재 여대를 다니고 있어서 그동안 남자 구경하기가 쉽지는 않았지만, 어쨌거나 그녀가 본 남자 중 이 남자는 단언컨대, 최고였다.

"왜요? 학생."

아줌마 역시 흐뭇한 표정을 지으며 웃었다. 그녀에게는 그토록 무섭고 기괴한 표정만 지어 대더니, 저 남자에겐 인자한 미소를 짓고 있는 것이다. 이에 초록은 기가 막혔다.

어쨌거나 이때가 기회다 싶었던 그녀가 아줌마에게 잡혀 있던 손목을 살며시 빼내려 시도하자, 아줌마가 손에 더 힘을 주고 초록의 손목을 꽉 움켜잡았다. 아팠다. 그러자 남자가 그것을 슬쩍 쳐다보고는 아줌마에게 상냥한 미소를 지었다.

"이 여자 제게 넘겨주셔야 할 것 같은데요?"

이 여자? 어떤 여자지? 그 넘겨 달라고 하는 여자가 도대체 누구지? 의아한 듯 초록이 자신의 주위를 둘러보니, 그곳엔 그들을 제외하고 아무도 없었다.

'설마…… 나?'

당황함을 가득 담은 눈으로 초록이 그를 보자, 갑자기 그 남자가 아줌마에게 잡혀 있던 그녀의 손목을 잡아 위로 올렸다. 초록의 손목은 순식간에 공중으로 높이 들어 올려졌고, 그렇게 해서 그녀의 팔과 그 아줌마의 팔, 그리고 그 남자의 팔까지 세 개의 팔이 공중으로 함께 치솟았다.

순간 초록은 너무 당황해서 어찌할 줄 몰랐고, 아줌마는 황당한 표정을 지었으며, 그 남자는 그냥 씨익 웃었다. 웃는 모습도 멋있었다. 잠시 그 남자의 미소에 넋을 놓고 있는데, 아줌마가 코 평수를 넓히고는 씩씩대며 목청을 높였다.

"왜 넘겨줘야 하는데?"

아줌마의 흥분된 반응과 달리 남자는 차분하면서도 단호한 어투로 힘주어 답했다.

"이 여자, 제 여자거든요."

'뭐, 뭐라고? 내가 자기 여자라고? 이 남자…… 뭐지? 난 생전 처음 보는데, 내가 언제 저 남자의 여자가 되었단 말인가.'

여전히, 계속, 지속적으로 당황하고 있는 초록을 바라보며, 그 남자가 눈을 찡긋거리더니 눈짓으로 무언가 말을 하는 듯 보였다.

'뭐……라고요?'

초록도 눈짓으로 물었다.

'그냥, 내 말에 장단이나 맞추라고요.'

'아…… 네, 네…….'

그래, 이 기괴한 아줌마를 따라가서 어딘지도 모르는 섬으로 팔려가 평생 알지도 못하는 조상들께 제사를 지내는 것보단 그래도 이 잘생긴 남자를 따라가는 것이 좋을 듯 느껴졌다. 적어도 이 아줌마보다는 더 믿을 만해 보였기 때문이다.

"이 여자가 좀 전에 약속 있다고 했잖아요. 그 약속 저와 한 약속이거든요. 그리고 우리는 지금 당장, 매우 급한 볼일이 있어서 빨리 가야 하거든요. 그러니 지금 제가 데려가겠습니다!"

예의 그 근사한 미소를 지으며 아줌마의 거센 손을 가볍게 풀어버리고는 그가 초록의 손을 부드럽게 감싸 잡았다. 그러자 남자의 큰 손에 그녀의 손이 쏘옥 들어가 감겼다. 따뜻하고 부드러웠다.

'아! 남자 손도 이렇게 부드러울 수 있구나.'

두근두근, 그에게 잡힌 손 때문에 초록의 심장은 그만 미쳐 날뛰기 시작했다. 온몸의 세포 하나하나가 모두 일어서는 느낌이 들었다. 처음이었기 때문이다. 아빠가 아닌, 다른 남자와 손을 잡은 것 말이다.

"진짜야? 진짜 남자 친구 맞아?"

그 아줌마가 매우 미심쩍은 표정으로 그녀를 바라보았다. 뭔가 대어를 낚았다가 놓쳐 버린 낚시꾼처럼 허무하면서도 짜증 섞인 표정이었다. 그러면서 초록의 대답을 재촉했다.

잠시 답하기 곤란해서 머뭇거리자, 그가 초록의 어깨를 자신의 팔로 슬쩍 밀었다.

"아, 아, 네네. 맞아요. 남자…… 친구…….''

"맞죠? 그러니 이 여자 제가 데려갑니다. 아 참. 그리고 아주머니, 그런 사기는 아무한테나 치시면 안 돼요. 이 여자가 워낙 순진해서 걸려들었지만, 저 같은 사람한테 걸리시면 아주머니 당장, 경찰서로 가셔야 될 겁니다."

웃음기를 거둬들이고 매우 단호한 표정으로 남자가 말하자, 순간 아줌마가 움찔 몸을 떨더니 '어머나, 나도 약속이 있는데 깜빡했네.' 하며 다급하게 도망치듯 사라졌다.

"고맙습니다."

그에게 잡힌 손을 빼면서 초록이 수줍게 말했다. 남자와 말을 나누는 것이 매우 어색한 일인지라 그와 눈도 제대로 마주치지 못했다. 그러자 그가 매우 한심스러운 표정을 지으며 그녀를 바라봤다.

"순진한 거예요? 아니면 멍청한 거예요?"

말투에 비난과 힐난이 담겨 있었다. 조금 전의 그 부드럽고 멋진 미소는 사라진 지 오래였다. 더욱이 이 남자의 표정은 누가 봐도 화가 나 있었다.

"네?"

이건 또 무슨 상황이란 말인가.

어디선가 슈퍼맨처럼 짜잔 나타나, 근사한 모습으로 위기에 빠진 공주를 위해 제 한 몸 기꺼이 바치며 그 공주를 악당의 무리로부터 구해 낸 뒤, 동화처럼 아름다운 키스로 마무리되는 그런 환상을 잠시 꿈꾸고 있었던 초록의 머릿속에서 와장창하고 접시 깨지는 소리가 들렸다. 그리고 당황스러웠다. 왜 이 남자가 갑자기 자신에게 화를 내는 것이란 말인가.

영문을 모른 채 그 남자를 바라보자, 그가 비꼬듯 말을 이었다.

"요즘은 초등학생들도 낯선 사람은 따라가지 않는 시대에, 당신 제정신인 겁니까? 저런 사람 따라갔다가 큰일 난다고요. 완전 사기꾼 냄새가 폴폴 나던데, 쯧쯧. 지금 당장 싫다, 좋다, 자신의 의사를 정확하게 표현하는 연습부터 하는 것이 좋을 듯하군. 그럼, 이만."

'뭐야. 지금 나를 초등학생도 안 하는 짓을 하는 멍청한 여자라고 비난한 거야! 어떻게 이렇게 심한 말을……'

그 말에 잠시 멍 때리고 있는 사이, 할 말을 다 마친 남자는 시크한 표정으로 그녀 옆을 스쳐 지나가며, 긴 다리로 성큼성큼 사라졌다. 자신의 말에 그녀가 상처를 받았건 말건 관심도 없다는 듯 그렇게 무소의 뿔처럼 홀연히 가 버렸다.

역시 이 세상엔 동화나 로맨스 소설 같은 운명적인 만남도, 근사한 왕자님도 존재하지 않는 것이 확실하다. 이 모두 다 현실 속에서 이루어질 수 없는, 판타지를 열망하는 여자들이 만들어 낸 허구며 어이없는 환상에 지독한 망상일 뿐이다.

'이씨…… 지가 뭔데. 도와줘서 고맙긴 하지만, 그래도…… 그렇게 심한 말은 하지 않았어도 좋았잖아. 잘생겼으면 다야!'

갑자기 서러웠다. 창피하기도 했다. 그 기괴한 아줌마 때문에 놀란 마음이 아직도 가라앉지 않았는데, 저 남자까지 연타석으로 여린 마음에 상처를 입히고 사라졌다.

순간 주체할 수 없는 눈물이 쏟아지기 시작했고, 그렇게 초록은 집에 도착할 때까지, 그리고 집에 도착해서도 엄마 아빠에게 이 어이없는 얘기를 쏟아 내면서 계속 울었다. 어이없어 울고, 기가 막혀 울고, 어느 순간엔 자신이 왜 우는지 몰라 울고 또 울었다.

"흠. 더 이상 이대로는 안 되겠다."

그때 초록을 심각한 표정으로 바라보고 있던 아빠가 소파에서 벌떡 일어서며 말했다.

"뭘요?"

평소와 달리 화가 잔뜩 난 표정의 아빠를 바라보며 엄마가 물었다.

"연초록, 진짜 너무 한심해서 이대로 두면 안 되겠다고!"

그리고 지금 꽃샘추위가 아직까지도 기승을 부리고 있는 3월의 마지막 날, 그렇게 초록은 캐나다 벤쿠버에 착륙 예정인 비행기에 실려 강제 추방당하고 있는 것이다.

흑흑흑!

얼마나 울었을까. 거의 몇 시간을 운 것 같은데, 아직까지도 눈물이 마르지 않는 것이 신기할 지경이었다.

두 눈은 퉁퉁 부어 무거웠고, 우느라 기내식을 먹지 못해서인지 배도 몹시 고팠다. 기내는 어두웠고, 대부분의 사람들은 잠을 자고 있었다.

앞에 있는 화면을 보니 비행기는 현재 태평양을 날아가고 있었다. 도착까지 세 시간 정도 남았단다.

'세 시간, 세 시간이면 그 낯선 이국에 도착한단 말이지.'

순간 초록은 겁이 덜컥 났다. 왜냐하면 그녀는 영어회화를 거의 못하기 때문이다. 독해는 완전 자신 있지만, 회화는 꽝이었다.

마음이 다급해지자 초록은 또다시 눈물이 쏟아지려는 걸 꾹 참고, 회화 책을 펼쳐 들었다. 일단 공항은 무사히 빠져나가야 된다는 생각이 들었기 때문이다. 누가 여행 비자를 들고 와서는 여행이라는 단어가 생각나지 않아 공부, 스터디할 거라고 했다가 공항에서 몇 시간을 붙잡혀 있었다지 않던가. 이렇게 계속 울고 있을 때가 아니었다.

일단 세수부터 좀 해야겠다는 생각이 들었다. 퉁퉁 부은 눈 때문에 책 보는 것이 힘들었기 때문이다. 그래서 살며시 일어나 화장실로 향했다.

그리고 화장실 문을 열려는 순간, 벌컥 안쪽에서 먼저 문이 열리고 어떤 남자가 나오다 문 앞에 서 있던 초록과 거의 부딪칠 뻔했다.

"죄송합니다."

낮은 목소리, 고개를 들어 그 남자를 바라본 순간, 초록은 그만 얼어 버리고 말았다.

잊을 수 없는 얼굴! 저 조각 같은 얼굴을 어떻게 잊을 수가 있단 말인가.

그 남자였다. 바로 그 남자! 작년 가을, 길거리에서 이상한 아줌마로부터 자신을 구해 주고 까칠한 표정으로 그녀를 멍청하다고 말했던 그 남자. 그 남자가 바로 자신 앞에 딱 하고 서 있는 것이 아닌가.

"좀 나갈게요."

너무 당황하고 놀라서 잠시 멍하게 서 있었는지 그 남자가 어색한 듯 웃으며, 화장실 입구를 가로막고 있는 초록에게 말했다.

"아, 네…… 죄송합니다."

초록이 옆으로 살짝 비켜서자, 그 남자가 그때처럼 긴 다리로 성큼성큼 걸어서 자기 자리로 돌아갔다.

세상에 이런 우연이. 같은 비행기를 타고 있었다니. 그럼 저 남자도 벤쿠버에 가는 것인가!

어쨌거나 다행이었다. 저 남자는 자신을 기억하지 못하는 듯하니 말이다. 정말로 잘생겼지만, 그래서 좀 아쉽지만, 뭐 혼자 아쉬워 봤자 어쩌지도 못할 거지만, 흠…… 그래도 다시는 마주치고 싶지 않은 남자였다.

왠지 자신의 치부를 들킨 것만 같아, 무척이나 창피하고 부끄러웠기 때문이다. 또한 초등학생도 안 할 짓을 하는 멍청한 여자로 자신을 평가한 남자이지 않던가.

초록이 사라져 가는 남자를 멍하게 바라보다 고개를 절레절레 흔들며 화장실로 들어갔다.

그렇게 화장실에서 부은 눈과 눈물로 얼룩진 얼굴을 씻어 내고 돌아온 초록은, 그때부터 초집중력을 발휘하며 회화 책을 열심히 들여다보기 시작했다.

그녀가 제일 잘하는 것은 무언가를 외우는 것이었기에 자신의 주전공인 탁월한 암기능력을 발휘하여 책에 나와 있는 대로 공항에서 필요한 회화를 줄줄 모두 다 외워 버렸다.

'흐흐흐, 이 정도면 무사히 입국심사를 통과하겠지.'

통과하겠지…… 통과해야 하는데……. 제발 통과만 시켜 주세요, 신이시여!

사우나에서 이제 막 나온 사람처럼 얼굴이 벌겋게 상기된 초록이 떨어지려는 눈물을 간신히 참으며, 입국 심사대에 서 있었다. 그리고 뼈저리게 깨닫고 있었다. 책과 현실은 엄청나게 다르다는 사실을. 도무지 뭐라고 하는지 알아먹어야, 대답을 하지 않겠는가.

"What…… 샬라샬라?"

"Study!"

"You…… 샬라리샬라?"

"I'm here for study."

이럴 줄 알았으면 영어회화 좀 열심히 배워 두는 건데 후회스럽다. 그래도 어찌어찌 스터디라는 단어만 줄기차게 외쳐 대다 입국 심사대는 간신히 통과했는데, 아! 정말 인생 이래도 되는 것이냐.

엄마 아빠가 만들어 준 울타리 안에서 대체로 안정적인 삶을 살아왔던 연초록의 인생이 이렇게 마구잡이로 꼬여도 되는 거냐고!

그것도 낯선 이 캐나다에서 말이다.

자신의 몸무게만큼 무거운 트렁크 가방을 질질 끌고 그곳을 빠져 나오려는데, 갑자기 어디서 나타났는지 알 수 없는 시커먼 개 한 마리가 초록의 가방에 들러붙어 킁킁킁킁, 코를 박고 빙글빙글 돌며 생난리를 치더니, 가방 앞에 아예 주저앉아 버리는 것이 아닌가.

'아니 X레이도 무사통과했는데 검은 개야. 너 왜 그러니. 일어나. 일어나라고 제발!'

그렇게 당황한 눈으로 그 까만 개를 바라보고 있자, 제복을 입은 남자들이 그녀에게 다가와 샬라샬라 또 막 알아들을 수 없는 말을 해 대고는 가방과 함께 그녀를 끌고 여기 이 방으로 데려온 것이다.

전생에 무슨 죄를 지었기에, 자꾸 이렇게 끌려 다니는가. 심장은 두근 반, 세근 반, 아까부터 미친 듯 뛰고 있었고, 얼굴은 붉게 상기돼서 화끈화끈 달아올랐다.

누가, 자신의 가방에 몰래 마약 같은 거 집어넣었나? 그럼 어떻게 되는 거지? 설마 벤쿠버가 어떻게 생긴지도 모른 채, 캐나다 감옥 먼저 구경하게 생긴 건가. 진정 인생 이렇게 말도 안 되는 스토리로 끝나는 것이란 말인가!

"Open it."

"네, 네?"

겁에 잔뜩 질린 채로 초록이 제복을 입은 거구의 캐나다 남자를 바라보자, 그 사람이 그녀의 가방을 열라는 몸짓을 보였다.

"아…… 네네."

재빨리 가방을 열었다. 일 년 치 옷들과 신발, 로션, 스킨, 그리고 그밖에 고추장, 멸치볶음, 콩장 등 반찬통이 한데 뒤섞인 가방 안은 한마디로 엉망진창이었다. 그것들을 일일이 하나하나 다 체크하던 사람들이 반찬통을 꺼내자, 그 시커먼 개가 또 반응을 보이기 시작했다.

'왜! 왜 반찬에 반응하는 거지? 엄마가 혹시 반찬에 뭔가 마약성분이 들어 있는 조미료를 넣었나?'

그러자 그 남자들이 반찬통을 하나하나 다 열어 보며, 의아한 표정으로 물었다.

"What is this?"

다행이 자신이 알아들을 수 있는 질문이 나오자 초록은 안도의 한숨을 내쉬며 답했다.

"음…… This is 멸치볶음."

"Pardon?"

제복 입은 남자가 뭔 소리냐는 듯 황당한 표정을 지었다.

'아아. 멸치볶음은 한국말이구나…….'

그런데 멸치가 영어로 뭐였지? 너무 당황하니깐 쉬운 단어도 기억나지 않았다. 그래서 그냥 차분하게 아는 단어로만 설명하자 생각한 그녀는 다시 심호흡을 깊게 내뱉고 비장하게 말했다.

"이건, 아니 음…… This is…… small fish!"

"Small fish?"

"Yes! Yes! Small fish, very very small fish."

의아한 듯 고개를 갸우뚱한 그 사람들이 멸치볶음 일부를 집어 자신의 손바닥에 올려놓고는 킁킁 냄새를 맡아 보고, 옆에 있는 사람들에게 뭐라뭐라 말하며 웃는다.

음. 웃는 걸 보니, 일단 조금은 안심해도 되겠다.

"Oh! I see. So what's this?"

이번에 그 남자가 가리킨 것은 고추장이었다. 망했다. 그것을 설명하기가 너무 어려운 듯 느껴졌기 때문이다. 아무튼 초록은 그 이후로도 계속해서 콩장과 김 등을 아는 단어를 총동원해서 설명해야만 했고, 그 사람들은 참 별걸 다 먹는다는 표정으로 그녀를 풀어줬다.

마침내 밖으로 나오는 그녀의 다리는 미친 듯 후들거렸다. 몇 시간이 십 년처럼 길게 느껴졌다. 어쨌거나 한고비는 넘겼다. 이제 입국장 밖으로 나가기만 하면 끝인 것이다.

그러면 자신이 머무를 홈스테이 주인아주머니가 마중 나와 있을 거라고 했다. 자신의 이름 '연초록'이 적힌 피켓을 들고. 그리고 자신은 그 아줌마를 따라 편하게 가기만 하면 된다. 그러면 오늘은 일단 끝인 거다.

그런데 입국장을 빠져나온 그곳, 마중 나온 사람들로 우글거려야 하는 그곳이 한겨울 벌판처럼 휑했다. 덩달아 그녀의 마음속으로도 찬바람이 휑하니 지나갔다. 하나의 산을 넘었더니 또 다른 산이 기다리고 있는 꼴이었다.

'저 안에서 너무 오래 잡혀 있었나? 기다리다 지친 홈스테이 아줌마가 그냥 가 버렸나?'

공항 밖은 이미 어둑어둑 날이 저물고 있었고, 망연자실한 초록은 그대로 바닥에 털퍼덕 주저앉아 버렸다. 순간 좌절감이 몰려왔다. 깊고 깊은 절망감도 함께였다. 지금까지 꾹꾹 참고 있었던 눈물도 기어이 터지고야 말았다.

그 시커먼 개가 자신의 가방을 물고 늘어질 때도, 인상 험악한 남자들 앞에서 반찬을 더듬더듬 짧은 영어로 설명할 때도 잘 견뎠는데 말이다. 난감함과 허망함으로 두 무릎에 얼굴을 박고 소리 없이 울기 시작했다. 이제 모르겠다. 어찌해야 할지 정말 모르겠다. 그저 막막하다.

"저기요."

그때 어두운 암흑 속 절망만으로 가득한 공간에 한 줄기 빛이 스치고 지나간 것처럼 반가운 한국말이 들렸다.

아! 우리나라 말이 이렇게 아름다운 언어였다니.

이 아름다운 언어를 내뱉은 사람이 자신을 구원해 줄 것이란 미친 기대감을 안고 고개를 든 순간, 그만 초록의 세상 속 화면이 그대로 멈춰 버렸다.

바로 그 남자, 그 잘생긴 남자가 그녀 앞에 근사한 포즈로 서서는 팔짱을 낀 채로 자신을 뚫어져라 바라보고 있었기 때문이다. 청바지에 하얀색 면 티를 입고 야구 모자를 쓰고 있는 그의 모습이 익숙했다. 지난 가을, 그 길거리에서도 저런 모습이었는데. 등에 커다란 백팩을 멘 캐주얼한 복장의 그는 마치 여행을 온 사람처럼 보였다.

'왜, 또 이 남자냐! 하필, 지금 이 시점에서 왜 또⋯⋯.'

왜 자꾸 자신이 멍청하게 행동하고 있을 때만 이 남자가 나타나는 것이냔 말이다.

그를 향한 복잡 미묘한 눈빛을 보았는지 그가 심각한 표정으로 서 있다가, 피식 어이없다는 듯 웃었다.

혹시 나를 알아본 걸까? 그래서 또 멍청하다 생각하며 웃은 걸까!

초록은 재빨리 눈물로 범벅이 된 얼굴을 손으로 닦아 내고 아무 일도 없었던 듯 일어났다.

"왜 이러고 있어요?"

그가 너무나도 무심하게 말했다.

이 남자와 엮이고 싶지는 않았지만, 지금 그녀가 도움을 요청할 사람은 이 남자밖에 없어 보였다.

정말 처음 보는 남자에게, 아니지 두 번째 보는 남자구나, 어쨌거나 이 남자에게 무언가 부탁을 하는 자체가 굉장히 낯설고 어렵고 어색하고 창피했지만 그래도 안면몰수하고 부탁 좀 하기로 했다. 이 낯선 외국에서 첫날부터 국제미아가 될 순 없지 않겠는가.

"죄, 죄송한데요…… 혹시 영어 잘하세요?"

"글쎄요."

글쎄요? 뭐 이런 애매모호한 대답을. 잘한다는 거야, 못한다는 거야! 그런데 그의 표정이 여유로운 것을 보니, 또 저렇게 혼자 여행 온 걸 보니, 자신보단 잘하겠지란 생각에 홈스테이 주소와 전화번호가 적힌 종이를 그에게 건넸다.

"제가…… 영어를 정말로 못해서 그러는데요…… 여기로 전화 좀 걸어서 제가 어떻게 하면 좋을지 좀 물어봐 주실래요? 부탁드릴게요."

최대한 불쌍한 표정을 지으며 간곡한 어투로 말했다. 식은땀이 났다. 누군가에게 부탁을 하는 일이란 언제나, 늘 이토록 어려웠다.

그는 초록이 건넨 종이를 한번 보고 그녀의 얼굴을 뚫어져라 바라보더니, 다시 심각한 얼굴이 되어서는 무언가를 깊이 생각하는 눈치였다.

"알았어요. 그럼 내가 이 부탁 들어주면 나한테 뭐 해 줄래요?"

"네?"

"기브 앤 테이크!"

"네?"

"가는 게 있음 오는 게 있어야죠."

이런, 고달픔의 연속이구나. 하긴 부모에게 내쳐진 마당에 이보다 더한 것을 겪어도 싸지. 결국 이런 거였다. 그동안 찬란하기만 했던 연초록의 삶이, 이제 내리막길로 접어드는 형국인 것이다.

어쩌면 아빠는 이런 걸 예측하고 왕창 고생 좀 해 보라고, 그래서 그동안 얼마나 편하고 행복하게 살았는지를 깨달으라고, 직접 네가 겪고 몸소 체험하면서 깨우치고 강해지라고, 이곳으로 날 보낸 것이었을까?

"이봐요? 무슨 생각 해요?"

잠시 이런저런 생각으로 정신 줄을 놓고 있는데, 이 남자가 초록의 팔을 살짝 잡고 흔들었다.

"아, 네…… 알겠어요……. 전화만 해 주시면 사례할게요. 뭘 원하시는지는 잘 모르겠지만요……."

체념의 말투가 나갔다. 온몸에서 힘이 모조리 빠져나가는 듯 느껴졌다. 어제 비행기를 타기 전부터 울어서 전신의 기가 다 빠졌는지 서 있는 것조차 힘들었다.

"좋아요. 그럼 내 요구사항 열 가지만 들어줘요. 그럼 도와줄게요."

뭐, 뭐? 요구사항 열 가지? 한 가지도 아니고, 무려 여, 열 가지?

순간 자신이 잘못 들었다고 생각한 초록이 빠르게 도리질을 치며 다시 물어본다.

"죄송해요. 뭐라고 하셨어요?"

"내 요구사항 열 가지 들어 달라고요. 도와주는 대가로."

그러면서 그가 고개를 갸우뚱했다. 표정은 무슨 10대 청소년처럼 장난기 가득 개구지다. 그러나 그의 표정이 눈에 들어올 리 없는 초록은 낙담하며, 고개를 숙이고 무언가를 곰곰이 생각한다.

'좀, 깎아 볼까? 다섯 가지로?'

그러다 그의 얼굴을 한번 힐끗 보고는 다시 고개를 절레절레 흔들었다. 못하겠다.

'그래, 어차피 여기서 국제미아가 되는 것보단 그래도 저 사람 요구사항을 들어주는 게 낫겠지. 설마, 지난번 그 아줌마처럼 제사를 지내라고는 하지 않을 거야. 밥이나 사라 그러겠지. 그럴 거야. 그렇게 나쁜 사람처럼 보이지 않잖아. 휴.'

나름, 초긍정의 마인드를 발휘하며, 그의 말을 분석 중이던 초록이 이내 고개를 살며시 끄덕였다.

"네, 그럴게요. 그러니 도와주세요."

"좋아요. 그럼 기다려 봐요."

그녀의 대답에 그가 긴 다리로 성큼성큼 공중전화로 걸어가 전화를 걸고는 무언가 한참을 얘기하더니, 무덤덤한 표정으로 다시 놀아왔나.

"낸시가 초록 씨 기다리다 안 오는 줄 알고 집으로 돌아갔대요. 택시 타고 이 주소로 오라네요. 저녁 준비 해 놓고 있겠다고."

"낸시가 누구?"

"여기 적어 준 홈스테이 주인."

"아…… 네. 감사합니다. 정말로 감사드려요."

진짜 이 남자가 고마웠다. 아마 자신이 전화를 걸었으면, 아무것도 못 알아들었을 것이다. 어?! 그런데 이 남자, 분명 자기 이름을 불렀다. 초록 씨라고…….

이름을 말해 준 기억이 없는데, 어떻게 알았지? 어떻게 알았을까? 궁금한 것을 물어보려던 찰나, 그 남자가 먼저 말을 하는 바람에 그만 그녀는 물어볼 타이밍을 놓쳤다.

"그럼, 갈까요?"

"네?"

"택시 타러."

"아…… 네…….."

"나도 그 방향이니 같이 가요."

정말 이 남자가 오늘은 슈퍼맨처럼 느껴졌다. 역시 시궁창에 떨어져도 다 살아날 구멍이 있다더니 맞는 말인가 보다. 뜻하지 않게 이 남자 때문에 쉽게 일이 해결되고 있으니 말이다.

그리고 택시에 올라타자마자(참고로 그는 앞자리, 그녀는 뒷자리에 앉았다), 초록은 그만 놀라지 않을 수 없었다. 완전 이 남자, 네이티브 스피커였기 때문이다.

자연스러운 발음과 악센트, 택시기사와의 유창한 대화, 가끔씩 환하게 하하 웃는 그의 뒷모습은, 완전! 멋있었다. 잘생겼는데 영어까지 잘한다.

점점 이 남자에게 호감이 급속도로 상승하고 있던 순간, 그가 고개를 돌리며 말했다. 표정은 지난번처럼 한심스러움으로 물들어 있었다.

"그런데 그쪽은 나이가 몇인데 아직까지도 그렇게 아무 데서나 애처럼 울고 있는 거예요?"

"네?"

"그러다 또 누구한테 끌려가려 했어요? 지난번처럼?"

'이 남자, 나를 기억하고 있었나 보다.'

창피함으로 물든 그녀의 얼굴이 또다시 붉게 달아올랐다.

"위기 상황을 맞닥뜨리면, 먼저 상황을 파악하고 해결 방법을 모색해야지 그렇게 바닥에 앉아 울고 있다니, 원 참 나!"

원…… 참…… 나? 또 힐난과 비난이 섞인 듯한 말투. 순간 와장창창창!!! 급속도로 치솟던 그에 대한 호감이 바닥으로 다시 곤두박질쳤다. 쥐구멍이라도 있으면 들어가고 싶을 정도로 그의 말에 초록은 창피함을 느꼈다.

"어쨌거나 이렇게 또 만난 것도 인연인데 통성명이나 하죠? 그쪽 이름은 초록이죠? 연초록?"

"어, 어떻게 아셨어요?"

"트렁크에 자신의 이름을 그렇게 크게 써 놨는데 모르는 사람이 바보겠죠."

피식! 저 남자가 또 피식거리면서 웃었다. 이 웃음 뭔지 모르게 은근 기분 나쁘다. 이 기분 나쁨을 표현하려 그의 뒤통수를 소심하게 노려보고 있는데, 그가 그녀를 향해 고개를 돌리다 초록의 쫙

35

찢어진 눈을 보았는지 순간 얼굴로 설핏 웃음이 스치다 이내 무덤 덤한 표정으로 자신의 손을 내밀었다.

"난 하늘이라고 해요. 강하늘."

하늘, 강하늘! 예쁜 이름이다. 그녀의 이름 연초록처럼. 뭔가에 이끌리듯 초록은 그만 그가 내민 손을 살짝 잡았다. 역시나 따뜻하고 부드러웠다. 하늘의 느낌이 이와 같을까. 가벼운 악수를 마친 뒤 그는 다시 앞을 보며 똑바로 앉더니, 다시 택시기사와 즐거운 대화를 이어 나갔다.

그들의 대화를 팝송처럼 들으며(사실, 뭐라고 말하는지 하나도 알아듣지 못하겠다) 창밖으로 펼쳐지고 있는 캐나다의 아름다운 풍광에 잠시 넋을 놓았다.

역시 땅이 넓은 나라라 그런가, 끝없이 펼쳐지는 광활한 대지를 따라 드넓은 하늘에 저녁노을이 아름답게 물들고 있었다. 드문드문 낮은 건물이 스쳐 가고 울창한 침엽수림을 지나쳐 가던 택시는 이내 바둑판처럼 사각형으로 잘 정돈된 거리를 따라 아기자기한 주택들이 나란히 붙어 있는 마을로 들어섰다.

바로 미국 영화에서 보던 주택가의 모습 그대로였다. 신기했다. 집들은 하나같이 모두 예뻤다. 그 주택들을 하나하나 스쳐 가던 택시는 파란 지붕이 낮게 드리워진, 정원에 노란 수선화와 튤립이 환상적으로 심어져 있는 2층집 앞에 멈춰 섰다.

"도착했어요. 내려요."

"네."

먼저 내린 그가 택시 트렁크로 가서 가방을 꺼내 건네주었다.

"이 집이에요. 들어가는 건 혼자 할 수 있죠?"

"네……. 오늘 정말 감사했습니다."

연신 90도 인사를 하며, 수줍게 말하는 초록의 모습을 하늘이 지그시 바라보았다. 그러더니 허리를 숙여 초록의 눈높이에 자신의 얼굴을 가져다 댔다.

"앞으론 아무 데서나 울지 말아요."

부드러운 말투, 낮고 그윽한 목소리, 마치 오빠가 누이동생에게 말하는 듯 하늘의 달라진 어투에, 순간 초록은 자신도 모르게 눈을 크게 뜨고 그의 얼굴을 멀뚱히 바라봤다.

이국적인 풍경 때문인가. 그의 모습이 더욱 근사해 보이는 이유는.

"그리고 빚진 것도 잊지 말고."

꿀 먹은 벙어리마냥 초록은 그의 말에 아무런 답도 못 하고 그저 사과처럼 발그레한 얼굴로 고개만 끄덕였다. 그러자 하늘이 싱긋 웃고는 바로 택시에 올라타고 조용히 사라졌다. 멀리 붉은 노을을 넘어 어둠 속으로 사라져 가는 택시를 바라보며, 초록은 잠시 어리둥절했다.

'빚진 걸 갚으려면 연락처를 알아야 하는데…….'

그러다 다시 정신을 차리고, 바로 앞 파란색 지붕을 바라보며 크게 심호흡을 했다.

휴우!

무의식 저 밑바닥에서 잠자고 있던 자신의 잠재능력을 최대한 깨워서, 머릿속으로 영어 단어들을 마구마구 떠올리기 시작했다.

자! 이제부터 전쟁 시작인 것이다. 영어와의 전쟁. 그리고 자신 과의 전쟁!!!

천천히 가방을 끌고 몇 개의 계단을 올라가서 현관문 앞으로 다가갔다. 창틈으로 따뜻한 붉은 빛이 새어 나오고 있었다.

똑똑똑!

초인종이 어디 있는지 한참 찾아 헤매다 결국 손으로 문을 두드렸다. 그러자 기다렸다는 듯 문이 벌컥 열림과 동시에, 우리나라 할머니들이 주로 입는 몸뻬 바지와 목이 늘어진 헐렁한 보라색 티셔츠를 입은 30대 중후반쯤으로 보이는 금발의 여자가 반가운 얼굴로 나타났다.

「오우! 드디어 왔구나. 초락.」

처음 마주하는 초록을 위해 낸시가 천천히 말해 준 덕분에 초록은 쉽게 영어를 알아들을 수 있었다.

「안녕하세요. 낸시. 만나서 반가워요. 그리고 공항에서 기다리게 해서 정말 죄송합니다.」

초록도 아는 단어를 총동원해서 천천히 말했다. 그러자 낸시가 초록을 와락 끌어안으며 말했다.

「와, 초락. 너 영어 진짜 잘하네. 반가워.」

낸시 옆에는 인형처럼 귀엽게 생긴 여자아이 둘이 초록을 동물원 원숭이 보듯 신기한 표정으로 바라보고 있었다. 그 아이들을 향해서도 초록은 살며시 손을 흔들었다.

「안녕!」

「얘는 샨탈이고 얘는 크리스탈이야. 앞으로 친하게 지내.」

낸시가 자신의 어린 딸들을 소개했다. 그러자 그 어린 소녀들이 초록을 바라보며 또다시 키득거린다. 낯선 동양의 여자가 신기한가.

그렇게 인사를 마친 초록은 비로소 집 안으로 들어섰다. 앞으로 1년 동안 머물 그 집 안으로.

크지 않은 아담한 평수의 주택이었다. 현관으로 이어진 작은 복도를 사이에 두고 왼쪽에는 거실, 오른쪽에는 화장실과 두 개의 방이 있었고, 가장 안쪽에 아담한 부엌이 있었다. 부엌 한쪽으로는 뒷마당으로 이어지는 테라스도 보였다. 잘 정돈된 푸른 잔디가 싱그러웠다.

작은 언덕 위에 집을 지어서 그런지 신기하게도 현관은 1층이었는데 복도를 지나온 부엌은 2층이었다. 이어 부엌 중간에 아래층으로 이어지는 좁은 계단이 있었고 그 계단을 따라 내려왔더니 반지하식의 1층이 제 모습을 드러냈다.

그곳 역시 거실과 방, 화장실이 기역 자 모양으로 나란히 붙어 있었다. 거실로 이어진 창문을 바라보니 정원의 꽃들이 아기자기 예뻤다.

「초록! 이곳이 앞으로 네가 사용할 방이야.」

하면서 낸시가 아래층 방문을 열고 자신의 가방을 안으로 넣어 주었다. 방은 생각보다 넓었다. 문을 기점으로 오른쪽엔 붙박이장이, 왼쪽에는 더블베드가 벽 쪽으로 붙어 있었다. 그 옆으로 화장대와 책상이 나란히 배치되어 있었다.

아늑해 보였다. 역시나 높은 창문으로 뒷마당의 잔디가 보였다.

「자, 저녁부터 먹고 짐 정리는 천천히 하자고.」

발랄한 어투로 말한 낸시가 초록의 손을 이끌고 부엌으로 올라갔다.

그리고 바로 저녁 식사가 이어졌다. 메뉴는 그녀가 가장 좋아하는 스파게티였다. 앞으로 이런 종류의 음식을 마음껏 먹을 수 있겠단 생각에 초록은 잠시 기분이 좋아졌다.

「초락!」

그때 낸시가 그녀를 불렀다. 그런데 아까부터 어째 자신을 부르는 낸시의 발음이 이상한 것 같았다.

「아하하. 낸시. 내 이름은 초락이 아니고 초록이에요. 초록.」

「어, 그래. 알아. 초락.」

아…… 발음하기에 내 이름이 어려운가 보구나. 그래서 그냥 내버려 두기로 했다. 그러고는 낸시를 향해 살며시 미소 지었다.

「네.」

「앞으로 잘 지내. 우리 아이들도 초락이 마음에 든다네. 호호호.」

「아아. 감사합니다. 저도 잘 부탁드릴게요. 하하.」

이럴 수가! 자신도 모르는 사이 벼락이라도 맞은 건가. 이렇게 영어가 잘 들리고 잘 나오다니, 아무래도 극도의 긴장 상태로 있다가 집에 도착해서 긴장이 풀려 굳어 있던 뇌도 풀린 것인가. 어쩌면 자신을 배려해 주고자 낸시가 천천히 말을 해 주었기 때문일지도 모르겠다.

어쨌거나 이렇게 무사히 저녁 식사를 마친 초록은 피곤한 몸을 이끌고 방으로 내려왔다. 정말로 피곤한 하루였다. 그래서인지 그녀는 눕자마자 바로 깊은 잠 속으로 빠져들었다.

벤쿠버 다운타운 내 위치한 아파트.

하늘이 피곤한 몸을 이끌고 자신의 아파트로 들어섰다. 장시간 비행에 초록을 기다리느라 공항에서 몇 시간을 서성였더니, 온몸이 무거웠다. 가방을 내려놓자마자 옷을 훌훌 벗어 버리고 화장실로 들어가는 그의 몸이 근육으로 탄탄했다.

하늘은 떨어지는 물줄기 아래 샤워를 하며 한숨을 여러 번 깊게 내쉬더니 이내 고개를 절레절레 흔들었다. 앞으로 좀 귀찮은 일이 많아질 것 같은 예감에 벌써부터 한숨이 절로 나온다.

연초록, 동생 같고 귀엽긴 한데, 참 난감하다. 얼마나 곱게만 자랐으면, 세상물정 아무것도 모르는 순진한 얼굴로 툭하면 울기부터 할까.

정확히 6시간 28분 동안 비행기에서 내내 울던 그녀의 모습에 하늘은 답답해 미치는 줄 알았다. 또 무조건 네, 네, 도대체 싫다는 단어는 모르는 사람 같다.

이곳에 온 지도 어느덧 4개월이 지났다.

작년, 하늘은 다니던 의과대학을 휴학하고, 이곳으로 떠나왔다. 25년간 단 한 번도 쉬지 못하고 내내 앞만 보며 달려오기만 했다. 이 길이 맞다고 생각하고 달려왔지만 어느 순간, 벽에 부딪힌 기분이 들었다. 그저 모든 것이 답답했고, 자신이 선택한 길에 대한 회의감마저 들었다.

"넌 아직 젊다, 하늘아. 무엇이든지 새롭게 시작할 수 있는 나이지. 네가 가는 길에 있어서 조금이라도 의심이 든다면, 잠시 모든 것을 내려놓고 멀찌감치 떨어져서 그것을 객관적으로 바라보는 일도 나쁘진 않다."

그의 고민을 눈치챈 아버지의 조언에 하늘은 그날로 달려가 휴학계를 냈다. 아버지의 말대로 잠시 모든 것을 내려놓고 진정한 자기 자신을 찾고 싶었던 것이다.

그리고 이곳으로 왔다. 자연경관이 아름답고 겨울에도 따뜻하다는 이곳. 한국처럼 빠르지 않고 잠시 느리게 쉬면서 가도 좋을 만한 이곳으로 말이다.

"그런데 한 가지 조건이 있다. 하늘아."

밴쿠버로 쉬러 떠나겠다는 하늘을 앞에 두고 아버지가 무겁게 입을 열었다.

"조건이요?"

"그래."

"무슨…… 조건이요?"

"그곳에서 네 일 년 치 생활비를 모두 대 주는 대신, 네가 돌볼 아이가 있어."

"네에?"

마른하늘에 날벼락이라더니, 이런 경우를 두고 하는 말인가. 어쩐지 대쪽같이 꼿꼿하고 원칙주의자이신 아버지가 순순히 휴학과 캐나다행을 허락해 줄 때 알아봤어야 했다. 거기에 풍족한 경제적 지원까지 해 주신다니.

"아버지의 오랜 친구, 연 사장이라고 너도 알지? 연 사장 덕분에 아버지 사업이 성공할 수 있었단 것도."

잘 안다. 연희철 사장님. 현재 잘나가는 'Green건축사무소' 대표시며, 아버지와는 죽마고우로, 하늘이 초등학교 시절 아버지의 사업이 큰 타격을 받고 회사에 부도가 나려던 시점, 그분의 도움이 아니었다면 아마 아버지의 회사는 현재 대한민국의 경제를 좌지우지할 정도의 대기업으로 성장하지 못했을 것이다.

"네, 잘 압니다. 아버지."

"그래, 그럼 연 사장 딸 초록이도 기억하겠니?"

초록? 연초록! 아 그 아이. 하늘이 중학교 3학년 겨울방학 때였나. 몹시도 추운 겨울이었고, 수재들만 모인다는 명문고에 합격한 후였으니, 아마 연말쯤 되지 않았을까 싶다.

눈이 온 세상을 하얗게 덮었던 겨울 어느 날, 하늘네 가족과 초록네 가족은 연말 저녁 식사 자리를 가졌고 그곳에서 연초록 그 아이를 처음 만났었다.

그 당시 초등학교 6학년이던 초록은 키가 상당히 컸었다. 성장 속도가 느리긴 했지만 어쨌거나 하늘은 거의 자신과 키가 비슷하던 초록을 신기하게 쳐다봤었다.

때문에 하늘의 기억 속에는 초록의 생김새보다는 그녀의 키가 더 크게 강렬히 자리를 잡았다.

"네, 정확히는 아니지만 기억이 나긴 하네요. 그때 꽤 컸는데……."

"그래, 그 아이. 바로 그 초록이를 네가 캐나다에서 돌봤으면 한다."

"네에? 아니, 아버지. 제가 왜 그 아이를 돌봐야 한다는 말씀이세요? 뭣 때문에요?"

기가 막힌 하늘이 어안이 벙벙한 얼굴로 제 아버지를 바라봤다. 정말 아버지의 속은 알다가도 모를 일이었다.

"실은, 연 사장과 며칠 전에 만나서 술 한잔 했는데, 딸 때문에 고민이 많더구나. 초록이 그 아이가 너무너무 내성적이고 소극적이고 순진해서 사람들에게 잘 속고, 사기도 많이 당하고, 그래서 상처도 많이 받는다고 말이다. 어떻게 했으면 좋겠냐고 묻더라고."

하늘은 굳은 표정으로 아버지의 말을 잠자코 듣고만 있었다.

"그래서 내가 조언 좀 해 줬다. 자식 소중하다고 부모 품에 끼고 모든 것을 다 해 주면, 그것은 결국 자식을 망치는 지름길이라고."

'그럼요. 아버지의 자녀교육에 대한 그 소신 덕분에 제가 이렇게 강하게 자란 것 아니겠습니까. 흠.'

아무리 아버지가 굴지의 대기업 회장이면 뭐하냐고요. 어릴 적부터 갖고 싶은 장난감 하나 쉽게 가진 적이 없었거늘. 철저하게 계산된 아버지의 교육 방식에 따라 하늘은 경제적인 부분에서 많은 결핍을 맛봐야 했고, 방학이면 늘 해병대 교육이나 예절 교육을 받으러 바다나 청학동으로 떠나거나 아니면 봉사활동을 다녀야 했다.

그 결과, 하늘은 노력의 중요성을 배웠고 천 원의 소중함을 깨달았으며, 돈의 가치보다는 사람의 가치를 더 중요하게 여기는 사람으로 성장했다. 자립심과 책임감이 강했고, 자존감도 무척 높았다.

때문에 아버지의 회사를 물려받아 편하게 최고의 자리로 갈 수 있는 황금 길을 버리고, 자신의 꿈을 따라 의과대학에 입학했다. 의사가 되어서 가난하고 소외된 사람들을 돕고자 하는 것이 그의 꿈이었던 것이다.

"그리고 이제라도 늦지 않았으니 초록이를 부모 곁에서 좀 떨어트리라고 했지. 그러다 네가 캐나다로 가겠다는 말이 떠올라서, 그 아이도 그곳으로 어학연수를 보내라고 했다."

"……."

"그런데 연 사장이 쉽게 결정을 못 내리는 거야. 한국도 아니고 낯선 외국에서 자신의 딸이 혹시나 이상한 사람을 만나 잘못되지나 않을까 하는 걱정. 딸 가진 부모라면 누구나 고민하는 부분인데, 게다가 그처럼 사람을 잘 믿고, 내성적인 아이라면 그럴 가능성도 많겠지. 흐흠. 글쎄 최근에는 인신매매단에게 끌려갈 뻔까지 했다는구나. 그런데 다행히 어떤 남자가 도와줘서 빠져나왔다지 뭐냐. 허 참!"

그때 하늘의 기억 속에서 지난주 우연히 길에서 마주쳤던 그 여자가 생각났다. 그 여자도 어떤 나쁜 사람에게 끌려갈 뻔했는데.

참. 똑 부러지게 생겨 가지고는 거절하지 못해 질질 끌려가던 그 여자의 모습에 잠시 하늘이 피식 웃었다. 만일, 그때 자신이 나서서 도와주지 않았다면 그 여자는 정말로 그 사기꾼을 따라갔을까.

이쯤에 이르자 아버지의 의도를 어느 정도는 알 것 같았다.

"아버지. 그러니깐 제가 그 초록인가 하는 아이가 캐나다에서 나쁜 길로 빠지지 않고, 잘 지낼 수 있게 도와주란 말씀이신 거죠."

"그렇지. 역시 내 아들! 이번에야말로 연 사장의 은혜를 우리가 갚을 차례다."

은혜는 아버지가 갚으셔야지, 왜 제가 갚아야 하나요. 못내 아버지의 제안이 못마땅한 하늘이 살짝 미간을 찌푸렸다.

"그런데 도와주지 않는 척 도와주라는 거다."

"네에에?"

이건 또 무슨 말씀이신가. 갈수록 오리무중이다. 도와주는 거면 도와주는 것이지, 도와주지 않는 척 도와주라는 것은 도대체 무슨 말인지. 멘사클럽 회원인 하늘도, 오늘 아버지의 말은 도무지 이해하기가 힘들었다. 이런 하늘을 보고 강 회장이 빙그레 웃으며 말했다.

"그러니깐, 네가 내 아들이란 말은 하지 말고, 몰래 도와주라고. 만일 네가 내 아들이라는 사실을 알면 초록이가 네게 전적으로 의지할지도 모르잖니. 초록이 그 아이가 나를 얼마나 좋아하고 잘 따랐는데. 허허. 만일 이 사실을 알면 그 아이가 스스로 자립할 수가 없을 거야. 그러니 아닌 척 지켜보고 있다가 그 아이가 정말로 위태로울 때만 도와주라는 거다. 그리고 남자들도 쳐 내고!"

"쳐, 쳐 내요? 남자들을?"

"그래, 무조건 쳐 내라. 초록에게 접근하는 놈들은 무조건 네가 다 쳐 내야 해!"

떡 벌어진 입을 좀처럼 다물지 못하고 있는 하늘을 바라보며, 강 회장은 의뭉스러운 미소를 지었다.

그러니깐, 결국 보디가드를 하라는 거였다. 그 초록이라는 아이를 위해.

덧붙여 그 아이와 함께 랭귀지 스쿨도 다니란다. 지금 당장 미국에 있는 대학교에 가서 바로 수업을 들어도 아무 문제가 없을 만큼, 하늘의 영어 실력은 거의 네이티브 수준이었다. 그래서 하늘은 캐나다에서 여유를 가지고 천천히 여행이나 할 생각이었던 것이다. 그런데 영어 학교를 다니라니. 거기에 아예 먼저 가서 자리를 잡고 다니고 있으란다.

"아버지, 제가 만약에 이 조건을 받아들이지 않으면요?"

"그럼, 캐나다는 물 건너 간 거지. 그리고 너는 지금 당장 경영 수업을 받아야 할 것이야."

"아, 아버지!"

"이 조건을 받아들여야만, 넌 캐나다에 갈 수 있고, 더불어 그곳에서의 안락하고 편안한 삶을 보장해 줄 것이다."

아, 이런. 망할!

그렇게 거의 반강제적으로 아버지의 조건을 수락하고, 하늘은 캐나다로 왔다.

경영수업은 강 회장이 하늘에게 자신의 의견을 관철시키거나, 뭔가 불리한 입장이면 늘 들고 나오는 카드였다. 하늘은 정말이지 경영에는 전혀 관심이 없었다. 뭔지 모르지만, 수많은 사람들의 이목과 시선이 쏟아지는 그런 자리가 그는 영 불편하고 싫었다.

하여튼 뭔가 아버지의 거대한 음모에 말려드는 기분이었지만, 경영수업을 받는 것보단 나을 것이란 생각이 들었다. 또한 긍정적으로 생각해 봤더니 그리 어려운 일도 아니었다.

학교에서만 잠깐 살펴보면 그만일 터. 설마, 24시간 내내 지켜봐야 할 정도로 심각하진 않겠지. 게다가 이 조건을 받아들이면, 캐나다에서의 안락하고 편안한 삶을 보장해 주시겠다지 않는가.

어찌 이런 달콤한 유혹을 뿌리칠 수 있단 말인가. 지금까지 살면서 아버지가 이렇게까지 많은 지원을 해 주셨던 적이 없었기에, 풍족한 경제적 지원은 단연코, 유혹적이었다.

'그래, 그 초록인가 하는 아이는 그저 잠깐씩 지켜보고, 짬짬이

여행이나 다녀야겠다. 후후.'

그런데 그렇게 생각한 것이 오판이었다.

3월 초. 이제 막 따뜻해지는 날씨와 푸르러지는 자연에 부푼 가슴을 안고, 록키산맥으로 여행을 떠나려던 찰나 드디어 아버지로부터 명령이 떨어진 것이다.

"초록이 출국일이 3월 말로 잡혔다. 그러니 네가 그 아이가 다닐 학교, 아니 학교는 네가 다니는 곳에 등록하면 되겠구나. 학교는 해결됐고, 이제 그 아이가 머물 홈스테이와 그곳에서 필요한 모든 것을 직접 알아보고 처리하도록 해라."

그래, 뭐 이 정도까지야. 괜찮다. 충분히 가볍게 처리할 수 있는 일들이니 괜찮았다. 그래서 하늘은 최선을 다해 성품이 좋은 주인이 하는 홈스테이를 알아보고 필요한 이것저것을 처리했다.

"그리고 3월 중순쯤 잠깐 한국으로 들어왔다가 초록이와 함께 다시 캐나다로 가거라."

"네에? 아니, 왜요?"

"연 사장이 너 좀 만나고 싶다는구나. 또, 초록이 혼자 보내는 것이 좀 걱정스러운가 봐. 그러니 네가 같이 가 주면 좋지 않겠니?"

아니요. 아버지 하나도 안 좋아요. 이렇게까지 해야 할 줄은 정말로 몰랐는데, 하늘이 깊은 한숨을 내쉬었다.

"아, 참! 한 가지 명심할 것은 같은 비행기에 오르되 절대로 알은체는 하지 말고 멀리서 지켜보다가 초록이가 무사히 홈스테이하는 곳에 도착하는 것까지 확인하거라. 알겠지? 비행기 표 이메일로 보냈으니 확인하고."

그렇게 해서 하늘은 오늘 초록을 홈스테이까지 무사히 데려다주는 것으로 임무를 완성하고 돌아온 것이다.

순진한 건지 멍청한 건지 아무것도 모르겠다는 표정으로 자신을 바라보던 초록의 모습이 떠오르자 하늘은 어쩐지 이곳에서의 삶도 그리 녹록지만은 않을 것 같다는 미치도록 불길한 예감에 휩싸였다.

☆★☆★☆

눈을 떴다. 낯선 곳이었다. 초록은 잠시 이곳이 어딘지를 한참이나 생각해야 했다.

아, 맞다. 여기는 캐나다 벤쿠버, 버나비(Burnaby)라는 곳이지. 앞으로 1년 동안 자신이 머물러야 하는 공간인 것이다.

천천히 일어나 대충 씻은 후 부엌으로 올라갔다. 그러자 낸시가 계란 프라이를 하면서 활짝 웃었다. 그리고 뭐라고 말을 하는데…….

「굿모닝, 초락! 샬라 샬라 샬라리랄리!」

어제 초록이 제법 말도 잘하고 잘 알아듣자 낸시는 그녀가 영어를 무척이나 잘한다고 생각했는지 어제와 달리 속사포로 쏘아 대는 통에 초록은 하나도 알아들을 수가 없었다. 그렇게 낸시의 말을 외계어처럼 들으며 멍하게 서 있으니깐 낸시가 속사포 대화를 멈췄다.

「초락! 내가 뭐라고 하는지 잘 이해가 안 되니?」

그나마 천천히 말해 주니 좀 알아듣겠다.

「네.」

그러자 낸시가 다시 천천히 말을 하는데 이런, 이번에는 단어가 문제였다. 알아들을 수 없는 단어들 때문에 다시 낸시의 말이 외계 어처럼 들리는 것이다. 어제는 기본적인 인사만 나눴기 때문에 쉽게 알아들을 수 있었나 보다. 그때 낸시가 무언가를 골똘히 생각하더니 다시 말했다.

「그럼, 적어 주면 이해하겠니?」

「네, 네.」

그럼요. 그럼요. 독해는 누구보다 자신 있답니다. 수능 영어도 얼마나 잘 봤다고요.

기쁨에 고개를 주억거리자 낸시가 메모지에 무언가를 적고는 건네주었다. 읽어 보니, 부엌 찬장에 시리얼이 종류대로 있고, 냉장고에는 우유 및 각종 음료수가 있으니 알아서 입맛대로 아침을 차려 먹으라는 거였다.

아! 이곳은 셀프구나.

아침에 일어나면 엄마가 한 상 가득 맛있는 밥을 차려 놓고 기다리던 모습이 떠올라 초록은 잠시 코끝이 찡해졌다.

대충 각종 과일 맛 시리얼에 우유를 부어서 식탁에 앉으니 앞에 이미 앉아 있던 샤탈과 크리스탈이 초록을 바라보며 키득키득 웃었다. 그러고는 낸시를 향해 무어라 소리쳤다.

「엄마, 초락이 멍청한가 봐. 말을 못 알아듣잖아.」

푸풉! 순간 시리얼 한 숟가락을 입에 넣던 초록의 입에서 알록달록 오색찬란한 시리얼들이 다시 그릇 속으로 뿜어져 들어갔다. 그 모습에 모두 놀란 눈으로 얼음이 되었다.

「아하, 아하하하. 쏘리.」

일요일이었던 그날, 낸시는 그녀를 데리고 가게에 가서 교통티켓을 사 주고, 지하가 아닌 공중으로 다니는 일종의 지하철인 스카이 트레인(Sky train)을 타고 랭귀지 스쿨까지 가는 방법을 친절하게 설명해 주었다.

그리고 근처 버나비 공원에 들러, 광활한 호수를 구경시켜 줬다.

이곳은 호수도 크구나…….

이렇게 해서 캐나다에서의 둘째 날이 소리 없이 저물고 있었다.

O2. 초록하늘에 빠지다

다음 날, 월요일.

긴장된 마음으로 일찍 일어난 초록은 귀찮았다. 이해되는가? 마음은 긴장감으로 가득한데, 몸은 상당히 귀찮은 이 이중적 감정!

그래서 대충 아침을 먹고, 대충 세수를 하고, 대충 머리를 하나로 묶고, 청바지에 곰돌이가 프린트된 헐렁한 티셔츠와 운동화를 대충 신고, 파란색 베네통 가방을 메고 화장기 없는 얼굴로 나섰다.

「와! 초락. 너 이렇게 꾸미니깐 정말 예쁜데!」

예뻐요? 이 모습이? 화장도 안 했는데, 그리고 옷도 대충 입었는데…… 어젯밤에 보았던 자신의 첫인상이 얼마나 초췌하고 형편없었으면 이 모습이 예쁘단다. 그래도 어쨌거나 예쁘다니 기분이 좋아진 초록은 가장 쉬운 말 '땡큐'를 연발하며 집을 나서 학교로 향했다.

학교는 밴쿠버 다운타운, 가장 번화한 거리인 랍슨스트리트 (Robson-street)에 있었다. 건물 하나가 모두 랭귀지 스쿨로 크기가 웅장했다.

이곳에 오자마자 초록은 레벨 테스트를 봤고, 역시나 가장 초급반에 배정되었으며, 담임 선생님인 루시를 따라 반에 들어서자, 그녀는 그만 깜짝 놀라지 않을 수 없었다.

20명이 조금 넘는 학생들 중 상당수가 한국인이었고, 나머지는 중국인, 일본인 등 죄다 동양 사람들로 우글거리고 있었기 때문이다.

연령대도 다양해 보였다. 성별은 반반인가, 남자가 조금 더 많나. 하여튼, 영어를 목적으로 온 건 아니지만 순간적으로 이래서 영어가 늘까 싶기도 했다.

어쨌거나 영어로 간략한 인사를 마치고, 수업이 시작되었다.

무슨 초급반이 이리도 어려운지.

처음부터 홍수처럼 쏟아지는 고급 단어와 알아들을 수 없는 수업으로 인해 거의 초주검이 된 그녀는 점심시간이 되자, 넋을 놓고 있었다.

대부분의 학생들은 점심으로 샌드위치를 싸 가지고 왔는데, 초록은 미처 몰랐다. 때문에 무안하게 자리에 앉아 있었더니, 옆에 있던 한국인 여학생이 말을 걸어왔다.

"반가워요. 난 미연이라고 해요. 어미연."

낮은 목소리로 그녀가 소곤거렸다.

"네, 반갑습니다. 전 초록이에요. 연초록."

초록도 반갑게 인사를 하자, 미연이 자신의 입술에 검지를 가져다 대었다.

"쉿! 조용히! 한국말 하면 안 되거든요. 걸리면 벌점 받아요. 벌점이 쌓이면 퇴출! 무조건 영어로만. 그나저나 점심 안 싸 왔어요?"

"네."

"그럼 지하 카페테리아로 내려가요. 거기에 스낵코너가 있거든요."

"아, 고맙습니다."

그래서 초록은 카페테리아로 내려온 것이다. 대부분의 학생이 교실에서 점심을 먹어서 그런가, 카페테리아는 매우 한산했다. 스낵코너에서 간단하게 샌드위치와 우유를 사 들고 한쪽 구석 테이블에 앉아 주섬주섬 포장지를 뜯고 있는데 낮은 톤의 남자 목소리가 들렸다. 그것도 한국말로.

"앉아도 되죠?"

포장지를 뜯다 말고 소리를 향해 고개를 들었더니, 오 마이! 바로 그 남자, 조각같이 잘생기고 멋진, 그런데 좀 그만 만났으면 좋겠는, 그 강하늘이라는 남자가 커피와 샌드위치를 들고 서 있는 것이 아닌가. 블랙진에 하얀색 폴로셔츠를 입고 검은색 뿔테 안경을 쓰고 있는 그의 모습이 이지적이었다.

'이 남자가 여긴 어쩐 일이지?'

당황하여 대답도 못 하고 있자, 그 남자는 무심한 표정으로 그녀 앞에 앉았다. 그러고는 샌드위치 포장지를 그 길고 하얀 손가락으로 천천히 뜯기 시작했다.

초록은 그런 그의 느긋한 모습을 멍하게 바라보고만 있었다.

"오늘은 안 울었어요?"

"네?"

"볼 때마다 울고 있길래."

그가 피식 웃었다. 뭐야! 또 피식! 이 웃음 볼 때마다 기분 별로다.

"그나저나 나한테 빚진 거 기억하죠?"

그렇구나. 이거였구나. 내 앞에 일부러 앉은 저의. 바로 빚을 갚으라는 거였다. 그래서 이곳까지 따라온 건가? 그래도 신세를 졌으니, 어쨌든 사례를 하긴 해야 한다. 그날 이 남자가 아니었으면 정말 국제미아가 되었을 수도 있으니 말이다. 뭐, 좀 자신을 멍청한 시선으로 바라보긴 했지만, 그래도 고마운 사람이긴 하니깐 말이다.

"네, 말씀하세요……. 그…… 요구사항이요. 음…… 제가…… 어떻게 하면 좋을까요……?"

그의 시선을 피하며 초록이 소심한 표정으로 말하자, 하늘이 살짝 미간을 찌푸렸다.

"좀 더 당당하게 말해 봐요."

"네?"

"그렇게 소심하게 말하지 말고, 어깨 쫙 펴고 내 눈 똑바로 보고 당당하게! 그게 내 첫 번째 요구사항이에요."

"네?"

첫 번째? 서, 설마. 진짜 열 가지 요구를 다 하려는 심산인가?

"어서!"

그가 샌드위치를 한입 베어 물고, 근사하게 씹으며 뚫어져라 바라보았다.

순간 초록은 하늘의 그 강렬한 눈빛을 끝까지 받아 내지 못하고 그만 고개를 숙였다.

어색하고, 쑥스러웠다. 불편해서 미치겠다. 이렇게 근거리에서 남자와 시선을 마주하고 있는 것이 처음이었기에 더욱 견디기 힘들었다.

"어서!"

그가 또 재촉한다. 이에 초록이 눈을 질끈 감았다 뜨며 어색함과 쑥스러움을 꾹 참고 하늘의 눈을 똑바로 바라봤다. 그녀의 눈빛을 하늘은 전혀 어색함 없이 정면으로 마주하고 있었다. 그것도 무척이나 당당하게.

그러나 하늘의 눈을 몇 초간 똑바로 바라보던 초록의 세상은 잠시 정지하고 말았다.

'아아! 맑다. 남자의 눈이 이렇게나 맑다니!'

제대로 바라본 그의 눈은 마치 푸른 하늘처럼 찬란하고 맑았다. 마치 계속 보고 있다가는 빠져 버릴 듯 깊어 보이기까지 했다.

쿵쿵쿵쿵! 순간 초록의 심장이 그녀의 의지와 전혀 상관없이, 요동치기 시작했다.

"어서!"

그의 재촉에 현실로 돌아온 초록은 이내 다시 정신을 차리고, 그의 눈을 똑바로 바라보며 천천히 입을 열었다.

"말씀하세요. 무엇을 원하시는데요?"

화끈화끈. 참, 이 한마디가 뭐라고. 이렇게 얼굴이 후끈후끈 달아오르는 것이냐.

초록은 달아오른 제 뺨을 숨기기 위해 재빨리 자신의 손으로 얼굴을 감싼다. 이 모습을 가만히 지켜보고 있던 하늘이 또 피식 웃더니, 부드럽게 속삭였다.

"거봐요. 그렇게 당당하게 말하니깐 훨씬 좋아 보이네."

그 순간, 초록은 뭔지 모를 알 수 없는 뿌듯함을 느꼈다. 스스로 대견하기까지 했다.

이런 느낌, 처음이었다. 스스로 대견하고 뿌듯한 느낌. 게다가 외간 남자에게 받는 칭찬이라니. 기분 좋아진 초록은 겉으로 태연자약을 가장하며, 흘끔흘끔 그를 곁눈질하느라 바빴다.

한편 시시각각 변하는 그녀의 다채로운 표정을 무덤덤하게 바라보던 하늘도 그만 피식피식 웃어 버렸다. 도무지 웃지 않을 수가 없었다.

처음엔 그저 세상물정 아무것도 모르는 온실 속 순진함을 넘어 멍청한 공주님인 줄로만 알았던 한심하기 그지없던 그녀였는데, 의외로 귀여운 구석이 있었던 것이다. 그리고 무엇보다 초록은 순수했다. 아직 때 묻지 않은 오지의 청정호수처럼, 그녀는 깨끗하고 맑았다.

"좋아요. 오늘 오후 학교 끝나면, 나랑 같이 어디 좀 가요. 그게 내 두 번째 요구사항이에요."

"어, 어디요?"

"따라와 보면 알아요."

엄마가 절대로 모르는 사람은 따라가지 말라고 했는데. 더군다나 남자를 함부로 따라가도 되는 것인가. 잠시 고민 중이던 초록을 향해 하늘이 부드럽게 웃었다.

사신을 보고 활짝 웃는 모습에 순간적으로 초록의 몸은 굳어 버렸다.

"왜, 가기 싫어요?"

잠시 그의 웃음에 정신없이 현혹되다가 고개를 절레절레 저었다.

"아, 아니요. 아니에요. 빚, 갚아야죠."

"그럼, 갚아야지."

잠시 깊은 침묵이 이어졌다. 하늘은 먹던 샌드위치를 조용히 씹고 있고, 초록은 비닐봉지만 만지작만지작, 시선은 어색함을 피하려 괜히 창밖만 응시하고 있었다. 그러다 이 침묵이 도무지 견딜수 없이 불편하고 어색했던 초록이, 그만 정적을 깨고자 먼저 입을 열었다.

"그런데요…… 뭐 좀 여쭤 봐도 돼요?"

"물론."

"여기, 이 학교에는 왜 오신 거예요?"

그렇지 않은가. 영어도 거의 현지인 수준인 그가 영어를 배우러이곳에 온 것은 아닐 테고, 자기 따라 온 것은 더더욱 아닐 거고! 설마 빚 받으러? 말해 놓고 보니 상당히 우습네. 이 남자가 자신을따라올 리가 없잖은가.

"그쪽! 연초록 씨 때문에 왔어요. 여기."

그치. 너 때문에 여기서 이러고 있지. 저 멀리 로키산맥을 따라하이킹을 하고 있어야 하는데, 너 때문에 여기에 있다고, 내가 지금. 흠.

"네?"

그의 결정적 한 방에 무언가 둔탁한 것으로 머리를 맞은 듯 초록은 잠시 멍하게 앉아 있었고, 하늘은 그런 그녀의 모습에 또 피식 웃었다.

"뭘 또 농담을 그렇게 진지하게 받아들이시나. 실은 나도 여기 학생이야. 참, 나보다 어리니 말 놔도 되지?"

뭐 또 이렇게 빛의 속도로 말을 놓는다냐! 하여튼, 이 남자 블랙홀 같았다. 한번 빠지면 정신 못 차리게 만드는 그런 블랙홀 말이다.

"네? 아…… 네…… 그러세요……."

역시나 소심한 그녀의 입에서 튀어나온 말이란 고작 아, 네네, 하늘이 속으로 낮은 한숨을 뱉어 낸다.

'내 기필코 조만간 너의 입에서 싫다는 소리를 듣고 말리라.'

이 생각에 불끈, 승부욕이 치솟기 시작한 하늘이 물끄러미 초록을 바라보고 있는데, 우당탕탕! 요란한 소리와 함께 누군가 그들 앞으로 다가섰다.

"헤이! 하늘! 여기 있었어? 한참 찾았잖아."

어떤 남자의 등장에 하늘이 살짝 얼굴을 찡그렸다. 귀찮음의 표정이었다. 그런데 정신없이 등장한 이 남자도 진짜 잘생겼다.

역시나 훤칠한 키에, 다부진 체격, 세련된 겉모습. 하늘과는 전혀 다른 느낌의 훈훈한, 아주 바람직한 외모를 지니고 있었던 것이다.

'메뉴판 데이트 사무소'라는 소설 속에 나오는 초절정 꽃미남들처럼, 이 사람들 이곳에서 무슨 데이트 사무소라도 차렸나! 아! 그럼 나도 찾아가서 근사한 남자와 데이트 한번 해 보고 싶은데…… 정말 데이트 한번 해 보는 것이 진심, 레알, 소원인데…….'

이처럼 잠시 엉뚱한 상상으로 황홀해져서는 그들을 바라보고 있는데 그 정신없이 등장한 남자가 환하게 웃으며 하늘이 옆에 앉더니, 초록을 뚫어져라 바라보기 시작했다.

그 표정에 신기함이 가득했다. 무슨 동물원 라마 보는 듯했다.

그 모습에 초록의 얼굴은 또다시 홍당무처럼 벌겋게 달아올랐다.

"오! 이 아가씨야? 그 소심 울보녀?"

이번엔 저 정신없는 남자로부터 날아든 한 방에 초록은 정신이 어질거렸다.

'소심 울보녀라고?'

잠시 당황하여 어떤 반응으로 응해야 좋을지 몰라 초록이 살짝 고개를 숙였더니, 하늘이 무미건조하게 답했다.

"응 맞아. 그 소심 울보녀!"

"아하하하하! 하하하!"

이 말에 초록은 완전 황당하고도 어이없는 표정으로 그들을 바라봤고, 하늘은 그런 그녀를 쳐다보며 장난스런 표정을 짓고 있으며, 방금 나타난 정신없는 그 남자는 하늘의 팔뚝을 주먹으로 툭툭 치며 하하하하, 크게 웃어 댔다.

아! 여태 21년 내내 남자 한 명 근처에 얼씬도 안 하더니, 하필이 낯선 외국 땅에서 이런 성격 특이한 것들이 기습적으로 나타나서는 날 공격하는 이유가 대체 뭐냐!

"반가워요. 내 이름은 현, 김현. 하늘이 친구. 듣던 대로 상당히 귀엽게 생겼네요! 하늘이가 왜 그런지 알 것 같네!"

그러면서 손을 내밀며 초록에게 악수를 하자는 듯한 행동을 취하자, 하늘이 잽싸게 그의 손을 자신 쪽으로 거둬들이며 재빨리 말했다.

"시끄러 인마. 또 무슨 쓸데없는 말을 하려고. 가자. 수업 시작하겠다. 초록이는 수업 끝나면 정문 앞에 서 있어."

후다닥 일어선 하늘이 현의 뒷덜미를 잡아 질질 끌고 나가자, 현이 세상에서 가장 환하고도 해맑은 웃음을 지으며 초록에게 마구마구 정신없이 손을 흔들고는 사라졌다. 이들의 모습에 초록은 그만 정신이 쏙 빠져 버리고 말았다.

휴우!

캐나다라는 나라에 도착한 이후로, 도무지 정신을 차릴 여력이 없다. 하나가 끝나면 또 다른 하나가 기다리고 있다. 뭔가 조짐이 불길하다.

☆★☆★☆

수업이 끝나자 초록은 완전 파김치가 되었다. 무슨 학원이 이리도 타이트한지. 말이 좋아 학교지, 사실 이곳은 학원이 아니던가. 영어학원. 그러니 좀 여유 있게 수업을 진행해도 좋으련만 아침 아홉 시부터 시작된 수업은 오후 세 시가 되어서야 끝났다.

무슨 고등학교도 아니고, 게다가 수업 일정은 또 얼마나 빡빡한지 잠시도 학생들을 가만히 두지 않는다. 끊임없이 일어서서 무언가 말을 시켜 대고, 무슨 활동을 하라 그러고, 초록은 이런 상황이 정말로 힘들었다.

끝나는 종소리에 맞춰 교재와 노트, 필기도구를 챙기는데 아까 먼저 말을 걸었던 미연이 초록에게 다가왔다.

"홈스테이해요?"

"네."

"어디 있어요?"

"버나비요."

"아…… 그렇구나. 난 노스벤쿠버(North Vancouver)에 있어서, 혹시 장소가 같을 같이 가려 했지. 참, 나이가 몇이에요?"

"스물한 살이에요."

"어머. 그렇게나 많이 먹었어요?"

그렇게나 많이? 스물한 살이 많이 먹은 나이였나? 잠시 어안이 벙벙한 채로 서 있던 초록이 고개를 갸웃거렸다.

"왜요?"

"응, 고등학생인 줄 알았거든. 참 동안이네요. 난 스물셋이에요. 그러니 내가 언니네. 호호."

그러고 봤더니, 초록과 달리 미연이는 제대로 된 메이크업에 웨이브 진 긴 머리를 하고 있었고 옷차림도 세련됐다. 때문에 23살보단 조금 더 들어 보이기도 했다.

반면에 초록은…… 쩝! 고등학생처럼 보이면 어떠랴. 그녀는 지금 심적으로 무척이나 힘들고, 서러웠다. 그리고 이상한 남자 때문에 정신도 없다. 그래서 외모 따위 돌아볼 겨를이 없었다. 그리고 사실 메이크업도 잘 못 한다. 그래서 화장을 하면 오히려 얼굴이 더 이상해 보였기에 거의 화장을 하지 않았던 것이다.

"그럼. 제가 언니라고 불러도 되죠?"

"오호호. 그럼 당근. 그런 걸 뭘 물어보고 그러니. 나도 여기 온 지 한 달 조금 안 돼서 친한 사람이 없었는데, 잘됐다. 앞으로 친하게 지내자. 집으로 바로 가?"

"아니요. 약속이……."

"어머, 벌써 아는 사람 생겼어?"

"네."

"네가 뭐니. 너도 말 놔."

"네…… 아니, 응……. 언니. 호호."

그리고 정문을 향해 나오자, 밖에 그 남자 강하늘이 모델처럼 긴 다리를 비스듬히 하고 서 있는 것이 보였다. 얼마나 근사한지 여자들이 빼놓지 않고 그를 한번 지이잉, 스캔하면서 지나갔다. 그때, 미연이 초록의 팔을 잡으며 낮게 소리쳤다.

"어머머머! 하늘 오빠다."

"저 남자 알아요?"

"응, 여기서 완전 유명인사야. 지금 최고급반에 있거든. 작년 12월에 왔다더라. 근데 소문에 의하면, 거의 네이티브래. 나이는 25살이고, 현재 S대 의대생이래. 1년 휴학하고 왔다나 뭐라나. 정확히는 나도 잘 몰라. S대 의대면 상위 0.01%에 들어야 갈 수 있는 거 아니니? 머리도 끝내주게 좋은가 봐. 근데 왜 여기서 공부하나 몰라. 어쨌든 지금 한국, 중국, 일본, 심지어는 캐나다 여자들까지 아주 난리가 났잖아. 저 남자 한번 꼬셔 보려고."

그랬다. 역시 저 남자는 외모에서 풍기는 이미지뿐만 아니라 능력까지 출중한 대단한 남자였던 것이다.

미연의 말에 저런 대단한 남자를 알게 되었단 사실에 기분이 조금 으쓱해지다가 이내 부담스러워지기 시작했다. 정체를 알 수 없는 복잡 미묘한 감정이었다.

미연을 먼저 집으로 보내고 초록은 수많은 학생들이 사라질 때까지 건물 안에서 잠시 숨어 있다가 학생들이 거의 다 빠져나갔을 즈음해서 살며시 하늘에게로 다가섰다.

"왜 이렇게 늦게 나와?"

"그게…… 화장실에 좀……."

혹시나 다른 누군가가 자신이 말하는 것을 들을까 초록은 주위를 두리번거리며 쭈뼛쭈뼛 말했다. 이렇게 모든 사람들에게 잘 알려진 남자와 함께 있다가 괜히 자신까지 엮여 유명해지고 싶지 않았다.

사람들의 관심을 한 몸에 받는 일은 제일 싫은 일이었기 때문이다. 초록처럼 소심하고 내성적인 사람에게 그것은 최고로 힘든 일이었다. 그 모습에 하늘이 잠시 못마땅한 표정을 짓고는 이내 앞서 걷기 시작했다.

"따라와."

"네……."

초록은 주춤주춤 그 남자를 따라 발길을 옮겼다. 약속을 해서 따라가긴 한다지만, 초록의 발걸음은 뭔가 영 미적지근하다. 그러다 얼마간 앞서 걷던 하늘이 보폭을 늦추고 초록의 발걸음에 맞춰 나란히, 천천히 걷기 시작했다. 그가 움직일 때마다 싱그러운 로즈마리 향이 섞였다.

기분 좋은 향이었다. 언젠가 심리학 관련 서적에서 읽었는데, 여자들은 남자들이 내뿜는 향기에 민감하다고 한다. 특히 남자의 체취에 민감한데 그 냄새로 자신의 반쪽을 찾는 경향이 강하다는 것이다. 때문에 이성의 체취가 좋게 느껴지면, 그것은 유전적으로 두 남녀의 합이 잘 맞는다는 의미란다.

'어머나. 내가 지금 무슨 생각을.'

갑자기 초록의 얼굴이 순식간에 뜨거워지더니 붉게 변한다. 마치 붉은색 볼터치를 진하게 바른 듯하다.

그때 나란히 걷고 있던 하늘이 옆에 있는 건물들을 손끝으로 가리키며, 설명을 시작했다.

"여긴 백화점이야. 여긴 도서관이고, 여긴 은행, 볼일 있음 이리 오면 돼. 그리고 여긴 극장."

그는 다운타운 내 위치하고 있는 주요 시설을 돌며 초록에게 차근차근 설명을 해 주고 있었다. 아무래도 빚을 갚는 게 아니라 다시 빚지는 이 느낌은 뭔지……

계속되는 그의 설명에 고개를 끄덕이며 그것들을 하나하나 머릿속에 입력했다. 이제 막 이곳에서 살게 된 자신에게 그의 설명은 매우 유용한 정보였다. 그리고 궁금증이 마구마구 솟아올랐다.

그에 대한 지극히 개인적인 궁금증이었다. 아까 미연에게 들은 그에 대한 소문 등 여러 가지로 궁금한 게 많았지만 쉽게 물어보지를 못하겠다.

그래서 몇 번 물어볼까 말까를 궁리하다 결국 살며시 입을 열었다. 일단 나이부터 물어봐야겠다고 생각하고 초록은 침을 꿀꺽 삼켰다.

"그런데요……"

"……"

그녀가 눈을 마주치지 못하고 조심조심 말을 꺼내자, 하늘이 가던 걸음을 멈추고 서서는 초록을 무표정으로 바라보았다. 그의 얼굴을 한번 흘끔 바라보고 다시 그녀는 자신의 발로 시선을 옮겼다.

도무지 똑바로 쳐다보지 못하겠다. 아직까지는 너무 쑥스럽고, 어색하다. 아까 점심때는 어떻게 그랬는지 모르겠다. 아마 미쳤었나 보다.

"저기요……."

한참 주저하다 다시 소심하게 질문을 하려는 찰나, 갑자기 그가 두 손으로 초록의 얼굴을 감싸 쥐고서는 고개를 들어 올렸다. 그리고 자신의 얼굴을 초록의 얼굴 가까이 가져다 대었다. 순식간의 일이었다.

쿵쿵쿵쿵!

순간 초록의 몸은 마비된 듯 뻣뻣해졌고, 심장은 미친 듯 뛰었으며, 얼굴은 화끈화끈 달아오르기 시작한다. 그의 숨결이 그녀의 뺨에 그대로 다가와 포근하게 내려앉는다. 숨결에서조차 로즈마리 향이 났다.

두근두근! 당황함에 넋을 놓고 있는 초록에게 하늘이 작게 속삭였다. 단호하고도 강경한 말투였다.

"앞으로 내게 말할 때는 이렇게 두 눈을 똑바로 크게 뜨고, 내 눈을 당당하게 바라보면서 말하는 거야. 알겠어?"

"……."

완전 넋이 나가 버린 그녀가 대답을 못 하고 고개만 끄덕이자, 하늘이 고개를 가로로 저었다.

"말로 해. 고개만 끄덕이지 말고. 정확하게."

"……네, 네……. 알겠어요……."

"좋아."

그러면서 그가 초록의 얼굴을 몇 초 더 지그시 바라본 뒤, 그제 야 얼굴을 풀어 주었다.

그의 손이 떨어져 나간 볼이 화끈거렸다. 곧이어 얼굴이 홧홧 뜨 거워지는 느낌도 들었다. 이 남자에게 손을 잡힌 것도 모자라, 이 젠 볼까지 잡혔다.

그는 알까? 자신의 손과 뺨을 처음으로 만진 남자가, 바로 그란 사실을 말이다.

그때, 초록의 배 속에서 꼬르륵! 꼬르륵! 기차 화통을 삶아 먹은 듯 우렁찬 소리가 들려왔다.

위장이 미쳤나 보다. 뜬금없이 이 어색한 시점에서 이런 민망한 소리를 내고 말이다. 더욱 민망해서 초록이 눈을 질끈 감았다 뜨 자, 하늘이 웃겨 죽겠는 표정으로 그녀를 바라보고 있었다.

'아! 역시 로맨스처럼 아름다운 장면은 진정…… 없는 것이 냐……. 고고하고 도도해만 하는 여주인공이 정녕 이렇게 막 무 너져도 되는 거냐고! 위장이시여! 너는 어찌하여 지금 이 시점에서 그렇게 요사스런 소리를 내는 거냐……. 흑!'

"배고프니?"

"……아니, 저……."

그때 다시 그의 얼굴이 심상치 않아짐을 느꼈고, 그가 또 자신의 얼굴을 잡을까 화들짝 놀란 초록이 얼른 하늘의 눈을 똑바로 바라 보며 당당하게 소리쳤다.

"네. 배고파요!"

말이 끝남과 동시에 다시 느껴지는 얼굴의 홧홧거림! 분명 엄청 시뻘게졌을 것이다.

"후후, 후후후."

그런데 그가 웃었다. 처음엔 분명 가볍게 시작하더니, 이내 하하, 하하하! 아예 박장대소하기 시작한 것이다. 이 모습에 지나가는 사람들이 이상한 눈초리로 그들을 구경하면서 지나쳤고, 이에 초록은 정말 쥐구멍에라도 숨고 싶은 심정으로 발을 동동 구르고 있었다.

'그만 웃어요. 제발. 그만 웃으라고욧!'

봄날, 노을빛이 붉게 물든 아름답고 이국적인 거리, 노을보나 더 붉어진 얼굴로 당황하고 있는 초록을 보며, 하늘은 그렇게 계속, 계속 웃었다.

어떻게 무슨 정신으로 집까지 돌아왔는지 모를 일이다. 배고프냐고 물어봐서 배고프다고 했더니, 혼자 한참을 정신 나간 사람처럼 깔깔 웃던 하늘이 다시 진지해진 얼굴로, 그럼 얼른 집에 가서 저녁 먹으란다.

나 원 참! 어이없다. 친절한가 싶다가도 금방 다시 냉정해지는 이 이상한 남자. 원래 남자들은 다 그런 거냐? 아니면 너만 그런 거냐? 도무지 남자를 만나 봤어야 남자란 인간을 알지……. 답답하다.

「초락! 오늘 학교는 어땠어?」

낸시가 치킨 스테이크가 먹음직스럽게 올려진 접시를 초록에게 건네주며 말했다.

'오오! 비주얼 쩡!'

점심도 먹지 못해서인지 그 음식 앞에 그녀는 거의 이성을 잃었다.

「네. 좋았어요.」

사실 하나도 좋지 않았지만 오늘 겪은 일을 다 말하기엔 아직 영어가 너무 서툴고 짧았다. 이 엄청나고도 스펙타클한 이야기를 어떻게 영어로 설명한단 말인가. 휴. 아예 안 하는 것이 낫지.

「오. 다행이네. 맛있게 먹어.」

「네. 감사합니다.」

치킨 스테이크는 환상적으로 맛있었다. 오늘 하루 종일 굶어서인가, 엄청 게걸스럽게 먹는 모습에 낸시는 그저 흐뭇한 미소만 지었다. 그때, 또 초록을 멀뚱하게 바라보던 크리스탈이 한마디 툭, 던진다.

「엄마, 초락이 돼지 같아. 크큭.」

「크리스탈!」

자신의 철없는 딸 때문에 낸시가 대신 사과하며, 난감한 표정을 지었다.

「쏘리. 초락. 이해해. 아직 어려서.」

「아, 네네. 괜찮아요. 호호.」

다행히도 낸시는 참 좋은 사람 같았다. 3년 전에 이혼하고, 여자아이 둘을 키우는 싱글맘이었다. 현재 마트에서 계산 업무를 직업으로 하고 있는 그녀는 늘 친절하고 상냥했다.

이렇게 좋은 사람과 함께 살 수 있어서 그나마 다행이라는 생각이 들었다.

저, 미운 일곱 살인 크리스탈만 빼고!

저녁 식사를 마치고 방으로 내려온 초록은 침대에 쓰러지듯 누웠다. 첫날이라는 긴장감으로 목이 뻣뻣했고, 이상한 남자 강하늘 때문에 몹시 피곤했다.

그러다 갑자기 속이 느끼하고 메슥거리는 느낌이 났다.

눈앞에서 김치와 밥이 날개를 달고 날아다닌다.

'아…… 김치찌개, 된장찌개, 고슬고슬한 밥! 그립다.'

역시 한국 사람은 밥을 먹어야 되나. 이곳 음식이 첫날은 좋았는데 점점 느끼해지기 시작한 것이다. 누워 있다 무슨 생각이 났는지 벌떡 일어난 초록이 얼른 옷장 서랍을 열고, 그곳에 고이, 소중하게 잘 모셔 둔 고추장을 꺼내더니 손가락 깊게 가득 찍어 한입에 넣었다.

음! 역시 이 맛이야. 칼칼하게 맵고, 얼큰한 이 맛. 속이 뻥 뚫리는 이 깊고 깊은 맛. 그렇게 손가락을 쪽쪽 빨아 가며, 고추장을 먹던 초록은 갑자기 울컥하는 마음이 솟구쳤다.

뭣 때문에 여기 와서 이 고생인지, 서글펐다. 억울했다. 서러웠다. 그리고 집이 몹시도 그리웠다. 엄마가 해 준 따끈따끈한 밥이 먹고 싶었다.

그러자 눈물이 또르르륵! 그렇게 그녀는 고추장을 빨아먹으며 울었다.

'밥이 있었으면, 더 좋았을 텐데……. 여기에 슥슥 비벼 먹으면 소원이 없겠네……. 아아!'

깊고 고요한 밤, 하늘엔 달조차 보이지 않는 음침한 밤이었다.

"으으으윽…… 으으으……."

침대에서 잠을 자고 있는 하늘은 괴로운 표정으로 몸을 이리저리 뒤척이고 있었다. 무슨 악몽이라도 꾸는지 심하게 몸을 비틀지만, 쉽게 잠에서 깨어나지 못하고 있다. 식은땀으로 가득한 얼굴은 고통으로 일그러지고 있었다.

"아아…… 가지…… 마……. 제발…… 날 버리고…… 가지 마……."

꿈속, 어둠으로 가득한 공간에 어떤 여자가 멀찌감치 떨어져 서서는, 다가가려 하는 하늘을 오지 못하게 막고 있었다.

그러나 하늘은 자꾸만 그 여인에게로 가고 싶었다. 다가가서 그 부드러운 손을 꼭 잡고 물어보고 싶었다. 평생 나만 사랑한다더니 어디로 가는 것이냐고, 따지고 싶었다.

그러나 땅바닥에 붙어 버린 발은 꿈쩍도 하지 않았다. 움직이려 노력해 보아도, 그 여인에게 다가갈 수가 없었다.

빨리 가서, 그녀를 잡아야 하는데, 가지 못하게 잡아야 하는데…….

그럴 수가 없었다. 깊은 절망감이 몰려왔다. 칼로 도려내는 듯한 아픔도 느껴졌다.

그때, 어디서 나타났는지 모를 검은 형태의 괴물이, 그 여인의 손목을 잡고 어딘가를 향해 끌고 가기 시작했다. 이 상황에 다급해진 하늘이 손을 뻗쳐 그 여인을 애타게 불러 보지만, 소용없었다. 목소리도 나오지 않고 움직여지지도 않는 자신의 처지가 그저 한스러울 뿐이었다.

"아으윽…… 가, 가지 마…… 제, 제발…… 가지…… 아악!!!"

날카로운 비명 소리와 함께 눈을 뜬 하늘은 멍한 상태로 가만히 누워 있었다. 몸이 쉽게 움직여지지 않았기 때문이다.

너무나 생생한 꿈. 마치 현실인 듯, 그 상황이, 자신의 감정이 고스란히 남아 있는 이 모든 느낌을 떨쳐 버리려 하늘이 재빨리 고개를 흔들었다.

'제길, 또…….'

그러다 이내 벌떡 일어나서는 부엌으로 나와 찬물을 들이켰다. 얼마나 식은땀을 많이 흘렸는지 입고 있던 옷이 흠뻑 젖었다.

잠시, 식탁을 두 손으로 짚고 서서 고개를 푹 숙이고 있는 하늘의 표정으로 수많은 감정들이 스치고 지나갔다.

그러다 이내 피식, 허탈한 웃음을 지으며 하늘은 화장실로 향했다. 젖은 옷을 모두 벗고, 떨어지는 샤워기 아래 서 있으니, 이제 조금 살 것 같았다.

어이가 없다. 잊은 듯 잘 지내다가도 한 번씩, 그 여자는 이런 식으로 자신을 괴롭힌다. 지겹다. 그 순간 하늘의 표정이 매서워졌다. 마치 떨어지는 물줄기조차 얼려 버릴 듯, 그렇게 그의 표정은 차가움으로 가득했다.

☆★☆★☆

다음 날 학교 쉬는 시간, 아직도 시차 적응이 덜 된 초록이 책상에 엎어져 있었다. 어젯밤 뒤척이느라 잠을 잘 못 잤기 때문이다. 일주일은 지나야 완전하게 시차에 적응할 수 있을까. 하루 종일 어

마어마하게 피곤한데도, 밤에는 쉽게 잠을 이루지 못하겠고, 낮에
는 졸려 미치겠다.

"초록아, 우리 오늘 점심에 맥도날드 갈래?"

옆에 앉은 미연이 속삭였다.

"맥도날드가 있어?"

우리나라 브랜드도 아니고, 전 세계 어느 곳이나 다 있는 햄버거
집인데, 왜 맥도날드란 말에 이렇게 반가운 마음이 생기는 건가.

"야, 당연히 있지. 호호. 가자, 응? 매일 샌드위치만 먹었더니 질
렸어."

"응, 알았어. 언니."

오호! 초록은 벌써부터 무엇을 먹을까, 고민을 시작한다. 빅맥
세트를 먹을 것인지, 아니면 치킨 버거를 먹을 것인지 이것이 고민
이구나. 아, 쉽게 결정을 못 내리겠다.

"근데, 초록아. 너 스텐리 파크 가 봤어?"

"스텐리 파크? 아니, 아직……."

"그래? 야, 거기 얼마나 좋은데, 다음에 나랑 같이 가자. 여기서
걸어가면 금방이야."

"응, 알았어."

친구가 있다는 것은 참 좋은 일이다. 낯선 이곳에서 적응하느라
힘든 시기임에도 불구하고, 미연 때문에 초록은 그나마 학교생활을
잘 할 수 있었다. 물론 그 적응의 시간 안에는 하늘의 공이 가장
크게 작용했지만 초록은 그것을 인지하지 못하고 있었다.

"그리고 가스타운도 좋은데, 잉글리시 베이도 좋고, 노스벤쿠버
도 얼마나 좋은지 모르시? 아직 시간 많으니깐, 천천히 가 보자,

나랑 같이. 호호."

"응, 언니. 고마워."

정말로 고마웠다. 이렇게 자신에게 호의와 친절을 베풀어 주는 사람이라니, 초록은 그대로 미연을 백 프로 신뢰하기 시작했다.

점심시간. 맥도날드는 끼니를 때우러 온 사람들로 북적거렸다. 각양각색의 사람들로 바글거리는 이곳에서, 초록은 자신이 진짜로 캐나다에 와 있음을 실감하고 있었다.

"초록아, 너 뭐 먹을 거야?"

미연이 메뉴판을 올려다보며 물었다.

"응, 빅맥 세트."

이미 아까부터 결정해 놓은 일이기에 빨리 결정을 내린 초록과 달리 미연은 계속 고민 중이었다. 조금이라도 더 맛있고, 흡족한 식사를 하기 위한 마지막 몸부림, 사람들은 늘 먹을 것 앞에서 보이지 않게 갈등을 하지 않던가. 짜장면과 짬뽕 사이에서 늘 고민하듯.

이윽고 결정을 내린 미연이 초록을 향해 말했다.

"초록아, 난 5번 먹을게, 뭔가 이름은 복잡하지만, 한국에는 없는 버거 같아. 크크, 맛있어 보이지 않니?"

"응, 그러네."

나도 저거 먹을까? 잠시 고민하던 초록은 그냥 원래 선택대로 밀고 가기로 결정한다.

"있지, 나 지금 화장실이 좀 급해서 그러니깐 네가 내 것까지 주문 좀 해 줘. 부탁해."

"어? 어…… 어어…… 알았어……."

정말로 급했는지 미연은 후다닥 화장실로 사라졌고, 초록은 주문을 하려는 사람들이 길게 늘어서 있는 줄에 섰다. 그런데 그녀의 표정이 심상치 않았다. 무슨 수능 보기 직전의 수험생처럼 긴장감이 표정 가득, 하늘을 찌른다.

'휴우! 그래, 잘할 수 있어. 그냥 햄버거 이름만 말하면 되는 거잖아.'

스스로 위안도 해 보지만, 왜 이렇게 떨리는지. 머릿속으로 필요한 단어들을 마구 떠올리며 문법에 맞게 영작을 하고 있는 초록의 눈동자가 불안하게 흔들렸다. 줄이 짧아질수록, 그 긴장감은 점점 높아져만 갔다. 그러다 앞에 앞에 서 있던 사람이 주문하는 소리가 들렸다.

"넘버 쓰리, 플리즈!"

그 사람의 주문에 점원이 오케이 하면서 바로 계산을 하고 자연스럽게 넘어간다. 이 모습에 초록의 표정이 금세 밝아졌다. 자신도 그와 동일한 방식으로 주문을 해야겠다고 생각한 것이다.

마침내 그녀의 차례가 다가왔고, 점원이 밝은 표정으로 하이, 인사를 건넸다. 이에 초록은 용기를 내며, 몇 번이고 되풀이해서 되뇌었던 주문을 읊었다.

"넘버 파이브, 투 플리즈!(Number Five, two please!)"

빅맥을 먹으려 하였으나 그러면 두 번 주문을 해야 했으므로, 그냥 미연과 같은 것을 먹기로 했다. 조금이라도 영어로 말하는 것을 줄이려던 심산이었다.

"What? Excuse me?

아, 이런. 못 알아들었나 보다. 이에 완전 주눅이 들어 버린 초록이 기어 들어가는 목소리로 다시 말한다.

"넘버 파이……브, 투…… 플리즈."

투(two)를 말할 때는 소심하게 손가락 두 개를 들어 올리기까지 했다. 그러자 점원이 웃으며 뭐라고 말을 하는데, 아 이런, 하나도 못 알아듣겠다.

"오우! 파이…… 샬라 샬라라 나랄라?"

그래두 파이브라는 단어는 들렸으니, 초록이 고개를 끄덕이며 예스, 한다.

아마, 네가 주문한 것은 넘버 파이브 세트 두 개야. 맞지? 라고 확인시켜 주는 내용이었을 것이다. 그렇게 훌륭하게 주문을 마친 초록은 스스로 뿌듯한 표정을 지으며, 햄버거가 나오기만을 기다렸다.

그리고 드디어 기다리고 기다리던 음식이 나왔고, 그것을 받아 든 초록은 넋을 놓고 황당한 표정으로 입을 벌리고 있는데 미연이 다가왔다.

"초록아, 햄버거 나왔어? 어? 그런데 이게 뭐야?"

이게 뭘까. 정녕 이게 뭐란 말인가! 난 분명히 넘버 파이브 두 개, 시켰는데…….

초록과 미연은 어이없는 표정으로 쟁반 위 가지런히 놓인 애플 파이 두 개를, 멍하게 바라보고 있었다.

분명 '파이브'라 했는데, '브'는 빼먹고 '파이'만 들었나? 그때.

"하하, 하하하, 하하하하!"

뭐냐. 이 낯익은 웃음소리의 정체는.

그 웃음소리 때문에 순식간에 얼굴이 홍당무가 되어 고개를 든 순간, 초록은 자신 옆에 서서 배꼽이 빠져라 웃고 있는 하늘 때문에 기겁을 했다.

이 남자 언제부터 여기 있었던 것인가. 도대체 언제부터…… 설마 이 상황을 다 본 건가. 나의 이 뻘짓을. 진정 그런 거란 말인가. 초록은 억장이 무너져 내리는 것을 간신히 받치고 있었다.

☆★☆★☆

며칠 후, 가벼운 발걸음으로 초록은 학교로 향했다. 스카이 트레인 역까지 걸어가는 길, 아아! 이렇게 아름다울 수가. 이제 좀 정신이 들었나. 보이지 않던 것들이 보이기 시작하다니.

집집마다 봄빛 예쁜 꽃들이 정원 가득 화려했고, 하늘에 뭉게뭉게 떠 있는 구름은 따뜻한 태양빛에 짙푸른 색을 드리우고 있었다.

벤쿠버의 봄은, 몹시도 서정적이고 여유로웠다. 자연이 주는 아름다운 선물에 기분이 좋아진 초록은 로얄오크역(Royal Oak Station)에서 스카이 트레인을 타고 다운타운에 위치한 학교로 향했다. 웬일인지 오늘은 좋은 일이 많이 생길 것만 같았다.

지난 며칠 동안 초록은 시차에 적응하랴, 이상한 남자 하늘에게 적응하랴, 정신이 하나도 없었다. 매일 하교하는 길엔 늘 하늘이 함께였고, 그는 항상 그녀에게 당당하게 자신의 생각을 말할 것을 요구했다.

그런 하늘의 요구가 처음엔 마냥 불편하고 힘들기만 했는데 차츰 그의 말대로 하다 보니 어느새 조금씩 적응이 되고 있었던 것이다.

또한 이젠 제법 하늘의 시선을 오랫동안 마주하며 대화를 할 수도 있게 되었다. 이런 변화가 초록은 그저 신기할 따름이었다. 한편으로는 뿌듯하기도 했다.

이렇게 기분 좋은 마음으로 학교에 도착해서 정문을 들어서는데 뭔가 이상한 느낌이 들었다. 알지도 못하는 학생들이 그녀를 심상치 않게 바라보고 있는 것이다.

'내가 뭘 잘못했나? 왜들 저러지?'

이 수상한 눈빛들은 교실에 들어서는 순간, 더욱 노골적으로 짙어졌다.

뭔지도 모르면서 당황함에 몸 둘 바를 몰라 하고 있는데 안동에서 왔다는 서한이 다가왔다. 학생이라고 하기엔 참으로 아저씨스러운 외모와 말투를 가지고 있는 그 사람이 대뜸, 자신의 새끼손가락을 들어 올리며 말했다. 뭔지 모를 기분 나쁜 웃음을 지으면서 말이다.

"너 하늘이 이거라며?"

순간, 초록은 당황함에 온몸의 체온이 급격히 상승했고, 얼굴은 홧홧, 뜨거워졌다.

아니, 이건 또 무슨 날벼락 같은 소리냔 말이다.

하늘이 새끼손가락이라니? 또 이 남자냐! 도대체 이 남자와 전생에 무슨 원수가 졌길래.

그런데 새끼손가락이 뭐지? 뭔데 알지도 못하면서 이리도 기분이 나쁜 것이지?

"저기요…… 근데요…… 이게 뭐예요?"

초록의 조심스런 질문에 그 아저씨스런 남자, 서한이 멀뚱멀뚱, 애 진짜 몰라서 묻는 거 맞아? 라는 궁금증을 얼굴에 띄웠다.

"몰라? 진짜?"

끄덕끄덕, 수줍은 고갯짓으로 초록이 대답을 대신하자, 서한이 소리쳤다.

"애인! 네가 하늘이 애인이라며! 하여튼 요즘 것들은 빨라도 엄청 빨라 버려."

애……인?

순간, 그녀는 자신의 귀를 의심했다. 잘못 들은 거겠지. 설마!

그리고 어리둥절, 교실을 둘러보자 남자들은 묘한 웃음을, 여자들은 상당히 기분 나쁜 표정을 짓고 있었다.

그때, 미연이 다급한 듯 교실로 뛰어 들어왔다.

"초록아. 너 그 소문 사실이야?"

사실? 사실일 리가 없잖아. 아아아! 왜 이런 시련이 자꾸만 닥쳐오는 것이란 말인가.

당황함에 잔뜩 상기된 얼굴로, 초록이 서한에게 다가갔다. 그리고 눈을 부릅뜨고 그를 날카롭게 노려봤다. 평소 같으면 절대로 있을 수 없는 행동이었지만, 며칠 동안 하늘에게 훈련을 받은 덕분에 이런 용기가 생겼나 보다.

"저기요! 그 헛소문 누가 퍼트린 거예요?"

누가 퍼트린 건지 알아내기만 해 봐라. 내 가만 안 둘 테니. 억울함에 씩씩대며 서 있는 초록을 보고, 서한이 무심하게 툭 답했다.

"강하늘!"

강. 하. 늘? 설마, 그 남자가 자기 입으로 내가 자기 애인이라고 말하고 다녔다고? 이 남자가 정녕 미친 것인가! 밥 한 번 같이 먹지도 않았는데, 내가 자기 애인이라고?

멘붕이라는 말은 이럴 때 쓰이는 것이구나, 심각하게 멘탈이 붕괴되는 느낌을 안고, 초록은 쿵쾅거리는 발걸음으로 최고급반이 위치한 2층으로 올라갔다.

자신한테 도대체 왜 이러는 건지 따져야겠다. 참, 누군가에게 무엇을 따지는 것이 실로 처음 있는 일이라 잘할 수 있을지 걱정은 되지만, 일단 가 보기로 했다.

2층, 최고급반 앞. 통유리 너머 그를 찾았다.

초급반과 달리, 최고급반은 학생들의 인종이 동양에서 머물지 않고, 서양인들도 눈에 띄었다. 인원수도 10명 남짓, 확실히 뭔가 달라 보이는 클라스와 더불어 깊은 무게감마저 느껴진다.

그곳에 서서 초록이 고개를 쭉 빼고 하늘을 찾고 있는데, 정작 찾고 있는 하늘 대신 현이 반가운 얼굴로 손을 흔들었다. 그러고는 기다렸다는 듯, 하늘만큼 긴 다리로 재빨리 다가왔다.

"안녕! 누구 찾아?"

"아…… 네…… 저……."

"나 보러 온 거야?"

"네에?"

아니요. 설마 그럴 리가요. 그럴 리가 없잖아요. 잘 알지도 못하는데.

"이야, 아침부터 초록을 보니 너무 싱그러운 걸~"

현이 장난스럽게 웃으며 말했다.

"네?"

초록은 당황해서 얼굴이 벌게졌다. 남자로부터 이런 말을 들어본 것이 처음이라 더욱 쑥스러웠다. 그 모습에 현이 활짝 웃었다. 그러면서 손가락으로 창밖을 가리켰다. 그가 가리킨 곳으로 시선을 옮겼더니, 초록색 나뭇잎이 햇살에 반짝이고 있었다.

"초록색! 나뭇잎! 너무 싱그럽지 않니? 하하하!"

순간 더욱 당황한 초록이 제 얼굴을 감싸며 재빨리 고개를 숙였다. 이런! 이 남자들 번갈아 가며, 훅훅 들어오는데 정신이 하나도 없다.

"잘됐다. 안 그래도 너한테 가려 했거든!"

"네? ……왜요?"

초록은 끊임없이 당황했고, 현은 끊임없이 개구지게 웃었다. 그의 미소도 하늘의 미소만큼이나 아름다웠다. 남자들의 미소도 충분히 아름다울 수 있다는 사실을, 초록은 이제야 깨닫는다.

"있지. 우리가 작은 스터디 그룹을 하나 만들었거든. 영어 공부의 목적도 있지만 실은 친목 도모의 목적이 더 큰 모임이지, 하하하."

"……."

이건 또 무슨 소린지, 그냥 잠자코 그의 말만 귀담아 듣기로 했다.

"초록이 너도 이 모임 멤버라고 알려 주려고. 앞으로 우리 얼굴 자주 보겠다. 아, 좋아라. 너도 좋지? 기대해. 하하하."

"네에?"

도대체 밑도 끝도 없이 이건 또 무슨 소리냐! 정말 그칠 줄 모르는 어이없음의 향연이었다. 자신도 몰래, 이렇게 세상이 마구잡이로 돌아도 되는 것인가! 하루 사이, 하늘의 애인이 된 것도 모자라, 정체 모를 모임의 멤버까지 되다니.

"왔어?"

그때, 현이 누군가를 향해 밝은 미소를 지어 보였다. 그녀도 현이 미소 짓고 있는 그 상대를 향해 고개를 돌렸다. 그랬더니 하늘이 반대편 복도에서 빛을 발하며 이쪽으로 다가오고 있었다.

그런데 저 남자 강하늘, 오늘따라 왜 이렇게 멋있고 듬직하고 늠름해 보이는 것인가. 그 모습에 초록은 또다시 제멋대로 붉어지는 얼굴을 감추려, 재빨리 고개를 숙여 버렸다.

그가 멋있는데 왜 자신이 쑥스러운지…….

하여튼 정체 모를 쑥스러움에 고개를 숙이고 있는데 그가 낮은 음색으로 물었다.

"어쩐 일이야?"

아침 공기에 낮게 깔린 허스키한 목소리마저 미치도록 근사했다. 그러다 그의 질문에 그만 정신이 번쩍 든 초록이 고개를 들었다.

"저, 저기요…….."

숨을 천천히 들이쉬고, 눈에 힘을 주고, 주먹을 꽉 쥐고서는 초록이 말을 하려는 찰나, 현이 재빨리 그 틈을 파고들었다.

"하늘아, 내가 초록이에게 우리 모임 얘기했어. 아, 참! 오늘 수업 끝난 뒤 첫 모임 한다는 걸 깜빡했네! 초록아, 오늘 첫 모임 있으니깐, 집에 가지 말고 기다려! 알았지?"

"네? 아니…… 저…….'

"혹시, 너 혼자 오는 것이 부담스러우면, 친구 한 명 데리고 와도 좋아."

현의 말이 끝나자마자, 하늘이 이어서 말했다.

"아니…… 저기요…… 그게 아니라……."

"그리고 모임 안 한다는 말은 하지 말 것. 내 세 번째 요구사항이니, 이 모임에 성실하게 참석해야 할 거야."

"네에?"

하늘이 희미한 미소를 지으며 말했다. 미소만 근사하면 다냐! 도대체 빚을 몇 번에 걸쳐 나눠 갚아야 하는 거란 말인가. 이렇게 이상한 방식으로 갚아야 하는 건 또 어느 나라 방식인 건지. 그저 밥 열 번만 사면 될 줄 알았는데.

딩동댕동~

그때 수업을 알리는 종소리가 울렸다.

"어 수업 시작이다. 초록아, 그럼 이따 봐. 안녕!"

현이 먼저 교실로 뛰어 들어갔다. 저 남자는 언제나 밝고 쾌활하다.

"그럼, 수업 집중해서 잘 듣고, 이따 보자."

하늘도 천천히 교실 쪽으로 향해 걸어가기 시작했다. 그때, 더이상 참을 수 없었던 초록이 소리쳤다.

"저기요! 할 말이 있어요!"

그러자 놀라운 눈빛으로 하늘이 그녀의 얼굴을 돌아보더니, 가까이 다가왔다.

"뭔데?"

"내가 그쪽 새끼, 아니 애인이란 소문을 들었어요. 그런데 그 소문을 퍼트린 사람이 그쪽이래요. 맞아요?"

와우! 지금 저렇게 눈을 치켜뜨고 당당하게 소리치는 여자, 분명 연초록 맞는 건가!

잠시, 신기하면서도 놀라운 얼굴로 계속 그녀만 바라보던 하늘이 이내 씨익 웃더니, 천천히 답했다.

"응. 맞아!"

"네에에?"

그의 핵폭탄급 발언에 초록의 정신은 그만 안드로메다로 날아가 버렸다. 이 어이없는 상황이 도무지 이해되지 않았다.

"왜, 왜요? 왜 그랬는데요?"

"그래야 내가 편할 것 같아서."

"네에?"

도무지 저 남자의 말을 이해하지 못하겠다. 왜! 내가 자신의 애인이면 편하다는 거지? 도대체 뭐가 편하다는 거야?

"나도 편하지만, 그게 너한테도 이로울 거야."

"네에? 왜요?"

"음…… 왜냐면…… 나처럼 잘생긴 남자가 애인이면 너도 좋잖아. 뭐, 좋지는 않아도 그렇다고 나쁠 것도 없을 것 같은데. 안 그래? 초록아. 너 남자 한 번이라도 사귀어 봤어?"

"아, 아니요."

소심하게 고개를 저으며 답하는 초록의 모습에 하늘이 피식, 내 그럴 줄 알았다는 표정으로 설핏 웃고는 이어 말한다.

"그럼, 남자란 인간이 얼마나 무서운 존재인지 잘 모르겠네. 특히 너처럼 순진하고 잘 우는 여자한테 얼마나 많은 남자들이 나쁜 마음으로 접근하는지도 분명 잘 모를 거야. 그치?"

"네…… 그렇긴 하지만……."

"그래서 그런 거야. 이 세상 남자들, 너희 아버지와 나 빼고 다 늑대에 완전 나쁜 놈들이거든."

도무지 하늘의 말을 듣고 있으면 있을수록, 무슨 소린지 당최 모르겠는 초록이 눈만 끔뻑끔뻑거리자, '휴, 널 데리고 내가 지금 무슨 말을.'이라고 속으로 생각하며 하늘이 고개를 저었다.

"아 됐고! 어차피 내가 네 애인이라고 소문 다 났으니, 그냥 그러려니 하고 다니자고. 이게 네 번째 요구사항이니깐 너도 그렇게 알고 있어. 오케이? 그럼 나 수업 들어간다. 너도 얼른 내려가도록."

뭐, 뭐냐. 도대체. 이 상황은! 연타로 핵폭탄을 맞아 제정신이 아닌 초록을 향해 교실 쪽으로 멀어져 가던 하늘이 멈칫, 발걸음을 멈추고 다시 그녀 앞으로 돌아왔다. 그리고 허리를 숙여 그녀의 귓가에 대고 아주 부드러운 목소리로 속삭였다.

"그리고, 방금 그 당당한 태도, 아주 좋았어. 잘했어, 초록."

그러더니 빙긋 웃으며 그녀의 머리를 부드럽게 쓰다듬고는 교실로 성큼성큼 들어갔다.

이에 초록은 벼락이라도 맞은 듯 휘청거렸다. 하늘의 충격적 발언 때문인가, 아님 그의 달콤한 속삭임과 쓰담쓰담 때문인가. 하여튼 휘청거리는 다리를 질질 끌고 초록은 그렇게 교실로 돌아왔다.

그리고 그녀는 그 이후 수업에 하나도 집중할 수 없었다. 머리는 분명 뒤죽박죽, 엉망진창인데, 그 쓰담쓰담의 느낌이…… 그 부드러우면서도 뭔가 이상한 감촉이…… 내내 지워지지 않았기 때문이다.

　한편, 교실로 돌아온 하늘의 표정은 심각했다.

　어제 있었던 그 일로 인해, 지금 일이 이 지경이 되어 버린 것이 아닌가. 한순간에 화려한 솔로에서 임자 있는 몸이 되다니. 휴우! 하늘의 한숨이 깊어지고 있었다.

　누구는 초록과 사귄다는 소문이 좋아서 가만히 있는 줄 아나. 그렇게 해 놔야 자신이 조금은 편할 것 같아서였다. 그의 강한 책임감도 한몫했다. 아버지의 지령 두 번째, '초록에게 접근하는 남자들을 가차 없이 쳐 내라!'를 지키기 위해 자신이 어쩔 수 없이 희생하는 것이다.

　안 그래도 초록이 이 학교에 발을 들인 순간부터, 남자들의 눈빛이 번뜩이기 시작했다.

　객관적으로 초록은 남자들의 본능적 욕구를 자극시킬 만큼, 충분히 아름다웠다. 하얗고 뽀얀 피부와 윤기 나는 머릿결, 오밀조밀 귀엽고 예쁜 생김새, 가느다랗고 여리여리한 몸매, 거기에 남자의 보호본능을 자극하는 묘한 매력까지 지니고 있으니, 모든 것을 들썩이게 만드는 아름다운 이 계절, 남정네들의 마음에 불을 지피기에 충분했다.

　아니나 다를까! 어제, 결정적 사건이 일어나고야 말았다.

　수업이 다 끝나고 집으로 돌아가기 위해 2층에서 1층으로 내려오는데, 서한을 비롯해 태도가 다소 불량한 녀석들이 휴게실에 떼

거지로 모여 앉아 무언가 잡담을 하고 있었다. 소란스럽게 떠드는 그들의 말소리는 시끄러웠고, 때문에 하늘의 귀에까지도 또렷이 들려왔다.

'야, 이번에 새로 온 그 초록이라는 애. 너무 귀엽지 않냐? 딱 내 스타일인데 말이야.'

'글게, 형님. 갸 진짜루 괜찮더만요. 흐흐흐.'

'아직까지는 굉장히 어리버리해 보이던데, 조금만 잘해 주면 홀딱 넘어오겠더라.'

'형님, 이번에는 갸 제게 넘겨주시죠. 지난번에 일본에서 온 사키코, 제가 형님한테 양보했다 아입니까.'

'왜? 맘에 드냐?'

'네, 완전 맘에 든다 아닙니까. 크큭.'

'그래, 알았다 인마. 내가 양보하마. 대신 니 먼저 따먹고, 내게 넘겨라. 알았지?'

'그람요. 걱정하지 마이소. 흐흐.'

그 순간, 하늘은 끓어오르는 화를 참을 수 없었다. 저것들이, 미쳤나! 자신이 초록이를 지켜야 한다는 책임감 이전에, 저들의 대화는 같은 남자로서 수치심마저 들게 만들었던 것이다.

여자가 무슨 감이냐? 따먹게! 이에 하늘이 그들에게 쿵쿵 다가가 테이블을 주먹으로 쾅! 내리쳤다.

'뭐, 뭐야? 너?'

동갑인 서한이 소리쳤다.

'너희들, 연초록 건드리기만 해 봐라. 내 가만 안 둘 테니!'

이를 악물고 밀하는 하늘의 모습에 서한이 벌떡 일어섰다. 그리고 자기보다 머리 하나가 더 큰 하늘을 올려다보며 소리쳤다.

'이놈아가 미쳤나. 네가 뭔데? 연초록이 갸가 니 애인이라도 되냐?'

그러자 다른 남자들도 하나, 둘 일어서며 고개를 끄덕였다. 그러나 함부로 다가서진 않았다.

지난번, 공원에서 한국 학생들끼리 모여 있는 자리에 덩치 큰 흑인 남자가 다가와 인종차별적 발언을 내뱉고 시비 붙은 것을, 하늘이 단숨에 제압하고 그 흑인 남성의 사과까지 받아 낸 일화로 하늘은 이 학교에서 거의 영웅적 존재였기 때문이다.

한편, 초록이 애인이냐는 서한의 말에 하늘은 순간 의미심장한 미소를 지었다. 그래, 그러면 되겠군. 그녀를 자신의 애인으로 만들어 버리면 좀 편해지겠어. 그 생각에 부글부글 끓던 화를 차분하게 가라앉힌 하늘이 입을 열었다.

'그래 맞아. 내 애인!'

목소리를 높이지 않고 조용하게 말함에도 불구하고 하늘에게선 쉽게 범접할 수 없는 강렬한 카리스마가 느껴졌다.

'너, 너 진짜야? 확실해?'

하늘의 단호함에 기가 눌렸는지 서한이 다소 의기소침하게 물었다.

'맞아. 진짜로. 연초록 내 여자 친구 맞으니깐, 너희들 행동 조심해라. 알았지?'

그렇게 해서 초록은 순식간에 하늘의 애인이 되어 버렸던 것이다.

「있지. 하늘아. 초록이 그 아이 은근 귀여워. 농담 하나에도 어찌나 얼굴이 벌게지는지. 후후.」

옆에 앉아 있던 현이 씨익 웃으며 하늘에게 작은 소리로 말했다.

하늘과는 고등학교 때부터 가장 친했던 친구로, 하늘이 휴학하고 캐나다로 떠난다는 말에, 제대 후 복학을 앞두고 있던 현은 학교 대신 하늘을 따라 이곳으로 왔다. 그리고 무슨 껌딱지처럼 딱 붙어서 이런저런 일을 모두 참견 중이었다.

하늘은 이런 현이 귀찮기도 하면서 또 다른 한편으로는 든든했다. 그런 현의 말에 뭐라 답해야 좋을지 몰라 하늘은 잠자코 수업에 열중하는 척했다.

「그런데, 강하늘. 너! 초록이 그 아이 좋아하는 거냐?」

하늘이 어이없는 표정으로 현을 바라보았다.

「헛소리 그만해라. 아니라고 몇 번을 말해!」

「흠. 진짜, 아니란 거지? 확실해?」

「그래, 확실하다. 확실해. 됐지? 이제 똑같은 질문 좀 그만해라. 닭대가리도 아니고.」

「짜식~ 까칠하기는. 하긴, 강하늘이 여자를 좋아할 리가 없지. 여자라면 치를 떠는 인간이. 너 사실, 게이잖아! 크크.」

그렇다. 현은 하늘이 고등학교 시절부터 지금까지 단 한 번도 여자에게 진심으로 마음을 여는 모습을 본 적이 없었다. 그렇다고 여자를 만나지 않았다는 말은 아니다. 비교적 많은 여성들과 교제라는 것을 하기도 했었다.

그런데 하나같이 그와 만남을 지속해 온 여자들은 무슨 이유인지, 그만 제풀에 꺾여 떨어져 나가고 말았다.

간혹, 이런 이별로 인해 제 스스로 상처를 받을 만도 하건만, 하늘은 아주 멀쩡했다.

애초 교제라는 말 자체가 무안하리만큼, 하늘은 여자들에게 제 감정을 주지 않는 스타일이었기 때문이다. 다가오는 여자 막지 않고, 떠나가는 여자 잡지 않는 것! 가장 나쁜 남자의 전형! 바로 그것이 강하늘이었다.

「쓸데없는 소리 좀 그만해라. 김현.」

현의 농담에 이젠 이골이 난 듯, 하늘은 아무렇지도 않은 표정이었다.

「크큭. 그나저나, 초록이 그 아이가 기분 나빠 하지 않을까?」

「뭐가?」

「네가 자기 애인이라고 소문 낸 것 말이야.」

「그럴지도 모르지. 그런데 기분 나쁜 것보다는 아마 앞으로 내 얼굴 어떻게 봐야 할까를 더 심각하게 고민하고 있을걸. 후후.」

하늘은 저도 모르게 웃었다. 며칠 동안 초록을 파악한 결과였다. 그녀는 누구에게 쉽게 화를 내지도, 기분 나빠 하지도 못하는 성격이었다. 자신의 감정보다는 상대방의 감정이 더 중요했기 때문이다.

그 순간, 하늘은 초록의 생각에 자신도 모르게 절로 웃음이 나온다는 사실을 깨닫지 못하고 있었다. 다만, 이런 하늘의 반응을 현은 계속 의심의 눈초리로 지켜보고 있는 중이었다.

☆★☆★☆

머어엉~ 하늘을 만나고 온 이후부터 지구 밖으로 날아가 버린 정신은 아직까지도 제자리를 찾지 못하고 있는 중이었다. 뭔가 눈빛은 풀려 있고, 입은 반쯤 벌어졌으며, 얼굴은 핫팩을 붙였다 방금 떼어 낸 것처럼, 홧홧 벌게져서는 도무지 식을 줄 모르고 있었다.

그리고 머릿속은 엉킨 전깃줄처럼, 정신이 하나도 없었다.

이성적으로 지금 자신이 처한 상황을 바라보건대, 분명 기분이 나빠야 하는 것 아닌가!

그런데 왜…… 기분이 하나도 안 나쁜 것이냐!

보통, 로맨스 소설에서 보면 이런 상황에 여자 주인공이 남자 주인공의 뺨을 철썩, 때리면서 뭐라고 막 해 대고는 매몰찬 표정으로 당당하게 사라지던데, 난 왜 이러냐.

'아, 이제 그 사람 얼굴을 어떻게 보지?'

순간, 초록의 눈앞으로 빙긋 웃고 있는 하늘의 얼굴이 두둥실 떠오른다. 그러고는 이내 그 길고 하얀 손을 들어올려, 자신의 머리를 쓰다듬는다.

아! 그 부드러운 쓰담쓰담의 느낌. 그러다 자신의 생각에 이내 고개를 재빨리 절레절레 흔든다. 이 이상야릇한 감정과 기분이 뭔지 몰라, 또 고개를 절레절레 흔드는데 그때 앨리스 선생이 그녀를 불렀다.

「오우! 초락.」

그제야 정신이 다시 제자리로 돌아온 초록이 엘리스를 멀뚱멀뚱, 바라봤다.

「네?」

「고개를 짓는 걸 보니, 초락은 이 주제에 반대하나 본데, 왜 반대하는지 그 이유를 설명해 줄래요?」

설명하라고? 무엇을?

무슨 상황인지 몰라, 재빨리 고개를 이리저리 돌렸더니 모든 학생들의 시선이 자신에게로 향해 있었다.

다들 자신의 입만 바라보고 있는 것 같아 초록의 당황함은 극에 달하고 있었다.

그때, 옆에 앉아 있던 미연이 낮은 소리로 속삭였다.

"지금, 사형제도 폐지에 대한 찬반양론에 대해 토론 중이었어."

사형제도 폐지? 한국말로 표현해도 이해가 될까 말까 한 이런 어려운 주제를 영어로 논하고 있었단 말인가, 이 초급반에서?

그리고 이후, 지금껏 단 한 번도 생각해 보지 않았던, 사형제도 폐지 반대에 대해 더듬더듬, 설명을 이어 가던 초록은 그만, 울먹이며 두 손을 높이 들고 투항하고야 말았다.

"Sorry, I'm so sorry!"

☆★☆★☆

쉬는 시간. 너덜너덜해진 몸과 마음으로 초록이 책상에 엎어져 있었다. 이곳, 캐나다에 온 이후로 인생 계속 꼬이는 기분이 들었다.

그때 미연이 초록의 옆구리를 손가락으로 쿡쿡 찌르며, 낮은 소리로 속삭였다.

"너 진짜야? 하늘이 오빠랑 진짜 사귀는 거 맞아?"

맞긴 뭐가 맞아. 아니라고! 아닌데…… 뭐라고 답해야 하는 것인

가. 만일 여기서 자신이 아니라고 부인하면, 하늘의 입장이 난처해 질까? 그래도 어려운 순간마다 슈퍼맨처럼 나타나 자신을 도와주는 사람인데. 은혜는 못 갚더라도, 그 사람을 난감하게 만들 순 없지 않겠는가.

'아…… 모르겠다. 어떻게 해야 하는지 정말로 모르겠어.'

이럴 때 엄마가 옆에 있었으면 좋으련만. 그러면 엄마가 알려 주는 대로 하면 될 텐데.

"응, 말해 봐. 진짜야? 진짜로 사귀어?"

잠시 진실과 거짓 사이에서 갈등하던 초록이, 그래도 자신을 친동생처럼 아껴 주는 미연한테만은 진실을 알리자 결심하고는 귓속말로 속삭였다.

"사실, 언니. 아니야. 사귀는 거 아닌데, 어떻게 일이 이렇게 돼 버렸어. 근데 이거 비밀로 해 줘. 부탁이야. 응?"

이 말에 미연이 매우 의아한 표정을 지었다.

"보통, 사귀는 걸 비밀로 해 달라는 말은 많이 들어봤어도, 사귀지 않는다는 걸 비밀로 해 달라는 건 또 첨이다. 뭔데 그래? 왜 그러는 건데?"

왜 그러냐고? 왜 그러는 건지, 나도 정말 알고 싶다. 내가 이렇게 우유부단하게 행동하는 이유를 나도 모르겠다고!

수업이 끝났음을 알리는 종소리가 울리자, 초록의 심장이 저도 모르게 쿵 떨어져 내렸다.

오늘, 아침부터 발생한 일련의 사건들 때문에 초록은 정신이 하나도 없었다. 때문에 그 모임에 가고 싶지 않았다. 무엇보다 그의 얼굴을 보기가 힘들 것 같았다. 무슨 핑계를 대고 빠질까를 궁리하는데, 미연이 웃으며 다가왔다.

"초록아, 오늘 우리 스텐리 파크 구경 가기로 한 약속, 잊지 않았지?"

맞다. 오늘 미연과 공원 구경 약속이 있었지. 잘됐다. 마치 어둠 속에서 광명이라도 찾은 듯 초록이 매우 기쁜 표정을 지었다. 이 약속을 핑계로 그 모임을 피하려는 속셈이다. 오늘은 정말로 될 수 있으면 하늘과 마주치고 싶지 않았던 것이다.

"응, 언니. 그럼 기억하지. 당연! 호호호. 가자. 언니."

그런데 미연의 팔짱을 끼고 강의실을 나오자 기다렸다는 듯 하늘과 현이 나란히 모델의 포즈로 걸어왔다. 이 공간이 순간, 런웨이로 바뀐 듯 화려하다.

"어머머머, 저 오빠들 지금, 우리한테 다가오는 거니?"

미연이 놀라움을 금치 못하며, 호들갑스럽게 말했다. 얼굴로 드러난 흐뭇한 표정을 숨기지도 않는다.

반면, 초록은 무슨 도깨비불이라도 본 양 화들짝 놀라며 얼음인 상태로 멈춰 섰다.

오늘은 보고 싶지 않았는데…….

"헤이~ 초록! 이제 수업 끝났어? 한참 기다렸네. 모임 갈 준비는 됐지?"

현이 먼저 시원시원한 목소리로 말했고, 하늘은 그저 잠자코 서서 초록을 물끄러미 바라만 봤다. 혹시 아까 그 일로 그녀의 기분이 나쁘지는 않은지, 괜찮은지 파악하는 중이었다.

그래도 신경이 쓰이긴 했다. 혹시 여러 가지 일로 상처를 받지나 않았을까, 너무 자신의 입장만 생각했나, 그래서 본의 아니게 피해를 주게 된 건가, 수업 내내 신경이 쓰이고 걱정도 되었다. 그래서 자꾸만 그녀의 얼굴을 요리조리 살피며, 감정을 읽으려 노력 중이었다.

그런데 그녀는 일부러 자신을 모르는 체, 시선을 내리깔고 아예 유령 취급이었다.

'후후, 화가 나긴 하나 보네.'

"아…… 저, 저기요…… 오늘 약속이 있어서, 저 모임 참석 못 하겠어요…… 죄송해요."

하늘의 시선만을 의도적으로 피하던 초록이, 현을 바라보며 천천히 입을 열었다.

이제 거절도 하다니, 무조건 '네네' 밖에 모르던 그녀의 달라진 모습에, 하늘은 이상하게 알 수 없는 뿌듯함을 느끼기 시작했다.

"왜 못 한다는 건데? 분명, 내 세 번째 요구사항이라고 말했을 텐데."

하늘이 불쑥, 현과 초록의 사이를 비집고 들어가며 말했다. 그러자 초록이 눈을 아래로 내리깔고는 작게 속삭였다.

"전 그 모임…… 한다고 말한 적도…… 없고……. 또…… 오늘은 이 언니와 약속이 있어서……."

아, 이런……. 왜 또 하늘 앞에선 이리도 작아지는가. 다시금 버벅거리는 자신의 모습에 초록은 미칠 것만 같았다.

그때, 현이 다시 앞으로 불쑥 나오며 초록 옆, 꿔다 놓은 보릿자루처럼 서 있던 미연에게 호기심 짙은 시선을 던졌다.

"그런데, 우리 초록이 옆에 있는 이 이쁜 언니는 누구신가?"

"아! 안녕하세요. 전 어미연이라고 해요. 초록이와 같은 반이죠. 반갑습니다. 그쪽은 김현, 현 오빠시죠? 워낙에 유명인사라 저는 이미 알고 있었답니다. 호호호."

사실, 하늘만큼 현의 인기도 대단했다. 잘생긴 외모에 최고의 학벌과 훌륭한 영어 실력, 게다가 현은 하늘과 달리 성격 좋기로 유명했다.

언제나, 누구에게나 친절했고, 쾌활했으며, 늘 웃고 다녔다. 그래서 다소 까칠한 하늘과 달리 현을 좋아하는 여성들도 꽤 많았던 것이다.

"그랬구나. 미연, 어미연. 예쁜 이름이네? 하하하. 반가워. 만나서."

하며 현이 자신의 손을 내밀었다. 그러자 미연이 기다리고 있었다는 듯 현의 손을 잡고 위아래로 흔들흔들, 악수를 나눈다.

"네, 반갑습니다. 하늘 오빠는 이미 뵈었죠."

"그래."

하늘이 미연을 향해 부드럽게 말한다. 그래도 몇 번 봤다고, 또 초록이 친구라고, 하늘은 미연에게 부드러웠다. 다른 모르는 여자들에게 보이는 까칠함은 찾을 수가 없었다.

"하늘이하고도 아는 사이였어? 와아아! 그럼 잘 됐네. 실은 우리가 영어 스터디 그룹을 하나 만들었거든. 일주일에 세 번씩, 수업 후 만나서 공부도 하고, 이곳 정보도 나누고 할 생각인데, 어때? 미연이 너도 우리랑 같이 참여 안 할래?"

현이 기다렸다는 듯 큰 소리로 말하자, 하늘이 그들과 다소 떨어져서 소심하게 서 있는 초록을 한번 힐끔 쳐다보고는, 미연을 향해 미소를 지으며 고개를 끄덕인다. 그렇게 하자는 의미였다. 그러자 미연의 얼굴에 급화색이 돌며, 와아! 짝짝 박수를 친다.

"아아! 좋아요. 좋아요. 오빠들과 함께라면 무조건 좋아요."

무슨 복권이라도 당첨된 듯 미연이 연신 물개박수를 치며 좋아한다. 이들과 함께할 수 있다면 지구 끝이라도 따라갈 모양이었다.

"오늘 첫 모임 시작인데, 그럼 오늘부터 참석할 수 있겠어? 둘이 약속 있다며."

"아하하! 괜찮아요. 어차피 스텐리 파크 구경 가려 했던 건데, 내일 가도 돼요."

"그래, 좋아. 그럼 렛츠고~"

현과 미연이 먼저 앞장서서 학교를 빠져나갔고, 그 뒤를 하늘이 천천히 따라 나갔다. 초록에게는 아예 가잔 말도 안 한다.

'저기요? 저기요? 저는 안 보이시나요?'

자신만 쏙 빼놓고, 빛의 속도로 의견을 주고받고는 사라지는 세 사람의 모습에 초록은 어리둥절했다. 무슨 짜고 치는 고스톱도 아니고, 뭐가 이렇게 딱딱 맞아떨어지는 것이냐. 잠시, 주춤주춤 서 있던 초록도 어쩔 수 없이 그들을 따라 나섰다.

저 남자를 향한 자신의 복잡한 감정 때문에 오늘은 정말로 하늘과 마주하고 싶지 않았지만, 또 저 모임에서 자신만 소외되고 싶지는 않은, 이중적 감정 때문에 그녀는 그렇게 그들을 졸졸 따라 나섰다.

그들이 도착한 곳은 벤쿠버 공립 도서관(Vancouver Public Library).

학교와 멀지 않은 곳에 위치하고 있는 도서관은 달팽이 등처럼 빙글빙글, 콜로세움 형태의 건축물로 외관이 웅장하고 아름다운 곳이었다.

그 모습에 초록의 눈이 휘둥그레지며, 기웃기웃 여기저기를 구경하느라 정신이 하나도 없었다. 이곳에 앉아 있으면 그냥 저절로 공부가 잘 될 것만 같은 기분이 들었다.

그곳, 일 층 로비, 머핀과 음료를 파는 가게 앞 테이블에 먼저 출발한 세 사람이 자리를 잡고 앉았다. 초록도 미연 옆자리에 앉는 순간, 현이 장난스러운 미소로 말했다.

"어우! 초록아. 너 여긴 어쩐 일이야? 모임 못 한다고 하더니만, 어떻게 온 거야? 설마, 공부하러 왔어? 하하하."

뭐가 저리 좋은지, 개구지게 웃는 현을 초록이 입을 쭉 내밀고 바라보았다. 이럴 땐 뭐라고 해야 하나. 분명 자신에게 악의 없이 장난치고 있다는 걸 잘 알지만, 이런 상황이 참, 낯설고 어색했다. 그때 잠자코 초록만 지켜보던 하늘이 일어섰다.

"잔소리 그만하고, 뭐 마실래? 머핀하고 음료수 한 잔씩 하면서 봉식이 기다리자."

봉식이? 그 사람은 또 누구지? 그런데 이름이 참 정겹다.

"하늘, 네가 쏘는 거냐?"

"그래, 내가 쏠게."

"오홋! 비싼 거 먹어야지. 야야! 니네들도 엄청 비싼 걸로 먹어라."

그때 메뉴판에서 음료를 고르고 있던 현이 고개를 들다가 저 멀리 검은색 가죽 롱코트를 입고 바람의 아들처럼 공기를 가르며 다가오고 있는 누군가를 향해, 자신의 트레이드마크인 환한 미소를 드리우며 손을 위로 번쩍 들어 올리더니 휘휘 젓는다.

이 모습에 하늘 역시 그를 보더니 빙긋 반가운 미소를 지으며, 현과 함께 그 남자에게로 다가가 한 손을 마주잡고, 퍽퍽! 박력적인 남자들의 포옹을 한 번씩 하고는 하하하, 웃는다.

"누군데 저러지?"

그 모습을 멀뚱히 바라보던 미연이 초록에게 소곤거렸다.

"글쎄…… 누구지?"

"야, 그런데 패션이 참 거시기하다. 그래도 얼굴은 잘생겼는데? 끼리끼리, 초록은 동색이라더니, 저들은 죄다 잘생긴 사람들하고만 친하네."

미연이 연신 궁금한 얼굴로 고개를 쭈욱쭈욱 늘리며 그들을 바라보고 있었다.

정말로 누굴까? 저 범상치 않은 겉모습이라니. 무슨 매트릭스의 키아누 리브스처럼, 가히 SF 영화스러운 모습으로 등장한 또 다른 남자. 하아! 이곳에 와서 초록은 정말로, 각양각색의 남자들을 모두 만나고야 마는 운명인가 보다.

"잘 지냈어? 봉식아!"

현이 반가움 가득 담은 얼굴로 봉식을 향해 말하자, 그가 미간을 잔뜩 찌푸리며 검지 손가락을 들어 올려 까딱까딱! 좌우로 흔들었다.

"아니아니! 알렉스! 이제부턴 알렉스라고 불러 다오. 친구들아."

"알렉스? 푸하하하하하!"

정신없이 웃기 시작한 현을 옆에 두고, 하늘이 부드럽게 웃으며 말했다.

"그동안 잘 지냈지?"

"응, 그렇지 뭐. 너희들, 몇 년 만이지? 자식들~ 못 본 사이 완전 멋있어졌잖아."

그러면서 봉식인지, 알렉스인지 하는 그 남자가 주먹으로 하늘의 가슴을 툭툭 쳤다.

"너도, 외국물을 먹어서 그런가, 촌놈이 도시놈 다 됐네. 하하하하."

배를 잡고 웃던 현이 그에게 어깨동무를 하며 말했다. 그들의 표정이 햇살처럼 밝고 환했다. 마치 순수했던 시절로 돌아간 것처럼 아련한 그리움도 솟아오르는 듯 보였다. 그러다 멀뚱히 자신들을 바라보고 있는 초록과 미연을 보며 현이 말했다.

"아참! 소개해 줄게. 여기 이 두 아가씨들은 앞으로 우리와 모임을 같이할 멤버들이야. 봉식이 너도 인사해. 그리고 아가씨들도 인사. 앞으로 우리의 모임을 이끌어 주실 선생님이자 우리의 베프인 구봉식!"

현의 소개에 봉식이 손을 휘휘 저었다.

"반갑다. 알렉스라고 해. 앞으로 잘 지내보자."

그의 굵고 낮은 중저음의 목소리가 도서관 로비에 쩌렁쩌렁 울렸다.

"네, 반갑습니다."

"안녕하세요."

초록과 미연의 수줍은 인사가 끝나자, 하늘이 차근차근 그녀들에게 봉식에 대한 설명을 시작했다.

"알렉스는 우리의 오래된 친구야. 고등학교 때 이곳으로 이민을 왔고, 현재 이곳 대학에 다니지. 앞으로 우리 스터디 그룹의 선생님 겸, 이곳에 대한 많은 정보를 알려 줄 거야. 그러니 다들 친하게 지내자고."

"넵! 오빠."

미연이 환하게 웃었고, 초록은 그저 끄덕끄덕 수줍은 미소만 지었다.

"그럼, 가자."

봉식이 일어서며 말했다.

"어딜?"

하늘과 현이 동시에 소리쳤다.

"멤버 소개 다 끝났으면 한잔해야지. 이 어색한 분위기 어쩔 거야. 사람과 사람이 가장 빨리 친해지려면, 뭐니 뭐니 해도 알코올이 들어가야지. 안 그래?"

"아하하하! 역시, 봉식이 이 자식! 하나도 변하지 않았구나. 오케이! 가자가자~"

현이 봉식의 목에 헤드록을 걸며, 즐거운 듯 하하 웃었다. 저렇게 에너자이저 같은 남자라니. 현은 늘 신나고, 늘 밝고 활기찼다.

초록은 현의 그런 모습을 물끄러미 바라보았다. 자신이 가지고 있지 못한 모습을 지닌 현이 부러웠던 것이다. 그러다 슬그머니 하늘을 바라보았다.

하늘, 강하늘. 저 남자는 아리송하다.

자신의 이름 하늘처럼, 수많은 새을 지니고 있는 듯 묘하다. 도무지 갈피를 못 잡겠다. 냉정하다가, 자상하다가, 쌀쌀맞았다가, 친절했다가, 혹시 다중이? 설마 네 안에 너무 많은 네가 들어 있는 것이냐? 아! 그런데 나, 왜 이 순간에서도 그를 분석하고 있는 것인지.

오늘은 아침부터 하루 종일 하늘이 생각으로만 머릿속이 가득하다.

그러다 그와 시선이 마주치고, 당황해서 순식간에 고개를 숙여버린 초록의 얼굴이 또다시 붉게 달아올랐다.

한편 술을 마시러 가자는 봉식의 제안에 하늘은 초록을 바라보며 난감한 표정을 지었다.

그녀를 데리고 가도 괜찮은 건가? 뭐, 술 한잔 마시는 것 정도가 그렇게 나쁘다고 할 수는 없지만, 아무래도 책임감이 강한 하늘이었기에 살며시 걱정이 되었던 것이다.

그래, 직접 본인의 의견을 물어보자, 하고 생각한 하늘이 그녀 옆으로 다가섰다.

"괜찮겠어?"

"뭐가요?"

"술 마시는 거. 싫으면 안 가도 괜찮아."

"무슨 소리! 모임 첫날인데, 다 같이 가야지. 그치? 초록!"

그때, 언제 엿듣고 있었는지, 현이 득달같이 달려와 진지한 표정을 지었다. 이렇게 진지한 모습을 처음 본 초록은 그만, 자신도 모르게 고개를 끄덕거렸다.

"네, 네. 가야죠. 하하."

수줍은 미소를 지었고, 이 모습에 만족한 현이 은근슬쩍 그녀의 손을 잡고 앞으로 쭉쭉 걸어갔다. 초록은 이런 현의 행동에 너무 당황해서 어찌해야 할지도 모른 채, 그냥 현에게 끌려만 갔다.

이 모습에 어리둥절하게 서 있던 하늘은 순간, 그 긴 다리로 성큼성큼 달려가서는 현의 손에 잡혀 있던 초록의 손을 잽싸게 낚아챘다. 하늘의 얼굴은 순식간에 붉게 상기되었고 현을 바라보는 눈빛은 이글이글, 표정은 화난 사자처럼 매서워졌다.

그런 하늘의 모습에 현이 잠시 당황한 표정을 짓다가 이내 씨익 웃으며 하늘의 어깨를 툭툭 치고는, 다시 봉식의 목에 헤드록을 걸며 앞서 걸어갔다.

"아아……. 저기…… 아파요……."

어찌나 세게 그녀의 손을 부여잡고 있었는지, 하늘에게 잡힌 초록의 손이 시퍼렇다. 이에 하늘이 몹시도 당황해하며, 얼른 초록의 손을 놓아주었다. 왜 이렇게까지 흥분을…… 그조차 이해할 수 없는 행동이었다.

"아…… 아. 미안. 미안해."

"괘, 괜찮아요."

그러고는 하늘보다 더 빨개진 얼굴로 초록이 앞서가던 미연에게로 포르르, 달려가 팔짱을 낀다. 그 뒷모습을 멍하게 바라보던 하늘이 고개를 절레절레 흔들었다.

'내가 왜 그랬지? 순간, 미쳤었나 보다.'

조금 전 무슨 감정으로 그랬는지, 헷갈리던 하늘이 이내 그 상황을 깔끔하게 정리했다.

'그래, 조금 전 이상했던 행동은 모두 나의 이 강한 책임감 때문이었을 거야. 그녀를 현으로부터 보호하기 위한 단순한 임무수행으

로서의 행동. 그뿐이었을 뿐, 더 이상의 의미도 가치도 두지 말자.'

그렇게 생각하며 하늘도 그녀들의 뒤를 따라갔다.

랍슨거리에 위치한 호프집.

이른 저녁임에도 불구하고, 그곳은 사람들로 와자했다. 밝고 경쾌한 분위기와 즐거운 사람들, 신나는 음악이 조화를 이뤄 활기찼다.

그곳 중간 테이블에 앉은 이들의 대화가 끊이질 않고 있었다. 주로 하늘, 현, 봉식의 학창시절 얘기가 주를 이뤘다. 초록과 미연도 이들의 이야기에 흠뻑 빠져들어 재미있게 듣고 있었고, 특히 초록은 남자들의 신기한 세상에 연신 속으로 놀라움을 금치 못하고 있었다.

정말로, 이곳에 와서 초록은 여러 가지 많은 세상 속 사람들의 이야기를 들으며, 지금껏 그녀가 알았던 세상만이 전부가 아니라는 것을 천천히 깨닫고 있는 중이었다.

이곳을 벗어나면 또 얼마나 많은 종류의 다른 세상이 존재할까. 또 얼마나 다양한 사람들이 각기 다른 방식으로 삶을 살고 있을까.

하하하하!

그때 남자들이 서로의 옛 추억을 얘기하며, 하하 웃는 모습을 지그시 바라보던 초록은 성별만 다를 뿐 저들 역시 따뜻한 정을 나누는 자신과 동일한 존재라는 것을 깨달으며, 그동안 왜 남자들을 여자와는 전혀 다른 행성의 외계인처럼 생각했는지, 스스로 피식 웃어 버렸다.

그러다 가지런한 이를 드러내며 환하게 웃고 있는 하늘의 모습에 초록은 그만 심장이 제멋대로 두근거리기 시작했다.

멋있다. 잘생긴 남자 셋이 앞에 앉아 있건만, 초록의 눈에는 오로지 하늘에게서만 빛이 나는 듯 느껴진다. 그러다 생각이 이내 조금 전, 거리에서 있었던 일로 되돌아갔다.

어찌나 당황스럽고 민망하던지. 이상하게 그 생각만 하면, 뭔지 모르게 몸이 찌릿거리는 이 이상반응은 뭔지……. 실로 처음으로 경험해 보는 감정인지라, 이 감정의 정체를 그녀는 잘 모르겠다.

어쨌거나 조금 전, 그는 왜 그렇게 화가 나서 자신의 손을 세게 부여잡았을까. 어찌나 악력이 세던지, 손이 부서지는 줄 알았다.

그 순간, 하늘과 그녀의 눈빛이 서로 공중에서 부딪쳤다. 그러자 하늘이 싱긋 부드럽게 웃었다. 이 모습에 초록은 얼른 시선을 현에게로 돌려 버렸다.

그의 눈을 정면으로 바라보지 못하겠기 때문이다. 이상하다. 그와 시선이 마주치기만 하면, 전신에서 불꽃이 튀는 것처럼 화끈거리고, 어색했던 것이다.

이런 초록의 모습을 지그시 바라보던 하늘은, 피식 허탈하게 웃고는 속으로 생각했다.

'저 아이…… 날 싫어하는군.'

자꾸만 자신의 시선은 피하면서, 현의 눈빛은 잘도 받아들인다. 이것이 자꾸만 신경 쓰였다. 이건 도대체 무엇을 의미하는 것인가. 자신을 보기 싫다는 뜻이지 않겠는가.

생각이 여기까지 미치자, 괜히 짜증이 울컥 솟구친 하늘이 벌컥 벌컥 맥주 500cc를 순식간에 들이켰다.

　기껏 그녀를 지켜보고 도와주느라 그렇게 하고 싶었던 하이킹도 포기했건만, 돌아오는 것이라고는 외면에 무시라니. 하아! 열불 난다.

　"여기요. 맥주 한 잔 더 주세요."

　"오오! 하늘이 오늘 술 좀 받나 본데."

　장난치듯 말하는 현의 옆모습을 하늘이 슬쩍 날카롭게 노려봤다. 오늘따라 이유 없이 현이 못마땅했다. 왜 이런지 모르겠다.

　"자식, 못 본 새, 술도 꽤 늘었군."

　"자자, 모두 다 같이 건배하자구. 우리의 찬란한 모임을 위해!"

　현의 제안에 모두 잔을 들었다. 초록의 잔은 첫 잔 그대로 아직 반도 비워 내지 못했다. 이것을 본 봉식이 낮고도 굵은 목소리로 말했다.

　"거, 초록인가, 파랑인가. 왜 술이 아직도 그 모양이야? 어서 쭉 들이켜라고. 이번은 모두 원샷!"

　"콜!"

　"좋아요!"

　미연과 현이 번갈아 가며 분위기를 돋웠고, 하늘은 그저 무표정으로 일관했으며, 초록만 난감한 표정으로 앉아 있었다.

　그녀의 주량, 맥주 500cc. 오리엔테이션 때, 선배 언니의 권유로 맥주 1000cc 마시고 쓰러졌더랬다.

　그러나 이런 초록의 주량을 알 리 없는 그들은 그저 그녀가 얌전 떠느라 먹지 않는다고 생각한 듯하다. 그렇다고 주량 어쩌고 하면서 분위기를 깨기도 난감했기에 초록은 잠자코 맥주를 꿀꺽꿀꺽 들이켰다.

원샷!

아아…… 쓰다. 이렇게 쓴 것을 사람들은 왜 그렇게 좋아할까……. 이해를 못 하겠다.

"자, 그럼 이번에는 찐하게, 테킬라로 한 잔씩 원샷, 콜?"

"콜!!"

"콜!!"

모두 손등에 소금을 조금씩 뿌리며, 이제 곧 40도의 알코올이 목을 훑고 넘어가는 그 짜릿한 기분을 느낄 준비 중이다. 테킬라가 뭔지, 그 이상스런 이름조차 처음 들어본 초록도 그들이 하는 대로 따라 했다.

그러고는 작은 컵에 들어 있는 투명한 액체를 꿀꺽, 꿀꺽! 캬아~ 소리가 절로 나오는지 다들 인상을 찌푸리며, 손등 위의 소금을 핥아 먹는다.

이 모습에 초록도 잔을 들고 꿀꺽 원샷을 한다. 앗! 그런데 이건 맥주보다 더 썼다. 재빨리 자신의 손등 위 소금을 날름, 이런! 엄청 짜다. 이에 옆에 있던 물을 벌컥벌컥 들이켜는 모습을 하늘이 참으로 걱정스런 얼굴로 바라보고 있었다.

그리고 조금 뒤, 이어지는 저들의 대화 소리가 초록의 귀에서 점점 멀어지기 시작한다. 몸은 자연스레 흔들흔들, 위장은 아까부터 싸르르륵, 뭔가 알싸한 느낌이 가시지 않았고, 눈앞의 사물들은 두 개 이상으로 겹쳐 보였다.

"우리 다음 주 주말에 스키장 갈까?"

스키장? 지금이 4월인데 무슨 스키장, 다들 의아한 표정으로 말을 꺼낸 봉식을 바라보았다.

"이 촌스러운 것들, 여기 휘슬러 스키장이라고 있는데, 보통 6월까지 오픈해. 아무리 영어 공부를 목적으로 왔다 해도, 이곳까지 왔는데 아무 데도 안 가고 정말 공부만 할 거야? 이 아름다운 자연을 옆에 두고서, 정녕 그럴 거야? 헤이~ 가이스, 인생 즐기자고! 컴온!"

"봉식아, 사실 난 영어 공부하러 온 건 아니야. 하늘이 따라 놀러 온 거지. 하하하. 그래, 가자, 스키장."

벌써부터 신이 나는지 현이 몸을 들썩였다.

"그래 좋다. 네 말이 맞아. 공부만 하려고 이곳에 온 건 아니지. 한 번뿐인 인생인데, 즐길 수 있을 때 즐겨야지. 우리가 언제 또 이먼 곳까지 와 보겠어. 우리가 언제 또 휘슬러 스키장에서 스키를 탈 수 있겠냐고!"

그렇다. 하늘은 정말로 공부 때문에 이곳에 온 것이 아니었다. 그가 이곳에 오고자 했던 이유는 자신의 인생을 되돌아보고, 아름다운 자연을 벗 삼아 진정한 자신을 찾고자 온 것이었건만 뭔가 이상하게 일이 꼬여 버렸다.

"거기, 여자들. 너흰 어때? 같이 가는 거지? 내일 당장 리조트 예약하고 차 렌트해 놓는다."

잠시 고민하던 미연은 이내 고개를 끄덕이며 좋아라 한다.

"네, 전 좋아요. 아! 저도 스키 너무너무 타고 싶네요."

미연까지 오케이를 했으니, 이제 사람들의 시선은 아직까지도 묵묵부답인 초록에게로 향한다.

그런데, 이런……

그녀의 상태가 심상치 않았다. 터질 듯 벌겋게 된 얼굴로 게슴츠레한 눈을 느리게 떴다 감았다, 그러다가 고개가 뒤로 확! 키득키득 웃으며 그녀를 바라보던 그들의 두 눈도 순간 놀라움으로 번쩍! 그러자 다시 기가 막히게 제 스스로 균형을 잡고 바로 앉는 모습에, 그만 다 같이 푸하하하하하! 박장대소하기 시작했다.

다만, 뒤로 넘어가려던 그녀를 잡으려 벌떡 일어섰던 하늘만 미간을 잔뜩 찌푸리고 서 있었다.

그렇게 잠시 서 있던 하늘이 초록의 옆으로 다가가 그녀의 어깨를 살며시 잡고 흔들었다.

"초록아. 일어나. 가자. 연초록!"

아무리 불러도 묵묵부답, 초록의 정신은 이미 저 우주 속 블랙홀로 빨려 들어간 듯 보였다.

"이렇게 술 약한 사람 처음 본다. 신기하네. 볼수록 신기해. 흠."

현이 고개를 가로저으며, 근심스런 표정의 하늘을 바라보았다. 여자라면 칠색 팔색을 하던 하늘이, 자꾸만 초록에게 관심을 두는 이유를 이제 조금은 알 것만 같았다.

그녀는 마치 하얀색 도화지처럼 아무것도 담고 있지 않았다. 너무 깨끗하고 순수해서, 자신들의 손에 의해 때가 탈까 봐 오히려 조심스럽기까지 하다.

이런 그녀의 매력을 하늘이 모를 리 없다. 제아무리 관심 없다, 임무수행일 뿐이다, 하며 선을 긋고는 있지만 오늘 하늘의 행동은 이미 그녀에게 상당히 마음이 가 있음을 증명한 것이었다.

사실, 현은 초록에 대한 하늘의 마음이 어떤 건지를 테스트해 보려 금 저 일부러 그녀의 손을 잡고 걸었던 것이었다. 그런데 그

결과는 아주 명백했다. 당장이라도 자신을 잡아먹을 듯 이글거리던 표정이라니.

'하하! 이제야 드디어 네 짝을 만난 거야. 자식. 잘 해 봐라. 난 늘 네 편이다. 친구.'

"하늘아, 초록이 데려다줘야 하는 거 아니야?"

옆에 있던 봉식 역시 걱정스러운 얼굴이었다. 초록인지 파랑인지 처음 본 순간부터 눈길을 잡아끄는 뭔가 묘한 매력을 지닌 여자, 자꾸만 시선이 그녀에게로 향하는 봉식도 하늘과 마찬가지로 근심스러운 표정을 짓고 있었다.

"하늘 오빠, 초록이 제가 데려다줄게요. 걱정 마세요."

이때 미연이 초록의 흑기사를 자청하며 일어섰다.

"너 초록이 집 알아?"

하늘의 질문에 미연이 아차 싶은 표정을 지었다. 초록의 집을 알 리 없다. 미연이 사는 곳은 노스밴쿠버, 초록이 사는 곳은 버나비, 극과 극이었던 것이다.

"그럼 초록이네 집, 아는 사람 아무도 없는 거야?"

이번에는 진지한 얼굴로 현이 말했다.

"아니, 내가 알아."

이미 초록의 가방을 주섬주섬 챙기며, 하늘이 낮게 말했다. 다들 어떻게 네가 알아? 란 표정으로 그를 바라보자, 하늘이 초록을 일으켜 세워 한 팔로 그녀의 겨드랑이를 받치고 섰다.

"나 초록이 데려다주고 올게. 마저 마시고 있어. 오랜만에 만났는데, 회포 풀어야지. 기다려. 봉식아. 알았지?"

"어? 어어. 알았어. 다녀와."

"수고해. 하늘아."

"가세요. 오빠."

순서대로 그들의 인사를 받으며, 하늘이 초록과 함께 밖으로 나왔다.

휴! 그런데 늘어진 몸을 받치고 걷자니 이거 영 불편하다. 남자와 달리 잡아야 하는 영역도 한정되어 있는지라 더 난감했다. 힘이 두 배로 드는 듯 힘들었다.

하늘의 이마에서 땀방울이 송골송골 맺혔다가 이내 주르륵 흘러내렸다. 아래로 푹 꺾인 그녀의 얼굴은 여전히 터질 듯 붉었다. 그 붉음을 감추지도 않고, 긴 속눈썹을 우아하게 내려깔고는 자는 건지 정신을 잃은 건지…… 어이없다.

'잠이 오냐! 난 이렇게도 난감하고 힘들어 죽겠는데, 넌 이 불편한 상황에서도 잠이 오냐구! 하유!'

그러다 피식, 하늘이 저도 모르게 그만 또 웃어 버리고 말았다. 이상하게 초록이 이 아이는 자꾸 자신을 웃게 만들었다.

이 아이에게서는 순수한 어떤 진실함도 느껴졌다. 거짓이라고는 도통 찾아볼 수 없는 여자. 자신의 생각과 감정을 얼굴로 다 드러내는 여자.

'이러니, 네 아버지의 걱정이 하늘을 찌르셨구나. 이래서…….'

이제야 그녀의 부모 심정이 이해되었다. 백배, 천배, 아니 만 배는 이해가 되고도 남았다.

사람을 잘 믿고, 거절을 못 하는 그녀의 순수한 마음을 나쁜 마음으로 이용하려 든다면, 얼마든지 속일 수 있을 것이다.

그동안 알게 모르게 사기도 많이 당하고, 상처도 많이 받았다지 않던가. 게다가 이상한 사람도 겁 없이 막 따라가거나 하고……
휴.

어떻게 생겨 먹었길래, 너란 여자는 나쁜 사람의 악의적 행동도
선의로 받아들이는 것이냔 말이다.

꿍차!

그녀를 질질 끌고 가는 것이 더 이상은 불가능하다고 생각한 하
늘이, 초록을 재빨리 자신의 등 뒤로 넘겨 번쩍, 업고 일어섰다.

이러니 훨씬 낫네. 그의 발걸음이 다시 가벼워졌다.

가벼워진 발걸음에 비례해서 그의 걸음도 빨라져야 하는 것이
정상이건만, 오히려 하늘의 발걸음은 아까보다 더 느려진다. 왜일
까.

매일 밤, 아파트 근처 잉글리시 베이(English Bay)를 5km 이
상 달리는 그였으므로, 그녀를 업고 조금 걷는다고 해서 절대로 지
치거나 힘들 남자가 아니었다. 그런데 왜 이렇게 자꾸만 발길이 느
려지는 것인가. 여자를 업고 걸어보는 것이 처음이라 그런가. 모르
겠다. 정말로 모르겠다.

다만, 이렇게 그녀를 업고 가는 시간을 조금이라도 늘리고 싶었
다. 왜 그럴까?

자신의 등 뒤로 느껴지는 그녀의 감촉이 무척이나 따뜻해서일
까? 아니면, 코끝으로 풍겨 오는 그녀의 향이 지독히도 기분 좋게
느껴져서일까? 아…… 정말로 모르겠다.

스카이 트레인 역내에 위치한 의자에 초록을 살며시 내려놓았다.
그러자 그녀가 중심을 못 잡고 옆으로 스르르 기울어진다. 이에 하
늘은 그녀 옆에 나란히 앉아 초록의 고개를 자신의 어깨에 올려놓

으며, 휴, 한숨을 내쉬었다.

앞으로 이 여자를 어떻게 해야 하나. 이 험한 세상에서 이렇게 마냥 세상물정 모르는 얼굴로 살게 내버려 둘 순 없다. 이곳에서는 자신이 지키고 있어 괜찮다고 치더라도, 한국으로 돌아가서는 어쩔 것이냔 말이다.

그때, 초록이 뭐라고 웅얼거렸다.

"웅얼웅얼……."

"뭐라고 초록아?"

"엄마…… 웅얼웅얼……."

뭐라고 말을 하긴 하는데, 너무 작아서 그 소리를 알아들을 수 없었다. 하늘은 자세를 바꿔 그녀 앞에 무릎을 꿇고 앉아, 초록의 얼굴을 두 손으로 잡고 고개를 들어 올렸다.

그러자 여전히 붉은 홍당무 같은 얼굴로 초록이 비몽사몽 하늘을 게슴츠레 바라보았다.

그 순간, 눈가가 촉촉이 젖어 들더니 눈물이 또르르르 굴러 떨어졌다.

"왜, 왜 그래, 초록아. 왜……."

갑작스런 그녀의 눈물에 하늘은 당황했다. 우는 모습 처음 보는 것도 아닌데, 왜 이리 당황스러울까.

그때, 초록이 뭐라 말을 한다.

"히……임……들어……."

"뭐라고?"

"……힘들……어. 흑……."

아…… 힘들구나. 그렇구나.

그래, 지금껏 왜 네가 힘들 것이란 생각은 못 했을까. 처음으로 부모 곁을 떠나 낯선 이곳에서 적응하기까지 얼마나 힘이 들었을까…….

힘들어, 힘들어를 작게 말하며 계속 눈물을 쏟아 내는 그녀를 바라보고 있던 하늘은 이렇게까지 힘든 줄도 모르고, 계속 자신의 요구만 받아들이라 강요했던 것이 조금 미안해졌다.

때문에 잠시 초록에 대한 연민의 정이 솟구쳐서 안타까운 마음이 일던 하늘이 다시 그녀 옆자리에 앉았다. 그러고는 순간, 자신도 모르게 초록의 머리를 끌어 당겨 품에 안았다.

작고 여린 그녀의 몸을 든든한 두 팔로 감아 더 세게 끌어안자, 초록이 하늘의 품속으로 쏘옥 들어가 잠겼다.

이건 어디까지나, 초록의 힘듦을 위로해 주고자, 또한 술에 취해 몸을 가누지 못하는 그녀를 지탱해 주고자 하는 행동일 뿐, 아무런 의미도 없는 포옹이라며 스스로에게 최면을 걸어 보지만, 두근두근 두근! 심장이 제멋대로 두근거렸다. 왜 이런 반응이 일어나는 것인지 그조차 잘 이해하지 못하고 있었다.

그때, 웅얼웅얼. 하늘의 품에 안겨 또다시 뭐라 웅얼거리는 그녀를 조용히 바라보았다.

"뭐라고, 초록아?"

"힘들어…….”

"알아. 그래. 너 힘든 거 이해해. 그럴 수 있어…….”

여전히 그녀를 제 품에 안고 놓아주질 않고 있는 하늘이 초록의 머리를 부드럽게 쓰다듬으며 나지막이 속삭였다.

"정말로…… 힘……들어…….”

"안대도. 안다고……."

"나 너무 힘들어……. 흑, 엄마, 김치찌개…… 먹고 싶어서……
정말로…… 힘……들다구…… 흑흑흑……."

"……."

순간 당황한 하늘이 그녀를 품에서 떼어 내고는 초록의 얼굴을
바라보니, 한없이 순수한 표정으로 김치찌개, 김치찌개 하면서 눈
물을 또르르륵, 흘려 버린다.

'뭐, 뭐야. 연초록. 그, 그럼 적응하는 것이 힘들어서 우는 것이
아니라, 김치찌개 때문에 우는 거였어! 뭐 이런 게 다…….'

그러다 후후, 하하하하! 하늘이 또 웃기 시작한다. 역내가 떠나
갈 듯 그 웃음소리가 경쾌하다.

다만, 초록은 자신이 무슨 말을 내뱉었는지도 모른 채, 다시 하
늘의 가슴에 쓰러지듯 기대어 깊은 꿈나라로 빠져들었다.

하늘은 때맞춰 도착한 스카이 트레인에 초록을 앞으로 번쩍 들
어 안고 탔다.

그 모습이 마치 독이 든 사과를 먹고 기절한 백설공주를 잘생긴
왕자님이 안고 있는 것처럼, 비현실적인 비주얼에 승객들의 시선이
집중되었다.

다행히 늦은 시간이라 그런지 빈 좌석이 많았다. 구석진 자리에
그녀를 먼저 앉히고, 옆에 나란히 앉은 하늘이 자신의 어깨를 그녀
에게 내 주었다.

지이잉! 소리를 내며 기차가 출발하자, 초록의 고개가 풀썩 앞으
로 떨어짐과 동시에 몸도 바닥으로 추락하려는 찰나, 하늘이 간신
히 그녀의 팔을 붙잡아 제자리에 앉혀 놓았다.

그러고는 다시 제 어깨에 그녀의 머리를 기대게 하고는 하늘도 고개를 벽 뒤에 기대고는 스르르 눈을 감았다. 순간적으로 피로감이 급습했기 때문이다. 낮은 한숨도 내쉬어 본다.

그때, 툭!

묵직한 무언가가 정확히 자신의 무릎 사이로 던져진 듯 툭, 떨어졌다. 이에 화들짝 놀란 하늘이 얼른 눈을 뜨고 아래를 내려다봤더니, 어…… 이, 이런……. 이렇게나 난감한 시츄에이션이라니! 바로 초록이 자신의 얼굴을 하늘의 무릎과 무릎 사이에 처박고 있는 것이 아닌가!

이 모습에 기절초풍, 소스라치게 놀란 하늘이 초록보다 더 시뻘게진 얼굴로 재빨리 그녀의 얼굴을 잡고 들어 올리자, 너무나도 해맑은 표정으로 쿨쿨, 잘도 주무시고 계신다.

지금 자신이 무슨 테러를 저질렀는지도 모르고 말이다.

'아아아……. 미치고 팔짝 뛰겠네.'

그렇게 잠시 그녀의 얼굴을 양손으로 잡아 들고 당황해서 어쩔 줄 모르던 하늘이, 이내 자신의 팔을 초록의 어깨로 둘러 꼬옥 끌어안았다. 그러고는 주위를 휙휙, 둘러보았다. 그사이 푸욱 꺼진 두 눈이 퀭했다.

다행히 얼마 되지 않은 승객들은 저마다 피곤에 지쳐 있는지, 눈을 감고 있거나 창밖을 바라보고 있어, 자신이 테러당하는 모습을 보지는 못했나 보다. 다행이었다.

그제야 안심이 되는 얼굴로 하늘이 차창 밖으로 스쳐 지나가는 벤쿠버의 야경을 멍하게 바라봤다. 사이언스 월드의 둥근 공이 아름다운 불빛에 반짝이며 지나가지만, 하늘의 동공은 그것을 전혀 담고 있지 않았다.

그저 그의 온 신경과 세포가 지금 자신의 품 안에 안겨 있는 초록에게로 향해 있는 것이다.

게다가 조금 전, 그 테러를 당했을 때의 그 상황이, 그 느낌이, 자꾸만…… 자꾸만…… 떠오르는 것이다.

그러다 스르륵, 초록의 손이 하늘의 무릎 위로 툭 떨어지고, 하늘은 한 번 더 소스라치게 놀란다. 두 번째 테러에 하늘의 심장은 이제 아예 저승길로 걸어가고 있었다.

'휴유, 후유, 후유! 이렇게 난감할 수가!'

이번에는 그저 아무렇지도 않은 듯 그녀의 손을 잡아 다시 원래 있던 곳으로 되돌려 놓으면 그뿐인 것을 이상하게도 하늘은 그녀의 손을 건들지도 못한 채로 그저 넋을 놓고 바라만 보고 있었다.

자신의 무릎 위에 닿아 있는 손의 감촉이, 그녀의 하얗고 작은 그 손의 감촉이, 왜 이렇게 부드럽게 느껴지는가.

갈 길을 잃고 제멋대로 뛰고 있는 심장을 진정시키기 위해 하늘은 끊임없이 거친 숨을 몰아쉬고 있었다.

그렇게 계속 깊은 숨을 내쉬던 하늘은 자꾸만 달아오르는 강렬하고 본능적인 무엇을 참지 못하고, 결국 그녀의 손을 자신의 큰 손안에 살며시 담아 버린다.

앙증맞게 자신의 손바닥 안으로 쏙 들어오는 손.

순간 무엇인가가 그의 마음속으로 벼락처럼 들어와 강력한 에너지를 쏟아붓고는 사라졌다.

그리고 이내 하늘은 자신도 모르게 눈을 감아 버렸다.

'안 되는데…… 이러면 안 되는데…….'

그렇게 하늘은 강력한 그 감정 때문에 혼란스러워하면서도, 초록의 손만은 놓지 않고 꼭 쥐고 있었다.

　평소, 거북이처럼 한없이 느리게만 가던 이 기차가 오늘따라 비행기 엔진을 장착했나, 왜 이렇게 빨리 가는 것처럼 느껴지는 건지 모르겠다. 내 감정도 모르겠다. 이게 무슨 감정인 건지……. 정말로 모르겠다. 아무래도 두 번씩이나 테러를 당하고 났더니, 그 후유증이 만만치 않은 듯싶었다.

☆★☆★☆

　똑똑똑똑! 똑똑똑!

　「락, 초락! 일어나! 초락!」

　시끄러운 소리에 눈을 뜨고, 침대에서 반쯤 몸을 일으켰더니 머리가 깨질 듯 아팠다.

　정신을 차리고 주위를 둘러보니 자신의 방이었다. 분명 어제 술집에 있었는데, 언제 집에 왔지? 기억이 하나도 없었다.

　똑똑똑!

　「락! 락락락!」

　아, 저 미운 일곱 살 같으니라고. 크리스탈의 앙칼진 목소리에 더는 참을 수 없었던 초록이 벌떡 일어나 문을 살며시 열고는 웃었다.

　「크리스탈! 굿모닝. 깨워 줘서 고마워.」

　「엄마가 빨리 일어나서 아침 먹으래.」

　「그래, 고마워.」

새초롬한 표정을 지은 후 계단을 깡충깡충 뛰어 올라가는 크리스탈의 모습에 초록이 싱긋 미소를 지었다. 귀여웠다. 미운 일곱 살이라 자신에게 좀 적대적이긴 하지만, 바비 인형처럼 귀여운 것은 사실이었다.

곧이어 초록도 지끈거리는 머리를 부여잡고 부엌으로 올라갔다. 그러자 낸시가 뭔가 상당히 의미심장한 웃음을 지어 보였다.

「초락! 어제 술 많이 마셨니? 거의 정신이 하나도 없어 보이던데.」

「아…… 제가 그랬어요?」

「응, 기억도 안 나?」

「네…… 죄송해요.」

「아니, 나한테 죄송할 건 없고, 다만 네 남자 친구가 좀 힘들었을 거야. 널 역에서부터 여기까지 업고 왔다지 뭐야. 그런데 네 남자 친구 진짜 잘생겼던데? 난 동양 남자가 또 그렇게 잘생긴 건 처음 봐. 오호호호.」

「나, 남자 친구요?」

누구지? 서, 설마 또 강하늘?

「응, 이름이 한널이라던데. 네 남자 친구 아니야?」

하…… 한, 널? 망했다. 또 그 남자, 하늘이다. 혹시 뭔가 실수한 건 없겠지. 제발 없어야 할 텐데……. 그렇게 기도하며 초록은 학교로 향했다.

스카이 트레인 역까지 가는 길.

이제 막 5월로 접어든 캐나다는 눈부시게 아름다웠다.

저 멀리 드넓은 지평선 위, 언제 솟아올랐는지 모를 태양은 이미 찬란한 빛을 발하며 하늘 높이 떠 있고, 짙푸른 나뭇잎은 싱그러웠다.

온 세상은 꽃으로 가득하고, 그 꽃들의 달콤함이 온 공기 중으로 퍼져 있다.

자연의 아름다움에 흠뻑 심취된 초록이 한적하고 조용한 골목길을 돌며, 콧노래를 흥얼거린다.

가끔, 빨간 머리 앤의 초록 지붕 집처럼 생긴 주택을 마주하면, 호기심 가득한 표정으로 그 집을 한참 동안 감상하기도 한다.

그러다 건널목에서 길을 건너기 위해 잠시 서 있으면, 정지신호가 아님에도 불구하고 달려오던 차가 멈추어 서서는 초록을 향해어서 건너가라며 미소 짓는다. 그러면 초록도 함께 웃으며 90도 배꼽인사를 하고 지나간다.

한국에서는 느껴볼 수 없는 친절함과 여유로움이, 이곳 사람들에게는 묻어 있었다.

그렇게 가벼운 발걸음으로 역을 향해 걸어가는데, 저 멀리 도로 한중간에 하얀색 승용차 한 대가, 운전석 문만 활짝 열어 둔 채로 서 있는 것이 눈에 띄었다.

원래 차들이 잘 다니지 않는 도로라 평소에도 매우 한적했기 때문에 차 한 대쯤 저렇게 생뚱맞게 서 있다고 해서 이상할 일도 아니지만, 운전자도 없는데 문만 활짝 열어 놓은 것이 초록의 눈에는 좀 의아했다.

이에 초록은 자신도 모르게 그 승용차를 향해 천천히 다가갔다. 뭔지 모르는 호기심이 그녀를 자극했기 때문이다. 몇 발자국 더 가까이 다가간 순간, 초록은 그만 화들짝 놀라며 그 차를 향해 재빨리 뛰어가기 시작했다.

활짝 열어 놓은 운전석 의자 아래로 사람이, 여자가 기절한 듯 쓰러져 있었던 것이다.

"저기요! 저기요! 괜찮으세요?"

가까이 달려가 그 쓰러져 있는 여자를 일으켜서 운전석에 제대로 앉히자, 50대 중후반쯤으로 보이는 동양의 중년 부인이 몹시 괴로운 듯 자신의 심장을 꽉 움켜잡으며 고통스러운 신음을 토해 내고 있었다.

한눈에 봐도 위급상황임을 감지한 초록이 잠시 당황해하다가 이내 텅 빈 거리를 향해 소리치기 시작했다.

"헬프! 헬프!"

그때, 그 중년 부인이 목청 높여 소리치고 있는 초록의 손을 가까스로 잡고서는, 거친 숨과 함께 자신의 핸드폰을 건네주었다.

이에 초록이 재빨리 받아 든 핸드폰으로 911에 전화를 걸어 현재의 다급한 상황과 위치를 알려 주자, 신기하게도 3분도 안 되어서 경찰차와 구급차가 나타났다.

경찰이 초록에게 다가와 몇 가지 질문을 하고 그 중년 부인을 구급차에 태우는데, 그 부인의 입에서 희미한 말이 새어 나왔다.

"고, 고마워요……."

놀랍게도 한국말이었다.

'한국 분이셨구나……. 괜찮으셔야 할 텐데…….'

그렇게 사라져 가는 구급차를 바라보며, 초록은 잠시 얼빠진 표정으로 서 있었다. 그러다 발길을 다시 역으로 천천히 옮기던 초록의 입가로 설핏 미소가 배어 나왔다.

'아, 이럴 수가! 내가 누군가를 돕다니…… . 그것도 생명이 위독하신 분을…… 돕다니…… .'

그러고는 조금 전, 위급한 상황에 우왕좌왕하지 않고 엄청난 순발력과 기지를 발휘해서 침착하게 대응했던 자신의 모습을 떠올리며, 뭔지 모를 뿌듯함에 천천히 걷던 초록이 이내 힘차게 뛰기 시작한다.

'아하하! 내가 해냈어. 내가 다른 사람을 도왔다고! 강하늘이 이 사실을 알면 기뻐할까?'

☆★☆★☆

한껏 기분 좋은 마음으로 학교 앞에 도착한 초록의 그 기분 좋음은 소리 없이 사라지고, 대신 긴장감이 그 자리를 대신했다. 하늘을 마주할 자신이 없었던 것이다. 어제 무슨 일이 있었던 건지, 도무지 기억나지 않기에 그 긴장감은 더 컸다. 혹시 실수라도 했을까 봐 두려웠다.

입구에 들어서는 순간부터 혹시나 하늘을 만날까, 두리번두리번하다가 재빨리 교실로 들어와 깊은 한숨을 내뱉고 자리에 앉으려던 순간, 어디선가 낯익은 목소리가 들려왔다.

"초록, 연초록."

낮고 그윽한 그 남자의 목소리에 초록이 잠시 눈을 질끈 감았다 떴다. 소리의 방향으로 고개를 돌렸더니, 역시나 하늘이 교실 입구 문가에 팔짱을 끼고 기대어 서서는 그 근사한 얼굴로 자신을 물끄러미 바라보고 있는 것이 아닌가.

"아…… 네……. 안녕하세요."

"잠깐, 나 좀 보지."

"네? 아…… 네……."

이런, 마주치고 싶지 않았는데, 오늘은 정말로 보고 싶지 않았는데, 어쩔 수 없이 쫄래쫄래 하늘을 따라가는 초록의 얼굴로 난감함이 스쳐 지나갔다.

1층 로비에 위치한 휴게실.

하늘이 건네주는 음료수를 받아 들고 선 초록은 아까부터 연신제 발만 바라보고 있었다.

'이봐, 소심 울보녀! 나를 보는 것보단 운동화를 보는 게 더 편한 거야? 그런 거야? 흠.'

그 모습에 하늘은 심각해졌다. 자꾸만 자신의 시선을 피하는 초록 때문에 무척이나 신경이 쓰였던 것이다.

"속은 좀 괜찮아?"

"네? 아. 네네. 괜찮아요."

"술이 그렇게 약했으면, 못 마신다 말을 했어야지. 그렇게 다 받아 마시면 어쩔…… 아, 됐고. 이따 점심시간에 이리 와. 오늘은 나와 같이 점심 먹자. 알았지?"

"……."

"왜? 먹기 싫어?"

"……아, 아니……."

"초록아."

순긴 하늘이 매우 낮은 목소리로 속삭였다.

"네……."

"있지. 난, 네가 좀 더 당당하게 의사표현을 했으면 좋겠어. 좋으면 좋다, 싫으면 싫다, 확실하게 말이야. 네가 싫다고 말한다고 해서, 나쁜 사람이 되는 건 아니야. 또 네가 거절한다고 해서, 상대방이 상처를 받는 것도 아니야."

잠시 숨을 고른 하늘이 매우 진지한 표정으로 다시 말을 이었다.

"어떨 때는 네가 그렇게 어영부영, 우유부단하게 행동하는 것이 오히려 더 나쁜 행동일 수가 있고, 오히려 다른 사람에게 상처를 줄 수도 있다고. 그런 생각은 안 해 봤니? 이제 다른 사람의 입장이나 마음은 그만 생각하고, 너 자신 먼저 생각해 봐. 너 자신을 먼저 사랑해 봐."

여전히 시선을 제 발아래 두고 하늘의 말을 소심하게 듣고 있던 그녀의 턱을, 하늘이 제 손으로 살며시 들어 올렸다. 그러고는 초록의 눈을 뚫어져라 마주했다.

초록은 그의 뜨거운 눈빛에, 화상이라도 입을 듯 얼굴이 화끈거렸다. 오늘따라 이 남자의 행동과 말투가 무척이나 다정했던 것이다. 너무너무 부드러웠다.

아침으로 생크림 한 통을 원샷하고 오셨나. 초록은 이런 하늘의 모습에 당황해서, 어찌할 줄을 모르고 있었다.

"그리고, 상대방이 말을 하면, 그 사람의 눈을 마주해 줘야지. 그게 예의잖아. 다른 사람들 마음은…… 그렇게도 잘 헤아리면서, 내가 상처받는 건…… 안중에도 없는 거야?"

'정말이야. 내가 너 때문에 상처를 받았다고. 웬만해선 상처받지 않는 인간인데…… 어쩌다…… 어쩌다…….'

순간, 초록은 자신의 귀를 의심했다. 쓸쓸한 표정으로 자신을 바라보고 있는 하늘의 눈빛을 그제야 제대로 마주하며 당황한 표정을 지었다.

"아…… 죄송해요. 그러려고 그런 게 아니라……."

"나 지금…… 무지 상처받았어. 그러니깐, 내 요구사항 들어줘. 오늘 점심 나와 같이 먹는 걸로. 알았지?"

그래, 그러니깐 거절하지 마. 다른 사람들에겐 싫다, 말해도 괜찮아. 하지만 나한테만은 싫다고 하지 마. 그러지 마.

"네, 그럴게요. 알겠어요. 그리고 죄송해요. 일부러 상처 드리려고 했던 게 아니에요."

더 이상 버벅대지도, 그의 눈을 피하지도 않고 초록이 또박또박 말을 이었다. 이 모습에 하늘은 그저 빙그레 웃었다. 그의 마음속으로 무언가 따뜻한 바람이 스치고 지나간 것도 같았다.

어젯밤 하늘은 초록을 그렇게 데려다주고는, 한숨도 자지 못했다. 갑자기 찾아온 그 벼락 같은 감정이 무엇인지 잘 몰랐기 때문이다. 그러다 어슴푸레 여명이 떠오를 무렵, 비로소 깨달았다.

그녀는 자신에게 이 세상에서 유일한, 단 하나의 존재가 되었다는 것을. 어이없게도 그렇게 되었다는 것을. 그리고 이 감정의 실체를 깨달은 순간, 하늘의 가슴속으로 시린 바람이 불고 지나갔다.

절대로 마주하고 싶지도, 인정하고 싶지도 않은 감정. 때문에 지금까지 계속 부정만 했던 감정, 사랑!

이 사랑이라는 감정이 얼마나 거짓투성이고, 헛된 것인지 너무나 잘 알기에 이제 막 사랑을 깨달은 하늘은 혼란스럽기만 했다. 어찌

해야 할지 모르겠다. 이성적으로는 너무나 혼란스럽고 어떻게 해야 하는지도 모르겠지만 마음이, 심장이 자꾸만 그녀에게로 향한다. 미치겠다.

"그래, 그럼. 수업 집중해서 잘 듣고, 이따 점심시간에 보자."

드넓은 세상 전체로 퍼지는 은은한 노을처럼, 그녀의 뺨 전체로 퍼져 나가는 붉은 빛을 바라보자 하늘의 심장이 또 제멋대로 움직이기 시작했다.

저 붉은 뺨. 아기의 것처럼 뽀얗고 매끄러워 보이는 저 뺨이 원래 저렇게 유혹적이었나.

"네, 그럼 오늘 점심은 오빠가 사 주시는 거예요?"

오빠라니! 단 한 번도 자신을 그 어떤 호칭으로도 부르지 않았던 그녀의 입에서 오빠라는 말이 나오자, 하늘의 심장은 이제 미친 듯 요동쳤다. 그리고 제가 말해 놓고도 민망했는지 초록이 자신의 아랫입술을 살짝 깨물었다.

이 모습에 하늘의 심장은 그만 밖으로 튀어나올 것 같았다. 수줍은 듯 조용히 말하는 저 입술, 저 도톰하고 앵두처럼 아름다운 입술이 오늘따라 몹시도 유혹적이었다.

'그, 그만 깨물어. 내 앞에서 그렇게 유혹적으로 깨물지 말라고. 제발.'

저도 모르게 손이 제멋대로 그녀의 그 유혹적인 입술을 향해 움직이려 하는 것을 그의 이성이 강력하게 제지하고 있지 않았다면, 오늘 하늘은 아마도 이 세상에서 가장 나쁜 남자가 되었으리라.

"어, 어? 그, 그럼…… 다, 당연히 내가 사야지……. 그러니깐 수업 잘 듣고 이따 보자. 안녕."

하며, 하늘이 당황한 발걸음으로 재빨리 2층으로 올라갔다.

이 모습에 초록이 고개를 갸우뚱거렸다. 이상하네. 아까는 생크림처럼 마냥 부드럽더니, 갑자기 얼굴이 시뻘게져서는 왜 말을 더듬고 난린지 영문을 모르겠다. 그러다 이내 쿠쿡! 크크크! 혼자 웃음이 터져서는 히쭉히쭉 웃으며 그녀도 교실로 들어왔다.

'아아~~ 화장실이 엄청 급했나 보구나. 크큭!'

그렇게 교실로 사라져 가는 초록을 2층으로 올라가는 계단 난간에 서서 지그시 바라보던 하늘의 표정이 다시 심각해졌다.

'안 되는데…… 이러면 안 되는데……. 그럼에도 내가 너를 곁에 두고 싶은 이 감정을, 이 들끓는 마음을…… 어떻게, 어떻게…… 해야 하는 거니.'

하늘은 자꾸만 자꾸만, 초록에게로 향하는 자신의 감정 때문에 혼란스러웠다.

한편, 교실로 돌아온 초록은 방금 전 하늘이 잡았던 자신의 턱 주위를 살며시 만져 보았다.

그 생생하고도 부드러운 느낌에 뭔가 심장께로 찌리릿, 전기가 통하는 느낌이 지나갔다. 하늘을 만나고부터, 그녀는 자꾸만 이상한 느낌에 사로잡혀 정신이 하나도 없었다.

그리고 자신의 시선회피에 그가 상처를 받았다니 놀라웠다. 항상 강해 보이던 그 남자도 상처를 받는구나. 미안했다.

사실, 그가 싫어서 그의 눈빛을 피한 것이 아니었다. 이상하게도 하늘의 눈만은 똑바로 바라볼 수가 없었다. 다른 사람들과 달리 이상하게 하늘의 시선을 마주하는 것은 매우 힘들고, 어색하고, 쑥스럽고, 부끄러웠기 때문이다.

그래서 그랬던 것이다. 절대로 싫어서가 아닌데, 아무래도 하늘은 자신을 오해하고 있는 듯했다. 이제부턴 절대로 시선을 피하지 않겠다, 다짐했다.

O3. 초록하늘로 스며들다

"연초록, 가자!"

점심시간을 알리는 종소리가 울리고 선생님이 교실을 빠져나가자마자 언제 왔는지, 하늘이 교실로 성큼 들어와 빛을 발하며 말했다. 그러자 교실 안의 모든 시선이 그와 그녀에게로 쏟아졌다.

이 상황에 초록은 매우 당황해서는 가방을 들고 재빨리 도망치듯 나갔고, 그런 그녀를 무덤덤하게 바라보던 하늘은 어정쩡하게 앉아 있던 미연을 향해 말했다.

"미연아. 너도 점심 먹으러 같이 가자."

"네!"

혹시, 자신만 놔두고 저 둘이 사라질까 봐 잠시 섭섭해지려고 하던 미연도 이내 환한 웃음을 지으며 일어섰다.

그때, 쿵쾅쿵쾅, 우당탕탕! 아주 요란한 소리와 함께 현이 재빨리 그들 옆으로 다가와 하늘의 어깨에 자신의 팔을 둘렀다. 갑작스런 현의 등장에 미연이 가장 기쁜 표정을 짓고 있었다.

"야이! 치사한 자식아. 나만 쏙 빼고 너희들끼리 맛있는 거 먹으러 가려 했지? 응? 너 자꾸 그러면 나 삐진다."

이에 하늘이 매우 귀찮은 표정을 지었다.

"삐져라. 삐져. 실컷 삐져! 하나도 안 무서우니."

"아이잉~ 강하늘. 너 왜 이래. 이제 초록이가 네 애인 됐다고 나막 이렇게 구박해도 되는 거냐. 응? 나도 계속 사랑해 줘야지잉~"

아! 징그러운 놈. 이놈 참. 친구지만 참으로 귀찮아 죽겠다.

다운타운 내 위치한 한국식당에 옹기종기 모여 앉은 네 사람은 환상적인 소리를 내며 부글부글 끓고 있는 김치찌개를 말없이 바라보고 있었다.

특히 두 손을 기도하는 것처럼 가지런히 모은 채, 끓고 있는 찌개를 똘망똘망한 눈빛으로 쳐다보고 있는 초록을 하늘이 흐뭇한 표정으로 지켜보고 있었다.

'참, 이 김치찌개가 뭐라고. 많이 먹어라. 그리고 또 힘들다고 울지 마라. 소심 울보녀! 후후.'

하늘이 자신의 앞 접시를 들고 국자로 찌개를 한가득 펐다. 김치도 듬뿍, 돼지고기도 듬뿍, 국물도 듬뿍이다. 그것을 반짝이는 눈빛으로 바라보며 손을 내밀고 있는 현을 지나쳐, 초록의 앞에 놓아준다.

이 모습에 초록이 활짝, 마냥 행복한 표정을 지으며 '고맙습니다.' 인사한다. 반대로 현은 입을 오리 입처럼 삐죽 내밀고 있었다.

"그래, 많이 먹어. 또 이것 때문에 울지 말고!"

"네? 하.하.하. 제가 언제 이것 때문에 울었다고……."

저 사람 있지도 않은 일을 마구 지어내고 있다. 그러거나 말거나, 한 달 만에 먹어 보는 김치찌개라니, 국물 한 번 맛본 초록의 얼굴로 행복감이 몽글몽글 피어올랐다.

정말 환상적으로 맛있다. 행복하다. 행복은 먼 곳에 있지 않다. 바로 이것이 진정한 행복인 것을, 먹고 싶은 것 먹으며, 좋아하는 사람들과 함께 시간을 공유하는 것, 이런 것이 바로 행복인데 멀리서 찾고 있다니.

한편, 맛있게 먹는 그녀의 모습에 절로 배가 부른 듯 느껴지는 하늘이, 흡족한 표정으로 초록의 앞 접시를 가져와서는 다시 국자 한가득 찌개를 푼다. 그러고는 미연에게 건네준다.

"미연이 너도 많이 먹어라."

"감사합니다. 하늘 오빠. 와! 정말 맛있어 보여요."

미연 역시 행복한 표정을 가득 지으며, 여전히 입을 쭉 내밀고는 하늘의 국자만 쳐다보고 있는 현을 바라보며 빙그레 웃었다. 그러다 현과 시선이 마주치자 미연은 저도 모르게 얼굴이 붉어진다.

이제 하늘이 미연의 접시를 가져와 또 국자 한가득 찌개를 퍼서 제 앞에 놓고는, 국자를 현에게 넘겨주었다. 네가 알아서 퍼 먹으라는 행동이었다.

이에 현이 입을 삐죽거리며 쯧! 혀를 한 번 차고는 구시렁구시렁, 친구 다 필요 없다는 둥, 자기가 이렇게 찬밥 취급을 받다니 어이가 없다는 둥 투덜대며 받아 든 국자로 얼마 남아 있지 않은 건더기를 푹푹 펐다.

"내 것도 남겨 놔라!"

그때 식당 입구에서 굵고 낮은 목소리가 쩌렁쩌렁 울렸다. 모두의 시선이 그쪽을 향하고 봉식은 구슬 커튼을 좌아악 가르며 나타났다.

오늘도 역시나 번쩍거리는 회색 우주복 같은 옷을 입고 한 손에는 오토바이 헬멧을 들고 들어오는 모습이 마치 달나라에 가서 태극기라도 꽂아 두고 온 듯 범상치 않았다. 그걸 본 현이 크게 웃기 시작했다.

"푸하하하. 아놔! 저놈 참 취향 독특하네. 구봉식! 어제는 매트릭스더니 오늘은 그래비티냐? 하하하!"

하늘과 초록, 미연도 소리 없이 웃었다. 그러거나 말거나 봉식은 그들의 웃음 따위 이젠 너무나 익숙하고 자연스럽다는 듯 아무렇지도 않은 표정으로 초록을 향해 눈을 찡긋거리며 윙크를 날려 주셨다. 초록은 그 윙크에 그만 화들짝 당황했다.

"어이! 초록인지 파랑인지. 어제 잘 들어갔나?"

하며 봉식이 초록의 옆 자리에 앉으려 하자 날카로워진 눈빛의 하늘이 재빨리 그의 옷자락을 잡아 끌어와 제 옆에 반강제로 앉혔다.

"네? 아…… 네. 잘 들어갔어요."

"어쩐 일이야? 연락도 없이. 오늘 모임 하는 날도 아닌데."

이때 하늘이 재빨리 끼어들며 말했다. 하늘의 말투가 투박했다. 못마땅함도 잔뜩 품고 있었다.

"지나가는 길에 잠깐 들러 봤지. 이것도 전해 줄 겸."

봉식이 자신의 주머니에서 꼬깃꼬깃 구겨진 종이를 꺼내서 하늘에게 건네주고, 현의 손에 들려 있던 국자를 뺏어 가 남아 있던 김치찌개를 싹싹 긁어 담았다.

봉식이 건네준 종이를 펼쳐 본 하늘은 어이없다는 듯 고개를 저으며 웃었다. 이에 옆에 있던 현이 그것을 낚아채서는 쭉 훑어보더니, 또 크게 웃기 시작했다.

"하하하! 구봉식. 이 자식 이거이거! 여전해. 하나도 안 변했어."

"뭔데요? 왜 그러는 건데요?"

이 둘의 반응에 미연이 궁금하다는 듯 물어보자, 현이 종이를 그녀에게 건네며 말했다.

"또 나름 지가 선생이라고 우리 모임, 앞으로의 일정 계획표를 작성한 것 같은데, 푸하하! 이거 원. 무슨 계획이 다 노는 거냐! 공부하는 건 하나도 없고, 다 어디 놀러 가는 거야! 푸하하. 아놔! 이 자식. 완전 맘에 든다. 완전 싸랑한다. 구봉식!"

"어허! 알렉스래도. 그리고 인생 뭐 있나. 즐길 수 있을 때 즐겨야지. 백날 도서관에 처박혀 앉아서 영어 공부한다고 영단어 수만 개 외워 봤자, 일 년 만에 네이티브처럼 되는 건 불가능하다. 절대로 불가능하지. 따라서 그렇게 헛된 시간 낭비하며 인생 흘려보내는 것보단, 이렇게 여기저기 여행하며, 추억을 쌓는 것이 더 남는 일이다."

겉은 완전 상남자처럼 터프한 척하면서도 현의 반응에 씨익 웃는 그의 표정에서 따뜻한 인간미가 엿보였다. 그의 어처구니없는 계획표를 어이없게 바라보던 하늘도 그의 말에 수긍하는지 이내 고개를 끄덕끄덕한다.

"좋아! 그러자. 봉식이 네 말대로 그렇게 하자고! 하하."

하늘도 이 좋은 날, 이 아름다운 나라에서 이렇게 학원이나 다니면서 시간 죽이고 싶지 않았다. 어쩔 수 없었던 선택에 봉식이 날개를 달아준 것 같아 하늘의 표정이 간만에 밝아졌다.

"그럼, 당장 오늘부터 어때?"

"오늘부터?"

"어디로?"

"일단 가장 가까운 곳부터!"

"가까운 곳?"

"어디?"

5월의 봄빛이 가득한 벤쿠버는 무척이나 환상적이다. 랍슨거리에서 조금만 걸어가면 다운타운 끝자락에 환상적으로 아름다운 공원, 스탠리 파크가 있다.

어마어마한 크기를 자랑하는 이 공원 입구를 기준으로, 오른쪽으로는 넓고 푸른 바다가 햇살에 제 살결을 반짝이며 사람들의 마음 속에 큰 설렘을 안겨 주고 있었다.

그 바다 건너로 벤쿠버 다운타운의 고상하고도 웅장한 건물들이 제 멋을 한껏 자랑하며 댄디하게 서 있다. 그 앞은 가지각색의 요트들이 정박해 있어서 그 판타스틱한 정경에 빛을 발한다.

왼쪽으로는 도시적인 느낌과 정반대로 울창한 숲이 공원 가운데 형성되어 있고, 가장자리로 드넓은 잔디 광장이 마련되어 있어서 수많은 사람들이 그곳에 자리를 깔고 앉아 도란도란 이야기를 나누거나, 누워서 책을 읽거나 하며 여유로움을 마음껏 만끽하고 있었다.

'아! 이렇게나 아름다울 수가……'

초록은 처음 접하는 이 어메이징한 자연의 풍광 앞에서 그만 할 말을 잃고 말았다.

"자! 이제 준비됐지?"

봉식이 자전거 핸들을 잡고 한 발만 바닥에 댄 채로 맨 앞에 서서 뒤를 돌아보자, 모두 고개를 끄덕였다.

"그럼! 렛츠고~"

"출발!"

"와~ 너무 좋아요!"

"저두요!"

모두 한마디씩 내뱉고는 출발소리와 함께 공원 가장자리에 마련된 자전거 길을 따라, 자전거의 페달을 밟았다. 한쪽으로는 바다를 끼고 한쪽으로는 숲을 끼고 달리는 이 기분, 하늘을 날아갈 듯 신났다.

땡땡이치고 놀러온 짜릿한 기분이 더해져서인가. 바람을 가르며 달리는 이들의 표정이 더 없이 밝고 환하다.

앞서가고 있는 봉식에게로 달려간 현이 활짝 웃으며 더 먼저 앞서가고, 이에 봉식이 질 수 없다는 표정으로 다리에 힘을 주며 힘차게 페달을 밟았다.

그 뒤를 미연이 신나는 표정으로 따라갔다. 하늘은 중간쯤 천천히 자연의 경치를 만끽하며 달리고 있었다.

청춘이기에 느껴지는 자유로움! 청춘이라서 느껴지는 이 설렘!

뭔지 모르는 부푼 감정이 몽글몽글 솟아오르던 초록도 자전거의 페달을 있는 힘껏 밟으며, 높고 푸른 하늘을 올려다봤다.

아! 하늘도 멋지구나. 하늘……. 그러다 초록이 먼저 앞서 달리고 있는 인간 하늘의 뒷모습을 뚫어져라 바라보았다.

저 하늘이 더 멋있다. 더 근사하다.

그때, 하늘이 뒤를 돌아 초록과 눈을 맞추고는 속도를 늦춰, 그녀가 자신의 옆으로 다가올 때까지 기다리다가 나란히 함께 달리기 시작했다.

"괜찮아?"

"네. 좋아요."

"한 시간은 이렇게 더 달려야 할 텐데. 괜찮겠어?"

"모르셨어요? 제가 또 자전거의 여왕이잖아요. 하하!"

그녀가 웃는다. 그것도 활짝. 언제나 늘 쑥스럽게 미소만 짓던 그녀가 이렇게나 크게 활짝 웃는 모습은 처음이었다. 이 모습에 하늘은 또 한 번 움찔, 그녀의 수호천사 큐피드가 날리는 화살을 무방비 상태로 맞는다. 심장께가 저릿하다.

그 순간, 하늘이 자전거 페달을 더 이상 밟지 않고 심각한 표정으로 그 자리에 멈춰 섰다.

웃지 마. 그렇게 환하게 웃지 마. 제발……

그때 더 이상 달려오지 않는 하늘의 모습을 보고는, 10미터쯤 앞섰던 그녀도 그 자리에 멈춰 섰다. 왜 그러지? 의아한 표정으로 초록이 하늘을 향해 소리쳤다.

"오빠! 하늘 오빠! 왜 그러세요?"

그러게…… 내가 왜 그럴까. 왜 이럴까……

끓어오르는 마음을 주체하지 못하는 하늘의 깊은 눈빛을 마주하며, 그녀 또한 심장께로 저릿한 무언가가 스쳐 감을 느꼈다.

그렇게 벼락 같은 감정을 어찌지 못해 서로에게 함부로 다가서

지도 못하는 두 남녀 사이를, 수많은 자전거들이 스쳐 지나갔다.

바람도 함께 스쳐 갔다. 향기로운 꽃향기도 스쳐 갔다. 사랑의 감정도 스쳐 갔다.

얼마나 오랜 시간을 마주 보며 서 있었을까.

우르릉 쾅쾅!

화창하던 하늘이 순식간에 어두워지더니, 툭툭, 빗방울을 뿌린다. 이들의 감정에 훼방이라도 놓으려는지 환상적으로 쾌청하던 날씨가 갑작스레 심술을 부리기 시작한 것이다.

봄의 계절은 언제나 이렇듯 심술 맞고 변덕스럽다. 청춘의 들끓는 감정처럼 제멋대로다. 이내 툭툭 떨어지던 빗방울이 후드득, 좌아악, 비를 뿌린다. 바람까지 거세다.

"비 와요, 오빠!"

먼저 초록이 정신을 차리고 자전거를 끌고 하늘에게로 달려왔다. 그러자 하늘도 그제야 정신을 차리고는 그녀를 마주한다.

"그러네. 갑자기 비가……."

당황스럽다. 이럴 땐 어떻게 해야 하는가.

잠시 당황하던 하늘이 이내 초록의 자전거와 자신의 자전거를 끌고 숲으로 들어가고, 잎이 넓은 나무 아래, 잠시 비를 피한다. 앞서 가던 일행과는 간격이 꽤 벌어져서, 어디로 갔는지도 모르겠다. 아마 알아서들 잘 가고 있겠지.

이렇게 갑작스럽게 내리는 것을 보면 소나기인 것 같으니, 잠시만 이렇게 있으면 곧 그치겠지, 생각하며 하늘이 초록의 이마 위에 자신의 큰 손바닥을 가져다 대었다.

그녀의 얼굴로 떨어지는 빗방울을 조금이라도 가려 주고 싶은 마음이 간절했기 때문이다. 이 모습에 초록이 쑥스럽게 미소를 지었다.

"괜찮아요……. 오빠 팔 아프실 텐데……."

그녀는 또 자신보다 하늘의 불편함을 먼저 걱정하고 있었다.

"괜찮아. 나는…… 하나도 아프지 않아."

그렇게 그녀를 마주 보고, 그녀의 머리 위에서 손으로 우산처럼 비를 막고 서 있는 두 남녀의 거리가 무척이나 가깝다는 사실을 미처 깨닫지 못했던 하늘은 뭉게뭉게 솟아오르는 초록의 은은하고도 기분 좋은 향기에 그만 숨을 쉴 수가 없었다.

그리고 나무 아래 서 있지만, 굵어지는 빗방울에 자꾸만 젖어 들어가는 그녀의 모습이 묘하게 자극적이었다. 촉촉하게 젖은 머리카락이 가슴 아래로 내려와 있고, 젖은 티셔츠 아래로 그녀의 굴곡진 몸매가 고스란히 모습을 드러내고 있었다.

그 모습이 하늘의 눈에는 마치 젖은 옷을 입고 서 있는 비너스 상처럼, 유혹적이었다.

쿵쿵쿵쿵!

"안 되겠다. 쉽게 그칠 것 같지가 않아. 우리 먼저 돌아가자."

시선을 어디에 둘지 몰라 당황하던 하늘은 이 말을 재빨리 뱉어내고 성큼성큼 걸어서 숲을 빠져나갔다.

그 두근거림을, 그 화끈거림을 들키지 않기 위해 하늘은 그렇게 도망치듯 숲을 빠져나와 왔던 길을 다시 자전거를 타고 되돌아갔다.

그 뒤를 초록이 따라가며 입을 삐죽거렸다.

'갑자기 왜 저러지? 나한테 뭐 화났나? 하여튼 이상해. 이상하

다고!'

그러다 초록은 퍼붓는 비를 맞으며 자전거를 타고 달리는 이 기분이, 몹시도 좋게 느껴진다. 그동안 꼭꼭 싸매고 있던 어떤 억압된 무엇인가가, 툭 하고 터지는 기분이 들었던 것이다.

갑자기 모든 것이 아름답게 느껴졌다. 온 세상이 행복으로 가득 찬 것만 같았다. 새로운 희망과 벅찬 무엇인가가 샘솟듯 피어올랐다.

이에 초록이 먼저 달려가는 하늘을 향해 속도를 높여 따라가서는 환하게 웃었다. 한없이 어렵기만 했던 그가 이 순간만큼은 편하게 느껴진 것이다.

"오빠! 하늘 오빠! 우리 시합해요. 입구까지 누가 먼저 더 빨리 가나 내기해요? 네?"

"내기?"

"네! 내기요."

명랑하게 말하는 초록의 모습을 의아하게 바라보던 하늘도 이내 싱긋 웃으며 답한다.

"좋아. 하자. 그럼 시작!"

"아하하. 오빠. 먼저 가는 게 어딨어요? 반칙이에요. 반칙!"

"하하하. 따라와 봐. 너 자전거의 여왕이라며!"

빗소리와 저들의 설렘 가득한 웃음소리가, 스텐리 파크를 가득 에워싸고 있었다.

공원 입구에 먼저 도착한 초록은 의기양양한 표정으로 뒤늦게 도착한 하늘을 바라보고 있었다. 어느새, 비가 멈춘 하늘로 먹구름이 재빨리 사라지고 있었다.

"오빠, 제가 이겼어요."

"그래, 네가 이겼어. 잘했어."

하늘이 희미한 미소를 지으며 조용하게 말하자 초록이 수줍게 웃었다.

얼마쯤 앞서가던 하늘은 공원 입구가 바라보이는 시점부터, 일부러 천천히 페달을 밟았다. 자칭 자전거의 여왕에게 승리의 기쁨을 맛보게 해 주고 싶었던 것이다.

사랑의 감정이 스며들면, 무엇이든지 상대방에게 져 주고 싶은 것이 그 마음인 것을…… 초록은 아직 알 리 없다.

자전거를 반납하고, 물에 빠진 생쥐 꼴로 서 있는 초록을 물끄러미 바라보던 하늘이 난처한 표정을 지었다. 너무 흠뻑 젖어 있어서, 온몸으로 물이 뚝뚝 떨어졌다.

이대로 있다간 아직 차가운 봄바람에 감기라도 걸리기 십상이다. 잠시 무슨 생각에 골똘하던 하늘이, 이내 천천히 입을 열었다.

"우리 집에 가서 옷 좀 말리고 가."

다운타운 내 위치하고 있는 그의 아파트는 이곳과 아주 가까웠다. 5분이면 충분히 도착하는 거리다.

"네에?"

승리감에 한껏 도취되어 있던 초록이 그의 말에 화들짝, 눈을 크게 떴다.

"이상하게 생각하지 말고, 너 그대로 집에 가면 감기 걸려. 큰일나."

"아…… 저…… 괘, 괜찮은……."

"내 요구사항이야. 잔말 말고 따라와."

으이구, 또 시작이다. 저 요구사항. 열 번이라는 숫자가 이렇게도 많은 숫자였던가. 그 요구사항을 모두 들어주겠다고 했던 자신의 주둥이를 꿰매 버리고 싶었다.

그때 먼저 앞서 걸어가던 하늘이 뒤를 돌아보며, 어서 오라는 손짓을 했다. 그 손짓에 초록은 귀신에라도 홀린 듯 하늘의 뒤를 따라간다.

☆★☆★☆

잉글리시 베이의 푸른 바다가 한눈에 내려다보이는 곳에 그의 아파트가 있었다. 원룸 형태의 아파트는 하늘이 혼자 생활하기에 매우 적합해 보였다.

잠시 어색함에 멀뚱히 서 있던 초록이, 창밖으로 펼쳐지는 아름다운 경치를 발견하고는 휘둥그레진 눈망울로 창가 앞으로 다가섰다.

"와아! 너무 아름다워요."

네가 더 아름다워. 미치도록 아름답다 못해 지금 그렇게 젖어 있는 모습은 요염하기까지 하다고…….

"초록아. 얼른 화장실 들어가서 씻고 젖은 옷 이 옷으로 갈아입고 나와. 아마 두 시간 정도면, 네 옷은 다 마를 거야. 그때까지만 내 옷 입고 있어."

하늘이 감탄사를 연신 내뱉고 있는 초록에게 자신의 티셔츠와 트레이닝 바지를 건네주었다.

"네, 알겠어요. 감사합니다. 오빠."

"감사는 무슨······."

하늘의 말에 초록이 생긋 미소로 답하고는 재빨리 화장실로 들어갔다.

하늘이 그사이 따뜻한 코코아라도 만들 요량으로 부엌으로 가서 냉장고 문을 열고 우유를 꺼낸 순간.

촤아아악~

화장실 문틈으로 샤워기의 요망한 물소리가 쏟아져 나왔다.

그러자 그녀의 매끈하고 부드러운 살결을 따라 유유히 흘러내리는 물방울들이 통! 통! 사방으로 튀어 오르고, 뜨거운 김이 모락모락 올라와 그녀의 뺨을 더욱 붉게 물들인다. 바디워시의 풍성한 거품은 그녀의 몸을 포근하게 감싸고, 그 향기는 이내 코끝으로 다가와 그의 온몸을 간질인다.

'아아! 기분 좋은 이 느낌. 이 황홀한 느낌······ 같은 소리하고 있네! 강하늘! 네가 드디어 미쳤구나. 아주 미쳐도 제대로 미쳤어. 대체 무슨 상상을. 휴우!'

잠시 넋을 놓고 자신만의 상상 속에 빠져 버린 하늘은 스스로에게 화가 났다. 곧바로 이어폰을 끼고 MP3의 볼륨을 최고로 높게 올려 버렸다.

쿵쾅쿵쾅!! 요란한 사운드의 음악이 흘러나오고 더 이상 화장실 안에서의 소리가 들리지 않자, 천천히 그의 달뜬 마음이 가라앉기 시작한다.

초록을 위해 전자레인지에 넣은 코코아가 이제 막 뜨겁게 데워진 순간, 초록이 머리에 타월을 감고 하늘의 티셔츠와 트레이닝 바지를 헐렁헐렁하게 입고 나왔다.

티셔츠는 품이 크고 길이가 길어서 마치 원피스처럼 보이고, 트레이닝 바지는 무슨 쌀자루를 입은 듯, 위는 줄줄 계속 흘러내리고, 아래는 몇 번을 말아 올려도 자꾸만 그녀의 발에 옷자락이 밟히고 있었다.

그런 그녀의 모습을 하늘이 또다시 멍하게 넋을 놓고 바라보았다.

정말 예쁘다. 저렇게 막 입혀 놔도 예뻐 보이다니. 아무래도 자신의 눈에 뭐가 씌었나 보다.

'아버지! 저에게 도대체 무슨 짓을 하신 겁니까! 하아!'

"저…… 좀 웃기죠?"

넋을 놓고 있는 하늘을 부끄럽게 바라보며 초록이 낮은 소리로 물었다.

"아니! 전혀! 너무 예…… 흡!"

자신도 모르게 크게 소리친 하늘은 이내 민망해져서는 다시 작게 말했다.

"괘, 괜찮아…… 안 웃겨. 젖은 옷 줄래? 세탁하게."

"아…… 제가 할게요. 세탁기 어디 있어요?"

"저, 저쪽에. 화장실 옆에."

"네, 네네."

세탁실로 향하는 초록의 뒷모습을 바라보며 하늘은 낮은 한숨을 내쉬고, 초록 역시 하마터면 자신의 속옷까지 그에게 보이게 될까 봐 조마조마했던 마음을 이제야 가라앉힌다.

다행히 세탁기가 홈스테이 것과 동일한 제품이라 초록이 재빨리

143

빠른 세탁과 건조를 동시에 눌렀다. 두 시간 십칠 분, 세탁과 건조가 완료되기까지 걸리는 시간. 무지 길다. 엄청 길다.

그리고 티타임이 어색하게 이어지고 있었다. 서로 식탁에 마주 앉아 어색한 눈동자를 굴리며 코코아 한 모금 마시고는 쓸데없이 천장 한번 바라본 후 또다시 코코아 두 모금 마시고 쓸데없이 화장실 문을 바라보고 있었다.

두 시간을 어떻게 이러고 있어야 하나.

괜스레 시계를 흘끔흘끔 바라보다가, 동서남북으로 시선을 옮기던 초록이 이내 코코아 컵을 뚫어져라 바라보며, 얼음! 저러다 코코아 컵 속으로 들어갈 기세다.

"푸릅! 푸푸푸푸! 하하. 하하하하!"

이런 그녀의 엉뚱하고도 귀여운 모습에, 하늘이 갑자기 웃음을 터트렸다. 도무지 웃지 않을 수 없었다. 또한 이 상황도 무척이나 웃기게 느껴졌다.

여자를 앞에 두고 이렇게나 안절부절, 우왕좌왕하는 자신의 모습이 순간 미치도록 어이없고 우스웠던 것이다. 여러 명의 여자들이 자신을 스쳐 지나갔지만 이런 적은 처음이었다.

갑자기 웃음을 터트린 하늘의 모습을 초록이 의아한 듯 멀뚱멀뚱 바라보며 말했다.

"왜, 왜요? 제가 웃겨요?"

"하하하. 응. 너 너무 웃겨!"

"뭐, 뭐가요? 뭐가 웃긴데요?"

입을 뾰로통! 뾰죽 내밀고 이제 막 따지기도 한다. 장족의 발전이다.

연초록! 딱히 뭐가 웃긴지는 잘 모르겠지만, 이상하게 넌 나를 자꾸 웃게 만든다. 정말로 신기하게도, 너만 보면 자꾸 웃음이 나온다.

간신히 웃음을 진정한 하늘이 벌떡 일어나 창가 쪽으로 식탁 의자 두 개를 나란히 놓고는 초록을 불렀다.

"이리 와. 여기서 마시자."

"네."

초록이 코코아 잔을 들고 와 하늘 옆에 나란히 앉았다. 인간 하늘이 아닌 저 멀리 푸른 하늘을 바라보니 조금 덜 어색하다.

"전공이 뭐야?"

만난 지 한 달이 훌쩍 넘었건만 그는 이제야 그녀에 대한 모든 것이 궁금해진다. 전공조차 모르고 있었다니.

"건축학이요."

"건축학…… 적성에는 맞고?"

"……아니요. 실은 재미가 하나도 없어요. 후후."

그 말에 하늘이 바다를 바라보고 있는 그녀의 옆모습을 의아한 듯 바라보았다.

"재미가 없는데 왜 선택했어?"

"아빠가 원하셔서요. 실은 저희 아빠가 건축사무소를 운영하고 계시거든요. 제가 아빠의 일을 물려받길 원하세요."

고등학교 시절 목표는 오로지 단 하나, 좋은 대학에 입학하는 것이었을 뿐 전공 따위 상관없었다. 무엇이 자신의 적성에 맞고, 어디에 재능이 있는지, 그런 것을 생각할 여유가 없었다.

때문에 아빠가 원하는 건축학과에 아무런 망설임도 없이 지원했다. 하다 보면 재미있어지겠지, 막연히 생각하며 시작한 대학생활은 너무나도 힘든 시간의 연속이었다.

도무지 재미도 없고, 흥미도 느끼지 못했던 것이다.

"그럼, 네가 하고 싶은 건 뭔데?"

하늘의 질문에 잠시 난감해하던 초록이 이내 씁쓸한 표정으로 답했다.

"잘…… 모르겠어요……. 뭘 하고 싶은지……."

순간 초록의 얼굴로 붉은빛이 돌기 시작했다. 이 나이 먹도록 아직 하고 싶은 일이 뭔지도 모른다고 말했으니, 하늘이 자신을 얼마나 한심스럽게 생각할까 창피했던 것이다.

그렇게 고개를 숙이고는 초록이 아주 작은 목소리로 속삭였다.

"이런 제가…… 너무 한심스러우시죠? 바보 같죠?"

그 순간, 그녀의 모습을 지그시 바라만 보던 하늘이 두 손으로 초록의 얼굴을 조심스럽게 들어 올렸다.

왜 자꾸만 너에게 손이 갈까. 왜 자꾸만 너를 만지고 싶을까.

몇 번 당해 본지라 이제 초록은 크게 놀라지도 않는 것 같았다. 그녀의 두 뺨을 제 손으로 감싸고는 하늘은 부드러운 눈빛으로 그녀를 바라보았다.

수줍은 듯 쑥스러움 가득한 표정으로 초록 역시 이런 하늘의 시선을 마주했다. 더 이상 피하지 않았다. 또 하늘이 상처받을까, 자신의 쑥스러움을 스스로 이겨 내며 그의 눈빛을 정면으로 마주하고 있었다.

그러자 하늘이 그녀의 눈빛에 움찔, 잠시 넋을 놓다 이내 다시 정신을 차리며, 그녀의 뺨에서 제 손을 거둬들였다. 더 이상 잡고 있다가는 자신이 무슨 짓을 저지를지 몰랐기 때문이다. 그리고 이내 마음을 가라앉히고 침착한 톤으로 말했다.

"아니. 전혀 한심하지도 바보 같지도 않아. 실은 나도 그렇거든. 내가 정말로 의사가 될 자질이 있는 건지, 과연 의사라는 직업에 적성과 재능이 있는 건지, 또 힘들어도 그것을 극복하고 나아갈 만큼 이 일에 열정을 느끼고 좋아하는 건지……. 나도 잘 모르겠어……."

하늘의 눈빛이 깊은 바다처럼 짙게 물들었다.

"그래서 잠시 쉬면서 그것을 찾고자 이곳에 온 거야. 그러니 너도 이곳에 있으면서 네가 정말로 원하고 좋아하는 일을 찾아봐. 분명히 너의 적성과 재능에 맞는 일이 있을 거야. 아직 늦지 않았다고 생각해. 너도 그렇고 나도 그렇고. 우린 아직 젊으니깐. 너와 나, 우리, 함께 찾아보자. 그럴래?"

우리, 함께 찾아보자. 우리, 함께.

그 순간 하늘의 말에 사막에서 오아시스를 발견하듯 작은 희망을 찾은 초록이 고개를 세차게 끄덕거렸다.

"네. 그럴게요. 진짜 내가 원하는 것이 뭔지 찾아볼게요."

우리, 함께. 당신과 함께.

햇살보다 더 환하고 밝은 웃음을 그를 향해 활짝 흩뿌리자, 하늘은 그만 또 얼어 버리고 말았다. 이렇게나 정직한 감정 같으니라고.

그녀의 작은 반응 하나에도 이렇게 제멋대로 날뛰는 감정에, 심장에 하늘은 미치기 일보직전이었다. 그렇게 제 감정에 충실해진 하늘이 자신의 얼굴로 스며들었던 미소를 거두고, 진지함만을 잔뜩 띤 눈빛으로 그녀를 바라보았다.

이런 하늘의 모습에 해맑게 웃던 초록도 살그머니 미소를 감췄다. 상대방이 보내오는 저 감정을, 저 반응을, 제 아무리 남자를 모르고 연애 한 번 못 해 본 쑥맥이라 하더라도 모를 수는 없었다. 감정을 지닌 사람이기에 느낌으로, 눈빛으로, 행동으로 자연스럽게 알 수 있었다.

두근두근.

그들의 세찬 심장박동 소리가 조용한 공간을 격정적으로 만들기 시작했다.

잠시 하늘의 강렬한 눈빛을 받아 내며 어색함과 당황함을 잘 참고 있던 초록이 더 이상 그것을 참지 못하고, 의자에서 살며시 일어서려는 찰나, 하늘이 초록의 한쪽 손목을 낚아채듯 잡더니 무엇에 홀린 듯 천천히 아주 천천히, 그녀의 얼굴을 향해 다가가기 시작했다.

초록은 그렇게 점점 다가오는 그의 숨결이, 그 향긋한 로즈마리 향이, 자신의 목덜미로 내려앉기 시작하자 정신이 점점 아득해졌다.

그렇게 두 사람의 코가, 입술이, 점점 가까워지려던 그 순간,

탁. 탁. 삐뽀, 삐뽀!

격정적인 순간 벼락처럼 들려온 저 소리, 세탁이 다 되었으니 어서 네 옷을 꺼내 가시오! 라는 세탁기의 망할 신호에 두 사람 모두 화들짝 놀라 총알처럼 의자에서 튀어 오르고, 어색한 듯 하늘이 재빨리 세탁기를 향해 성큼성큼 걸어갔다. 그리고 거침없이 드럼 세탁기의 문을 열고, 초록의 옷 하나를 꺼내 들었다.

"안 돼! 안 돼요!"

멍하게 서 있던 초록이 자신의 속옷을 떠올리며, 빛의 속도로 세탁기 앞으로 달려왔지만, 이미 하늘의 손에는 그녀의 하얀색 브래지어가 대롱대롱 들려 있었다. 그 모습에 초록의 낯빛은 시꺼멓게 변해 버렸다.

그날 밤, 초록하늘은 밤을 꼴딱 새고야 말았다.

하늘은 눈만 감으면 속옷 없이 티셔츠만 걸치고 있는 그녀의 모습이 자꾸만 떠올라서 차마 눈을 감을 수가 없었고, 초록은 브래지어를 들고 난처한 표정으로 자신을 바라보던 하늘의 모습이 너무나 민망해서 잠을 잘 수가 없었다.

그렇게 그들은 청춘의 들끓음을 차마 잠재우지 못한 채로 그 밤을 보내 버리고야 말았다.

☆★☆★☆

다음 날, 학교 가는 길.

어제 하늘이 말한 대로 자신의 적성과 재능에 맞는 일이 무엇이 있을까를 곰곰이 생각하며, 그녀가 꽃들이 화려한 골목길을 걷고 있었다. 기분이 몹시도 좋았다.

'우리 함께 찾아보자.'라고 하던 하늘의 말이 자꾸만 귓가에 맴돌며, 그녀의 가슴에 희망과 설렘을 안겨 주었다.

그녀는 그동안 왜 한 번도 자신이 하고 싶은 일이 무엇인지, 궁금해하지 않았던 것인가. 왜 적성에 맞지도 않는 건축학 공부를 하며 그것이 숙명이고 운명인 양 그저 순응하며 살았던 것인가. 이런 내면의 질문들이 이제야 비로소 샘솟기 시작한 초록의 표정 위로 상쾌함이 솟아나고 있었다.

"이봐요. 학생!"

스카이 트레인 역을 20미터쯤 남겨 두고, 한적해서 거의 차가 다니지 않는 도로 가에서 어떤 여자가 자신을 부르는 소리에 초록이 멈춰 섰다.

소리의 방향으로 고개를 돌리자 지난번 바로 이 자리에서 자신의 도움으로 911에 실려 갔던, 그 중년의 부인이 밝은 웃음을 지으며 손을 흔들고 있었다.

청바지에 흰색 남방을 걸치고 머리를 하나로 가지런히 묶어 올린 그 부인의 모습은 지난번과는 달리 건강하고 세련되어 보였다. 그 모습에 초록이 반가운 표정으로 그 부인을 향해 달려갔다.

"아! 안녕하세요. 이제 괜찮으세요?"

"네, 이제 괜찮아요. 그때 학생이 도와줘서 응급상황을 잘 넘겼어요. 그래서 너무 고마워서 사례라도 하고 싶은데, 연락처도 모르고 이름도 몰라서, 내가 오늘 아침부터 여기서 기다리고 있었어요. 혹시나 또 만날 수 있지 않을까 해서."

"아…… 그러셨어요. 하하. 괜찮으셔서 정말로 다행이에요."

"정말로 고마워요. 학생. 그래서 내가 뭐라도 사례하고 싶은데."

그 부인이 진심이 담긴 표정으로 초록의 가녀린 두 손을 살며시 잡았다. 부인의 손은 몹시도 따뜻하고 다정했다. 마치 자신의 엄마처럼 느껴졌다.

"아, 아니에요. 괜찮아요."

초록이 당황하며 무슨 사례냐는 듯 손사래를 치는 모습에 부인은 그저 흐뭇하게 웃기만 했다.

"지금 어디 가요?"

"네, 저 학교요. 어학연수 중이거든요. 지금."

"아. 그렇군요. 그럼, 학교가 어디 있어요? 다운타운?"

"네."

"그럼 내 차 타고 가요. 나도 마침 일이 있어서 다운타운에 나가는 길이었거든요. 가면서 얘기해요. 응?"

어쩔까. 잠시 고민하던 초록은 이내 계속되는 그 부인의 제안을 거절하지 못하고 그녀의 파란색 SUV에 올라탔다. 차내에서 향기로운 아로마 향이 코끝을 스쳐 지나갔다. 기분 좋은 향이었다.

"참. 이름이 뭐예요?"

"초록이에요. 연초록이요."

운전대를 잡고 있는 부인이 초록을 향해 놀라운 표정을 지으며 웃었다.

"와! 이름 정말 예쁜데요? 이미지하고 이름이 어쩜 이리도 잘 어울릴까."

"감사합니다. 그런데 말씀 놓으세요."

"초면부터 그럴 수야 없죠. 조금 친해지면 차차 말 놓을게요."

"네. 그런데 아주머니는 여기 사세요?"

"네, 원래는 미국에 있었는데, 1년 전부터 이곳에서 살기 시작했어요."

"우와. 그럼 영어도 엄청 잘 하시겠네요."

"호호호. 기본이야 하지만, 여기 사람들만큼은 아니지."

잎으로 곧게만 달리던 차가 이제 좌회전 깜빡이를 켜고는 사거리에 멈춰 섰다.

"초록 양. 오늘 저녁 시간 괜찮으면, 우리 집에 와서 저녁 먹을래요? 뭐라도 대접하고 싶은데……."

"네? 아. 정말로 괜찮은데요."

"내가 솜씨는 없지만, 한식 해 줄게요. 불고기 어때요?"

"불고기요?!!!"

순간, 초록의 얼굴 위로 기대 가득한 설렘이 재빠르게 지나갔다. 안 그래도 요즘 한식이 먹고 싶어서 미칠 지경이었던 것이다. 이런 표정을 순간적으로 잡아낸 부인이 다정하게 웃으며 말했다.

"불고기와 된장찌개 해 줄게 와요. 응? 나도 혼자 살아서 누구와 함께 저녁 먹어 본 지가 꽤 오래됐거든요."

인자하게 웃는 부인의 모습에 초록은 그만 고개를 끄덕끄덕, 네! 대답하고 말았다.

그렇게 그들은 저녁에 또 만날 것을 약속하며 초록은 학교로, 부인은 볼일을 보러 각자 헤어졌다.

☆★☆★☆

벌써 오전 수업이 다 끝났음에도 불구하고 이상하게 오늘따라 모습을 드러내지 않는 하늘이 몹시도 궁금했던 초록은 슬며시 자리에서 일어나 2층으로 올라갔다.

최고급반 앞에서 목을 쭉 빼고는 이리 기웃, 저리 기웃하며 그를 찾고 있는데, 아무리 찾아도 그의 모습이 보이지 않았다. 이에 실망감만 가득 안고 다시 1층으로 내려오는데 현과 마주쳤다.

"어이! 초록!"

"안녕하세요."

"어디 갔다 와? 하늘이 찾으러?"

"네? 아, 아니…… 저……."

"이런이런. 하늘이 찾으러 온 것 맞네. 하하하."

하늘이란 말에 저도 모르게 붉어지는 초록의 얼굴을 보며, 현이 의미심장하게 웃었다.

"아…… 저…… 하늘이 오빠…… 어디 계세요?"

"오늘 학교 안 왔어."

현이 짓궂은 미소를 띠며 말했다.

"왜, 왜요?"

"감기 몸살이래. 어제 비를 너무 많이 맞았다며? 그런데 넌 괜찮아?"

"네…… 네네……. 전 괜찮아요. 그런데 하늘이 오빠 많이 아프대요?"

순간, 그녀의 얼굴로 근심과 걱정의 표정이 한가득 내려앉았다. 그 모습에 그녀 역시 하늘을 좋아하고 있음을 눈치챈 현이 속으로 휘파람을 휘익 불었다.

요런 앙큼한 것들 같으니라고!

"응, 엄청 아프대. 아주 열이 펄펄 끓고 난리도 아닌가 봐. 그나저나, 니네들 어제 어디로 사라졌었어?"

현의 의뭉스러운 질문에 순간 초록이 당황하며 어떻게 답해야 할지 고민하기 시작한다. 사실대로 말하자니, 좀 뭔가 그렇다. 이에 그녀가 답도 못 하고 쭈뼛거리며 서 있자 현이 능치며 물었다.

"둘이 같이 있었지! 응? 말해 봐. 둘이 같이 있었잖아. 응?"

"아, 맞다! 다음 수업시간 숙제를 깜빡하고 안 했네. 어머나. 저 얼른 가서 숙제해야겠어요. 그럼 안녕히 가세요."

걸음아 나 살려라 초록이 붉게 상기된 얼굴로 재빨리 사라졌다. 이 모습에 현이 웃음을 터트렸다. 이제 저 둘을 번갈아 가며 놀려 먹을 일이 생겼으니, 현은 무척이나 신이 나기 시작한 것이다.

처음과 달리 점점 지루해지고 있던 시간들이었는데, 뭔가 재미있는 일이 앞으로 많이 일어날 것만 같은 예감에 벌써부터 흥분이 된다.

한편 교실로 돌아온 초록은 하늘의 걱정에 안절부절못하고 있었다.

'어쩌지. 그렇게 많이 아픈데, 약은 먹었나! 밥은 먹고 있는 건가……'

왜 이렇게 걱정이 되는지 모를 일이었다. 그러다 그 걱정을 참지 못한 초록은 학교 옆 '런던 드러그(London Drugs)'에 가서 감기에 효과가 좋다는 발포비타민과 차 등을 구입했다.

수업이 끝난 뒤, 잠시 그의 아파트에 가서 전해 주고 올 생각이었던 것이다. 그래야 마음이 놓일 것만 같았다. 그의 얼굴을 잠시라도 봐야 마음이 편할 것만 같았다. 그렇게 초록은 끝날 시간만을 기다리며 초조한 마음으로 앉아 있었다.

"초록아! 오늘 오후에 너 뭐 할 거야? 우리 가스타운 가서 랍스타 먹지 않을래? 거기 굉장히 유명한 랍스타집이 있대."

수업이 끝나자 미연이 초록에게 다가와 히쭉 웃으며 말했다. 그러나 그녀의 머릿속은 온통 빨리 가서 하늘에게 약을 전해 줘야 한다는 생각밖에 없었다.

"언니. 미안해. 나 오늘 할 일이 있어서. 랍스타는 나중에 먹으러 가자. 미안!"

그러고는 초록이 잰걸음으로 교실을 빠져나갔다. 그 모습에 미연이 어안이 벙벙한 표정으로 서 있는데 현이 스윽 다가왔다.

"후훗! 내 저럴 줄 알았지. 저 눈썹 휘날리게 뛰어가는 모습 좀 봐라. 아무래도 엄청 급한 일인가 보다. 미연아, 그치?"

"네?"

현이 미연의 옆에 서서는 묘연한 미소를 지은 채로 사라져 가는 초록의 뒷모습을 의뭉스럽게 바라보고 있었다. 그런 현의 모습에 미연이 수줍은 듯 웃자, 현이 그녀를 향해 눈을 찡긋! 멋스러운 윙크를 날려 줬다.

이에 미연의 마음속으로 현이라는 돌멩이가 제대로 날아와 박혔다.

"그런데 그 굉장히 유명한 랍스타집이 어디야? 진짜로 맛있대?"

"네, 가스타운에 있는데 가격도 저렴하고 진짜 맛있대요."

"그래? 안 그래도 지금 굉장히 출출했는데, 같이 가서 먹을까?"

"네? 지, 지금요? 오빠랑 저랑 둘이요?"

"왜? 싫어?"

"아, 아니요. 싫긴요. 호호호. 가요."

"그럼, 렛츠고~"

현이 먼저 성큼 앞서 걸어가고, 그 뒤를 미연이 좋아 죽겠는 표정으로 따라 나갔다. 절루 입꼬리가 귀에 가 걸린다.

☆★☆★☆

하늘의 아파트 중앙현관에서 몇 번이나 그의 집 벨을 눌렀건만, 감감무소식이었다. 시간이 지날수록 초록의 애간장은 바싹바싹 타들어 가고 있었다.

'어디 간 건가? 병원 갔나? 혹시 너무 아파서 기절했나!'

이 생각 저 생각으로 제 입술만 잘근잘근 씹으며 그의 아파트 앞을 서성이고 있기를 수십 분, 벨을 수십 번도 더 눌렀건만 그는 여전히 답이 없었다.

'진짜 어떻게 된 거 아니야!'

걱정이 돼서 미치겠다. 미치고 팔짝 뛰겠다. 벨 한 번 누르고, 그 앞을 왔다 갔다 서성이다가 또 벨 한 번 누르고, 한숨 한번 깊게 내뱉기를 수차례.

누군가 다른 입주민이 들어가면 그때 따라 들어가서 그의 집 문을 두드려 보기라도 하고 싶은데 오늘따라 개미 새끼 한 마리 보이지 않았다.

그렇게 바싹바싹 타들어 가는 마음으로 계속해서 안절부절, 이리저리 왔다 갔다 하고 있는데 누군가 말을 걸어왔다.

"연초록! 여기서 뭐 해?"

쿵! 그의 목소리였다. 하늘의 목소리가 자신의 뒤에서 들려온 것이다. 너무 놀라 초록이 고개를 돌렸더니, 바로 그 남자 강하늘이 멀끔한 모습으로 서 있는 것이 아닌가! 얼굴에서는 아픈 기색이라고는 눈곱만큼도 찾아볼 수 없었고 오히려 더 건강해 보이는 그는,

블랙 정장 슈트를 멋스럽게 빼입고 있었다.

"나 만나러 온 거니?"

빛을 등지고 서 있는 하늘을 올려다보자 그 강렬한 햇살 때문에 초록이 눈살을 찌푸렸다. 그러자 그가 몇 걸음 옆으로 이동해서 그녀에게 그늘을 만들어 주었다.

"네……. 저, 아프시다고 해서……."

손에 들고 있던 약봉지가 괜히 민망해진 초록이 그것을 주섬주섬 챙겨 얼른 제 등 뒤로 감추었다.

"누가 아파? 내가?"

"네……. 열이 펄펄…… 많이 아프다고…… 괜찮으신 거예요?"

"누가 그랬는데? 현이?"

"……네."

지금 누가 그랬는지가 중요한 것이 아니라 초록은 정말로 그가 괜찮은지가 더 중요했다.

"현, 이 자식……."

하늘은 현의 짓궂은 장난에 어이없는 표정을 짓다가 이내 한껏 심각해진 표정을 풀지 않고 있는 초록을 보자, 이상하게 마음 한쪽이 저릿거림을 느꼈다.

"진짜, 괜찮으신 거죠? 아픈 거 아니시죠?"

"응. 괜찮아. 현이 장난친 거야!"

고개를 끄덕이며 하늘이 조용히 말하자 이제야 안심이 된다는 듯 깊은 한숨을 내뱉은 초록이 한결 가벼워진 표정으로 웃었다.

"아…… 정말로 다행이에요. 아프다고 해서 얼마나 걱정했는지."

거정했는지. 걱정했는지……. 그녀의 말이 귓가에서 자꾸만 맴

돌았다. 나를 걱정했구나. 그래서 이렇게 뛰어온 거군! 이상하게 그녀가 걱정했다는 말에 하늘의 마음이 따뜻해진다.

"그런데, 오빠. 어디 다녀오세요?"

아프지도 않았는데 학교도 안 나오고, 더욱이 저렇게 근사하게 쫙 빼입고 어딜 다녀오는 건지 초록은 내심 궁금했다.

"응. 아버지 심부름!"

갑자기 아침 댓바람부터 느닷없이 아버지가 전화를 걸어서는, 오늘 벤쿠버 호텔에서 사업차 중요한 미팅이 있었는데, 갑자기 거기 참석하기로 한 통역관이 못 나오게 되어 일에 차질이 생겼다며, 하늘보고 대신 나가서 통역을 하라는 통에 어쩔 수 없이 끌려 나갔다 온 것이다.

"아…… 그렇군요……. 그럼, 이제 됐어요. 저는 이만 가 볼게요."

더 이상 이곳에 있을 이유가 사라진 초록이 허리 숙여 90도 인사를 하고는 뒤돌아 총총총 사라진다. 이 모습에 멀뚱멀뚱 그녀를 바라보던 하늘이, 갑자기 배를 잡고 쓰러질 듯 무릎을 굽히며 바닥에 쪼그려 앉았다.

"으윽…… 초록. 연초록!"

"네? 어머! 왜 그러세요?"

갑자기 배를 잡고 고통을 호소하는 듯한 그의 행동에 초록이 크게 놀라며, 다시 그를 향해 뛰어갔다.

"왜 그러세요? 네? 하늘 오빠!"

"아…… 갑자기 배가, 배가…….”

"배, 배가 왜요? 아파요? 많이 아파요?"

그 순간, 배를 잡고 얼굴을 한껏 일그러트리고 있던 하늘이 빙그레 웃더니, 벌떡! 굽혔던 몸을 펴고 일어섰다. 이 모습에 초록은 어리둥절한 표정을 지었다.

"아니, 배가 너무 고프다고. 하하하!"

이, 이런! 뭐, 이런 게……. 휴! 당했다. 또 당했어.

"뭐예요!! 깜짝 놀랐잖아요!!"

그를 바라보는 초록의 눈이 옆으로 날카롭게 찢어지며 하늘을 잡아먹을 듯 노려보았다. 그런 초록의 모습이 하늘은 왜 이렇게 귀엽고 사랑스럽게만 느껴지는지, 기분 좋은 미소를 띠운 채 하늘이 그녀의 손에 들려 있는 약봉지를 가리켰다.

"그거 뭐야? 먹을 거야?"

"아, 아니에요. 아무것도."

걱정스런 마음에 약까지 사 들고 달려온 자신의 행동이 너무 과하지 않았나, 민망했던 초록이 그것을 다시 가방에 담으려 허둥대자, 하늘이 그 긴 손을 뻗어 그 약봉지를 낚아채듯 가져갔다.

"나 주려고 가져왔으면 날 줘야지."

가져간 그 약봉지를 열어 본 순간 그 안에 들어 있는 발포비타민과 감기에 좋다는 차(tea) 등을 발견한 하늘의 마음이 훈훈해진다. 하지만 몹시도 당황한 초록은 뭔가 도둑질하다 걸린 사람처럼, 부끄러움에 제 발만 바라보고 서 있었다.

"잘 먹을게. 안 그래도 이거 모두 사려고 했던 거였어. 어떻게 알고 사 왔어? 고마워."

그의 인사에 그제야 고개를 든 초록이, 배시시 수줍은 미소를 지었다. 그런 그녀의 모습을 지그시 바라보던 그가 낮게 속삭였다.

"밥 먹을래? 저녁 사 줄게."

단둘이 밥이 먹고 싶었다. 아니, 단둘이서만 시간을 함께하고 싶은 마음이 더 컸다. 아무도 섞이지 않고 오로지 단둘이서만.

"아. 죄송해요. 제가 저녁에 약속이 있어서요."

하늘은 그녀의 거절에 몸이 경직됨을 느꼈다.

"약속? 미연이랑?"

"아니요."

"그럼, 누구?"

"좀 아는 분이랑요."

아는 분? 나 말고, 현 말고, 미연이 말고, 아는 사람이 또 누가 있지? 잠시 그녀의 주변 인물들을 쭉 생각해 본 하늘이 도무지 알 수 없어 표정이 아리송해졌다. 그러거나 말거나, 저녁 약속 시간이 차츰 다가오자 불안함을 느낀 초록은 다시 인사를 했다.

"그럼 가 볼게요. 안녕히 계세요."

인사와 동시에 거침없이 뒤돌아서서 역을 향해 걸어가는 초록을 물끄러미 바라보던 하늘도 이내 성큼성큼 그녀의 뒤를 따라갔다.

"약속 장소가 어딘데?"

집으로 들어간 줄 알았던 하늘이 갑자기 제 옆에 다가와 말을 걸자, 깜짝 놀란 초록이 그를 당황스럽게 바라봤다.

축지법을 썼나! 뭐가 이리 빠르냐.

"버나비요!"

"니네 동네?"

"네."

"음. 그렇군."

"근데 누구랑 약속 했는데?"

"그냥…… 아는……."

그런데 이 사람 오늘따라 경찰에 빙의하셨나, 사람을 취조하는 듯한 이 말투와 표정, 분위기는 뭔지.

이상한 느낌에 초록이 고개를 갸우뚱하며 하늘을 바라보았다. 그러자 그가 재빨리 그녀의 시선을 회피하며, 괜히 주위를 휘휘 둘러봤다. 그러면서 결국 스카이 트레인 역까지 따라왔다.

입구에서 패스카드를 대고 안으로 들어간 초록이 세 번째 허리 굽힘으로 인사를 하고는 역으로 들어갔다. 그런 그녀의 모습에 하늘이 심각한 표정으로 서 있었다.

한편, 스카이 트레인에 올라탄 초록은 빈자리에 앉아서 조금 전 이상하게 굴던 하늘의 행동을 생각하다가 쿡쿡 웃고는, 이내 스르르 눈을 감았다. 피로감이 급습했기 때문이다. 하루 종일 하늘 걱정 때문에 안절부절, 온 에너지를 다 쏟아부어서인가. 그래도 아프지 않아서 다행이었다.

지이잉! 소리와 함께 문이 닫히고 천천히 기차가 출발했다. 잠시 흔들흔들, 레일의 진동에 몸을 맡기며 스르륵 잠에 빠지려는데, 어디선가 날아오는 익숙하고도 향기로운 로즈마리 향이 그녀의 코끝을 감쌌다.

뭔지 모르는 이상한 느낌에 살며시 눈을 뜬 순간, 초록은 그만 화들짝 놀라고야 말았다.

'지, 진짜 축지법을 사용하는 거냐, 강하늘!'

너무 당황해서 눈만 끔뻐거리는 그녀를 향해, 앞에 서 있던 하늘이 근사하게 씨익 웃었다.

"너 데려다주려고. 약속 장소까지 내가 데려다줄게. 여자 혼자 걸어 다니기엔 좀 위험해서 말이야."

핑계도 가지가지. 사실, 그녀와 약속한 사람이 누군지 몹시도 궁금해서 미치겠던 하늘은 그녀를 데려다주겠다는 핑계 삼아, 그 약속 상대가 누군지 알아내려던 속셈이었던 것이다.

그때, 지이잉, 철컥컥! 쿡!

잘 달리던 기차가 이상한 소음과 함께 급정지하고, 아무것도 잡지 않고 서 있던 하늘은 그만 중심을 못 잡고 관성의 법칙에 의해 몸이 앞으로 쏠리더니 급기야 초록을 향해 냅다 던져지듯 엎어졌다. 운동신경이 좋은 하늘이었지만, 지금 이 상황은 어떻게 손을 써 볼 수도 없이 속수무책으로 고꾸라지고 만 것이다.

"흡!"

순간, 초록에게로 고꾸라지던 하늘의 입술이 그녀의 앵두 같은 입술을 스치고, 곧이어 오른쪽 뺨을 스쳐 가더니 그대로 그녀의 어깨 위로 그의 얼굴이 떨어졌다. 무슨 일이 일어났는지 상황을 미처 파악하기도 전에, 하늘이 초록을 그대로 덮치는 꼴이 된 것이다.

"앗!"

몹시도 당황한 하늘이 재빨리 일어나고 마치 아무 일도 없었던 것처럼 다시 원래의 상태로 돌아오기까지 시간은 불과 몇 초도 걸리지 않았다.

그 짧은 순간에 도대체 무슨 일이 일어났던 것일까!

초록은 한껏 아래로 숙인 고개를 들지도 못한 채로 앉아 있었고,

하늘은 민망해서 괜히 기차만 여기저기 휘휘 둘러보다 이내 그녀를 바라보았다.

"저…… 미, 미안해……. 갑자기…… 멈추는 바람에…… 아. 하. 하……."

어색한 말로 이 상황을 무마해 보려 하지만, 푹 숙이고 있는 고개를 들지도 못하고 초록은 그저 묵묵부답으로 일관했다.

분명 몇 초도 안 되는 짧은 순간이었지만, 초록도, 하늘도, 제 입술에 닿았던 그 색다른 감각을 어찌 모를 수 있겠는가. 그저 모르는 척할 뿐이었다.

초록은 뇌 속 신경회로가 모두 끊어진 사람처럼 아무 생각도 하지 못하는 듯 보였고, 하늘은 잠시, 아주 잠시 동안만 민망해서 그녀를 힐끔힐끔 바라보더니 이내 저도 모르게 자꾸만 입꼬리가 귀로 올라가 붙는다. 아주 날개를 단 듯 광대가 높이높이 승천 중이시다.

고의는 아니었으나 어쨌거나 그녀의 입술과 뺨에 제 입술이 닿았으니, 어찌 아니 좋을 수 있단 말인가! 웃지 않으려 노력해도 이미 그의 웃음은 통제 불능 상태였다. 아무리 이성이 제어하려 해도, 몸은 도무지 말을 들어 먹지 않았다.

그렇게 로얄 오크역에 도착할 때까지 하늘은 히죽히죽 삐져나오는 웃음을 참느라 미칠 노릇이었다.

"됐어요! 이제 그만 가세욧!"

역에 내리자마자 초록이 하늘을 쳐다보지도 않고 소리쳤다. 그 목소리가 쌀쌀맞기 그지없었다.

"왜? 내가 약속장소끼지 데려다준다니깐. 같이 가."

"됐다구요!"

더 이상 하늘은 보기도 싫다는 듯 초록이 포르르, 역 밖으로 뛰쳐나갔다. 그의 얼굴을 볼 수가 없었다. 아니 보기 싫었다.

그렇게 사라지는 초록을 잡지도 못하고 하늘은 그냥 멍하게 서 있다가, 이내 다시금 활짝! 얼굴 가득 웃음을 싣고 저 멀리 사라져 가는 초록을 향해 손을 크게 흔들었다.

"잘 가라. 초록아. 하하하하!"

누구랑 약속했는지 따위가 더 이상 중요하지 않았다. 그것보다 더 큰 수확(?)을 얻었으니 오늘은 이것으로 충분한 것이다.

한편, 역 밖으로 빠져나온 초록의 얼굴은 퉁퉁 부어 있었고, 걸음걸이는 짜증으로 쿵쾅거렸다. 그러다 갑자기 뚝 멈춰 서서는 자신의 머리카락을 쥐어뜯기 시작했다.

아, 아악…… 이럴 수가……. 내가 이렇게 순식간에 도둑맞은 듯, 어처구니없게 첫 키스란 것을 해 버리려고 어언 21년을 참고 또 참았단 말이더냐!

매일 밤 동화 속 공주와 왕자처럼 근사하고도 로맨틱한 첫 키스를 꿈꾸며 기다려 온 날이 어언 21년! 정녕, 이렇게 나의 첫 키스가 사라진 것이란 말이더냐! 정녕! 나에게는 로맨스 소설이나 영화처럼, 달콤하고 아름답고 로맨틱한 장면은 결코 없는 것이란 말이냐!

이게 뭐냐고. 첫 키스가 이렇게 어이없게 허무하게 끝나다니!

그러다 초록이 고개를 쳐들고 파란 하늘을 올려다보았다. 그 하늘이 마치 인간 하늘인 듯 보여 잡아먹을 듯 노려보았다. 그 눈빛이 몹시도 이글거린다.

그렇게 초록은 계속 씩씩거리며 마트에 들려 꽃다발을 사 들고 부인의 집으로 향했다. 중간중간 걸음을 멈추고 한 번씩 하늘을 노려보며 걷다가 이내 부인의 집을 발견하고 흥분된 마음을 가라앉혔다.

부인의 집은 초록이 살고 있는 파란 지붕 집에서 두 블록 정도 떨어진, 꽤 가까운 거리에 있었다. 아담한 2층짜리 주택으로 정원에는 아름다운 봄꽃들이 가득했다.

"잘 찾아왔네요."

부인이 초록을 반기며 웃었다.

"이렇게 가까운 곳에 사실 줄은 몰랐어요."

초록이 웃으며 그녀에게 마트에서 사 온 꽃다발을 건넸다.

"와! 예쁘다. 내가 장미 좋아하는 건 어찌 알았을까. 호호."

분홍빛이 고운 장미를 손에 들고 화병을 찾으러 어딘가로 향하며 부인이 거실에 앉으라는 눈짓을 지었다.

아담한 크기의 거실은 평범한 여느 집과 달리 뭔가 상당히 예술적인 분위기를 자아냈다. 거실 벽에 가득 걸려 있는 그림들이 그랬고, 창가 쪽 놓여 있는 이젤과 흩어져 있는 물감들이 그랬다.

'혹시 화가신가.'

이젤 위 아직 완성되지 않은 어린 소년의 그림은 분명, 미술에 문외한인 초록이 보아도 훌륭해 보였기 때문이다.

그때 부인이 웃으면서 초록에게로 다가왔다.

"화가세요?"

"아니…… 취미로 그냥 그리는 거예요."

"와! 그런데 정말 잘 그리시네요."

"고마워요."

자신이 그리다 만 어린 소년에 시선이 멈춘 부인의 얼굴로 잠시 쓸쓸함이 스치고 지나갔다.

"아! 초록 양. 배고프죠? 내가 솜씨는 없지만 정성껏 준비했으니 먹자고요. 얼른."

"네. 감사합니다."

부엌으로 들어오자 식탁 위 가지런히 차려진 불고기와 된장찌개, 김치, 콩나물, 두부조림 등의 모습에 초록은 그만 눈이 휘둥그레져서는 저도 모르게 손뼉을 쳤다. 맛있는 것을 보면, 절로 나오는 그녀만의 습관이었다.

그리고 역시나 엄청 맛있게 먹는 그녀의 모습에 부인은 그저 흐뭇한 미소만 짓고 있었다.

식사를 다 마치고 거실로 나온 그들은 일인용 소파에 각각 앉아 뜨끈한 모과차를 마셨다.

"나이는 몇 살?"

부인이 초록을 지그시 바라보며 말했다.

"스물한 살이에요."

"아주 좋을 때네요. 그때 나는 세상 무서운 줄도 모르고 방방 뛰어다녔었는데…… 호호. 남자 친구는 있고?"

순간, 초록의 머릿속으로 하늘의 모습이 스쳐 지나갔다. 남자 친구라는 말에 왜 그가 떠오르는 것인지 모르겠다. 얼른 고개를 절레절레 흔들며 초록이 수줍게 답했다.

"없어요."

"그럼 좋아하는 사람은?"

그 순간 또다시 그녀의 눈앞에 떠오르는 하늘. 에잇! 초록이 재빨리 그 환영을 지워 버리며 답했다.

"어, 없어요."

그러자 부인이 의뭉스럽게 웃었다.

"에이. 아닌 것 같은데. 좋아하는 사람 있는 것 같은데."

"네? 아, 아니……."

후후, 그렇게 잠시 웃던 부인이 아무 말 없이 모과차를 마시며, 무슨 생각엔가 잠긴다. 그러다 초록을 보며 조용하게 입을 열었다.

"좋은 나이예요. 좋은 시절이고. 아무것도 거칠 게 없는 시기지. 뭐든 새롭게 시작해도 늦지 않은 나이고. 하고 싶은 일 있으면 망설이지 말고 시작하고, 좋아하는 사람 있으면 자존심 세우지 말고 좋아한다 당당하게 말해요. 나중에 후회하지 말고."

"아…… 네……."

"이쯤 나이를 먹고 보니, 그 시절이 종종 떠올라요. 그럴 때마다 나는 왜 그때 그렇게 하지 못했을까, 왜 그렇게 살았을까…… 자주 후회가 되더라고. 특히……."

갑자기 부인의 표정이 쓸쓸해졌다. 그러더니 이젤 위 그림을 물끄러미 바라봤다. 초록도 부인의 시선을 따라 그 이젤 위 작은 소년의 그림을 바라보았다. 아까는 대충 훑어봐서 잘 몰랐는데, 지금 보니 부인과 어딘지 모르게 닮은 듯했다.

초록이 잠시 부인의 시선이 향하는 곳과 표정을 번갈아 바라보다 뭔가 저 그림에 슬픈 사연이 있음을 직감적으로 깨닫는다.

"저 아이…… 잘 생겼죠?"

부인이 쓸쓸한 듯 미소 지으며 말했다.

"네. 진짜 잘 생겼어요."

"실은…… 저 아이도 지금 초록 양 나이 대와 비슷해요. 그래서 내가 자꾸만 초록 양에게 마음이 가나 봐요. 후후. 저 아이 올해로 25살 되었거든요."

"아. 혹시 아드님이세요?"

"응…… 내 아들……."

"아. 그러시구나. 어쩐지 닮았다 했어요. 그럼 저 그림은 몇 살 때예요?"

"열 살."

"……."

잠시 분위기가 무거워졌다. 부인의 눈가에 그늘이 드리워지며 살며시 촉촉해지는 듯 보였다. 때문에 초록은 더 이상 아무것도 물어보지 못하고 그저 잠자코 앉아서는 따스한 눈길로 그녀를 바라만보고 있었다. 분명 뭔가 사연이 있음이 점점 확실해졌다. 그러다 뭔지 모르게 그 부인이 측은하게 느껴지기도 했다.

"이런이런. 나 좀 봐. 주책맞게시리. 호호호. 미안해요. 초록양."

"아니에요. 괜찮아요. 그리고 저 아주머니, 말씀 이제 놓으시면 안 될까요? 제가 불편해서……."

"호호호. 알았어요. 알았어. 그럼 이제부터 편하게 말 놓을게. 대신 초록이 너도 앞으로 나를 그냥 미숙 이모라고 부르면 어떨까?"

"미숙 이모요?"

"응, 내 이름이 미숙이거든. 그리고 앞으로 우리 종종 만나서 밥도 먹고, 차도 마시고. 참! 내 정신 좀 봐라. 오늘 초록이 너 부른 이유가 따로 있었는데, 계속 엉뚱한 말만 했네. 나 좀 따라 올래?"

일어서서 이 층 계단으로 올라가는 미숙 이모를 따라 초록도 계단을 밟았다.

2층으로 올라오자 복도 가장 끝에 위치한 방으로 부인이 먼저 들어가고, 그 뒤를 따라 들어간 초록의 눈이 놀라움으로 휘둥그레졌다.

방 안 가득 걸려 있는 옷들과 천장까지 쌓여 있는 다양한 색의 옷감들, 그리고 방 한가운데 놓여 있는 커다란 테이블 위 재봉틀과 흩어져 있는 재단도구들까지. 마치 이곳이 방인지, 옷 가게인지 구분이 안 될 정도였다.

"와아! 이모님. 이곳은……."

"내 작업실. 내가 옷을 좀 만들거든. 과거에는 많이 만들었지만, 지금은 취미로…… 잘 하는 것이 이것밖에 없어서……. 내가 초록이 네 옷 하나 만들어 줄게. 감사의 의미로 말이야. 이리 와 봐."

미숙이 어리둥절하며 서 있는 초록의 팔을 잡아끌더니 줄자를 가지고 와서는 그녀의 치수를 재기 시작했다.

"몸매가 어쩜 이리도 예쁠까. 후후."

"감사합니다."

그렇게 초록은 그녀의 손길에 제 몸을 맡기며 신기한 표정을 가득 짓기 시작했다. 자신의 주변에서 옷을 만드는 사람은 한 명도 없었기에, 직접 옷을 만들어 준다는 그녀의 말이 무척이나 신기하고 새롭게 느껴졌던 것이다.

"차 한 잔 더 할래?"

치수를 다 재고 다시 거실로 내려온 미숙이 물었다.

"아니요. 괜찮아요."

"그래, 그러면 나만 한 잔 더 해야겠다. 잠시만……."

미숙이 소파에서 일어나 주방으로 사라졌다. 이에 초록은 거실을 찬찬히 둘러보다가 벽난로 위, 가지런히 놓여 있는 액자를 발견하고는 그곳으로 발길을 옮겼다.

그 사진들을 바라보며 초록은 잔잔한 미소를 지었다. 젊은 시절 미숙의 모습들이 담겨 있었기 때문이었다.

대학 교정처럼 보이는 곳에서 친구들과 함께 찍은 사진들, 바닷가를 배경으로 혼자 찍은 사진, 이렇게 다양한 모습, 다양한 연령대의 미숙을 천천히 바라보며 젊었을 때 미숙의 아름다운 모습에 초록은 연신 감탄을 내뱉었다. 정말로 영화배우 뺨치게 아름다웠기 때문이다.

그러다 미숙이 약 10살 정도 되어 보이는 남자 아이와 다정하게 껴안고 찍은 사진을 물끄러미 바라보다 이젤 위 그림 속 남자 아이를 뚫어져라 바라보았다.

'아…… 이 아이가 저 아이구나…….'

분명, 사진 속 아이와 그림 속 아이의 모습이 비슷한 걸로 보아, 이 아이가 그녀의 아들이라고 확신했다.

'참! 그 녀석, 잘생겼네. 어?'

그러다 초록은 제 고개를 갸우뚱거리며 무언가를 생각하려고 노력했다.

'분명, 누군가와 닮았는데. 이 사진 속, 남자 아이…… 어디서 많이 본 듯, 누군가와 닮았는데…….'

누군지 도통 기억이 나지 않았다.

'아! 미치겠네. 누구지?'

생각날 듯 생각날 듯 가물거리는 기억력, 알 듯 말 듯 애간장을 태우기 시작한다.

그때, 미숙이 차를 들고 주방에서 나오며 초록을 바라보고 빙그레 웃었다. 초록은 얼른 제자리로 돌아와 그녀 앞에 앉았다. 아들 얘기만 나오면 우울해지는 미숙이었기에, 또 그녀의 기분을 우울하게 만들고 싶지 않았던 초록은 그녀를 마주하며 활짝 웃었다.

"이모님. 저 무슨 옷 만들어 주실 거예요?"

초록은 한껏 기대에 부푼 표정을 지었다.

"비밀!"

"네?"

"비밀이야. 그치만 네게 정말로 잘 어울리게 만들어 줄 테니 기대해. 호호호!"

"와! 저 완전 기대돼요."

짝짝짝! 박수까지 치며 좋아하는 초록을 바라보며, 미숙의 얼굴로 따뜻함이 스쳐갔다.

☆★☆★☆

드디어 휘슬러에 가기로 한 날이 다가왔다. 아침부터 정신없이 준비를 마친 초록은 약속장소인 학교로 가기 위해 역에서 내려 헐

레벌떡 뛰기 시작했다. 늦게 일어나서 그만 약속시간에 늦은 것이다.

어젯밤 도둑맞은 첫 키스 생각에, 하늘의 그 촉촉한 입술의 촉감이 자꾸만 떠올라 쉽게 잠들 수 없었다. 그러다 이내 억울해서 씩씩대던 초록은 그래도 그 상대가 하늘이여서 그나마 다행이라는 생각에 이른다.

하늘이라서 참 다행이라고.

"어이! 초록!"

그때 도롯가를 지나가던 파란색 SUV가 그녀 옆에 멈추더니 창문을 열고 누군가 초록을 불렀다. 고개를 돌려보니 봉식이었다.

"아…… 안녕하세요!"

"지금 가는 길?"

"네."

"타!"

"아…… 감사합니다."

초록이 얼른 뒷좌석의 문을 열려고 하자 봉식이 다시 소리쳤다.

"앞에 타!"

"네?"

"앞에 타라고!"

"……네."

너무나도 단호한 봉식의 말 때문에 초록은 어쩔 수 없이 조수석에 올라탔다. 그러자 그제야 봉식의 얼굴로 만족스런 표정이 스치고 지나갔다. 그러고는 차를 출발시키며 봉식은 슬며시 웃었다. 차 안 전체로 퍼지는 초록의 은은한 향이 기분 좋게 느껴졌기 때문이다.

"그동안 잘 지냈나?"

봉식이 그녀의 옆모습을 지그시 바라보며 말했다.

"네. 잘 지냈어요. 알렉스 오빠도 잘 지내셨죠?"

알렉스 오빠라는 말에 봉식이 잠시 얼어붙었다가 이내 씨익 웃으며 답했다.

"아니 잘 못 지냈어."

"왜요?"

한껏 목소리를 낮게 깔고 심각하게 말하는 봉식을 초록이 놀란 표정으로 바라보았다.

"너 보고 싶어서 눈에서 진물이 나와 잘 지낼 수가 없었다."

그 말을 내뱉으며 봉식이 의뭉스럽게 웃었다. 순간 초록은 봉식의 답변에 어안이 벙벙해진다. 아니 누가 친구들 아니랄까 봐 이 사람들은 입만 열었다 하면, 뭔가 한 번씩 훅훅 날아 들어온다.

이젠 하도 당해서 그런지 잠시 당황해하던 초록도 별 의미 없이 그 말을 받아들였다. 이런 식의 대화 패턴이 남자들의 대화 방식이라 생각해 버린 것이다.

"어? 미연 언니랑 현 오빠예요! 차 세워 주세요."

초록의 다급한 외침에 봉식이 현과 미연 옆으로 차를 세워 그들을 태웠다.

"야이! 구봉식. 넌 또 그 복장이 뭐냐! 푸하하하하!"

이번에는 스키복이지만 참으로 우주복스러운 스키복을 입고 있는 봉식의 모습에 현이 또 한 번 박장대소로 인사를 대신했다. 저런 옷은 어디서 구하는 것인지 궁금하기까지 하다. 미연도 덩달아 웃었다.

이에 초록도 그의 평범치 않은 모습을 보고 웃음을 터트렸다. 왜 이 우스꽝스러운 모습이 이제야 보이는 것인가. 하여튼 봉식만 나타나면 이들은 웃느라 정신이 없었다.

그렇게 모두들 웃느라 정신없는 사이, 차는 어느새 학교 앞에 도착했고, 그곳에 근사한 포즈로 서 있는 하늘의 모습에 초록은 그만 저도 모르게 얼굴이 붉어지기 시작했다.

어제 그에게 도둑맞았던 첫 키스 장면이 떠올랐던 것이다. 때문에 차에서 내리지도 못하고 고개만 숙이고는 가만히 앉아 있자, 봉식이 초록이 앉은 쪽 창문을 내리고 하늘을 불렀다.

"강하늘! 타라!"

이에 하늘이 의아한 표정으로 조수석 창문으로 가까이 다가와 초록을 슬쩍 보고 뒤에 앉은 현과 미연을 보자 그들이 하이, 하며 반갑게 인사한다.

"뒤로 타!"

봉식이 말하자 살짝 미간을 찌푸린 하늘이 초록에게 낮게 말했다.

"초록아, 뒤로 가서 앉을래? 앞에는 내가 앉을게."

그녀가 나란히 봉식과 함께 앉아 있는 이 상황이 싫었다.

"아…… 네."

초록이 내리려 하자 봉식이 재빨리 그녀의 팔목을 잡는다.

"그냥 앉아 있어. 야! 강하늘 네가 뒤로 가라."

봉식의 말에 하늘의 얼굴로 어두운 빛이 내려앉고, 이 모습에 초록이 재빨리 봉식의 손을 뿌리치고는 차에서 내려 미연의 옆으로 가서 앉았다.

"아하하…… 전 뒷자리가 더 편해요. 앞자리는 멀미가 나더라고요."

그녀의 이런 모습에 현과 미연은 의미심장한 웃음을 지으며 서로를 바라보았고, 하늘은 이제야 안심이라는 듯 조수석에 올라타 봉식의 어깨를 툭 쳤다. 그저 봉식만 똥 씹은 얼굴로 운전을 하기 시작했다.

우와!

휘슬러에 도착해서 광대하고도 드넓은 스키장을 바라보는 이들의 놀라운 눈빛이, 설광(雪光)에 반사되어 반짝거린다.

5월 중순. 꽃이 사방으로 만개(滿開)하고 나뭇잎이 점점 짙어지는 봄날, 타임머신이라도 타고 다시 겨울로 돌아온 듯 느껴졌다. 많은 눈이 쌓여 있는 모습도 신기했고, 슬로프의 길이가 대체 얼마나 긴지 가늠을 할 수 없음에 더 놀라웠다.

특히 휘슬러의 자연경관은 말로 설명할 수 없을 정도로 빼어나고 경이로웠다. 이렇게 위대하고도 놀라운 자연 앞에서 그들의 가슴은 설렘으로 두근거리기 시작했다. 이제 막 세상으로 발을 딛고 나온 어린아이의 호기심 가득한 표정이 그들의 만면으로 스치기 시작한다.

"장비 렌트하러 가자!"

역시나 이곳에서 살아서인지, 다른 사람들과 달리 차분하기만 한 봉식이 특유의 낮은 목소리로 말했다. 스키복이 없었던 초록과 미연은 스키복까지 대여를 마치고, 모든 스키 장비를 장착한 이들의 표정은 밝기만 하다.

"자, 그럼. 우리 아가씨들은 스키 실력이 어느 정도 되시려나?"

봉식의 질문에 미연이 먼저 답했다.

"저는 중급 정도 타요."

"오호! 좀 타 봤나 보네."

현이 끼어들며 신나는 표정으로 환하게 웃었다.

"초록이는?"

하늘과 봉식이 동시에 말하자 이 남자들 서로를 바라보더니 피식 웃는다.

"저는…… 초급이요……. 작년에 조금 타 보긴 했는데…… 거의 못 타는 수준이에요."

작년 겨울, 친구들의 성화에 못 이겨 스키장을 가 보긴 했다. 워낙에 몸으로 하는 운동을 별로 좋아하지 않았고 또한 추운 것을 가장 싫어했기에 태어나서 처음 가 본 스키장은 낯설기만 했다.

그런데 자기네들이 가르쳐 줄 테니 걱정 말라며 안심시켜서 데려가 놓고 정작 그녀들은 리프트에서 내리자마자 초록만 홀로 남겨 둔 채로 환호성을 내지르며 먼저 내려가 버렸다.

때문에 초록은 5분이면 내려올 수 있는 초급코스를 혼자 외로이, 바들바들 떨며 거의 30분에 걸쳐 그 초급코스를 내려왔었다.

그러고는 펑펑 울었다. 다시는 스키를 타면 인간이 아니라고 다짐까지 했다.

그런데 오늘, 또다시 스키장이라는 곳을 오게 될 줄이야. 이래서 함부로 무언가를 다짐하면 안 되는 것이다. 어떻게 될지 모르는 것이 앞날이기 때문이다.

"그래? 그럼 초록이는 요 앞에서 나와 함께 간단하게 스키 기본 동작에 대해서 배운 다음에 비교적 완만한 초급코스에서 몇 번 연습한 뒤 제대로 타는 걸로 하고, 다른 사람들은 한 번씩 올라갔다 내려오지!"

봉식은 초록을 슬로프 한쪽 살짝 경사진 곳으로 데리고 갔다. 이에 하늘이 살짝 미간을 찌푸리기는 하였으나, 자신이 스키 강습 자격증이 있다는 봉식의 말을 떠올리며 잠자코 서 있었다.

이 모습을 물끄러미 바라보던 현이 하늘의 옆구리를 툭 치며 의뭉스럽게 웃었다.

"강하늘, 우리는 올라가자. 한 번 제대로 몸 좀 풀어 보자고!"

"됐다! 너나 올라가라. 난 저놈이 제대로 가르치나 보련다."

"올! 불안해서 못 가겠다는 거구나. 이 자식. 너 이렇게 자꾸 티 낼래?"

"뭐가?"

신경이 온통 초록과 봉식을 향해 있는 하늘은 현이 무슨 의미로 말을 하는지도 잘 인지하지 못하고 있었다.

쯧쯧, 현이 이런 하늘의 모습에 고개를 절레절레 젓더니 옆에 서 있던 미연을 향해 눈을 찡긋거린다.

"우리끼리라도 재밌게 놀아 보자, 미연!"

"네!"

금세 미연의 표정이 환하게 밝아지며, 현을 따라 리프트를 타러 쫄래쫄래 띠라갔다.

한편, 30분 정도 기본적인 스키 자세와 넘어지는 요령, 내려오는 방법 등에 대해 심층적인 강습을 하고 있는 봉식의 모습에 하늘이 슬며시 웃으며 생각했다.

'제법이네!'

역시 스키 강습 자격증이 있다더니 빈말은 아닌 듯했다. 또한 처음엔 긴장감으로 몸이 굳어 있던 초록도 봉식의 세심하고도 섬세한 강습에 금방 익숙해져 곧잘 따라했다. 이 모습을 하늘은 계속해서 물끄러미 관찰 중이었다.

어쩌다 봉식이 초록의 팔이라도 잡을 때는 제 입술을 피가 날 듯 깨물고, 눈빛은 이글이글! 그 뜨거움으로 이곳의 눈을 모두 녹여 버릴 기세였다. 그러다 초록이 하늘에게 싱긋 눈웃음을 지어 보이면, 그 불타오르던 눈은 어느새 순한 한 마리의 꽃사슴의 눈망울로 변해 헤벌쭉 바보 미소를 지었다.

사실, 초록은 하늘이 자신을 쳐다보고 있었기 때문에 더 열심히 배우는 중이었다. 그 앞에서 움찔대고 소심해지는 모습, 더 이상은 보여 주고 싶지 않았기 때문이다.

대신 뭐든 열심히 노력하는 모습, 적극적으로 행동하는 모습, 그래서 당당하고도 멋진 모습만 보여 주고 싶다는 강한 열망이 그녀의 온몸을 휘감았다.

마침내 모든 강습을 마친 초록과 봉식, 하늘은 같이 리프트를 타고 초급코스로 올라가는 중이었다. 리프트를 타는데도 어찌나 두 남자의 자리 쟁탈전이 심하던지, 초록이 화를 버럭 내며 제 스스로 가운데 자리에 앉았다.

초록은 이런 두 남자의 유치한 행동에 혼자 고개를 절레절레 저으며 생각했다.

'아니, 가운데 자리가 뭐가 그렇게 좋다고 서로 못 앉아서 저 난린지…… 쯧쯧.'

언젠가 엄마가 아빠를 향해 했던 말이 떠올렸다.

'하여튼, 남자란 동물들은 나이를 적게 먹으나 많이 먹으나 다 똑같아요. 다 똑같이 유치하고 어리고, 철이 없다니깐!!'

오른쪽에 서 있던 초록 옆, 가운데 자리를 두고 서로 신경전을 벌였던 이 남자들의 속마음을 초록은 전혀 알 리 없었다.

'엄. 마. 야!'

리프트에서 내려 긴 슬로프를 바라보는 초록의 동공이 점점 커지며 갑자기 어마어마한 공포감이 엄습하기 시작했다. 작년에 가 봤던 강원도에 있는 스키장의 그 초급코스 정도로 생각했었던 초록은 그만 어마어마한 길이와 경사에 거의 몸이 얼어붙어 버린 것이다.

"저…… 못 내려갈 것 같아요. 죄송해요……."

무서움에 엉거주춤 다시 리프트를 향해 돌아서는 초록의 팔을 하늘이 붙잡고는 부드럽게 말했다.

"괜찮아. 초록아. 우리가 있잖아. 한 번만 내려가면 무서운 건 싹 사라져. 처음엔 누구나 다 긴장되고 무섭고 그래. 나도 그랬어. 그런데 딱 한 번만 내려갔다 오면, 그 무서움이 재미로 바뀔 거야. 내 말, 믿어 봐."

"저, 정말일까요?"

"그럼! 우리가 있잖아. 걱정 마라 초록!"

하늘 옆에서 봉식도 함께 거들었다. 이들의 표정을 바라보자니, 잠시 무서웠던 마음이 사라지고 대신 그곳에 깊은 신뢰감이 쌓였다. 이들은 절대로 자신을 홀로 버려 두고 먼저 내려가진 않을 것이란 믿음이 들었다.

"넌 잘할 수 있어."

마지막으로 한마디 더 던진 하늘의 속삭임에 머뭇거리던 초록이 급기야 용기를 내어 고개를 끄덕였다.

"내가 먼저 내려갈게, 초록이 너는 내 뒤를 천천히 따라와라. 하늘이는 초록이 뒤에서 따라 내려오고."

"그래."

"자, 그럼 출발한다."

"네!"

봉식이 먼저 천천히 출발하고, 깊은 심호흡을 내뱉은 초록이 그 뒤를 천천히 따라 내려갔다. 그런 초록의 뒤를 하늘이 따라 내려왔다.

먼저 내려간 봉식은 계속해서 초록을 바라보며 속도를 조절했고, 처음엔 다소 불안정하던 그녀의 자세가 내려갈수록 안정적으로 변해갔다. 거의 중간쯤 내려왔을 때는 이제 제법 속도에 맞춰 턴도 잘했다.

점차적으로 스키에 자신감이 붙기 시작하고, 긴장감이 재미로 바뀌기 시작한 것이다. 정말로 하늘의 말이 맞았다. 또한 앞과 뒤에서 자신을 지켜 주고 있는 남자들 때문에 마음은 한결 든든했다.

그렇게 몇 번 같은 방법으로 내려왔더니 이제 초록은 스키의 매력에 흠뻑 빠져 버렸다.

이렇게나 신나고 재미있을 수가!

그녀의 얼굴에서 활짝 핀 웃음이 떠나질 않았다. 이 모습에 하늘도 봉식도 더불어 신이 나는 듯 보였다.

"안 돼!"

"뭐가 안 돼?"

하늘과 봉식이 또 신경전을 벌이고 있다. 이들을 사이에 두고 초록만 난감한 표정으로 어찌할 줄을 모르고 서 있었다.

"안 된다고!"

"글쎄 왜 안 된다는 거냐고?"

"거긴 아직 너무 위험해!"

"이 정도로 잘 타는데 뭐가 위험하다는 거야! 그리고 내가 함께 간다는데, 왜 네가 계속 반대하는 거냐? 강하늘. 너 왜 이래?"

지금보다 조금 더 경사진, 좀 더 난이도가 있는 코스로 가자는 말에 하늘이 계속 반대하자 봉식의 신경이 날카로워졌다. 이상하게 초록의 일에 있어서 자꾸만 자신이 뭐라도 되는 것처럼 행동하는 하늘이 못마땅하기도 했다.

"아직 거기에서 탈 정도는 아니라고. 그러기엔 초록이 실력이 너무 많이, 한참 부족하다고!"

뭐? 부족해? 그것도 너무 많이, 한참?

하늘의 말에 초록의 얼굴이 금세 어두워졌다. 강원도 스키장보다 훨씬 어려운 코스도 단 한 번도 넘어지지 않고 몇 번씩이나 잘 내려왔는데, 뭐? 너무 부족하다고? 갑자기 하늘의 말에 초록의 마음이 서운해지기 시작했다.

봉식은 정말로 잘 탄다며 아무래도 스키에 재능이 있는 것 같다고 칭찬만 해 주는데, 하늘은 아직까지 칭찬 한 마디도 없더니 계속 딴지만 걸고 있는 것이다. 그 이유를 이제야 알 것 같았다. 그는 자신의 실력이 여전히 부족하다고 생각하며 아직까지도 못 미더워하고 있었던 것이다.

그는 늘 이랬다. 늘 자신을 못 미더워하고, 못마땅해했다.

순간 초록이 자신의 이를 앙다물었다.

'그렇다면 보여 주리라. 내가 얼마나 잘 타는지, 본때를 보여 주고야 말리다!'

"저기요! 저 거기 올라갈래요. 저 할 수 있어요. 알렉스 오빠. 가요!"

일부러 하늘을 쌀쌀맞은 눈빛으로 쏘아본 초록은 봉식의 팔을 잡고 걸어갔다. 이 모습에 잠시 당황하던 봉식도 이내 승리의 미소를 지었다.

"그래, 가자."

봉식과 초록이 함께 사라진 자리에서 하늘은 그저 굳은 표정으로 그 둘의 뒷모습만 바라보고 있었다.

여긴 정말로 장난이 아니다. 슬로프의 경사와 길이가 조금 전과는 확연히 달랐기 때문이다. 괜한 치기 때문에 무턱대고 올라온 자신의 행동이 이제야 후회스러웠다.

"내가 먼저 내려갈 테니 넌 아까처럼, 내가 가는 방향으로만 따라오면 될 거다. 오케이?"

봉식의 말에 초록이 굳은 표정으로 고개만 끄덕였다. 겉으로 내색은 하지 않고 있지만, 초록은 지금 매우 긴장한 상태였다. 초급 코스와 별반 다르지 않다더니만 이건 뭐 슬로프의 경사가 거의 수직이었다.

무서웠다. 무서워서 미칠 것 같지만, 지금 자신이 무섭다고 못 내려간다고 하면 분명 봉식이 난처해질 것이다. 또한 잘할 수 있다며 크게 소리치고 올라온 자신도 우스워질 것이다. 하늘이 그것 보라며 또 자신을 한심스럽게 바라볼 것이다.

때문에 그 무서움과 긴장감을 뒤로 감추며 그 모습을 들키지 않으려 초록은 노력 중이었다.

"그럼, 내려간다. 천천히 따라와."

그녀의 어마어마한 긴장감을 알 리 없는 봉식이 먼저 오른쪽 사선으로 천천히 내려가고, 크게 심호흡을 내뱉은 초록도 그 뒤를 천천히 따라 내려가기 시작했다.

'그래, 처음 초급코스에서도 이런 긴장감이 느껴졌었잖아. 그래도 몇 번 타니깐, 괜찮아졌듯이 이곳도 분명 그럴 거야. 지금은 처음이라서 그런 거니, 용기를 내자. 연초록!'

제 스스로 다짐하며 봉식의 뒤를 따라 천천히 오른쪽 사선으로 방향을 틀며 내려갔다.

눈을 크게 뜨고 입을 앙다문 채 초록이 초집중을 발휘하며 그의 뒤를 따라 크게 포물선을 그리며 다시 왼쪽 방향으로 몸을 틀었다. 그러자 뒤를 돌아 초록을 흘끔 바라본 봉식이 만족스러운 표정을 지으며 소리쳤다.

"어이! 잘하는데, 계속 그런 식으로 따라 내려오면 돼. 그럼 이제 속도 좀 조금 낼 테니, 너도 잘 따라 내려와라."

그 말을 끝으로 봉식은 갑자기 속도를 높이더니 순식간에 눈앞에서 사라져 버렸다.

'뭐, 뭐야! 그렇게 빨리 가면 어떡해요!'

미처 뭐라고 말을 할 새도 없이 봉식은 그렇게 빨리 내려갔고 그런 봉식을 놓치지 않으려고 초록 역시 속도를 높였다.

휴우!

낮은 한숨을 계속 내쉬며 온몸에 잔뜩 힘을 준 채로 비틀비틀, A자 자세를 유지하며 경사진 슬로프를 내려갔다.

그런데 봉식이 보이지 않았다. 순간 초록은 겁이 덜컥 났다.

이어진 급경사 내리막길에서 그만 두려움에 균형을 잃었고, 정신 없이 빨라지는 속도를 제어하지 못하는 지경에 이르렀다.

멈춰 보려고 아무리 노력해도 이미 가속이 붙은 스키는 초보인 그녀의 말을 듣지 않았고, S자를 그리며 반대 방향으로 돌아야 하는 지점에서 그만 속도에 못 이겨, 나무가 울창한 숲을 향해 그대로 돌진을 하고야 말았다.

"아아아아악!"

우당탕탕 쾅! 툭!

잠시, 정신을 잃었나. 살며시 눈을 떠 보니 하늘이 보인다.

흰 구름이 뭉게뭉게 떠 있는 캐나다의 푸른 하늘.

다행이다. 살아 있다. 얼굴 위로 쏟아진 눈송이들이 차갑게 느껴지는 것을 보니, 분명 살아 있음이 확실했다.

잠시 뒤 초록은 상체를 들고 여기저기 두리번거렸다. 그러다 이내 자신의 상태를 확인하고는 다시 뒤로 누우며 어이없이 웃었다.

스키가 그대로 나뭇가지에 걸려, 다리가 위로 올려진 상태로 누워 있었던 것이다.

무슨 만화도 아니고. 개그 프로도 아닌데 이런 몸 개그를 선보이다니. 자신의 꼴이 몹시도 우스웠던 초록이 하하하, 크게 웃었다.

그래도 다행히 폭신한 눈 위로 넘어져서 크게 다치지는 않은 것 같았다. 참 이곳에 와서 별의별 경험을 다 해 본다고 생각한 그녀가 일어나기 위해 나뭇가지에 걸린 스키를 빼내려 다리에 힘을 주었다.

그런데 아, 이런.

아무리 힘을 줘도 꿈쩍도 하지 않았다. 스키가 제대로 걸렸는지, 두 손으로 제 다리를 잡고 빼내려고 아무리 힘을 주고 이를 악물어도, 요지부동인 것이다.

하는 수 없이 다른 사람에게 도움을 요청하려, 고개를 들고 뒤를 돌아 슬로프 쪽을 바라봤더니 슬로프는 말 그대로 휑했다. 지나가는 사람이 아무도 없었다. 한 번씩, 차가운 바람과 함께 눈보라만 휘몰아칠 뿐이었다.

"여기요. 도와주세요. 여기 아무도 없어요!"

"왜 안 내려오는 건데?"

하늘의 날카로운 목소리가 휘슬러를 쩌렁쩌렁 울렸다.

"분명히…… 잘 내려오고 있었는데……."

말을 잇지 못하는 봉식의 표정도 걱정으로 가득했다. 현과 미연도 신나게 놀다 이들과 합류하자마자 초록이 사라졌다는 말에 초조한 듯 왔다 갔다 하고 있었다.

벌써 내려오고도 남을 시간인데 그녀가 내려오지 않자, 하늘은 초록만 두고 먼저 내려온 봉식을 이글거리는 눈빛으로 바라보다 이내 다시 리프트를 향해 쌩쌩 달려가기 시작했다. 그 뒤를 걱정 가득한 얼굴로 봉식이 따라갔다.

"현아. 혹시 우리가 올라간 사이 초록이 내려오면 잘 데리고 있어."

"응, 그래 걱정하지 말고."

리프트를 타고 올라가는 내내, 하늘과 봉식은 아무 말도 하지 않았다. 두 남자 모두 미칠 것만 같았기 때문이다. 특히 하늘은 그렇게 둘만 올려 보내는 것이 아니었는데, 순간적으로 욱해서 치졸하게 굴었던 자신 때문에 미치도록 화가 났다.

"넌 저쪽으로 가, 난 이쪽으로 갈게."

하늘이 낮게 말하고는 슬로프를 바로 쌩하니 내려가기 시작했고, 봉식도 그와 반대 방향으로 몸을 돌려 출발했다.

아직 내려오지 않고 넘어진 것이라면, 분명 가장자리 숲 쪽에 있을 가능성이 높았기에 하늘은 오른쪽 숲을 중심으로, 봉식은 왼쪽 숲을 중심으로 찾기 시작한 것이다.

"도와주세요!"

아무리 큰 목소리로 외쳐 보아도 제 목소리만 메아리쳐 돌아올 뿐이었다. 초록은 덜컥 겁이 났다. 이러다 그냥 이곳에서 죽는 것은 아닌지, 엄청난 공포감마저 몰려들었다.

점점 몸은 추워지고, 도와줄 사람은 아무도 없고, 다리는 움직여지지가 않고, 그렇게 극도의 긴장감과 공포감이 몰려오자 초록은 저도 모르게 하늘을 생각했다.

그의 말을 들었어야 했다. 아직 위험하다며 올라가지 말라던 그가 맞았다. 그의 예견이 정확했다. 어쩌면 그는 이런 상황을 예측했을지도 모른다.

'제발! 이번에도 슈퍼맨처럼 나타나 주면 안 돼요?'

깊은 후회가 몰려오자 그만 눈물이 흘러나왔다. 울지 말라고 했는데, 이런 일이 닥치면 먼저 상황을 잘 살피고 어떻게 해결해야 할지를 생각하라고 했는데, 머릿속은 텅 빈 것처럼 아무 생각도 나지 않았고 두려움과 공포감만이 엄습했다.

울지 않으려 해도 소용없었다. 너무 무섭고 추웠다. 얼마나 시간이 흘렀을까. 점점 차가워지는 몸은 굳어져서 잘 움직여지지도 않았다. 높이 올려진 다리는 더 이상 감각도 없는 듯했다.

시간이 흐를수록 점점 그녀의 공포감은 극에 달하고, 눈물은 멈추지 않았다.

"흑흑흑흑!"

누워서 눈물 사이로 바라보이는 높고 드넓은 푸른 하늘을 바라보며 또 강하늘을 생각했다. 그러다 아예 눈을 감고 울고 있는데 갑자기 누군가가 나타났다.

"그만 울어. 위급한 상황에 놓이면 어떻게 이 상황을 해결할지를 먼저 생각하라고 했잖아. 그런데 또 이렇게 울고 있으면 어떡해."

낯익은 목소리. 세상에서 가장 아름다운 목소리.

얼른 눈을 뜨고 그 목소리의 정체를 바라보자, 아아! 하늘이었다.

저 높고 높은 푸른 하늘이 아니라 자신이 그토록 기다리고 기다리던 하늘, 인간 하늘이 정말로 또 슈퍼맨처럼 자신 앞에 서 있는 것이다.

그의 표정은 매우 심각했으나 초록은 그런 그가 그저 반가울 따름이었다.

"아아……."

이제야 모든 긴장과 공포가 사라지고 대신 안도감과 반가움이 그 자리를 대신하자, 갑자기 서러웠다. 왜 그를 보자 이렇게 서러운 감정이 드는지 모르겠다. 어쨌든 너무나 서러워 초록은 그만 더 많은 눈물을 쏟으며 울기 시작했다.

그러자 나무에 걸려 있는 초록의 스키를 벗겨서 옆에 내려놓고 그녀의 다리를 나뭇가지에서 아래로 살며시 내려놓은 하늘이, 차가운 눈 위에 누워 있는 초록 옆에 한쪽 무릎만 대고 앉아서는 그녀의 손을 잡아당겨 상체를 일으켜 세운 후 그대로 끌어안았다.

자신의 넓은 가슴에 그녀를 가두고 으스러지도록 끌어안았다.

이제야 숨이 쉬어진다. 이제야 살 것만 같았다.

순간, 그의 넓은 품으로 끌려 들어가듯 안긴 초록은 그의 따뜻한 품속으로 더 깊게 파고들며 그의 허리를 껴안았고, 그런 그녀를 품에 안고 있는 하늘은 제 얼굴을 그녀의 목덜미에 묻었다.

하늘의 표정은 여전히 심각하고 한없이 진지하기만 했다. 얼마나 걱정을 했는지, 잠시 동안이었지만 하늘의 얼굴이 까칠해졌다.

당연히 봉식을 따라 곧 내려올 줄 알았던 그녀가 아무리 기다려도 내려오지 않자 하늘의 얼굴은 그대로 흑빛으로 변했다. 심한 폭풍우에 내던져진 듯 그의 마음이 심하게 요동치기 시작했다.

그리고 이내 깨달았다.

자신이 얼마나 그녀를 좋아하고 있었는지를.

얼마나 많이 사랑하고 있었는지를.

그렇게 사랑이 다가오고 있었음을, 아니 이미 다가와 있었음을 비로소 깨달은 것이다.

"죄송해요. 올라가지 말라고 그랬는데, 제가 말도 안 듣고……."

초록이 하늘의 품속에서 울먹이며 말했다. 그러자 하늘이 그녀의 머리를 자신의 심장께로 더 바짝 끌어당겼다.

"됐어. 그만해. 네 잘못이 아니야. 내가…… 따라왔어야 했는데…… 미안해."

그랬어야 했는데, 처음부터 따라왔어야 했는데, 봉식을 보며 환하게 웃던 그녀의 모습에 그만 순간적으로 욱해 버려서는 자신의 임무수행을 잊어버렸다. 때문에 하늘은 자신에게 더 화가 났다. 왜 그렇게 유치하게 굴었는지 몹시도 후회가 되었다.

"어디 다친 데는 없지?"

천천히 자신의 품속에 있던 초록을 떼어 내고 눈물을 닦아 주며 하늘이 걱정스럽게 물었다.

"네……."

"그래, 다행이다. 그럼 내려가자."

먼저 벌떡 일어선 하늘이 초록의 손을 잡아 일으켜 세웠다. 그런데 일어난 초록의 얼굴이 심상치 않다. 한쪽 발목에 비교적 꽤 심각한 통증이 스치고 지나간 것이다.

그러나 하늘이 걱정할까 봐, 그 아픔을 내색하지 않고 천천히 걸음을 옮기던 초록은 그만 그 통증을 참지 못하고 악! 외마디 비명과 함께 그대로 주저앉았다.

"왜 그래? 어디 아파?"

하늘이 걱정스럽게 그녀를 따라 앉았다.

"네…… 저…… 여기 발목이……."

초록이 자신의 왼쪽 발목을 가리키자 하늘이 재빨리 스키부츠와 양말을 벗겨 내고, 그녀의 발목 상태를 확인했다. 아직 의사는 아니지만 의대생이었으므로 대충 볼 수는 있었기에 그녀의 발목을 부드럽게 잡고 천천히 살펴봤다.

발목이 조금 부어 있는 것이 나무와 충돌하는 과정에서 심한 충격을 받은 듯 보였다.

다행히 뼈에는 이상이 없는 것 같다. 그래도 무리해서 걸으면 안되었기에 하늘이 잠시 어떻게 할까를 고민하다가 한쪽 발에 있던 스키부츠마저 모두 벗겨 낸 뒤, 일어섰다.

안전요원이 올 때까지 기다리기에는 날씨가 너무 추웠다. 어쨌든 빨리 아래로 내려가서 응급조치를 취하는 것이 급선무라 생각한 하늘은 초록의 스키 장비를 챙겨 슬로프 한쪽에 놔두고는 얼른 자신의 스키 장비를 착용했다.

그러고는 초록을 향해 그의 등을 보이며 앉았다.

"업혀!"

"네?"

"업히라고!"

업고서라도 빨리 내려가서 응급조치를 받아야 한다. 오로지 하늘의 머릿속에는 이 생각밖에 없었다.

"저, 저기…… 괜찮아요…… 저 걸어 내려갈 수 있……."

"걸어서 저 긴 슬로프를 언제 내려가겠다는 거야! 발목도 다쳐 가지고. 빨리 업혀!"

등 뒤로 고개를 돌린 하늘의 표정이 진지했다. 그래도 이건 아니다. 사람을 업고 어떻게 스키를 탄단 말인가. 초록은 그 상황이 더 위험하게 느껴졌던 것이다.

"나 믿어. 초록아. 위험하지 않아. 괜찮아."

그녀의 마음이라도 읽었나. 하늘이 매우 부드러운 목소리로 그녀를 타일렀다. 그의 진중하고도 믿음직스러운 모습에 초록은 무언가에 홀린 듯 그대로 그의 넓은 등 위로 자신을 올려놓았다.

그러자 그녀를 업고 벌떡 일어선 하늘이, 꽉 잡아, 라고 낮게 말하고는 천천히 슬로프 위를 부드럽게 미끄러져 내려가기 시작했다.

그의 스키 솜씨는 아주 훌륭했다. 거의 선수 수준이었다. 사람을 등에 태우고도 전혀 흔들림도 비틀거림도 없이 완벽하게 질주를 시작한 것이다.

처음엔 무서움에 그의 목을 꽉 잡고 눈조차 뜨지 못하던 초록도, 이내 그의 안정적인 활강에 조금씩 마음의 평안을 되찾기 시작했다.

그러다 바람을 가르며 풍겨 오는 그의 매력적인 로즈마리 향에 점점 빠져 버려 초록은 저도 모르게 그의 뒷목에 코를 박았다.

그의 체온이 얼굴로 고스란히 느껴지는 순간 초록은 저도 모르게 눈을 크게 뜨고 말았다. 방금 별똥별이 떨어지듯 자신의 마음속으로 뭔가 강력한 것이 들어와 박혔음을 깨달았기 때문이다.

그녀의 마음으로 사랑은 그렇게 다가왔다.

아니 어쩌면 오래전부터 다가왔던 그 사랑을 이제야 깨달은 것일지도 모르겠다.

그것을 깨달은 초록이 이내 다시 그의 뒷목에 제 얼굴을 박고 그의 목에 두른 제 손에 힘을 주어 더 바짝 끌어안자, 그녀를 받치고 있는 하늘의 두 손에도 힘껏, 힘이 들어간다.

마치 평생 등에서 내려놓지 않으려는 듯. 마치 평생 그의 목에 두른 두 팔을 풀지 않으려는 듯. 휘슬러의 상쾌한 공기를 가르며 함께 내려가는 두 사람의 얼굴로 이제 막 사랑을 깨달은 이들의 수줍은 미소가 스며들었다.

"초록아. 연초록!"

하늘이 부드럽게 방향을 꺾으며 소리쳤다.

"네!"

초록이 그의 귓가에 대고 조용히 답한다.

'나 이제 너에게 제대로 다가가 보려고. 다시 한 번 용기 내서 내 마음 네게 줘 보려고. 설령 이 사랑 때문에 또 다른 아픔을 겪는다 해도 피하지 않아 보려고. 이런 내가 가까이 가도 되겠니. 괜찮겠니?'

이렇게 묻고 싶었지만 그녀의 대답에 상관없이 이미 그의 마음이 확고했기에 이것을 목 안으로 삼킨다.

"왜요, 오빠?"

자신을 불러 놓고 아무 말이 없는 하늘을 초록이 다시 불렀다. 그러자 이내 장난스런 웃음을 얼굴에 가득 담은 하늘이 큰 소리로 외친다.

"너 밥 좀 조금만 먹어야겠다!!"

"네?"

"아~ 무거워라! 나 무거워서 온몸이 너덜너덜하니깐 내려가면 일주일 동안 내 허리 안마해 줘야 해! 팔, 다리까지 해 주면 더 좋고!"

"네에에?"

하하하하하! 하늘이 웃었다. 바람을 가르며 시원하게 웃었다. 이에 잠시 당황해하던 초록도 따라 웃었다. 이 시간이 멈췄으면 좋겠다.

두 사람의 감정이, 마음이, 서로를 향해 걷잡을 수 없이 흘러가기 시작한 날이었다.

한편 멀리서 이 두 사람의 모습을 물끄러미 바라보던 봉식은 하늘이 초록을 업고 아래로 사라지자 그제야 제 모습을 드러냈다. 그리고 하늘이 놓아둔 초록의 스키 장비를 챙겨 들고는 그도 긴 슬로프를 천천히 내려가기 시작했다. 그의 내려가는 발길은 무거웠고 눈빛은 쓸쓸함으로 젖어 들었다.

스키장 내 위치한 응급센터에서 받은 검진 결과 초록의 발목은 인대가 조금 부은 것으로 나타났다. 다행히 뼈에는 이상이 없었다. 그래도 늘어난 인대가 정상으로 돌아오려면 보름 정도는 깁스를 해야 한다고 했다.

때문에 그들은 예정보다 일찍 그날 밤에 집으로 돌아왔고, 미안함에 안절부절못하는 초록을 향해 그들 모두 따뜻한 미소로 괜찮다 말해 주었다.

이렇게 해서 휘슬러에서의 스키 사건은 종료가 되었다. 각자의 마음에 각기 다른 모습의 추억을 남기고서 말이다.

☆★☆★☆

다음 날, 피곤함에 온몸이 나른함으로 젖어 있던 하늘은 늦은 오후까지 침대에 누워 있다가 천천히 몸을 일으켰다. 아무리 스키를 잘 탄다고 하더라도 사람을 업고 그 긴 슬로프를 내려왔으니 몸이 무거운 것은 어쩌면 당연한 일이었다.

그래도 하늘은 천천히 일어나 샤워를 하고 청바지에 가벼운 티셔츠로 갈아입었다. 초록의 발목 상태를 확인하기 위해 그녀에게 가고자 결심한 것이다. 그때 전화벨이 울렸다.

"여보세요."

"우리 지금 아파트 앞에 있으니깐 내려와라."

봉식이었다. 옆에서 누군가 재잘재잘 떠드는 것을 보니 현도 함께 왔나 보다. 이들이 무엇 때문에 왔는지 하늘은 알 것만 같았다. 현관으로 나가자 역시나 봉식과 현이 의뭉스러운 표정과 웃음을 입에 담고 하늘을 향해 맥주 캔을 흔들어 보였다.

저 멀리 붉은색 저녁노을이 잔잔하게 바다로 떨어지는 것을 바라보며 세 명의 남자는 나란히 앉아 맥주 캔을 홀짝이고 있었다. 서로 아무 말도 없이 그저 조용히 앉아 있었으나, 표정은 아주 따뜻했다.

"네게 연초록, 어떤 의미냐?"

그때 정적을 깨고 봉식이 낮게 말했다. 궁금했다. 하늘의 진심이 어떤 건지를. 이에 하늘은 예상했다는 듯 머리를 쓸어 넘기며 답했다.

"여자! 사랑!"

그 대답에는 한 치의 흔들림도 없었다. 며칠 전이라면 흔들렸을까. 망설였을까. 하지만 어제 휘슬러에서 자신의 마음을 확실하게 깨달았기에 더 이상 망설일 이유도 흔들릴 이유도 없었다.

한편 하늘의 대답에 봉식은 잠시 심각한 얼굴을 지었다가 이내 활짝 웃었다. 초록에게 살짝 마음이 가려고 했던 찰나 친구의 진심을 알았으니 그 감정을 재빠르게 끊어 낸 것이다.

"이야! 이 자식. 결국 이렇게 실토할 것을 아니라고, 아니라고 그렇게 발뺌을 하더니만 내 그럴 줄 알았다. 드디어 돌처럼 굳어 있던 네 마음이 열린 것이냐! 하하하하!"

하늘의 진심에 현이 가장 기뻐했고, 봉식도 부드럽게 웃으며 하늘의 어깨를 툭 쳤다.

"축하한다. 강하늘. 잘해 봐라!"

"그래그래, 이참에 그냥 확 결혼해 버려. 생애 처음으로 네 마음을 움직인 여자가 나타났는데. 하하하."

"결혼은. 자식들. 암튼 고맙다."

가장 친한 친구들의 축복을 받으니 하늘의 마음은 저녁노을보다 더 따뜻한 빛으로 물들고 있었다. 자신의 기쁨을 함께 축하해 주고 기뻐해 주는 친구들이 있어 하늘은 이 세상이 그래도 살아 볼 만한 가치가 있음을 깨닫는다.   .

하늘에 별이 총총, 달이 환하다. 향기로운 꽃향기가 한적한 주택가를 걷고 있는 하늘의 발길에 따라 은은하게 풍겨 온다.

"휴우, 하이!"

맥주를 너무 많이 마셨나. 조금 뜨거워진 얼굴로 길을 걷고 있는 그의 걸음걸이가 살짝 느슨하다. 역에서 내려 천천히 걷다 보니, 어느새 그녀가 있는 파란색 지붕 집 앞에 도착했다. 그곳에 서서 그녀가 잠들었을 방, 불 꺼진 창문을 물끄러미 바라보며 하늘이 낮게 소곤거렸다.

"미안…… 일찍 와서 네 발목 봐 주려고 했는데…… 네 얼굴도 보려고 했는데…… 하아…… 이렇게 늦어 버렸네."

약속하지 않았기에 다행이었다. 약속했으면 너는 나를 기다렸을까?

털퍼덕, 그녀의 창문을 향해 무언가를 계속 중얼거리던 하늘이 그만 그 집 현관으로 올라가는 계단에 풀썩! 주저앉는다. 자신의 얼굴을 두 손으로 쓸어내리고 별이 총총한 하늘을 올려다보며 휴우, 길게 숨을 내뱉었다.

보고 싶다. 겨우 하루 못 봤을 뿐인데 아무래도 자신이 미쳤나 보다. 피식, 헛웃음도 피어오른다. 그렇게 한참 동안 그곳에 앉아 그녀의 흔적을 느끼며 감상에 젖어 있던 하늘이, 다시 천천히 일어나 그녀의 방문을 향해 속삭인다.

"내일은 일찍 올게. 잘 자라. 내 사랑."

다시 역을 향해 돌아가는 그의 발걸음은 깃털처럼 가벼웠다. 이제 겨우 한 걸음 내디뎠을 뿐인데 이렇게나 떨리고 설레다니. 이런 것이 사랑인 건가!

정말로 궁금하다. 자신을 향한 그녀의 마음은 어떤 것인지 몹시도 궁금해서 못 견디겠다.

매일같이 붙어 있으면 알 수 있으려나. 그러면 그녀의 마음이 어디를 향해 있는지 그것을 알 수 있을까. 그러다 번쩍, 하늘이 눈을 크게 뜨며 가던 걸음을 멈추었다.

무엇을 생각했는지, 멈춘 걸음과 동시에 그의 눈빛이 반짝이며 입꼬리가 크게 올라가 붙더니 이내 하하하, 웃었다. 그러더니 그 긴 다리로 껑충껑충 뛰어가기 시작했다.

술에 취한 것이 아니라 사랑에 흠뻑 취해 제정신이 아닌 사람처럼.

O4. 초록하늘 한집에 살다

「초락! 발이 그래서 어떻게 학교를 가겠니. 며칠 그냥 집에서 쉬는 게 어때?」

계란 프라이를 하며 낸시가 걱정스러운 듯 말했다.

「괜찮아요. 조금 절뚝거리긴 하지만 그래도 생각보다 나쁘지 않아요. 호호.」

학교에 기필코 가야 한다. 발이 아파도 꾹 참고 반드시 가야 한다.

왜? 하늘을 보기 위해서. 그곳에 가야 하늘을 볼 수 있으므로 가야만 한다. 어제 하루 못 봤더니 눈이 짓무를 지경이었다.

그동안 수수께끼만 같던 자신의 마음이 무엇이었는지 확실하게 깨닫자 그녀의 마음은 이상하게도 더 조급해졌다. 자신의 마음이 흘러가는 방향으로 그의 마음도 함께 흐르고 있는 건지 아닌 건지 궁금하기도 하고, 아닐까 봐, 그의 마음은 자신과 같지 않을까 봐 불안하기도 했다.

설렘과 불안이 함께 공존하는 가운데 아침 식사를 마치고 자신의 방으로 돌아온 초록은 떨리는 마음으로 학교 갈 준비를 시작했다.

그때 노크 소리가 들렸다.

「초락, 내가 역까지 태워다 줄 테니 5분 뒤에 나와.」

낸시였다.

「네, 감사해요.」

재빨리 준비를 마치고 현관문을 열고 밖으로 나오던 초록은, 계단 난간에 기대어 서서 자신을 향해 환한 미소를 드리우고 있는 하늘의 모습에 화들짝 놀라고 말았다.

"안녕!"

"아, 안녕하세요. 그런데 여긴 어쩐 일로……."

"너 데리고 가려고."

시종일관 미소를 짓고 있는 그의 모습이 오늘따라 유난히 멋스러웠다. 자신의 눈에 무언가 씌었음이 분명했다. 저렇게나 남자에게서 빛이 솟구쳐 오르다니!

"발목은 좀 어때?"

그가 무릎을 꿇고 앉더니 그녀의 발목 상태를 꼼꼼히 체크했다.

"괘, 괜찮아요……."

자신의 발목에 닿는 그의 손길 때문에 그녀의 얼굴은 또다시 붉게 물들었다.

"그래도 당분간은 조심해야 해. 이제 갈까?"

그러면서 그가 초록의 팔을 잡아 그녀가 쉽게 걸을 수 있도록 부축해 주었다. 때문에 초록의 심장은 미친 듯 요동치기 시작했다.

그런데 낸시는 어디로 갔지? 분명 자신을 태워다 주겠다 했는데. 그러고 봤더니 낸시의 차도 없었다.

"저…… 오빠. 혹시 낸시 못 보셨어요?"

"응, 가셨어. 내가 너 책임질 테니 걱정 말라니깐 그냥 가던데?"

채, 책임! 이 남자 분명 책임이라는 단어를 썼다. 이 말에 초록의 입꼬리가 살그머니 올라간다.

그냥 좋았다. 책임이라는 단어가 이렇게나 기분 좋은 단어였던 가! 하여튼 하늘은 그녀를 부축하고는 오늘 아침 일찍 렌트해 온 세단으로 그녀를 이끌었다.

그러고는 조수석 문을 열고 그녀를 앉히고는 자신은 운전석에 앉았다.

"어. 오빠…… 이 차는……."

"응, 너 발목 다 나을 때까지만 쓰려고 빌렸어."

그럼 앞으로 자신의 발목이 나을 때까지 계속 이렇게 데려다주 겠단 말인가. 순간 초록은 자신의 발목이 평생, 영원히, 낫지 않기 를 바랐다.

운전을 하는 내내 하늘은 뭐가 그리 좋은지 싱글벙글거렸다. 이 모습에 초록도 괜스레 기분이 좋아졌다.

학교 앞.

평소 학교까지 오는 길이 그렇게나 길게만 느껴졌는데, 그와 함 께 있으니 왜 이렇게 짧게만 느껴지는지 모르겠다.

"수업 열심히 잘 듣고 이따 보자."

"네."

교실 앞까지 그녀를 부축해서 바래다준 하늘이 인사가 끝나자마자 다시 아래로 정신없이 후다닥 뛰어 내려갔다.

어? 이상하네. 그의 교실은 2층이라 올라가야 되는데 왜 다시 내려가지? 무슨 바쁜 일이 생긴 건가? 잠시 의아해하던 초록은 이내 교실로 들어가 앉았다.

정신없이 차를 몰고 어딘가로 가기 시작한 하늘의 얼굴은 무엇 때문인지 모른 채 벌겋게 상기되어 있었고, 만면에 흥분과 설렘으로 가득했다.

☆★☆★☆

「자 이번에 레벨 업 테스트 신청한 사람, 명단과 일정이 나왔으니 확인하고 준비들 잘해서 꼭 좋은 결과 있기를 바라요!」

엘렌이 교실 벽에 명단을 붙이고 나가자, 우르르 그 명단을 향해 학생들이 몰려들었다. 초록과 미연은 아직 테스트를 볼 마음이 없었기에 당연히 신청도 하지 않았고, 때문에 그 명단에 전혀 관심이 없었다.

이제 겨우 한 달이 조금 지났을 뿐이고 어차피 초급반에서 3개월만 있으면 자동으로 레벨이 올라가는데 굳이 자처해서 시험을 보고 싶지는 않았던 것이다. 그때 모모코가 초록을 향해 다가왔다. 모모코는 같은 반에 있는 일본인 친구였다.

「초록, 너도 테스트 신청했네? 나도 했는데. 우리 열심히 공부해서 꼭 중급반으로 레벨 업 되자. 홧팅!」

「에엥? 뭐라고? 나 신청 안 했는데?」

모모코의 말에 초록도, 미연도 어리둥절한 표정이었다.

「아니야. 네 이름이 명단에 있어. 가서 확인해 봐.」

「그럴 리가 없는데…….」

초록이 절뚝거리는 발걸음으로 명단을 확인하러 갔다. 그리고 정말로 한중간에 연초록이라고 정확하게 적혀 있는 자신의 이름을 발견하고는, 입을 떡 벌렸다. 이건 뭔가 행정상 오류가 발생했다고 생각하고 초록이 다시 절뚝거리며 교무실로 향했다.

「저, 엘렌.」

「오! 초락. 어쩐 일이야?」

「저, 이번에 레벨 업 테스트 신청 안 했는데, 제 이름이 있어서요. 뭔가 잘못된 것 같아서요.」

「어디 보자. 음…… 아! 이거 강하늘이 신청하고 갔어. 너 대신 자기가 하러 왔다고 하면서.」

「네에에?」

'아니, 이 남자가. 이게 무슨. 이젠 제 멋대로 남의 시험까지 결정을 하고, 뭐냐!'

잠시 당황하던 초록이 차분하게 마음을 가라앉히며 엘렌에게 정중하게 말했다.

「저, 엘렌. 저 이 시험 취소하면 안 될까요? 아직 준비가 안 돼서…….」

「안 돼! 한 번 신청한 건 절대로 취소 못 해. 그러니 열심히 공부해서 꼭 중급반으로 레벨 업 하도록! 오케이?」

'아아. 망했다. 망했어…….'

평소 시험이라면 질색인 초록이 얼굴 가득 인상을 찌푸렸다. 더

군다나 이 시험은 구술시험이 아니던가! 지필시험이라면 차라리 덜 하지. 이건 완전 백배, 아니 만 배쯤 되는 긴장감과 부담감을 견뎌 내야만 하는 무시무시한 시험이 아니던가!

때문에 삼 개월 편안하게 있다가 자동적으로 올라가려고 했건만! 다 망쳐 버렸다. 이 남자 강하늘 때문에!

조금 전까지 하늘에 대한 호감으로 가득했던 마음이 지금은 화 가 나서 미칠 지경이었다. 이에 분에 못 이긴 초록이 씩씩대며 최 고급반으로 올라갔다. 그리고 강의실에 고개를 쑥 들이밀고 그를 찾는데 없다. 아무리 눈을 씻고 찾아봐도 없다. 그뿐만 아니라 현 도 없었다.

이 남자들 오늘 어디 간 거지?

「헤이. 초락. 하늘이 찾아?」

그때, 파란 눈 금발 곱슬머리를 지닌 유럽 남자가 그녀에게 다가 와 웃으며 말했다.

이 남자는 또 나를 어찌 알까? 참, 이곳은 이상한 나라다. 자신 은 그들을 전혀 모르는데 저들은 그녀를 너무나도 잘 안단다.

「네. 어디 갔어요?」

「하늘이 오늘 안 왔어.」

「안 왔어요?」

「응, 안 왔어.」

「그럼, 현은요?」

「현도 안 왔어.」

그들이 결석했다는 말을 들은 초록은 고개를 갸웃거리며 다시 자신의 반으로 돌아왔다. 분명 하늘과 함께 학교에 왔는데 어디로 갔단 말인가.

화가 나서 씩씩대던 초록은 이내 그들의 부재에 호기심 짙은 표정으로 수업이 끝나기만을 기다리고 있었다.

☆★☆★☆

짐을 푸는 하늘은 계속해서 싱글벙글거렸다. 뭐가 그리 좋은지 콧노래까지 흥얼거린다.

그때 현이 하늘의 옷을 가득 들고 와서 침대에 좌악 펼치듯 흩트려 놓더니, 그중 괜찮은 옷들을 골라 제 몸에 이리저리 대 보기 시작했다.

그러다 몇 개 은근슬쩍 제 가방 속으로 스윽 집어넣는데, 둔탁한 무언가가 현의 뒤통수를 툭! 치고 지나갔다.

"앗! 뭐야!"

뒤를 돌아보니 봉식의 손이 현의 머리를 스쳐 지나가더니 이내 하늘의 책을 박스에서 꺼내어 책장에 차곡차곡 끼워 넣었다.

"야! 그나저나 이 집, 이거 은근히 아늑하고 좋은데. 근데 강하늘! 너 너무 노골적인 거 아니냐? 이젠 아예 같이 사시겠다? 하하하. 저놈 저거, 늦바람이 무섭다더니만 딱 너를 두고 하는 말이다."

"시끄럽다. 옷이나 빨리 정리해라. 네 가방에 소리 없이 들어간 옷도 잘 걸어 두고."

하늘이 무심한 투로 말하고는 책을 정리하고 있는 봉식의 어깨를 꽉 잡았다 놓았다.

「오호호호! 헤이 가이즈! 이것 좀 마시고 해요.」

언제 왔는지 낸시가 시원한 음료수 캔을 그들에게 건네주었다. 그녀의 표정이 오늘따라 활짝 핀 목련처럼 화사하다. 하긴 이렇게 잘생기고 젊은 남정네들이 자기 집 안에 그득한데 어찌 좋지 않겠는가.

낸시는 오늘 아침 느닷없이 찾아와 이 집에 빈방이 없냐고 물어보던 하늘의 모습이 떠올랐다. 만약 빈방이 있다면 자신도 이 집에서 홈스테이를 하고 싶다며, 초록이 내는 비용의 두 배를 더 내겠다는 그의 말에 낸시가 잠시 주춤하다가 이내 의뭉스런 표정을 지으며 웃었다.

안 그래도 요즘 생활비가 빠듯해서 홈스테이 학생 한 명을 더 들일 생각이었는데 제 발로 찾아왔으니 어찌 좋지 않겠는가.

게다가 여자들만 있는 집이라 좀 불안하기도 했는데 이렇게 건장하고 듬직한 남학생이 같이 산다면 심적으로 든든하기도 할 것만 같았다.

「아…… 방이 하나 있긴 한데 창고로 쓰던 거라, 좀 지저분해서 청소를 해야 하는데 내가 일을 나가서 시간도 없고…….」

「걱정하지 마세요. 그 방, 제가 오전에 싹 치우고 정리 다 해 놓고 들어오겠습니다!」

그렇게 해서 하늘은 오늘부터 이 파란색 지붕 집에서 그녀 연초록과 함께 나란히 붙어 있는 방을 쓰며, 한집에서 같이 살게 된 것이다. 자신의 방에서 나와 굳게 닫혀 있는 초록의 방문을 지그시 바라보던 하늘이 씨익, 저도 모르게 환한 웃음을 지었다.

낸시와 두 딸들의 방은 이 층, 주방도 이 층, 거실도 이 층, 때문에 이 넓은 일 층에 자신과 초록 단둘이서만 지내게 되었다는 사실에 하늘의 어깨가 자꾸만 들썩거렸다.

'연초록! 이제 네 방문, 내가 활짝 열 거야. 아무리 생각해도 네 방문을 마음대로 열 사람은, 이 지구상에 나밖에 없어 보이거든!'

하하! 하늘이 기분 좋은 미소를 드리우며 초록을 데리러 세단을 타고 학교로 향한다.

학교 앞에는 이제 막 수업을 마치고 집으로 돌아가려는 학생들의 발길로 분주했다. 하늘도 얼른 길가에 주차를 하고 초록을 데리러 강의실로 올라가려 하는데, 절뚝절뚝 초록이 미연의 부축을 받아 내려오고 있었다. 이 모습에 저절로 광대가 승천하던 하늘이 손을 번쩍 들어 그녀를 불렀다.

"초록아!"

그의 부름에 초록은 하늘을 잠시 뚫어져라 바라보더니 입을 삐죽이며 그를 쏘아보고는 쌩하니 그 곁을 찬바람 휘날리며 스쳐 갔다.

이에 어안이 벙벙한 하늘이 그녀의 뒤를 따라가며 물었다.

"왜 그래? 연초록. 나한테 뭐 화나는 일 있어?"

"네, 오빠. 레벨 업 테스트 때문에요."

초록 대신 미연이 그에게 낮은 소리로 말했다.

"아하! 그것 때문이었어? 아하하하!"

그것 때문? 아하하하? 아니 이 남자가 정말, 잔뜩 성난 얼굴로 그를 노려보자 하늘은 의외라는 듯 그녀에게 눈웃음을 흘날렸다. 그 웃음에 초록의 심장은 미친 듯 쿵쾅거렸다.

"에이~ 그게 무슨 화낼 일이라고. 열심히 공부해서 통과하면 될 일을."

"아니요! 전 못한다고요. 특히 구술시험인데 어떻게 혼자 공부를 해요!"

"내가 도와줄게!"

"네?"

"내가 저녁마다 네 시험 도와줄 테니 걱정 마라. 초록아."

저녁마다? 어떻게 도와준다는 말인지 그 말만 툭 내뱉은 그가 재빨리 조수석 문을 열어 초록을 태우고는 미연에게 말했다.

"미연아. 너도 타. 오늘 저녁 내가 맛있는 거 쏠 예정이거든. 너도 같이 가자."

"네? 정말요?"

"그럼, 현이랑 봉식이도 함께 있거든!"

현이 있다는 말에 미연은 재빨리 세단에 올라탔다. 그러자 하늘이 기분 좋게 차를 출발시켰다.

차가 파란색 지붕 집 앞에 도착하자 초록이 의아함을 담고 하늘을 바라봤다.

"저녁 먹으러 가는 거 아니었어요?"

"응, 맞아."

"그런데 왜 우리 집으로 왔어요?"

"으응, 현이랑 봉식이 여기 있거든."

"네? 왜요? 왜 그 오빠들이 우리 집에 있는데요?"

"응, 이제부터 여긴 우리 집이기도 하거든!"

"네에에?"

이건 또 무슨 자다가 봉창 두드리는 소리란 말인가!

잠시 멍해서 초록이 눈만 끔뻑거리고 있자 하늘이 씨익 웃으며 정원을 돌아 뒤로 가더니, 일 층으로 바로 연결되는 뒷문을 열고 들어갔다. 그 행동이 너무나도 자연스러웠다.

이에 초록도 어리둥절한 채 서 있다가 미연과 함께 그를 따라 일 층으로 발을 들였다. 그 순간 초록은 당황함을 숨길 수 없었다.

바로 자신의 옆 방, 창고로 알고 있던 그곳에 현과 봉식이 앉아 여유롭게 손을 흔들고 있었고 하늘은 그 방 앞에서 초록에게 근사한 미소를 드리우고 있었기 때문이다.

"초록아, 여기가 내 방이야. 이제 앞으로 나도 여기서 살게 됐거든!"

"어, 어떻게……?"

당황하는 초록을 향해 현과 봉식은 그저 의뭉스럽게 웃고 있었고, 하늘 역시 세상을 다 가진 듯 기쁜 표정으로 조용히 초록만 바라보고 있었다.

"저녁 잘 먹었다. 하늘!"

"오늘 즐거웠다. 잘 가라."

"안녕히 가세요. 하늘 오빠. 그리고 초록아 너도 안녕!"

버나비에 있는 작은 씨푸드 레스토랑에서 저녁을 먹으면서 맥주를 마신 그들은 달빛 쏟아지는 거리에서 작별인사를 나누고는 현과 봉식, 미연은 서로 제집으로 가기 위해 시내 쪽으로 향하고, 초록 하늘은 파란색 지붕 집을 향해 반대로 걷기 시작했다.

초록은 이제 하늘과 같이 살게 되어 버린 상황이 설레서 제대로 저녁도 먹지 못하고 술만 마셨다.

절뚝절뚝, 비틀비틀!

고작 맥주 500cc 마시고 마치 혼자 이 세상의 술을 다 퍼마신 사람처럼 비틀대는 모습으로 걸어가는 초록의 뒤를 하늘이 느릿느릿 따라가며 피식, 피식 웃었다. 이제 사랑이 스며들었으니, 그의 눈에는 그녀의 행동 하나 하나가 모두 다 사랑스럽고 귀여워 보였던 것이다.

"초록아. 이렇게 해 봐 봐."

느릿느릿 따라가던 하늘이 어느새 잽싸게 초록 옆으로 다가가 그녀의 팔을 붙들었다. 아무래도 뒤뚱거리는 모습이 곧 앞으로 고꾸라질 듯 위태로워 보였기 때문이다.

"괜찮아요."

"괜찮긴. 하하하. 초록아, 너 얼굴이 곧 터질 것 같아! 마치 빨간 복어처럼. 하하하하!"

벌겋게 달아오른 그녀의 얼굴 때문에 또 한 번 웃음이 터진 하늘이 하하 웃자, 초록이 제 입술을 씰룩이며 입을 쭉 내밀었다.

'뭐? 복어라고?'

귀엽고 사랑스러운 동물이 얼마나 많은데 하필 복어라니. 이에 초록이 그를 향해 소심하게 노려보자, 하늘이 환하게 웃던 웃음을 멈추고 금세 진지한 표정으로 그녀를 바라봤다.

그런 하늘의 강렬한 눈빛에 초록은 숨을 멈추고 눈만 끔뻑거렸다. 그러다 시선을 재빨리 아래로 떨궜다. 너무너무 민망하고 쑥스러워서 더 이상 그의 눈빛을 마주할 수가 없었던 것이다.

그러자 이내 천천히 그녀 앞으로 한 발자국 더 다가선 하늘이 초록의 벌게진 얼굴을 두 손으로 살그머니 잡고는 고개를 들어 올렸다. 그 눈빛이 미치도록 강렬해서, 너무나도 눈부셔서, 초록은 그만 제 눈을 질끈 감았다.

두근두근, 쿵쿵쿵쿵!

심장이 제멋대로 뛰는 가운데 초록이 살그머니 감았던 눈을 뜨자, 하늘이 싱긋 아름다운 미소를 드리우며 작은 소리로 속삭였다.

"초록아. 이제부터 너 내 애인 할래?"

"……이, 이미…… 애인이잖아요."

"그건 가짜였고. 이제부턴 진짜로. 진짜 내 여자 친구 할래?"

"……?"

"널…… 좋아해…… 연초록!"

쿵! 그의 느닷없는 고백에 그녀의 심장이 아래로 세차게 떨어져 내렸다. 이때 달콤한 봄바람이 꽃향기를 가득 싣고 그들 주위를 부드럽게 휘감았다.

이제, 너에게 직진으로만 달려갈 거야. 직진으로만. 거침없이 다가갈 거야. 이런 내 마음 받아 주겠니. 설령 네가 받아 주지 않는다 해도 어쩔 수 없어. 이미 내 마음이 너에게 가 닿았으니 어쩔 수 없다.

싱긋, 다시 그녀를 향해 근사한 미소를 드리우자 초록이 침을 꿀꺽 삼키고는 눈만 크게 뜨고는 멀뚱하게 서 있었다.

생전 처음 받아 보는 남자의 고백에 어떻게 행동해야 할지를 모르던 그녀가 아무 말도 하지 않자 하늘이 이내 근사한 미소를 거두고는 진지하게 말을 이었다.

"그래…… 네게도 시간이 필요하겠지. 내가 널 좋아한다고 너도 지금 당장 나를 좋아해 달란 말은 아니야. 네 마음이 내게로 올 때까지 기다릴게. 천천히 기다릴 거야."

그 한마디 내뱉고 하늘이 먼저 앞서서 천천히 걸어갔다. 그런 그의 뒷모습을 멀뚱히 바라만 보고 있던 초록이 이내 술기운에 용기를 얻었는지 절뚝거리며 빠르게 걸어가서는 그의 팔을 와락 부여잡았다. 가던 걸음을 멈춘 하늘이 초록을 지그시 내려다봤다.

'사실은 나도 당신을 좋아해요…… 좋아하는데…… 좋아한다고 말해야 하는데…….'

입에서만 빙빙 맴돌 뿐 그 말을 차마 입 밖으로 내뱉을 수가 없었다.

"왜?"

한참을 제 팔만 붙잡고 서서는 아무 말도 하지 않고 있는 그녀를 하늘이 부드럽게 바라보고 있었다.

"저, 저기……."

"응. 말해."

"저…… 저기요……."

"그래, 말해."

"채, 책임져요!!"

"뭐, 뭐를?"

아직 아무것도 안 했는데, 도대체 뭘 책임지라는 것인지, 그녀의 엉뚱한 말에 하늘은 그저 어안이 벙벙한 표정으로 서 있었다.

"망쳐 놨잖아요."

"뭘 망쳐 놔?"

"내 첫 키스에 대한 환상요!"

"……?"

이 역시 알코올이 시키는 짓이렸다. 평소 멀쩡한 연초록이었다면 결코 절대로 하지 않았을 말을 막힘없이 술술 내뱉고 있는 것이다.

"지난번에 스카이 트레인에서요. 그거 내 첫 키스였는데…… 첫키스를 그런 식으로 망쳐 놓다니……."

순간, 당최 무슨 얘기를 하는 것인지 이해를 못 하고 있던 하늘이 그제야 푸릅, 푸핫하하하! 웃었다. 아예 배를 잡고 주저앉아 박장대소하기 시작했다.

'너란 아이. 정말로 어쩌면 좋을지. 그래, 너 때문에 내가 계속웃는구나. 너 때문에 계속 웃을 수 있어.'

그렇게 한참을 주저앉아 웃던 하늘이 이내 벌떡 일어나더니 진지해진 표정으로 초록의 손목을 거칠게 잡아채듯 당겨와 품에 안았다. 한 손은 그녀의 허리를 잡고 나머지 한 손으로는 그녀의 턱을 부드럽게 부여잡고 시선을 맞추었다.

그 눈빛이 한없이 진지하고 강렬하다. 그 눈빛에 초록의 심장이 다시 두근두근 정신없이 뛰는 그 순간, 하늘의 입술이 초록의 입술 위로 사뿐히 내려앉았다. 마치 나비가 꽃잎에 내려앉듯이 사뿐히 부드럽게 내려앉았다.

처음, 너무나도 생경한 느낌에 당황하던 초록도 이내 그 달콤하고 짜릿한 키스에 녹아들기 시작했다.

서로의 마음이 통하는 그 밤, 미치도록 아름다운 꽃향기가 진동하는 그 밤, 둘의 마음이 미치도록 서로에게 달려가는 순간이었다.

☆★★★☆

짹짹짹짹! 짹짹짹!

정신없이 지저귀는 새소리에 살며시 눈을 뜨자 어슴푸레 날이 밝아오고 있었다. 시계를 보니 6시가 조금 넘었다. 아직 학교에 가려면 시간이 많이 남았기에 조금 더 자려고 다시 몸을 침대로 눕히다가 타는 듯한 갈증에 일어나서는 주방으로 올라가 물 한 잔 마시고 내려왔다.

그리고 아무 생각 없이 평소처럼 화장실 문을 벌컥 연 순간, 초록은 그만 뒤로 나자빠질 뻔했다.

"앗!"

"안녕!"

씨익, 하늘이 이제 막 샤워를 마쳤는지, 파자마 바지만 입고 상체는 아무것도 입지 않은 상태로 그곳에 서서 젖은 머리를 타월로 훌훌 털어 말리고 있는 것이 아닌가! 그 모습에 초록은 반쯤 정신 나간 상태로 서 있다가 이내 후다닥 뒤를 돌아 제 손으로 얼굴을 가렸다.

아아! 내 화장실에 도대체 이 남자가 왜 있는 것…… 맞다. 어제부터 이 남자도 이곳에서 살기 시작했지.

너무나도 익숙해서 아무 생각 없이 늘 하던 습관대로 움직였었는데, 이제는 매우 조심해야겠다 생각하며 제 방으로 들어가려던 순간, 하늘이 다가와 초록을 뒤에서 와락 감싸 안았다.

코끝으로 상큼한 바디워시 향이 날아와 박힌다. 더불어 이제 막 씻고 나온 그의 상쾌함이 온몸으로 전달되는 듯했다.

"잘 잤어?"

낮고 그윽한 음성이 살포시 날아와 귓불을 간지럽혔다.

"네, 네……."

"좋다. 이렇게 같이 사니깐……."

좋으냐! 난 아니다. 이제 아침에 눈을 떠도 부스스한 모습으로 또 이렇게 잠옷 차림으로도 못 돌아다니게 생겼다. 이제 막 사랑을 시작한 여자의 마음은 그런 것이 아닌데. 무조건 예쁘고 완벽한 모습만 보여 주고 싶은 것이 여자의 마음인 것을.

첫날부터 이렇게 무방비 상태로 폭탄 맞은 머리와 퉁퉁 부은 얼굴을 보여 주다니…… 아아! 초록의 한숨이 깊어지기 시작했다.

☆★☆★☆

파란색 지붕 집을 함께 나온 하늘과 초록은 연신 피어오르는 수줍은 미소를 감추지 못해 싱글벙글거렸다. 이제 매일 아침 사랑하는 사람과 함께 이 길을 걸을 수 있다고 생각하니, 학교 가는 길이 더없이 아름답고 소중해 보였다.

흥얼흥얼, 하늘의 입에선 콧노래가 절로 흘러나왔다. 그러다 씨익! 초록을 향해 백만 불짜리 미소도 날려 주신다. 그러면 초록의 얼굴은 저도 모르게 붉게 물들었다.

"초록아!"

"네?"

"너 고민이 뭐야?"

"고민이요? 무슨 고민요?"

"뭐 그냥 아무거나. 인생문제나, 진로문제나, 아님 외모문제나."

음. 고민이라. 앞에 산적해 있는 고민이 너무나도 많았지만, 일단 분위기가 무거워지는 것이 싫었던 초록이 이내 가장 가벼운 주제를 선택했다.

"제 볼이요!"

"볼? 무슨 볼?"

"뺨이요. 젖살이 안 빠져서 얼굴이 달덩이 같잖아요. 그게 고민이에요."

그러자 잠시 의아한 표정으로 초록을 바라보던 하늘이 이내, 뭐이런 고민도 고민이라고, 하는 표정으로 바라보더니 씨익, 의뭉스럽게 웃었다.

"아하하! 그거라면 내가 해결해 줄 수 있어."

"어떻게요?"

고등학교 졸업 이후 죽어라 빠지지 않는 볼살 때문에 각종 기구며, 방법을 다 시도해 봤지만 모두 소용없었기에 하늘이 해결해 준다는 말에 초록이 혹한 것이다.

"왜? 지금 알려 줘? 볼살 빠지는 비법?"

"네! 네네네네! 빨리 알려 주세요."

왠지 하늘이라면 그 마법의 비법을 알고 있을 것도 같았다. 무엇이든 척척 모르는 것이 없고, 말만 하면 다 해결해 주니깐 말이다.

그러자 갑자기 하늘이 허리를 숙여 쪽! 초록의 오른쪽 뺨에 뽀뽀를 하는 것이 아닌가!

"뭐, 뭐에요?"

초록이 어안이 벙벙한 표정으로 그를 바라보자 하늘이 만면에 환한 미소를 드리웠다.

"몰랐어? 남자 친구가 계속 이렇게 지속적으로다가 뽀뽀하면, 볼살이 쏙 빠진다는 거! 이게 바로 볼살 빠지는 특효약이라는 거!"

"네에에?"

아니 이 남자가 정말 사람을 물로 보나. 아무리 내가 어리숙하고 세상물정 모른다 해도 이렇게 허술한 사기극을 벌이다니.

"거짓말 말아요! 이런 말도 안 되는……."

"거짓말 아닌데. 정말이야. 내 친구도 이런 식으로 해서 해결했어."

"에이이!! 치! 이게 무슨!"

"정말인데. 연초록, 너 나 못 믿어? 나 이래 봬도 의대생이야. 이것과 관련한 연구도 있다고! 사랑하는 사람과 키스를 하면 옥시토신이라는 호르몬이 나와서 스트레스도 줄여 주고, 엔돌핀이 미친 듯 발생해서 저항력도 길러 주고, 음, 그리고 흠흠, 그…… 저…… 칼로리도 소모돼서, 다이어트 효과도 있다고 말이야."

칼로리가 소모돼? 왜? 볼에 뽀뽀만 하는데 어찌하여 칼로리가 소모될까?

"정말이에요?"

갑자기 옥시토신이 어쩌구, 엔돌핀이 어쩌구, 막 의학적으로 나오니 초록은 정말인 건가 싶기도 하다. 50%는 넘어온 것 같은 초록의 표정에 하늘은 속으로 웃겨 죽을 지경이었다.

이토록이나 순진한 여자라니!

"그런데요. 오빠, 볼에 뽀뽀만 하는 건데, 칼로리는 어떻게 소모

된다는 거예요?"

"어, 어? 음…… 그게……."

아직 제대로 된 키스에 대한 경험이 없으니, 그것을 어찌 설명해야 하는 건가. 그냥 이참에 여기서 실행을 확 해 봐 그냥?!!

그러다 아침 해가 하늘 높이 떠 있는 상황에 하늘은 그만 피식 웃어 버린다.

내가 지금 무슨 상상을. 그래도 기다려라! 연초록, 내 조만간 키스를 하면 어찌 칼로리가 소모된다는 것인지 직접 알려 주마. 음하하하!

"정말이야. 내 말 믿어 봐. 아마 계속 이렇게 하면 일주일 내에 쏙 빠질 테니깐."

그러면서 왼쪽 뺨에도 쪽! 아직까지는 볼에만 쪽쪽!

이걸 믿어야 하나, 말아야 하나. 그래도 그의 뽀뽀가 나쁘지만은 않기에 초록은 그냥 믿어 보기로 한다. 다시 두 사람의 얼굴로 이제 막 시작한 연인의 상큼함이 스며든다.

학교 가는 길은 이렇게도 행복하다.

☆★☆★☆

비가 주룩주룩 내리는 밤, 일 층 거실 소파에 앉아서 하늘이 초록에게 영어로 무언가를 질문하고 있었다. 바로 영어 레벨 업 테스트가 내일이었기에 그 준비를 하고 있었던 것이다.

시간이 흐를수록 하늘의 질문에 최선을 다해 답하고자 하는 초록의 얼굴은 점차 붉게 물들어 갔다. 이 모습이 은은한 붉은색 조명에 반사되어 무척이나 매혹적이었다.

"자. 이제 대충 어떤 식으로 테스트가 진행될지 감이 잡히지?"

"네. 휴우! 그런데도 너무 떨려요."

초조해하는 초록의 모습을 물끄러미 바라보던 하늘이 그녀의 얼굴 위로 흘러내린 머리카락을 조심스럽게 넘겨주며 말했다.

"떨지 않아도 돼. 이 정도면 충분히, 잘할 수 있을 거야."

그녀를 향한 그의 미소가 유혹적이었다.

"네……. 감사해요."

"어허! 감사해요라니 우리 사이에 너무 형식적인 멘트 아니야?"

"네? 그, 그럼 뭐라고……."

아니, 정말로 감사한 마음에 감사하다고 했더니 형식적이라니, 그럼 이럴 땐 뭐라고 해야 하는 건가. 잠시 난감해하는 초록을 또 지그시 바라보던 하늘이 낮게 웃었다.

"말로 하지 말고, 행동으로 해 줘. 그 감사의 마음."

"네? 어, 어떻게……요?"

어리둥절, 당황해하는 초록의 뺨을 부드럽게 쓰다듬던 하늘이 자신의 얼굴을 그녀 얼굴 가까이 밀착시키며 소파와 벽이 만나는 지점으로 초록을 몰고 가서는 자신의 두 팔 안에 그녀를 가두었다. 이 상황에 초록의 심장은 그만 쿵쾅쿵쾅, 난리가 났다.

정말 미치겠네. 영어 공부하다 말고 이게 뭔 일인 건지. 그러나 하늘이 이런 식으로 접근하기 시작하면 초록은 그만 무기력해져 아무것도 할 수 없음이다. 속수무책으로 그의 손길에 휘둘리고 마는 것이다.

그렇게 초록을 자신의 팔 안에 가둔 하늘이 입술과 입술 사이에 아주 작은 공간만 남긴 채 멈추더니, 조용히 속삭였다.

"키스……해 줘."

로즈마리 향이 알싸하게 다가온다.

"……네?"

"키스. 해 달라고."

"지, 지금요?"

"응, 지금 안 해 주면, 영원히 여기서 벗어날 수 없을 거야."

후후! 하늘의 협박 아닌 협박에 초록이 그만 웃어 버렸다. 그랬더니 하늘이 눈을 동그랗게 뜨고 그녀를 바라본다. 그 역시 얼굴 전체로 웃음이 만발이다.

"웃어? 왜 웃지? 지금 이 상황이 웃겨?"

"응, 웃겨요."

"그래? 그럼 어디 계속 웃을 수 있나 두고 보자."

그 순간 하늘이 먼저 초록의 오른쪽 뺨에 가볍게 입을 맞추고 바로 왼쪽 뺨에도 입을 맞추었다. 그의 입맞춤에도 여전히 초록은 웃고 있었다.

그녀의 웃는 모습이 무척이나 아름다웠다. 이때 또다시 입술을 향해 다가오던 하늘의 얼굴을 초록이 재빨리 두 손으로 감싸 잡았다.

이제 웃음기가 사라진 그녀의 표정은 한없이 진지하기만 했다.

이제 그녀도 용기를 내 보고 싶어졌다. 맨날 받는 입장이 아니라, 주는 입장이 되어 보고 싶다. 이렇게 매일매일 그로 인해 무언가 조금씩 발전해 가는 자신의 모습이 마음에 들었다. 그래서 감사했다. 고마웠다.

"오빠……."

그녀에게 얼굴을 잡히자 하늘의 얼굴에서도 웃음기가 사라졌다. 대신 청춘의 들끓는 감정이 그의 얼굴로 진득하게 배어 나왔다.

"응."

"고마워……."

순간, 초록이 하늘의 입술에 제 것을 올려놓았다. 처음이었다. 먼저 이렇게 키스를 해 보는 것 말이다. 그날 밤 그렇게 그들은 행복한 빗소리에 달콤하게 젖어 들었다.

☆★☆★☆

레벨 테스트 날! 시험을 보기 위해 잔뜩 긴장하고 있는 초록에게로 하늘이 다가와서는 그녀의 어깨를 양손으로 잡고 부드럽게 눈을 맞추었다.

"잘할 수 있으니 긴장하지 말고. 연습한 대로만 하면 돼. 알겠지?"

"네!"

고개를 끄덕이는 초록의 표정이 결연했다. 긴장은 되지만 그래도 하늘의 응원에 힘이 날 뿐만 아니라, 반드시 잘 해내리라는 굳은 결심도 생겼다.

지금까지 이것을 위해 하늘과 함께 얼마나 성심성의껏 노력을 해 왔던가. 족집게 과외처럼 예상 가능한 질문만 콕콕 집어 와서는 거의 매일 밤, 같이 연습하고 공부했다. 이런 하늘의 정성과 진심을 잘 알기에 그를 실망시키고 싶지 않다는 마음이 들었다.

드디어 초록은 시험장 안으로 들어서고, 그 모습을 초조한 듯 바라보며 하늘은 속으로 파이팅을 외치고 또 외쳤다.

테스트받으러 들어간 지 30분이 다 되어 가도록 초록은 나오질 않고 있었다. 그녀를 기다리며 하늘은 초조한 표정으로 복도를 왔다 갔다 서성이고 있었다. 그때 벌컥 문이 열리고 초록이 새초롬한 표정으로 걸어 나왔다.

"어떻게, 잘 했어?"

그녀 앞으로 다가온 하늘이 궁금해 죽겠는 표정으로 질문하자, 초록은 재빨리 고개를 숙였다. 이 모습에 하늘이 잠시 스치는 실망감을 감추고 자상한 표정을 지으며 그녀를 자신의 품으로 끌어안아 등을 토닥여 주었다.

"괜찮아…… 뭐. 열심히 했으니깐 그걸로 만족……."

그때 그의 품에 안겨 있던 초록이 키득키득 웃었다.

"뭐야! 연초록!"

하늘의 품에서 떨어져 나온 초록이 비어져 나오는 웃음을 참지 못하며 말했다.

"저 합격했어요. 합격이요. 후후!"

"뭐어? 정말?"

"네! 정말이요! 하하하."

"와하하하하! 내가 정말 미쳐. 너 때문에 미친다고."

갑자기 하늘이 그녀의 겨드랑이에 두 손을 집어넣어 번쩍 들어올려 안더니, 어딘가로 성큼성큼 걸어간다. 이들의 모습을 지나가는 학생들이 동물원 낙타 보듯 보았다.

"오, 오빠. 내려 줘요 사람들이 다 보잖아요."

그러나 하늘의 귀에 그녀의 말은 들리지도 않는 모양이었다. 그렇게 무턱대고 그녀를 안고 복도 끝까지 걸어간 하늘은 그곳에 위치한 빈 교실로 들어가 초록을 내려놓고, 문을 꼭 걸어 잠갔다. 이 기쁨의 순간을 둘이서만 느끼고 싶었던 것이다.

"축하한다. 연초록. 정말 너무너무 잘했어."

"고마워요. 다 오빠 덕분이에요."

"아니, 네가 열심히 해서 그런 거야."

"그래도 오빠가 아니었다면……."

그때 하늘이 초록의 입술에 자신의 집게손가락을 올려놓으며, 고개를 가로로 저었다.

"아니, 그렇게 기계적이고 형식적인…… 읍!"

하늘이 말을 하고 있던 그 순간, 이미 무슨 말을 하려는지 그의 뜻을 다 파악한 초록이 자신의 고개를 들어 올려 그의 입술을 깨물었다.

그가 하던 방식대로. 그러자 하늘이 씨익 웃으며 그녀의 허리에 팔을 두르고 초록은 그의 목을 휘어 감았다.

'오빠. 고마워. 오빠가 아니었다면, 나 이렇게까지 잘 해내지 못했을 거야. 정말, 고마워.'

두 사람의 얼굴에 행복함이 스치고 지나갔다. 더불어 초록은 무언가를 해냈다는 성취감에 뿌듯함을 느꼈다. 또한 조금씩 변화하고 있는 자신의 모습이 무척이나 마음에 들었다.

이 모든 게 다 하늘이 때문인 것만 같아 초록은 더욱 깊게 그를 사랑하게 되었다.

☆★☆★☆

"이 집이에요. 그러니 이제 그만 가 보세요."

오늘 미숙과 만나기로 한 초록이 하늘과 함께 그녀의 집 앞에서 멈춰 섰다.

"우리 집에서 가깝네."

"응, 그렇다니깐요. 이따 갈 때는 나 혼자 갈 수 있으니깐, 걱정 마세요."

"응, 알았어."

그러나 뭉그적뭉그적, 하늘은 계속 갈 생각이 없는 듯 서 있었다. 그러자 초록이 빨리 가라며 그의 등을 떠밀었다.

"나도 같이 그 미숙 이모님하고 저녁 먹으면 안 될까? 아니면 너 나올 때까지 여기에 앉아 있을게!"

그의 어리광스러운 발언에 초록이 발끈 소리를 질렀다.

"오빠!"

"알았어. 알았다고. 그럼 빨리 와야 해. 나 심심해. 응?"

참 나. 저 사람이 그 도도하고 시크했던 강하늘 맞나? 사랑에 빠져 버린 하늘은 마치 다른 사람처럼 보인다.

초록의 뒤만 졸졸 따라다니는 건 기본, 무엇이든 함께 하고자 잠시라도 그녀가 자신 옆에서 사라지는 꼴을 못 보는 것이다.

심지어 잠잘 때도 벽 하나를 사이에 두고 마주 보고 누워서는 똑똑! 나무 벽을 두드리면 초록 역시 똑똑! 답을 해 줘야 한다. 안 그럼 당장이라도 자신의 방으로 뛰어 오고야 마는 것이다. 이쯤 되니 완전 집착남 코스프레가 장난 아니었다.

"빨리 가세욧!"

초록의 날카로운 눈빛에 어쩔 수 없이 뒤돌아 걷는 하늘의 발걸음이 마치 느려 터진 거북이 같았다. 이 모습에 피식 웃은 초록은 현관문 앞에 서서 벨을 눌렀다.

삐삐!

미숙이 반가운 얼굴로 뛰쳐나왔다.

"초록아!! 어서 와."

"안녕하셨어요!"

"그럼, 나야 잘 지냈지. 어서 들어와. 배고프지?"

집 안으로 들어서자, 역시나 구수한 된장찌개 냄새와 참기름으로 무친 나물들의 고소한 냄새가 후각을 기분 좋게 자극했다.

"와! 이 그림 다 완성하셨네요? 정말 잘 그리셨어요!"

지난번 미완성인 채 놓여 있던 이젤 위, 10살 정도 되어 보이던 소년의 모습이 드디어 완성되어 있었다. 그것을 감탄의 눈길로 바라보자 미숙은 그저 부드럽게 웃을 뿐이다. 그런데 그 그림 속 소년의 모습이 다 완성되자 더욱더 누군가와 닮아 보인다.

'누구지? 누굴까?'

"초록아, 밥부터 먹자."

"네."

그러다 미숙의 말에 그녀는 주방으로 들어갔다.

즐거운 저녁 식사를 마치고 미숙이 미리 디자인한 원피스 두 벌을 들고 내려왔다.

하나는 검은색 H라인 민소매 원피스로 매우 세련되고 고급스러워 보였고, 또 하나는 프릴장식과 레이스가 하늘하늘한 하얀색 쉬폰 재질의 레이어드 원피스였다. 이 역시 무척이나 세련되었고 여성미가 넘쳐흐르게끔 디자인된 옷이었다.

이 옷들을 보며 초록은 그저 감탄만 내뱉고 있었다.

"우와! 이모님. 정말 너무너무 예뻐요. 이거 다 제 옷이에요?"

"음, 그럼. 다 너 주려고 만든 거야. 어디 한번 입어 볼래?"

"하아! 정말 너무 예뻐요!"

검은색 H라인 원피스는 초록을 매우 성숙하고도 섹시한 여인으로 만들어 주었고, 하얀색 프릴 원피스는 그녀를 순수하고 마냥 귀여운 여인으로 만들어 주었다.

옷이 날개라더니 정말, 두 원피스 모두 그녀에게 너무나도 잘 어울렸다. 그때 무언가가 떠오른 초록이 눈빛을 반짝이며 미숙을 바라보았다.

"이모님, 저 이 원피스 지금 입고 가도 돼요?"

"그럼. 당연히 되고말고. 근데 왜? 이 시간에 누구한테 보여 주려고?"

"아…… 저 남자 친구한테요……."

매일 바지 입은 모습, 그것도 교복처럼 청바지에 티셔츠만 주구장창 입었었던 초록은 그에게 조금 색다른 모습을 보여 주고 싶었다. 그런 초록의 마음을 알았다는 듯 미숙이 부드럽게 웃었다.

"대신, 이 쉬폰 원피스를 입는 게 좋을 거 같아."

"왜요?"

"오늘처럼 봄바람 살랑이는 밤에는 섹시보다는 청순함이 더 어울리거든."

"아…… 네."

미숙이 벌떡 일어나 그녀를 이 층으로 데리고 올라가 또 다른 방으로 들어갔다. 그러자 그곳에는 커다란 화장대와 더불어 각종 가방 및 모든 종류의 신발 등이 벽 전체에 진열되어 있었다. 흡사 무슨 백화점의 잡화 코너 같았다.

"우와! 이모님!"

초록의 입에선 그저 감탄사만이 연달아 나왔다. 도대체 미숙은 과거 무슨 일을 하였기에 패션과 관련된 물품들이 이리도 많은 것인가.

"그래, 맞아. 나 실은 패션 디자이너였어."

그녀의 궁금증을 알아챈 건지 미숙이 초록에게 희미하게 웃으며 말했다.

"와! 너무 멋있어요, 이모님. 대단하세요!"

"대단하긴……."

어쩐지 말끝을 흐리는 미숙의 얼굴에 무언가 짙은 쓸쓸함이 배어 나왔다.

"그럼 지금은 그만두신 거예요?"

아직 일을 그만두기엔 너무 젊기에 초록이 다시금 호기심 어린 표정으로 질문했다.

"응……."

"왜요? 아직도 젊으시고 또 실력도 훌륭하신데……."

초록이 제가 입고 있는 원피스를 바라보며 중얼거렸다. 정말 그녀가 만들어 준 원피스는 시대와 유행에 뒤처지지 않을 만큼 세련되고 고급스러웠기 때문이다.

"그러게…… 어느 날 갑자기 그냥 하기가 싫더라고……. 자! 이제 내 얘긴 그만하고, 이리 와서 앉아 봐."

초록은 미숙이 빼 준 화장대 의자에 앉았다. 미숙이 곧 커다란 메이크업 상자를 들고 와서 그것을 화장대 위에 펼치자 각양각색의 색조화장품들이 우르르 쏟아져 나왔다. 이에 초록은 쩍 벌어진 입을 다물지 못하고 있었다.

"초록이 너는 얼굴이 갸름하고 피부가 하얘서 너무 진한 메이크 업은 어울리지 않아. 한 듯 안 한 듯 한 내추럴 스타일로 하고, 음…… 어디 보자……."

메이크업을 해 주는 미숙의 손길이 부드러웠다. 파운데이션을 스펀지에 묻혀 초록의 얼굴에 펴 바르는 손동작과 아이섀도와 립스틱 등을 바르는 손길에도 뭔가 남다른 전문가적 느낌이 스며 있었다.

"자! 이제 봐 봐. 네 모습이 얼마나 아름다운지."

거울 속, 변신한 자신의 모습을 보며 초록의 눈이 휘둥그레졌다. 정말로 믿겨지지가 않았다. 이렇게 사람이 변하기도 하는구나. 어리둥절할 따름이었다.

"이, 이모님. 정말로 저 거울 속 여자가 저예요?"

믿기지 않는다. 아니 믿을 수 없었다.

"그럼, 너지. 누구겠니? 너 정말 예쁘구나."

그런 초록을 바라보는 미숙의 얼굴이 흐뭇함으로 젖어 들었다.

"감사해요. 이모님."

"오늘 네 남자 친구, 잠은 다 자게 생겼구나. 호호호."

'이제 올 시간이 되었는데…….'

저녁을 먹고 내려와 자신의 방에서 책을 읽던 하늘이 천천히 일어섰다. 초록을 마중 나가기 위함이었다. 불과 몇 시간밖에 떨어져 있지 않았는데 왜 이렇게 오래된 것 같은지. 하릴없이 천천히 흘러만 가는 시계를 얼마나 많이 올려다봤는지 그의 시선에 시계가 다 닳아 없어질 지경이었다.

오늘따라 달빛이 유난히도 밝았다. 구름 한 점 없는 밤하늘에 보름달이 휘황찬란하다. 가로등이 없어도 모든 세상이 다 드러날 것만 같은 밝은 달빛에 하늘의 마음은 저도 모르게 두둥실 떠올랐다. 아니 실은 달빛 때문이 아니라, 곧 있으면 초록을 보게 됨에 더 설레었다.

천천히 미숙의 집을 향해 골목을 돌아서던 하늘은 순간 누군가의 모습에 멈칫, 제 발걸음을 멈추고는 돌처럼 굳어 버렸다.

아아……. 저 달빛 아래, 하늘거리는 하얀색 원피스를 입고 긴 머리를 부드럽게 흩날리며 다가오는 여인은 정녕 지상의 여인이더냐! 아니면 옥황상제 몰래 내려온 선녀이더냐!

"오빠……."

그러다 그녀의 입에서 흘러나온 목소리에 하늘은 그만 흠칫 놀라고 말았다.

"하늘 오빠!"

진짜 선녀인지 아니면 천사인지, 낯선 여인이 자신을 향해 손을 흔들며 반갑게 다가오는 모습에 하늘은 두어 걸음 뒤로 주춤주춤 물러섰다.

"오빠아!"

뭔가에 넋이 빠져 제정신이 아닌 하늘 앞에 드디어 다가선 초록이 그 아름다운 미소로 하늘을 또 한 번 옴짝달싹 못 하게 만들었다.

"연…… 초록?"

"네, 오빠. 저 초록이에요. 왜요, 이상해요?"

하늘의 멀뚱한 반응에 초록은 괜히 새초롬한 표정을 지었다. 자신이 기대했던 반응과 너무나도 다른 하늘의 행동에 시무룩해진 것이다.

그러나 사실, 하늘은 지금 초록의 변신에 폭격을 맞아 너덜너덜 초토화된 자신의 심장을 진정시키느라 제정신이 아니었다.

쿵쾅쿵쾅, 쿵쿵쿵쿵, 미친 듯 뛰는 심장은 이미 통제 불능 상태고 머릿속은 백지장처럼 하얗다. 도무지 아무런 말도, 그 어떤 생각도 떠오르지 않았다. 주위를 둘러싸고 있던 모든 것들이 그의 시야에서 사라지고 오로지 초록만, 그녀의 아름다운 모습만 눈에 들어올 뿐이었다.

"오빠, 이상해요?"

"어? 뭐, 뭐라고?"

"이상하냐고요!"

"아, 아니. 안 이상해."

"그런데 왜 그래요?"

"아…… 아아……."

하늘이 초록의 말에 잠시 제 머리를 재빨리 흔들었다. 그녀가 자신에게 걸어 놓은 마법에서 깨어나려는 모양이었다. 그러나 초록은 시무룩한 표정으로 고개를 숙여 버렸다. 하늘의 반응이 시원치 않지 실망한 것이다.

"이제 오는 거야? 저녁은 잘 먹었어? 그런데 이 옷과 화장은 어떻게 된 거야?"

"미숙이 이모가 만들어 주신 거예요. 글쎄 예전에 디자이너셨대요. 그래서 이모가 옷과 어울리게 메이크업도 해 주셨는데, 아무래도 영 별로예요?"

"아니, 예뻐. 정말…… 아름다워."

이제야 초록의 얼굴로 수줍은 미소가 스며들었다.

"정말이에요? 정말로 잘 어울려요?"

"응, 무척이나 잘 어울려. 정말 너무 예뻐."

"……."

그의 말에 초록의 얼굴로 붉은 기운이 내려앉고, 그 모습을 부드럽게 바라보던 하늘이 초록을 끌어당겨 안았다.

"이대로 집에 가기엔 너무 아까운걸!"

"후후. 그럼 이 밤에 어디가요?"

"음……."

잠시 무언가를 생각하던 하늘이 초록의 손을 잡고 이내 성큼성큼 걸어갔다. 이렇게 아름다운 모습을 조금 더 보고 싶은 마음이 강렬했기 때문이다. 파란색 지붕 집 앞, 주차장에 세워 놓은 세단에 그녀를 앉히고 자신도 올라탔다.

"어디 가게요?"

시동을 거는 그의 모습을 초록이 휘둥그레진 눈으로 바라봤다.

"무도회!"

"무도회요?"

무슨 풍딴지같은 소린지, 동화 속 주인공들도 아니고. 느닷없는 하늘의 말에 초록은 어리둥절한 표정을 지었다.

그가 차를 달려 도착한 곳은 버나비에 위치한 한적한 공원, 드넓은 호수가 달빛에 반짝이며 잔잔한 물결을 드리우고 있었다. 그곳에 주차한 하늘이 초록의 손을 잡고 차에서 내린다.

어두운 밤, 한적한 공원, 초록하늘을 제외하곤 사람의 그림자는 찾아 볼 수 없었다. 공원을 이루고 있는 숲은 고요했고, 달콤한 향기가 사방에서 진동했다.

물결에 반사된 달빛이 그들의 얼굴에 희미하게 내려앉았다. 그러자 서로의 모습이 더 멋있어 보이고 아름다워 보였다.

이미 달빛의 마법에 푹 빠져 버린 그들이기에 서로에게서 헤어나올 수 없었다. 이제 하늘은 그녀를 위해 잠시 연극을 시작해 보려 한다. 다소 유치하고 오글거려도 그녀를 사랑하기에 도전해 보고 싶어진다.

"공주님!"

"네에에?"

그의 부름에 초록이 화들짝, 이 사람이 제정신인가! 하는 표정으로 그를 바라보았다.

"공주님. 저와 춤 한번 추시겠습니까?"

초록이 당황해하거나 말거나, 초록의 팔에 닭살이 돋거나 말거나, 하늘은 제 얼굴에 철판을 깔았다. 그러고는 그녀를 향해 한쪽 무릎을 굽히며 손을 내밀었다.

혼자 키득키득 웃기만 하던 초록 역시 그의 진지함에 동화되어 그가 내민 손에 제 손을 얹었다.

그러자 하늘이 차 문을 활짝 열고, 라디오를 켰다. 때맞춰 은은하고 조용한 왈츠의 선율이 부드럽게 흘러나왔다. 이 음악에 맞춰 하늘과 초록이 흔들흔들 몸을 움직이기 시작했다.

처음엔 다소 어색하던 동작들이 이내 차츰 적응이 되면서 제법 그럴싸한 모습으로 변해 갔다. 점차 음악의 리듬에 하나가 된 듯 서로를 잡고 있는 손길은 따스했고, 서로를 마주하고 있는 시선에서는 사랑이 넘쳐흘렀다.

마치 동화 속 공주와 왕자가 무도회에서 춤을 추고 있는 듯 그 모습이 로맨틱했다.

음악이 거의 끝날 즈음, 하늘은 이 모든 동작을 멈추고 초록의 허리를 자신 쪽으로 와락 끌어당겼다.

"사랑해. 연초록!"

하늘의 그윽한 말에 초록도 한없이 부드러운 목소리로 소곤거렸다.

"사랑해요. 하늘 오빠!"

그리고 누가 먼저랄 것도 없이 서로의 입술이 마주쳤다. 아주 달콤하면서도 부드럽게 말이다.

무슨 정신으로 집까지 돌아왔는지 모르겠다. 마치 동화 속 세상처럼 환상적이었던 오늘의 일은, 아마 평생 잊을 수 없는 소중한 추억이 될 것이다.

그렇게 자꾸만 피어오르는 웃음 때문에 침대에서 계속 뒤척뒤척하며, 로맨틱했던 장면이 자꾸 떠올라 쉽게 잠들지 못하다 겨우 잠자리에 들었나 싶었을 때, 갑자기 그녀의 귓가로 낮은 흐느낌과도 같은 신음소리가 들려왔다.

잠귀가 밝은 초록은 이 괴소리에 눈을 번쩍 떴다.

'무슨 소리지?'

눈동자를 데굴데굴 굴리며 침대에서 일어나지도 못하고 무서워 이불을 턱 끝까지 올린 뒤 소리의 행방을 향해 또다시 눈을 데굴데굴 굴린다.

"으으윽…… 으으으……."

그러다 그 소리가 옆방 하늘의 방에서 들린다는 사실을 깨달은 초록이 벌떡, 용수철 튀어 오르듯 일어나 방문을 열고 나갔다. 역시나 하늘의 방문 앞에 귀를 대 보니, 그곳에서 들려오는 소리가 맞았다.

"아으으으으…… 으으윽……."

하늘이 악몽이라도 꾸는 것인가. 들어가지도 못하고 문을 두드리지도 못하고 혼자 안절부절못하던 초록이 호흡을 가다듬고 문밖에서 그를 불렀다.

"하늘 오빠. 오빠……."

여러 번 불러도 들리지 않는지 하늘의 낮은 신음소리는 계속되었다. 이에 어쩔 수 없이 초록이 방문을 살그머니 열고 들어갔더니, 하늘이 침대 위에서 괴로움에 짓이겨진 표정으로 악몽에 시달리고 있었다. 그의 얼굴이 식은땀으로 흥건했다. 이 모습에 초록이 하늘의 팔을 흔들며 그를 불렀다.

"오빠. 하늘 오빠. 일어나 봐요. 네? 오빠!"

그러자 아아아! 고통스러워하던 하늘이 눈을 번쩍 뜨고는 멍하게 초록을 바라본다.

"오빠. 악몽 꿨어요? 괜찮아요?"

"……."

잠시 넋이 나간 듯 초록만 물끄러미 바라보던 하늘이, 천천히 몸을 움직여 일어나 앉더니 낮은 소리로 말했다. 그 음성이 살짝 갈라지고 있었다.

"고마워……. 이제 괜찮아……."

"무슨 꿈인데 그렇게 괴로워했어요? 뭐 귀신 같은 거 나왔어요?"

귀신. 차라리 귀신이었으면 이렇게 괴로워하지도 않았겠지. 고통스럽지도 않았겠지.

대답은 않고 초록만 뚫어져라 바라보는 그의 강렬한 눈빛에 초록은 그만 어색해져서는 흠흠 헛기침을 하며 재빨리 일어섰다.

"그럼, 오빠. 이제 더 이상 악몽 꾸지 말고 어서 마저 주무세요. 저도 가서 잘게……."

그 순간 하늘이 초록의 손목을 낚아채듯 당겨와 제 품으로 끌어안았다.

"가지 마, 나하고 같이 자."

"네에에?"

이건 또 무슨 소리! 평소 갓을 쓰고 도포를 입고 있어도 전혀 이상하지 않을 그녀의 고리타분한 아버지 때문에 초록은 21년 내내, 얼마나 혼전순결에 대한 교육을 강력하게 받아 왔던가! 때문에 하늘의 같이 자자는 말은 그녀에겐 곧 결혼을 하자는 의미와도 같았던 것이다.

"같이 자자고. 혼자 자기 무서워서 그래. 또 악몽 꿀까 봐!"

"미, 미쳤어요? 아, 안 돼……욧!"

왕방울만큼 커다래진 눈망울로 그의 품에서 뛰쳐나온 초록이 자신의 가슴을 두 팔로 감싸고는 소리쳤다. 이 모습에 하늘이 피식, 어이없이 웃었다.

"왜? 내가 너 잡아먹을까 봐? 걱정 말아. 손끝 하나 안 건드리고 그냥 안고만 잘게. 응?"

'아 놔! 저런 늑대 같은 남자라니…… 손끝 하나 안 건드린다면서 안고만 잔다니. 이게 말이 되냐? 안고 자면 손끝, 발끝, 다 건드리는 거잖아! 가만있어 봐. 이런 걸 무슨 오류라 그러지? 수능 준비하면서 외웠었는데.'

잘 나가다 그녀는 꼭 이렇게 한 번씩 삼천포로 빠지는 희한한 재주를 지니고 있었다.

"안 돼요. 안 돼! 꿈도 꾸지 마세욧!"

잰걸음으로 그의 방을 빠져나와 자신의 방으로 도망친 초록은 문을 꼭 잠가 버렸다.

휴우! 비로소 안도의 한숨을 내쉰 초록이 입을 삐죽이며 다시 침대에 누웠다.

물에서 건져 줬더니 보따리 내놓으라는 심보 같으니라고!

그렇게 도망치듯 사라진 그녀의 잔영을 바라보며 하늘이 후후, 쓸쓸하게 웃었다.

'그래, 이렇게 내 손이 닿을 수 있는 거리로 도망가는 건 괜찮아. 대신 날 떠나지만 말아 줘. 내게서 멀어지지만 말아 줘……. 그 여자처럼…….'

여전히 씁쓸한 표정으로 일어난 하늘이 천천히 화장실로 향했다.

온몸이 식은땀으로 젖어 그대로 잠을 잘 수 없었기 때문이었다.

한편, 초록은 침대에 누워 말똥말똥한 채로 어둠 속에서 제 눈빛을 반짝거리고 있었다. 하늘의 움직임에 귀를 쫑긋 세우고는 그의 행동을 주시하다가 화장실로 들어가는 소리를 듣고 그제야 안심한 표정을 지었다.

같이 자자니…… 같이 잔다……. 그 말이 전해 주는 느낌에 혼자 부끄러워하던 초록이 얼굴을 붉혔다. 막 떠올랐기 때문이다. 로맨스 영화 속에서 보았던 남녀 주인공들의 베드신이!

그 쑥스러움에 베개에 얼굴을 묻고 혼자 푸식푸식, 이상야릇한 표정을 짓다가 갑자기 진지해진다.

'그런데 정말로, 그 느낌은 어떤 느낌일까…… 기분 좋은 느낌일까…… 아니면…….'

첫 경험에 대한 궁금증과 호기심으로 눈을 데굴데굴 굴리고 있는데 노크소리가 들렸다.

똑똑!

샤워를 다 마치고 나온 하늘이 초록의 방문을 두드린 것이다. 이에 화들짝 놀란 초록이 벌떡 일어났다.

"왜, 왜요?"

"잘 자! 문단속 잘하고!"

"네? 문단속은 왜, 왜요?"

"혹시, 내가 쳐들어갈지도 모르거든!"

"네에에?"

또다시 놀란 가슴에 심장이 미친 듯 쿵쾅거리는데, 하늘의 낮은 음성이 진지하게 들려왔다.

"초록아……."

"네……."

"고마워……."

"……뭐가요?"

"내 옆에 있어 줘서…… 고마워……."

"……?"

"정말로 잘 자. 쳐들어간다는 말은 농담이야. 알지?"

"아. 네. 그럼요. 오빠도 잘 자요."

"그래, 그럼 내일 보자. 안녕."

"네."

그녀의 방문을 향해 희미한 미소를 지으며 하늘은 이내 자신의 방으로 돌아갔다. 그의 방문이 닫히는 소리에 초록도 살그머니 침대에 누웠다.

하늘이란 남자는 참 다채롭다. 도무지 어떤 남잔지 아직까지도 잘 파악을 못 하겠다. 뭐 하긴, 남자를 만나 보는 것이 하늘이 처음이니 그것을 알 리 없지만.

후후…… 이내 초록이 웃다가 저도 모르게 생각이 아까 미숙의 집에서 보았던 그 그림으로 옮겨간다.

'그 이모님 아들, 누구 닮았지? 분명 누구 닮았는데…… 어?!'

그러다 무엇이 떠올랐는지 감고 있던 초록의 눈이 번쩍 뜨였다.

'뭐야! 강하늘? 하늘 오빠?'

바로 하늘이었다. 그 그림 속 소년, 분명 하늘과 너무나도 닮았다. 만일 그 아이가 그 모습 그대로 잘 자랐다면, 하늘처럼 성장했으리라. 나이 대도 비슷하고.

혹시 하늘 오빠가 미숙 이모의 아들?

그러다 초록은 이내 피식, 자신의 무궁무진한 상상의 날개에 스스로 찬물을 촤아악! 끼얹는다.

'야 이 바보야! 하늘 오빠가 미숙 이모의 아들일 리가 없잖아. 게다가 얼핏 듣기로는 하늘 오빠 어머니도 있다고 했었고. 나 원 참. 갔다 붙일 걸 붙여라. 막장 드라마도 아니고 원.'

그러고는 이내 눈을 감아 버린다. 더 이상 생각할 거리도 못 된다고 생각하면서.

☆★☆★☆

한편, 아직까지도 잠을 이루지 못하고 있는 미숙은 거실에서 자신이 완성해 놓은 그림 속 소년을 슬픈 얼굴로 물끄러미 바라보고 있었다.

자신이 기억하는 아들의 마지막 얼굴, 열 살. 미숙의 기억 속에 아들은 열 살 그대로 멈춰 있었다. 더 이상 자라지 않았다.

그때 그렇게 아들을 놓고 와 버린 자신의 행동이 미치도록 후회스러웠다.

'아가야. 넌 나를 기억하고 있는지 모르겠구나. 이 못난 엄마를 말이야.'

그때는 왜 그랬을까. 그렇게 아이를 놓고 와 버린 자신의 이기심에 치를 떨었다. 그러나 단 한 번도 마음속에서 놓지 않았던 아이였다.

이제 얼마 남지 않은 인생, 건실한 청년으로 자라 있을 아들 얼굴 한번 보고 가는 것이 소원이었다.

'그 소원, 그 희망, 내가 욕심내도 되겠니? 이 엄마 한 번 만나 줄 수 있겠니……?'

파르르 떨리는 손길로 그림 속 아이의 얼굴을 부드럽게 쓰다듬는 미숙의 눈에서 소리 없이 눈물방울이 떨어져 내린다. 그러다가 무엇을 결심했는지 이내 단호한 표정으로 미숙이 수화기를 들고 전화번호를 눌렀다.

마지막으로 그 아이를 만나게 해 달라고 부탁이라도 해 봐야겠다. 지금 캐나다로 와 있다고 했으니 어쩌면 좀 더 빨리 만날 수 있을지도 모르겠다.

☆★☆★☆

「한늘! 전화!」

저녁을 먹고 일 층 거실에서 하늘과 초록이 꼭 붙어 앉아 TV를 보고 있는데, 이 층에서 낸시가 목소리를 높이며 하늘을 불렀다.

"오빠, 전화 왔대요."

"응, 받고 올게."

그러면서 초록의 볼에 쪽! 짧은 입맞춤을 하고 올라간다. 이에 초록이 빙그레 수줍은 미소를 지었다.

'아! 하여튼 못 말려. 후후.'

혼자 헤벌쭉 좋아 죽겠는 표정으로 다시 TV 속 기상천외한 내용에 빠져들고 있는데 하늘이 내려왔다.

"저기, 초록아. 나 잠시 현한테 좀 갔다 올게."

"이 시간에요? 갑자기 왜요?"

"응, 좀 가 봐야 할 것 같아. 자세한 얘기는 나중에 해 줄게."

"알겠어요. 조심히 다녀오세요."

"그래."

이내 간단하게 지갑과 차 키만을 챙긴 하늘이 집을 빠져나갔다. 그러자 갑자기 그 재밌던 TV가 재미없어지고, 가득 차 보였던 거실이 휑했다. 이에 초록은 TV를 끄고 제 방으로 들어가려는데 낸시가 이번에는 초록을 불렀다.

「초락! 초락! 전화!」

「네!」

초록이 후다닥 2층으로 올라가자 낸시가 웃으며 수화기를 건네 줬다.

「초락, 네 아빠인 것 같아. 후후!」

낸시의 말에 초록이 매우 반가운 표정으로 수화기를 귀에 대었다.

"여보세요! 아빠?"

그러나 전화기 속 상대로부터 들려온 목소리는 아빠가 아닌 다른 중년 남자의 목소리였다.

— 아빠가 아니라서 미안하네. 초록아. 허허!

"그럼, 누구세요?"

선뜻 알아듣기에 그 목소리가 조금 낯설었던 초록이 고개를 갸웃했다.

— 나다. 현석 아저씨!

순간 그녀의 만면으로 활짝 웃음이 피어올랐다. 현석은 자신의 아빠와 가장 친한 친구였기 때문이다. 자주는 아니었지만 초록은 일 년에 한 번 정도는 현석과 함께 밥을 먹었다. 그때마다 꼭 아빠 몰래 용돈을 쥐여 주곤 하셨는데.

"어머! 아저씨! 안녕하셨어요?!"

— 그럼, 잘 지냈지. 너도 그곳에서 어떻게 잘 지내고 있니?

"그럼요. 너무너무 잘 지내고 있어요. 그런데 어쩐 일이세요?"

— 실은 말이다. 초록아⋯⋯."

그의 말을 듣고 있는 초록의 표정이 처음에는 놀라움으로 휘둥그레지더니, 이내 통화가 길어질수록 점점 굳어지기 시작했다.

그리고 통화를 끝낸 후 자신의 방으로 돌아온 초록은 침대에 심각한 표정으로 앉아서는 무언가를 깊게 생각하기 시작했다. 그저 이 상황이 혼란스러웠다.

자정이 넘은 시각. 하늘이 조용히 집으로 들어왔다. 당연히 초록이 자고 있을 것이라 생각하고는 행동을 조심하는 것이다.

"왔어요?"

그런데 복도에 서서 자신을 반겨 주는 초록을 보고 하늘이 환하게 웃었다.

"아직 안 잤어?"

"응, 오빠 기다렸어요."

그 말에 하늘은 따뜻한 무엇인가가 심장 속에 채워지는 느낌을 받았다.

"왜, 피곤할 텐데 먼저 자고 있지."

"할 말이 있어서요."

"무슨 말?"

하늘이 초록의 손을 잡고 나란히 소파에 앉았다. 그의 핸섬한 얼굴을 안쓰럽게 바라보며 초록은 아까 현석과의 전화 통화를 떠올렸다.

— 초록아, 내가 전화했었단 사실, 그리고 이것과 관련된 모든 일은 절대로 하늘이 알아선 안 된다. 알겠니?

'이렇게나 맑은 얼굴 속에 그런 아픔을 지니고 있었다니. 가여운 사람……'

어쩐지 간간이 슬픈 듯 그늘진 표정으로 멍하게 앉아 있던 하늘의 모습이 떠올랐다. 또한 간헐적으로 꾸는 악몽까지, 모두 다 이유가 있었던 것인가.

다소 복잡하고도 동정 어린 시선으로 하늘을 바라보던 초록은 이내 활짝 웃으며 더욱 명랑하게 말했다.

"오빠, 나 드디어 하고 싶은 일을 찾았어요!"

그녀의 말에 하늘도 활짝 아주 기쁜 표정으로 웃었다.

"그래? 드디어 찾았어? 뭔데?"

"옷 만드는 일요."

"옷?"

"응, 지난번 미숙 이모님이 나한테 옷 만들어 줬을 때, 너무너무 감동이었거든요. 그 옷 입을 때마다 나도 이렇게 멋진 옷을 만들어서 누군가에게 입혀 줬으면 좋겠다는 생각이 계속 드는 거예요. 그리고 또 생각해 봤더니 고등학교 때 가정 실기로 블라우스 만들었을 때, 너무너무 재미있게 만들었던 기억이 났어요. 그때 정말 시간이 가는 줄도 모르고 만들었거든요. 다시 해 보고 싶어요."

그런데 어째 하늘의 반응이 이상했다. 조금 전까지 기쁜 듯 환하던 표정이 이내 무표정으로 굳어진 것이다.

"왜……요?"

그의 반응에 초록도 한껏 긴장하며 조심스럽게 말했다.

"옷 만드는 일…… 꼭 하고 싶어? 꼭 해야만 해?"

"응. 꼭 해 보고 싶어요. 그래서 미숙 이모님한테 말씀드렸더니, 흔쾌히 가르쳐 주시겠다고……."

무슨 생각을 하는지 그늘진 눈매로 잠시 무엇을 깊게 고민하던 하늘이 이내 휴, 낮은 한숨을 작게 쉬고는 쓸쓸함과 부드러움이 섞인 미소를 지으며 초록의 얼굴을 쓰다듬었다.

"그래. 네가 정말로 하고 싶은 일이라면…… 해 봐야지. 일단 해 보고 정말로 적성에 맞다 싶으면 계속하는 거고, 아니면 또 다른 일 찾아보면 되는 거고. 음…… 그런데 초록아……."

"네, 오빠."

웃고는 있지만 무언가 계속 불안해 보였다.

"나하고 두 가지만 약속해 줘."

무엇이 이토록 이 사람을 불안하게 하는 것인가. 단지 옷을 만든다는 일이 이렇게 불안하게 하는 것인가!

"말해요. 무엇이든 약속할게요!"

"첫 번째는, 절대로 나를 속이지 말아 줘. 무슨 일이든지 솔직하게 말해 줘."

"절대로, 속이지 않을게요."

초록의 명확한 대답에 하늘은 조금 안심한 표정이 되었다.

"두 번째는, 절대로…… 먼저…… 나를 떠나지 말아 줘……. 나를 두고 가지 마……."

순간 초록은 하늘을 와락 끌어안았다. 가여운 사람, 그의 상처를 몰랐다면 그러려니 하고 넘어갔을 텐데, 이미 하늘의 과거와 상처를 모두 알아 버린 초록은 저도 모르게 눈물이 나오려는 것을 꾹 참으며 하늘의 등을 더욱 세게 끌어안았다.

"절대로 내가 먼저 떠나는 일 없어요. 걱정 마요. 약속해요!"

'지금까지 내가 위험할 때마다 슈퍼맨처럼 나타나 도와주고, 또 조금이나마 당당한 연초록으로 거듭 태어날 수 있게 도와주었으니 이제 내가 해요. 내가 오빠 상처 어루만져 주고 보듬어 줄게요.'

그렇게 두 사람은 서로를 끌어안고 서로의 체온을 건네주며 상대의 존재를 확인하고 사랑과 믿음을 나누었다.

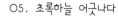

05. 초록하늘 어긋나다

일주일에 세 번씩, 초록은 미숙의 집에서 패션 디자이너가 되기 위한 여러 가지 이론 및 실습을 동시에 배우고 있었다. 미숙은 선생님으로서의 역할을 톡톡히 했고, 초록은 훌륭한 제자의 모습을 성실하게 보여 주고 있었다.

오늘도 가장 기본이 되는 A라인 스커트를 만들고자 관련 이론을 공부하며 도안을 열심히 그리고 있는데 미숙이 흐뭇하게 웃으며 다가왔다.

"와! 생각보다 훨씬 잘하는데. 이쪽으로 재능이 있어."

"그래요? 정말이에요?"

"응, 정말이야. 나한테 기초만 배우고, 정식으로 과정 밟아서 배우면 훌륭한 디자이너가 되고도 남을 듯해!"

"아아! 감사합니다. 이모님. 저 정말로 열심히 해 볼게요."

이미 한국으로 돌아가면 다니던 학교를 그만두고 다시 의상디자인학과에 진학하고자 결심을 굳힌 상태였다.

이처럼 자신을 확 끌어당기던 일은 아무것도 없었다. 그런데 처음으로 H라인 스커트를 만들고 그것을 입어 보았을 때 초록은 하마터면 심장이 터지는 듯한 깊은 감격에 벅차올랐었다.

스스로 어찌나 뿌듯하던지! 또한 옷을 만들 때 그것을 준비하는 모든 과정이 정말 재미있었고, 모든 에너지가 그곳으로 쏟아지는 듯한 몰입의 경험도 여러 번 겪었다. 때문에 초록은 이제 이 일을 자신의 평생 직업으로 삼고자 결심한 것이다.

"잠시 쉬었다 하자. 차나 한잔 하면서."

"네!"

여름으로 넘어가는 벤쿠버의 짙은 햇살이 미숙의 정원 안쪽으로 화사하게 쏟아지고 있었다. 그것을 바라보며 미숙과 초록이 홍차를 마시고 있었다. 깨끗하고 상쾌한 공기가 가슴 깊숙이 들어와 온몸을 맑게 정화시켜 주는 듯하다.

그때, 정원을 둘러보고 거실을 둘러보던 미숙의 시선이 그녀의 아들, 어린 소년의 그림에 멈추자, 초록의 심장이 쿵 떨어져 내린다. 그와 동시에 초록은 지난번 현석과의 통화를 떠올렸다.

— 너 남자 친구 생겼다고 하던데, 이름이 하늘이라며? 강하늘!

'어, 어떻게 그걸 아저씨께서 아세요? 저 아직 아빠한테도 말 못 했는데……'

— 후후, 하늘이 직접 말해 줬단다.

'네에에?'

— 사실, 하늘이 내 아들이란다. 초록아. 놀랐지?

'네에에?'

현석 아저씨에게 아들이 있었다는 것은 알았지만, 이름이 하늘인 것은 몰랐다. 아주 어릴 적, 초등학교 때 한 번 만났던 기억이 있었지만. 그러고 보니 현석 아저씨의 성도 강 씨였다.

　— 그래, 놀랐을 거야. 살다 보면 앞으로 놀랄 일이 더 많아질 터이니 이 정도는 약과란다. 허허허. 그나저나 난 네가 우리 하늘이의 여자 친구가 되어서 정말로 기쁘단다. 우리 초록이가 어쩌면 장차 내 며느리가 될 수도 있겠구나. 네 아빠도 아마 이 사실을 알면 엄청 좋아할걸. 실은 우리가 너희 둘 맺어 주려고 일부러 캐나다로 함께 날려 보낸 거거든!

　어릴 적 농담처럼 아빠와 현석 아저씨는 만나기만 하면 우리 나중에 서로 사돈 맺자고, 그래서 한동네에 나란히 집 짓고 같이 살자고 했었던 기억이 났다. 그럴 때마다 초록은 속으로 콧방귀를 뀌었던 기억이 난다.

　— 그건 그렇고, 초록아. 내가 네게 부탁할 일이 좀 있구나.

　'네, 말씀하세요.'

　— 너도 알다시피, 내가 이혼하고 재혼한 사실, 알고 있지?

　'아니, 몰랐어요.'

　— 그랬구나. 지금 하늘이 엄마는 실은 새엄마란다.

　'아…….'

　도대체 무슨 말씀이 하고 싶으신 건지 현석의 말은 갈수록 오리무중이었다.

　— 그런데 실은 하늘이 친엄마가 그곳 벤쿠버에 있다는구나. 나도 며칠 전에야 연락을 받았는데…… 하늘이가 제 친엄마 때문에 상처가 많단다. 자신을 버리고 떠났다고 생각하거든. 물론 그 사람

이 하늘이에게 좀 매정했던 것도 사실이긴 하지만······.

'······.'

— 그런데 하늘이 친엄마가 말이다. 이제 얼마 못 산다는구나. 마지막 소원이라면서 하늘이 얼굴 한번 보고 가고 싶다고 연락이 왔는데. 내가 고민이 많구나. 그래도 마지막인데, 그 사람 소원을 들어주는 것이 맞다는 생각도 들고, 하늘도 마지막으로 제 친모를 한번은 봐야 하지 않을까 싶기도 하고.

놀라웠다. 밝은 모습의 하늘에게 이런 상처와 아픔이 있었다는 사실이 초록은 그저 당황스러울 뿐이었다.

— 이 사실을 하늘이는 절대로 받아들이려 하지 않을 것인데. 친엄마 얘기만 나오면 발작을 일으키는 아이라. 도저히 내가 직접 말은 못 하겠고. 그래서 네게 부탁 좀 할까 한다만······ 그래도 네가 여자 친구니 네 말은 듣지 않을까? 원래 남자들은 자기가 사랑하는 여자의 말은 잘 듣거든······.

'제가 어떻게 하면 될까요?'

이제 초록은 하늘이 너무너무 가엾고 안쓰러웠다. 때문에 무엇이든 그의 상처가 치유될 수 있는 일이라면 돕고 싶었다. 어쩌면 친엄마를 다시 만나면 그의 상처가, 아픔이 조금은 덜어지지 않을까.

— 직접적인 만남은 안 하려 들 테니, 우연을 가장하는 방법은 어떨까. 마침 너도 그곳에 있으니 내가 주소를 알려 주마. 그러니 네가 먼저 그 아이 엄마를 좀 만나 보는 건 어떠니?

'네. 그럼 주소를 알려 주세요.'

— 응. 버나비라는 곳에 도미니언 스트리트······.

주소를 듣는 순간, 초록은 그만 제 온몸에 소름이 좌아악 하고 돋아나는 느낌을 받았다. 우연도 어떻게 이런 기막힌 우연이! 그것은 바로 미숙의 주소였던 것이다.

놀라웠던 그때의 기억을 뒤로하고 이젤 위 하늘의 어릴 적 모습을 물끄러미 바라보던 초록이 나지막이 말했다.

"이모님, 저 그림 속 이모님 아들…… 참…… 잘생겼어요."

"……그래 참 잘생겼지…… 지금은 어떤 모습일지…… 아마 건실하게 잘 자랐겠지……."

하늘의 또래가 지나가기만 해도 가슴이 뭉그러지던 미숙은 지금 건실한 청년이 되었을 하늘이 몹시도 그리웠다.

한국에 있는 지인을 통해 하늘이가 현재 캐나다에 있다는 말을 들었을 때는 심장이 터져 버리는 줄 알았다.

이렇게 가까이 있으니 더욱 보고 싶었다. 때문에 두 눈 질끈 감고, 현석에게 전화를 걸어 마지막 소원을 말했을 때는 그저 썩은 동아줄이라도 잡아 보고 싶은 간절한 마음뿐이었다.

자격이 없는 엄마이기에 자식 앞에 당당히 모습을 드러낼 수 없어 그동안 보고 싶어도 꾹꾹 참고 지냈건만 이제 갈 날이 얼마 남지 않은 지금, 마지막으로 한 번만 아들의 모습을 보고 갔으면 원이 없을 것 같았다.

그런데 현석으로부터 아무런 소식이 없어 그저 답답한 마음뿐이었다.

"네. 지금 정말로 건실하고 멋있게 잘 자랐어요. 하늘…… 오빠요. 이모님!"

"……뭐, 뭐라고?"

순간, 초록의 발언에 미숙의 얼굴이 새하얗게 질려 버렸다. 초록의 입에서 하늘이라는 말이 나오자마자 미숙은 그만 제 심장을 움켜잡았다.

"하늘 오빠요. 강하늘. 이모님 아들요."

"……어, 어떻게…… 네가 하늘이를……."

"실은 하늘 오빠, 제 남자 친구예요. 그리고 하늘 오빠 지금 이곳에 있고요."

"……."

초록의 말이 이어질수록 미숙은 깊은 수렁에 빠지는 느낌이었다. 신께서 도와주셨음인가. 어떻게 이런 우연이 있을 수 있단 말인가. 모든 것이 아귀가 딱딱 맞아떨어지는 것처럼 어떻게 이럴 수 있단 말인가.

충격으로 심장이 옥죄어 오자, 재빨리 찬장 서랍에서 약을 꺼내 먹은 미숙은 잠시 호흡을 가다듬고 그동안의 일들을 초록으로부터 전해 듣기 시작했다.

화사하게 빛나던 햇살이 어느덧 뉘엿뉘엿, 산 넘어 서쪽으로 사라져 가고 있었다.

"하늘이가 캐나다에 있는 건 알았지만 이렇게 가까이 있을 줄은 몰랐어…… 그래서 좀 당황스럽구나…… 내게 조금만 더 시간을 줄래? 아직 하늘이에게는 말하지 말고."

그렇게나 간절하게 보고 싶었던 아들이었건만, 막상 지금이라도 당장 만날 수 있다는 사실은 미숙을 당황스럽게 만들었다.

때문에 마음의 준비가 필요했다. 심장이 버텨 낼 수 있는 준비……. 심적으로 조금의 충격만 받아도 위험해질 수 있다는 의사의 충고를 되새기며, 자신이 하늘을 봐도 심장이 차분하게 반응할 수 있도록 시간이 필요했던 것이다.

"네. 이모님. 걱정 마시고 준비되면 알려 주세요."

"그래. 그러자. 그리고 초록아…… 고맙다……. 너처럼 마음 예쁜 아이가 우리 하늘이 곁에 있다니…… 정말 다행이야……."

때로는 겉으로 무척이나 행복하고 부족한 것 없어 보여 부러움의 대상이 되는 사람일지라도, 안을 들여다보면 그렇지 않은 경우가 허다하다.

그것은 그 행복을 세상이 정해 놓은 잣대로 바라보기 때문일 것이다. 이 사실을 하늘과 미숙을 보며 초록은 깨닫기 시작했다.

☆★☆★☆

하늘과 미숙의 일로 마음이 흐트러지고 침울해 있던 초록이 한 통의 전화로 기운을 차렸다. 그리고 그 사람을 만나기 위해 공항으로 나와 있었다.

설레는 마음으로 열리는 게이트를 뚫어져라 바라보고 있던 초록이 어느 한 사람을 발견하고는 기쁨의 화색이 돌았다.

"까아아~ 언니!"

"까아악, 초록아!"

있는 대로 소리치고는 잽싸게 달려가 서로를 부둥켜안고 뛰면서 뱅글뱅글 도는 두 여자의 모습에 공항 입국장에 서 있던 하늘은 어리둥절한 표정을 지었다.

뭐가 저리도 반가운 건지. 그 반가움을 꼭 저렇게 요란스럽게 표현해야 하는 것인지. 하늘은 도통 여자들의 방식을 이해할 수 없었다.

그렇게 몇 분 동안 서로를 부둥켜안고 빙빙 돌던 초록이 이내 정신을 차리고는 혜정을 데리고 하늘 앞으로 다가왔다.

"언니, 인사해. 여기는 하늘 오빠!"

"오빠, 인사해요. 여기는 혜정 언니, 우리 과에서 나랑 가장 친한 언니예요! 내가 미리 말했죠?"

초록의 소개에 하늘과 혜정이 동시에 꾸벅 인사했다. 혜정도 여름방학을 맞아 이곳에서 단기 어학연수를 하기 위해 온 것이다.

"반가워요. 강하늘이라고 합니다."

"안녕하세요. 전 유혜정이에요. 어머나, 어쩜. 이렇게 잘생기셨어요! 호호호."

하늘이 운전하는 세단 뒷좌석에 나란히 앉은 초록과 혜정은 그가 있든 말든 자신들만의 폭풍 수다에 정신이 없으시다. 이런 여자들의 모습에 하늘은 혼자 피식피식 웃으며 운전을 했다.

"참, 홈스테이하는 데가 어디예요?"

"홈스테이가 아니고, 아파트예요. 버나비에 있는."

"아. 그럼 혼자 사시는 겁니까?"

"아니요. 당근 룸메들 구했죠. 화끈한 언니들루다가. 호호호호."

하늘이 혜정의 답변에 당황하고 있는데 초록이 끼어들며 말했다.

"언니, 그럼 앞으로 우리 자주 만나서 놀면 되겠다. 하하."

"그래, 클럽도 자주 가고, 외국 남자들하고 미팅도 하고. 오호호홋! 내 목표가 이곳에서 근사한 캐나다 남자 하나 잡아서 아예 눌러앉는 거잖니. 그러니 너도 협조 좀 잘해라. 호호호!"

뭐? 크, 클럽? 외국 남자들과 미팅? 누, 눌러앉아?!

순간 운전대를 잡고 있는 하늘의 손에 힘이 가해진다.

'과에서 좀 잘 노는 언니라더니, 아주 위험한 언니가 오셨군. 흠 흠.'

하늘은 무언가 심히 걱정스러운 마음이 밀려들기 시작했다.

며칠 후. 휴게실에 앉아서 무언가를 쑥덕거리는 초록과 미연, 그리고 혜정의 모습을 지나가다가 우연히 보게 된 하늘이 고개를 갸웃거렸다. 뭔가 싸한 촉이 온 것이다. 뭔가 은밀한 계획이 진행 중인 것이 느껴졌다.

그녀들을 향해 다가서자 아니나 다를까 화들짝 도둑질하다 들킨 사람처럼 초록이 자동 반사적으로 벌떡 일어섰다.

"어, 어머. 오, 오빠. 여긴 어쩐 일이에요?"

"응, 지나가다가 우연히, 그런데 무슨 얘기들을 그렇게 재미있게 했어?"

"네? 재, 재밌는 얘기, 안 했는데…… 그냥 이런저런…… 그, 그치 언니들?"

초록의 당황함에 하늘이 눈을 가늘게 뜨자, 혜정이 의뭉스럽게 웃으며 일어섰다.

"여자는 때로, 남자 친구에게도 비밀로 간직하고 싶은 무언가가 있는 거예요. 그러니 하늘 오빠, 너무 알려고 하지 마세요. 아무리 남자 친구라 하더라도 모든 걸 다 알 수는 없는 법이잖아요! 호호 호!"

그러면서 그녀는 유유히 미스코리아식 인사로 손을 우아하게 흔들더니 자신의 반인 기초반으로 사라졌다.

미연과 초록도 슬그머니 일어서서는 하늘의 날카로운 시선을 피해 자신들의 반으로 들어갔다. 이 상황에 하늘은 뭔가 상당히 미심쩍은 느낌에 사로잡혔다.

"뭐야?"

"엄마야! 뭐, 뭐가요?"

저녁을 먹으러 계단을 올라가던 초록이 식당 입구에 장승처럼 서 있는 하늘을 보고 깜짝 놀랐다.

"아까 무슨 얘기 했어?"

"아무 얘기도 안 했다니깐요!"

시치미를 뚝 떼고 초록은 하늘의 시선을 무시하며 저녁을 먹기 시작했다.

"뭔데?"

"앗! 깜짝이야. 뭐, 뭐가요?"

이번에는 화장실에서 씻고 나오는 초록을 향해 벌컥 다가선 하늘이 눈을 가늘게 뜨며 말하자 초록이 대충 얼버무리며 자신의 방으로 방문을 쾅 닫고 사라졌다.

'하! 거참. 뭐지? 뭔데 저러지?'

정말 궁금하다. 궁금해서 미치겠다. 분명, 뭔가 냄새가 나긴 나는데. 분명 뭔가 어마하게 거창한 계획을 세우는 것 같았는데. 잘 훈련된 셰퍼트처럼 하늘이 제 코를 킁킁거리며 초록의 방문을 뚫어져라 바라보았다. 아무래도 수상하다.

드디어 오늘, 그날이 다가왔다.

초록이 혜정과 그녀의 룸메이트 언니들, 그리고 미연과 함께 벤쿠버에서 가장 물 좋기로 소문난 클럽에 가기로 한 날 말이다.

그런데 아침부터 코를 벌름거리며 자신을 추궁하듯 바라보는 하늘을 어찌 따돌리고 그곳엘 가느냐가 관건이었다.

사실 초록은 클럽이라는 곳을 단 한 번도 가 보지 않았기에, 어떤 곳인지 상당히 궁금했다.

혜정이 말하길 그곳은 정말 신천지라는 말에 귀가 팔랑팔랑, 가보고 싶어 미칠 지경이었던 것이다. 그런데 하늘에게 사실대로 말하고 가자니 절대로 허락해 줄 것 같지가 않았다.

클럽이라는 곳이 얼마나 위험한 곳인지 알기나 해! 그러니 너는 절대로, 꿈에서라도 그런 곳에 갈 생각은 아예 하지도 말아!

혜정을 공항에서 픽업해 왔던 날 저녁, 하늘이 초록을 앉혀 두고 클럽에 대한 온갖 단점과 폐단을 늘어놓으며 그곳에 가면 안 되는 이유를 157가지나 늘어놓는 바람에 초록은 얼마나 머리가 지끈거리게 아팠던가!

"너 오늘, 복도에서 타쿠야랑 아주 다정하게 말하더라. 네가 그럴 수 있어?"

"뭐, 뭐가 그럴 수 있어요?"

"아니, 네가 애국자라면 그러면 안 되지. 시도 때도 없이 독도가 자기네 땅이라고 우기는 그런 비열한 일본 놈들과 그렇게 다정하게 대화를 하면 안 되는 거지! 안 그래?"

"네에에?"

점점 하늘이 이상해지고 있었다. 지난날 아주 도도하고 시크하고 까칠하던 하늘이 시간이 지날수록 점점 집착남 코스프레가 심각해지는 것이다.

'왜 그런 거니! 왜 그런 거냐고!'

이렇듯 복도에서 다른 남자와 말도 못 하게 만드는 하늘이 클럽에 순순히 보내 줄 리 없었다. 때문에 초록은 그에게 클럽에 간다는 사실을 꽁꽁 숨긴 채 오늘, 하늘의 시선을 피해 몰래 가려는 것이다.

"저기, 오빠!"

"응, 왜?"

토요일 오후. 시계만 초조한 듯 바라보던 초록이 일 층 거실에서 TV를 보고 있는 하늘에게로 주춤주춤 다가섰다.

"나 오늘, 미숙 이모님하고 저녁 약속 있어요."

"또? 저녁 먹은 지 얼마 안 됐잖아."

"아…… 이모님이 혼자 사셔서 워낙에 많이 외로우신가 봐요. 그래서 오늘 저녁도 먹고 늦게까지 영화도 보고 또 만들다 만 옷도 마저 완성하고……."

"그래, 그럼 가 봐야지. 일이 있다는데."

앗싸! 이게 웬일이냐. 의외로 쉽게 일이 해결되고 있으니 말이다. 그 기쁜 표정을 감추기도 전에 하늘이 벌떡 일어섰다.

"가자!"

"왜, 왜요?"

"내가 데려다줄게."

이런, 그럼 그렇지. 이렇게 호락호락 넘어갈 남자가 아니었다.

"아. 하. 하. 오빠도 참. 엎어지면 코 닿을 거린데, 나 혼자 갈 수 있어요. 아직 대낮이고, 그러니 오빠는 보던 거 마저 봐요. 저거 좋아하잖아요."

안 그래도 TV 화면 속 메이저리그 경기에서 시선을 떼지 못하던 하늘이 빙그레 웃으며 말했다.

"그럼, 그럴래? 혼자 잘 갈 수 있어?"

"그럼요. 걱정 말아요. 하하."

"그래, 그럼 잘 다녀와."

"네!"

자신의 방으로 돌아온 초록이 기쁨의 세리모니로 몸을 들썩들썩 흔들고는 가방에 미숙이 만들어 준 블랙 H라인 원피스와 화장도구들을 구겨 넣고 집을 나섰다.

생전 처음으로 클럽엘 가게 되어서 마냥 기쁜 표정이었다. 혜정의 집으로 가는 초록의 발걸음이 흥분과 설렘으로 들썩거렸다.

"오오오오오! 연초록! 너 대박 짱짱!"

혜정이 초록을 자신의 스타일대로 메이크업을 해 놓고는 감동의 물개박수를 치며 호들갑을 떨고 있다.

"미연아. 봐 봐. 어때? 초록이 이러니깐 훨 낫지 않냐? 아주 섹시미가 철철 넘쳐흘러요. 오늘 클럽 남자들 다 죽었어!"

그러자 미연이 씨익 웃으며 목소리를 높인다. 미연도 평소와 달리 짙은 스모키 화장에 화려한 원피스를 입고 있었다.

혜정은 거의 헐벗은 상태로 짧은 가죽 바지에 민소매 티셔츠를 입고 화려한 장신구를 주렁주렁 달았다 모두 클럽에 간다며 한껏 신경을 쓴 모습들이었다.

"정말 잘 어울려. 완전 너 같지 않아. 역시 여자는 화장발인거니?"

그러나 정작 거울 속 이상하게 변해 버린 자신의 모습에 초록은 어색하기만 할 뿐이다.

미숙이 만들어 준 블랙 H라인 원피스, 긴 생머리를 고데기로 둘둘 말아 풍성하고 자연스런 웨이브, 새빨간 립스틱에 짙은 보라색 아이섀도로 두 배는 커진 눈에, 안 그래도 풍성한 속눈썹 위에 인조 속눈썹까지 붙이니, 이건 뭐 연초록이 아니라, 전혀 다른 여자가 앉아 있었다. 그것도 완전 섹시한 여자가!

뭐 그냥 잡지 화보 속에서 이제 막 튀어나온 모델이라 해도 믿을 만했다. 그렇게 최대한 할 수 있는 만큼 화려하고 섹시하게 치장을 하신 언니들께서 이제 떨리는 마음으로 다운타운 내 그랜빌 스트리트에 위치한 클럽으로 입장했다.

쿵쿵쿵쿵!

강렬한 사운드와 빙글빙글 돌아가는 현란한 싸이키 조명. 온통 회색빛으로 인테리어를 해 놓은 클럽 안은 서양, 동양이 섞인 수많은 사람들로 가득 차 있었다.

이런 분위기에 어안이 벙벙한 초록을 끌고 혜정과 미연이 바에서 코로나 맥주를 한 병씩 가지고 와서는 초록에게 건넨다.

"마시자! 우와! 물 죽이는데 어디 한번 신나게 놀아 보자!"

"오늘 한번 확 죽어 볼까나! 으하하하하!"

흥분의 도가니로 정신없이 뜨거운 클럽 안에서 혜정과 미연이 목소리를 높이며 맥주병을 들어 올리고, 초록도 함께 웃으며 병 속에 든 레몬이 입구를 막고 있는 맥주를 제 입으로 가져갔다.

'크아아!'

레몬의 새콤함과 맥주의 톡 쏘는 맛이 생소했다. 그렇게 맥주병을 들고 중앙 무대로 진출한 세 명의 미녀들이 이제 흔들흔들 가락에 몸을 맡기기 시작한다.

그러자 아리따운 여인들이 내뿜는 페로몬에 야수처럼 변신한 남정네들이 희번덕거리며 그녀들을 향해 다가오기 시작했다.

혜정은 남자들의 모습을 위에서 아래로 재빨리 스캔하고는 자기 입맛대로 함께 놀 남자들을 고르기 시작하고, 그 남자들은 자신들이 선택받기를 원하며 수컷의 온갖 매력을 발산한다.

초록과 미연은 이런 혜정의 행동에 그저 신기한 듯 웃을 뿐이었다. 특히 초록에게는 정말로 신기한 세상이었다. 알코올이 스며들자 기분도 좋아지고 붕붕 하늘을 나는 것도 같았다.

그 순간, 초록은 하늘에게 조금 미안해지기도 했다. 어쨌거나 그를 속이고 왔으니. 절대로 자신을 속이지 말라 했는데.

사실대로 말하고 올 걸 그랬나? 후회도 되었다가, 다시 절레절레, 그러면 절대로 안 보내 줬을 것이란 생각을 하며 자기의 행동을 합리화했다.

까아아악!

그때 초록, 미연, 혜정 때문에 남자들의 이목(耳目)에서 배제되어 씩씩대던 여인네들이 어떤 이들의 등장에 환호성을 내질렀다.

뭐지? 뭣 때문에 저러는 건가 궁금한 초록, 미연, 혜정이 그녀들의 시선을 따라 클럽 입구 쪽으로 고개를 돌린 순간, 세 명의 여자는 그만 입을 쩌억 벌리고 말았다.

"흐읍!"

"헛!"

혜정과 미연은 놀란 토끼 눈이 되어 그 남자들을 바라보았고, 초록은 그만 망한 표정으로 울상이 되어 버렸다. 바로 여자들을 들뜸의 도가니로 몰고 간 그 남자들은 다름 아닌 하늘, 현, 봉식이었기 때문이었다.

그들 역시 평소와 달리 매력적이면서도 섹시한 모습으로 변신했기 때문에 그들이 서 있는 공간은 그대로 런웨이가 되어 버렸다. 반짝반짝, 조명도 필요 없이 그들에게선 자체 발광의 빛과 아우라가 솟구쳤고 그들의 등장에 클럽은 순식간에 아수라장이 되어 버렸다.

'엄마야…….'

초록은 순간, 심장이 쿵 내려앉아 어찌할 바를 모르며 제 고개만 푹 숙이고 있었다. 조금 전 입구에 들어서며 분명 하늘과 자신의 시선이 정면으로 마주쳤기 때문이다. 그 순간 혜성이 폭발하는 듯한 하늘의 매서운 눈빛에 초록의 심장은 잔뜩 쪼그라들었던 것이다.

'아! 난 망했다. 이제 난 망했어.'

그러곤 거침없는 발걸음으로 자신들을 향해 다가오는 하늘과 현, 봉식을 바라보며 초록은 그만 눈을 질끈 감았다. 하늘이 자신 앞에 다가오면 무릎 꿇고 잘못했다 싹싹 빌어야겠다고 생각했다.

그러다가 자기가 먼저 다가가서 용서를 빌자 생각하며 초록이 입을 앙다물고 하늘을 향해 다가가는데, 하늘이 초록을 모르는 척 마치 생전 처음 보는 사람 대하듯 그렇게 그녀의 곁을 스쳐 지나가는 것이 아닌가!

그것도 엄청 냉랭한 표정을 지은 채로 말이다. 이에 당황한 초록이 멍하게 서 있자 그 곁을 현이 지나가며 씨익 웃었고, 봉식 역시 피식 웃더니, 눈을 찡긋거리며 스쳐 지나간다.

뭐지! 저 남자들 뭐냐!

그렇게 자신에게서 멀어진 하늘과 현, 봉식이 이제 그녀들이 장악했던 중앙 무대를 휘어잡자, 그 남자들 주위를 수많은 여인네들이 둘러싸기 시작한다.

특히나 강하늘! 아주 가관도 아니었다. 물 만난 물고기가 저와 같을까!

자신에게 다가오는 여자들을 물리치지도 않고 오면 오는 대로 씨익! 예의 그 미치도록 매력적인 웃음을 마구 발사해 주시니, 여자들은 까아아악! 자지러진다.

또한 일부 여인네들이 그의 몸을 마구 만져 대도 하늘은 그냥 내버려 두고 있었다. 오히려 그것을 즐기는 듯 보이기까지 하니, 초록의 질투심은 부글부글! 지글지글! 뜨겁게 끓어오르기 시작했다.

한편 봉식을 오늘 처음 본 혜정의 두 눈에서는 레이저가 뿜어져 나오고 있었다. 완전 자기 스타일이었기 때문이다. 눈을 반짝이며 혜정은 봉식에게 다가서고 이내 찡긋 윙크를 날린다.

"안녕하세요? 하늘 오빠 친구분?"

"네, 그런데요. 누구?"

"아하하 저 초록이 학교 선배요. 유혜정요. 그쪽은요?"

"알렉스!"

"와우! 알렉스! 이름까지 새끈하시네!"

"새끈?"

"네! 그쪽이요! 호호호."

"훗!"

혜정의 말에 봉식은 어이없게 웃었다.

"이렇게 만난 것도 인연인데 술 한잔 콜?"

재밌는 여자였다. 이렇게 적극적인 성격도 그렇고 내뱉는 말투마저 자신의 마음에 쏙 들었기에 봉식 역시 고개를 끄덕이며 콜! 답한다.

또한 현 역시 미연에게 소리 없이 접근해서 그녀의 귓가에 대고 낮은 목소리로 말했다.

"같이 출래?"

"좋아요."

안 그래도 현에게 마음을 주고 있었던 미연이 고개를 끄덕이며 웃었다. 그러자 현이 미연의 손을 잡고 무대로 나가서 마주 보고 섰다.

그렇게 모두 제 짝과 함께 즐거운 시간을 보내는 것과는 반대로 하늘과 초록의 기분은 별로였다.

특히 하늘의 주위를 둘러싸고 있는 수많은 여인들 때문에 기분이 확 상한 초록은 계속해서 하늘을 날카롭게 노려보고 있었지만, 그는 철저히 의도적으로 그녀와 눈을 마주치지 않았다.

괘씸했다. 절대로 자신을 속이지 않겠다, 철저하게 약속해 놓고는, 거짓말까지 하고 클럽엘 와? 어디 오늘 한번 두고 보자! 이를 부드득 갈며, 하늘이 서늘한 눈동자로 초록을 흘끔 보다가 재빨리 시선을 거둬들였다.

'아…… 미치겠네. 왜 하필 오늘따라 유독 더 예뻐 보이고 섹시해 보이는 거야.'

굳은 결심으로 그녀를 골탕 먹이고자 단단히 먹었던 마음이 초록의 아름다운 모습에 그만 스르르 무너질 것만 같자, 얼른 제 마음을 추스르며 다가온 여자들에게 살인적 미소를 날려 줬다.

이에 참을 만큼 참고 있었던 초록은 더 이상 참지 못하고, 쿵쾅쿵쾅 하늘에게 분노의 발걸음으로 다가섰다.

"오빠! 하늘 오빠!"

그를 목청 높여 불렀으나, 이 남자 눈길 한번 주지도 않는다. 때문에 더 열 받은 초록이 하늘의 팔을 꽉 붙잡았다.

"오빠! 나랑 얘기 좀 해요!"

그러자 이제야 자신을 내려다보며 하늘이 시크한 표정을 지었다.

"누구……시더라?"

"네에에? 오빠! 정말 이러기예요?"

"하, 거참 이상하네. 난 처음 보는 사람인데, 나 알아요?"

"왜 이래요! 내가 잘못했어요! 오빠 속이고 클럽에 몰래 온 것! 정말로 잘못했다고요!"

그녀의 말에 하늘이 뚫어져라 초록을 바라본다. 그 시선이 얼마나 강렬하고 짜릿한지, 초록은 그만 온몸이 순식간에 얼어붙는 듯 경직되는 것을 느낀다.

"다시 말해 봐."

그녀의 경직을 아는지 모르는지, 하늘은 여전히 강렬한 눈빛으로 초록을 지그시 내려다보고 있었다.

"거짓말해서 미안하다고요. 다시는 안 그럴게…… 악!"

순간, 하늘이 초록을 잽싸게 들어 올려 제 어깨에 매달고는 클럽 밖으로 성큼성큼 걸어 나갔다.

"뭐예요. 사람들이 다 쳐다보잖아요. 내려 줘요. 빨리."

"……."

그러나 하늘은 묵묵부답으로 여전히 분노의 발길로 클럽의 계단을 성큼성큼 올라갔다. 이렇게 섹시하고도 아름다운 모습으로 뭇 남성들의 시선을 그대로 다 받으며 서 있는 이 여자를 더 이상 이곳에 두기 싫었던 것이다.

이런 모습은 자기만 봐야 하는 것을. 온 동네 남자들에게 다 보이다니! 생각만 해도 분노가 치솟았다.

클럽과 한참 떨어진 곳에 주차되어 있는 자신의 세단 문을 열고 조수석에 초록을 내던지듯 앉혔다. 운전석에 올라타서는 시동을 걸고, 거침없이 운전대를 돌려 어딘가로 달리기 시작한다.

지난번 동화처럼 황홀하게 왈츠를 추었던 그 호숫가 한쪽에 하늘은 차를 세웠다. 버나비 레이크의 물결이 잔잔하게 일렁이고 물 위에 비친 달빛이 은은하다.

지금껏 아무 말 없이 운전만 하더니 여전히 침묵으로 일관하는 하늘 때문에 초록은 가슴이 타서 죽을 지경이었다.

"오빠…… 뭐라고 말 좀…… 실은 내가 클럽을 한 번도 안 가 봐서 정말로 가 보고 싶었거든요. 그런데 오빠한테 말하면 절대로

안 보내줄 것 같아서…… 그만 거짓말을…… 미안해요…… 다시
는……."

"날 속이지 말라고 했잖아. 절대로!"

어둠 속 묵직하게 날아든 그의 목소리는 여전히 서늘했다. 이런
하늘 때문에 초록은 무서워 죽겠다.

"미안……."

"미안하다는 말, 그만해."

듣기 싫었다. 그 미안하다는 말. 상처는 있는 대로 줘 놓고, 나
중에서야 미안하다고 사과하면 끝인 건가! 그러면 모두 괜찮아지는
건가! 상대방은 여전히 그 상처로 고통받아 힘들어하고 있는데.

한편 미안하다는 말도 하지 말라는 하늘 때문에 초록은 이제 아
무 말도 못 하고, 그저 고개만 숙이고 있었다.

도대체 어떻게 해야 이 남자의 화가 풀릴까. 요리조리 생각해 봐
도 잘 모르겠다. 이렇게 크게 화를 낸 적이 없었기에 더욱 당황스
럽다.

그러다 갑자기 서글퍼졌다. 거짓말 한 번 하고 클럽 한 번 몰래
간 것이 뭐 죽을죄를 진 것이라고 이리도 사람을 죄인 취급하는 것
이란 말인가.

서러웠다. 그러자 저도 모르게 눈물이 흘러나왔다. 이 남자를 만
나고 이제 거의 잘 울지 않았었는데, 지금은 흘러나오는 눈물을 막
아 낼 재간이 없었다.

훌쩍훌쩍! 코를 훌쩍거리는 초록의 기척에 하늘이 그만 휘둥그레
진 눈동자로 쳐다보았다.

"뭐, 뭐야 왜, 갑자기 울어?"

여자의 눈물은 남자의 마음을 얼마나 약해지게 만드는가! 이미 초록의 눈물에 하늘의 화는 거짓말처럼 공중으로 분해되어 사라졌다.

"흑흑, 오빠가 자꾸…… 화를 내니깐…… 엉엉…… 미안하다고 해도…… 엉엉…… 받아 주지도 않고…… 흑흑…… 내가 미안하다고 수백 번도 더 말했는데…… 엉엉엉. 훌쩍훌쩍."

그녀의 눈물에 하늘의 심장은 벌렁벌렁, 이젠 반대로 하늘이 미안해서 안절부절이었다.

이러려던 것이 아니었는데. 잠시 화난 척 굴다가 그만두려고 했었는데, 화가 화를 부른다고 하늘은 저도 모르게 깊어지던 감정에 일을 그르쳤다.

"아, 알았어. 이번 한 번만 봐줄 테니깐, 그만 울어. 응?"

"흑흑흑. 정말이에요?"

"그래, 정말이야."

"그럼, 뽀뽀해 줘요."

"뭐?"

"뽀뽀요! 화해의 의미로!"

"아…… 아아…… 아하하하!"

너란 아이 참 예쁘다. 예뻐 죽겠다. 사랑스러워 죽겠다.

어느새 눈물을 닦아 내고 말똥말똥한 눈망울로 자신을 바라보는 그녀의 모습이 은은한 달빛에 반사되어 더욱 아름답고 매혹적이었다.

특히나 오늘 의상과 메이크업까지 풀로 장착하니, 여신이 따로 없었다.

이에 그만 하늘이 넋을 잃은 듯 그녀의 입술에 자신의 것을 올리고, 솜사탕처럼 달콤한 그것을 부드럽게 담았다.

언제 화가 났었냐는 듯 하늘은 또다시 세상에서 가장 행복한 남자의 미소를 드리운 채 초록의 얼굴을 두 손으로 따뜻하게 감싼다.

초록 역시 하늘의 목덜미에 제 팔을 둘렀다.

"다시는 날 속이지 않겠다고 약속해 줘."

천천히 입술을 떼고 한껏 낮은 목소리로 속삭이자 초록이 고개를 끄덕였다.

"알았어요. 이제 정말로 다시는 속이지 않을게요."

"사랑하는 사람과의 관계에서 가장 중요한 것이 난, 서로에 대한 믿음, 신뢰라고 생각해. 그게 깨져 버리면 더 이상 관계를 지속할 수 없어. 무슨 말인지 알겠어?"

"응. 알겠어요. 정말로 미안해요. 그런데 내가 클럽 간 건 어떻게 알았어요?"

정말 어떻게 알았지? 고개를 갸웃거리며 질문하는 그녀의 코를 하늘이 살며시 잡았다 놓았다.

"이 바보야. 학교에 소문 다 났어. 니네들 클럽 간다고. 그래서 난 네가 솔직히 말해 주길 기다렸는데, 뭐? 미숙 이모님하고 어쩌고 저쩨?"

또다시 그녀의 거짓말에 서운함이 물밀듯 밀려들었다. 그렇게 속이지 말라고 당부했는데.

"어, 어떻게 그게 소문이 났지? 이상하네, 정말 철저하게 비밀로 했는데."

"비밀 좋아하시네! 유혜정, 네 학교 선배님께서 동네방네 다 돌아다니면서, 클럽 간다고 소문 다 내고 다녔거든! 비밀은 너 혼자

지키셨나 보다!"

"말도 안 돼. 그 언니 정말. 어쨌거나, 이제 다신 그런 일 없어요. 절대로 오빠한테 거짓말 안 해요. 그러니 또 삐치지 마요!"

남녀관계에 서툰 초록이 어쩐 일인지 애교를 부리며 그의 손을 잡았다. 그러자 다시 기분이 좋아진 하늘이 초록을 끌어안고 부드럽게 속삭였다.

"우리, 또 춤출까?"

"춤?"

"응, 지난번처럼."

지난번…… 아! 얼마나 아름답고 미치도록 낭만적인 밤이었던가!

다시 그 로맨틱함을 맛보고 싶은 초록이 고개를 끄덕였다. 그러자 하늘이 부드럽게 웃으며, 카 오디오를 클래식 방송으로 맞추자 베토벤의 월광 소나타의 잔잔한 피아노 선율이 흘러나왔다. 지금의 풍광과 딱 맞아떨어지는 음악에 하늘과 초록이 서로를 마주 보며 웃었다.

"자, 그럼 공주님, 저와 또 춤 한번 추시겠습니까?"

"네, 왕자님."

그의 손에 자신의 손을 올려놓으며 초록이 살짝 무릎을 굽혀 인사하고, 하늘은 재빨리 초록의 허리를 제 팔로 휘어 감았다.

그러자 순식간에 그 공간은 동화 속 아름다운 성(城)으로 바뀌어 버리고, 그들 주위로 하늘하늘, 나풀나풀 나비와 반딧불이들이 날아다닌다.

하늘은 초록의 동공 속에 잠기고 초록은 하늘의 마음속에 잠겨 버린다.

그렇게 한참을 아름다운 선율에 맞춰 몸을 흔들던 하늘이 천천히 그 동작을 멈추고, 깊어진 눈매로 지그시 초록을 바라보다가 공원 한쪽 아름다운 꽃들이 화사하게 피어 있는 곳으로 걸어간다.

그중 하얀색 작은 꽃망울이 초록과 닮은 어여쁜 꽃송이 하나를 따서 그것의 줄기를 둥글게 말아, 작은 꽃반지를 만들어 오더니 그녀 앞에 한쪽 무릎을 꿇고 앉는다.

"오, 오빠……."

그의 갑작스런 행동에 초록은 당황스러웠다.

"나와…… 결혼해 줄래?"

갑작스런 청혼에 초록의 심장은 미친 듯 요동치기 시작했다.

"아…… 오빠……."

"아직 너무 어려서 쉽게 답할 수 없을 거라는 거, 잘 알아. 그래서 지금 당장 결혼하자는 건 아니야. 졸업도 하고 직업도 가져야 하니깐. 그런데 이렇게라도 약속하고 싶어. 이렇게라도 너와 나를 묶어 놓지 않으면 불안해서 못 살 것 같아."

진실로 사랑했던 사람을 잃어 본 경험이 있기에 하늘은 또다시 어렵게 찾은 사랑을 놓쳐 버릴까, 잃어버릴까 정말로 불안했던 것이다. 점점 그녀에 대한 자신의 마음이 깊어질수록, 그 불안감과 초조함은 이루 말할 수 없이 더욱 심해져만 갔다.

그의 눈빛이 불안한 듯 흔들리고, 초록은 그런 하늘을 애틋하게 바라보았다. 그러다 이내 곧 살며시 미소 지으며 고개를 끄덕인다.

"응. 오빠랑 결혼할게요."

"저, 정말이야?"

"응, 정말."

"후회하지 않겠어?"

"아니, 전혀. 이제 이 세상에서 내게 남자는 오빠가 유일해요. 그러니 평생 나 책임져야 해요."

"그래, 내게도 이제 평생 여자는 너 하나밖에 없어. 오직 너뿐이야……."

그녀의 허락에 하늘의 입가가 환하게 밝아진다. 이제야 안심이라는 듯 초조했던 표정에 안도감이 스며들었다. 그러고는 그녀의 네 번째 손가락에 자신이 만들어 온 꽃반지를 조심스럽게 끼워 준다.

"와! 이쁘다. 오빠, 우리 아예 여기서 언약식 해요."

꽃반지를 들여다보는 초록의 미소가 꽃처럼 화사했다.

"언약식?"

"응, 좀 더 확실하게!"

"후후. 그래, 하자. 좀 더 확실하게!"

초록과 하늘이 나란히 마주 보고 서서 서로의 눈동자를 바라보았다.

"나 강하늘, 이제 연초록과 결혼의 서약을 맺으니, 평생 이 여자만 바라보고 평생 이 여자만 사랑하며, 검은 머리 파뿌리 될 때까지, 아니 죽어서도 이 여자의 손을 놓지 않을 것을 맹세합니다."

하늘의 맹세에 초록이 빙그레 웃으며 답했다.

"나 연초록, 이제 강하늘과 결혼의 언약을 맺으니, 평생 이 남자만 바라보고 사랑하며, 죽을 때까지 손을 놓지 않을 것과 영원히 그의 아내로 살 것을 맹세합니다."

"후후."

"하하."

서로를 마주 보고 웃는 모습이 아름다웠다. 그들의 약혼을 축하라도 해 주려는 듯 따뜻한 훈풍이 호수를 돌고 돌아 그들을 휘어 감았다. 그 순간, 하늘이 부드럽게 초록의 입술에 입 맞추고 감싸 안았다.

"미안해. 이렇게 갑작스럽게 청혼해서, 제대로 된 반지도 준비 못 하고."

"아니, 이 반지 정말 예뻐. 난 이걸로 좋아요. 대신……."

갑자기 말을 하던 초록의 얼굴이 붉어지기 시작했다.

"대신, 뭐?"

"대신…… 다른 증표를 서로…… 나눠요."

"다른 증표?"

무언가 거대한 결심을 한 듯 초록이 결연함을 넘어 비장한 표정으로 고개를 끄덕였다. 언약식까지 한 마당에 무엇을 더 주춤거리겠는가.

그 순간 갓을 쓰고 도포를 입은 아빠가 눈앞에 어른거렸지만, 초록은 애써 그것을 지워 버리며 자신의 생각을 합리화했다.

'이미 난 결혼한 거나 다름없는 거야. 그리고 뭐 아빠랑 아저씨랑 우리 둘 결혼시키려 했다잖아. 그러니 더 좋아하실지도 몰라.'

"무슨…… 증표?"

"……."

심각한 표정으로 꾸물꾸물 말도 못 하고 계속 주춤거리고만 있는 초록을 물끄러미 바라보던 하늘이 순간, 아! 급격히 놀라움의 표정을 짓다가 고개를 갸우뚱거렸다.

"설마…… 그거?"

"응…… 그거."

"진심……이야?"

"응…… 진심."

"후회 안 하겠어?"

"응…… 안 해."

이 여자, 왜 이렇게 단호하냐! 마치 전장에 나가는 장수처럼 그 표정이 비장했다. 그녀의 모습에 하늘이 갑자기 푸하하하, 웃음을 터트렸다.

그러면서도 한편으로는 벌써부터 온몸으로 뜨거운 피가 마구 끓어오르기 시작한다. 아, 이런 청춘의 들끓음 같으니라고!

사실 하늘은 요새 거의 밤잠을 못 이루고 있었다. 매일 밤, 벽 하나를 사이에 두고 누워 있을 초록의 모습이 마구 상상이 되어 미치는 줄 알았다.

때문에 밤낮으로 팔굽혀펴기에, 국민체조에, 그놈의 동해물과 백두산은 또 얼마나 많이 불렀던가. 마르고 닳고 닳아 터지도록 불렀다. 나라에서 애국자로 상이라도 줘야 할 판이다.

"지, 진짜로 괜찮겠어?"

"응…… 괜찮아."

한편 초록은 슬슬 인내심에 한계를 느끼고 있는 중이었다. 여자가 이쯤 말했으면 남자가 알아서 터프하게 척척 행동해 줘야지, 이건 뭐 몇 번씩이나 같은 질문을…… 도돌이표를 무한 장착했냐! 이제 그만 좀 물어보라고! 이제 또 물어보면 버럭 화를 내고 자신이 하늘을 쓰러트릴 판이었다.

그런데 그녀의 마음을 읽었는지 갑자기 하늘이 묘하게 씨익 웃더니, 그녀를 낚아채듯 끌고 와 조수석에 앉힌 뒤 자신도 운전석에 앉아서는 빛의 속도로 달리기 시작했다.

그들이 도착한 곳은 벤쿠버에서 가장 좋은 호텔로 유럽식 외관이 마치 성처럼 보이는 곳의 스위트룸이었다. 창문으로 벤쿠버의 아름다운 전경이 한눈에 내려다보이는 곳이었다. 처음이었기에 그녀의 처음을, 그들의 처음을, 좋은 곳에서 나누고 싶었던 하늘의 마음이었다.

갑자기 어색해진 두 사람 사이에는 묘한 정적만이 감돌고 있었다. 초록의 긴장감은 극에 달했고 하늘 역시 떨리긴 마찬가지였다.

"와인 한잔 마실래?"

"네? 아…… 와인…… 네네. 좋아요."

이럴 땐 알코올이 살짝 들어가 주는 것도 서로의 긴장감을 덜어주는 데 도움이 될 것이란 판단이었다.

이에 하늘이 붉은색 포도주를 둥그런 와인 잔에 조금씩 따르고 창가 전경이 아름다운 테이블로 가져와 초록과 나란히 앉았다.

"아름답지?"

멀리 반짝이는 벤쿠버의 황홀한 야경을 바라보며 하늘이 감탄 섞인 어조로 말했다.

"응…… 아름다워요."

홀짝, 긴장감에 목이 말랐던 초록은 그 와인을 조금 들어 마신 뒤 살며시 웃었다. 그러다 무엇이 떠올랐는지 설렘 가득한 미소를 지었다

"오빠, 어디서 봤는데 초록하늘이 있대요."

"초록하늘? 우리?"

"후후. 아니. 그런 게 아니라, 진짜 초록하늘. 오로라! 우리 그거 보러 가요!"

"오로라?"

"응, 정말로 아름답대요. 특히 초록색의 오묘한 빛으로 하늘이 물들면, 마치 우주 어느 한 공간에 들어와 있는 것처럼 시간이 멈춰진 느낌이 들고, 자연의 위대함에 경외감마저 든대요. 꼭 한번 보고 싶어요. 마침 우리가 캐나다에 와 있으니, 보러 가기도 쉽고…… 유콘에 가면 쉽게 볼 수 있대요."

"그래, 그러자. 보러 가자. 초록하늘."

"와아! 신난다. 오빠와 함께라서 더 좋을 것 같아."

"나도, 너와 함께라면, 그 어디든 좋아."

어디든 좋다. 그녀와 함께라면, 그곳이 어디든 사랑하는 사람과 함께 어딘가를 갈 수 있다는 것은 얼마나 행복하고 좋은 일인가. 그런데 이상하게 마음 한구석이 휑하니 채워지지 않는 무언가에, 갑자기 하늘의 표정이 어두워진다.

또다시 이어지는 기나긴 정적…….

"초록아……."

하늘이 야경을 바라보다가 낮은 음색으로 입을 열었다. 조금 전과는 사뭇 다른 목소리와 표정이었다. 뭔가 씁쓸하기도 하고 슬프기도 한 표정이 배어들었다.

"네."

"네게 할 말이 있어."

"……무슨 말……요?"

이제 결혼도 약속했고, 또 그녀에게 신뢰와 믿음이 가장 중요하다 말했으니 자신도 자신을 괴롭히는 아픔을, 그 상처를 그녀에게 말하고 싶었다. 지금껏 그 누구에게 단 한 번도 말하지 않았던 비밀을……

"나에겐 큰 상처가 있어…… 그 상처 때문에 어쩌면, 너를 힘들게 할지도 몰라."

"상처……요?"

"응. 지금의 어머니…… 실은 친어머니가 아니셔."

"아……."

이런, 무엇을 말하려는지 알 것 같았다. 이미 그의 아버지로부터 들은 내용임이 분명했다. 이에 초록의 심장이 조금씩 빨라지기 시작한다.

알고 있는 것을 모르는 척하며 그를 또 속여야 하는 것인가. 현석은 절대로 하늘이 알게 해서는 안 된다고 했고, 또 미숙도 자신의 마음이 준비될 때까지만 하늘에게 비밀로 해 달라 부탁했으니 참으로 난감한 일이 아닐 수 없었다.

하늘은 계속 자신을 속이지 말아 달라 부탁하고 있고. 어찌해야 하는 것인가. 초록은 정말로 모르겠다.

"그 여자…… 날 낳아 준 그 친엄마라는 여자가…… 날 버렸거든."

순간 하늘의 호흡이 점점 가빠지기 시작했고 얼굴은 붉게 상기되고 있었다.

"오빠, 힘들면 말하지 않아도 돼요."

"아니…… 네게만은 말하고 싶어. 네게만은 다 말하고 싶어……."

초록이 안쓰러움에 그를 감싸 안았다. 그러자 하늘이 초록의 허리를 두 팔로 꼭 감싸 안고 그녀의 목에 얼굴을 묻은 채 흐느끼며 말을 계속 이어 나갔다.

"그 여자는 끝까지…… 내게 거짓말을 했어. 날 가장 사랑한다고…… 날 두고는 그 어디도 가지 않는다고…… 그래 놓고, 날 버렸지. 내가 가지 말라고…… 그렇게 울고불고 매달렸는데. 마지막엔 나를 집어 던져 버리더군. 그러면서 이렇게 말하는 거야……."

'넌 이제 어린 애가 아니야. 강하늘.'

'나 아직 애 맞아요, 엄마. 이제 겨우 열 살이라고요.'

한 번도 따뜻하게 품어 주던 엄마가 아니었다. 그저 차갑고 냉정하기만 하던 엄마였다. 언제나 늘, 자신을 무표정으로 바라보던 엄마였다. 그럼에도 불구하고, 어린 하늘은 엄마를 믿었다. 엄마를 신뢰했으며 사랑했다. 그녀도 자신을 사랑하는 것이라 믿어 의심치 않았다.

'아니, 넌 이제 다 컸어. 어른이라고. 어른이 이렇게 아기처럼 굴어서 쓰겠어! 난 널 강하게 키웠는데 이렇게 약해 빠져서야. 실망이다, 강하늘.'

'아니야. 아니라고. 난 어른이 아니라고!'

늘 어른처럼 행동하기를 강요하던 엄마였다. 그래서 어린 하늘은 엄마의 사랑을 받기 위해 엄마에게 잘 보이기 위해 늘 노력했고 때문에 또래보다 더 조신하고 의젓했었는지도 몰랐다.

'잘 들어. 강하늘. 난 너보다 내가 더 소중해. 너 때문에 내 인

생을 희생할 수가 없단 말이다. 알겠니?'

'어, 엄마. 어떻게…… 어, 엄마아……'

'그러니 이제 엄마 찾지 마라.'

그러고는 매정하게 뒤돌아서서 떠나는 엄마를 어린 하늘은 울면서 달려가 끌어안고 애원했다.

아무리 냉정하고 차가워도 엄마였기에, 이 세상에서 가장 사랑했던 또 사랑받기를 원했던 존재였기에, 어린 하늘은 엄마를 놓을 수 없었다. 놓기 싫었다.

'엄마. 내가 잘못했어요. 이제 더 말도 잘 듣고, 공부도 더 열심히 할 테니깐, 엄마 가지 마요. 응? 나랑 같이 살아요. 가지 마요. 제발 날 버리지 말아요.'

'이거 놔라. 놓으라고!'

엄마는 하늘의 손을 풀어 버리고 거칠게 밀쳐 버렸다. 그 반동으로 어린 하늘은 그만 바닥으로 고꾸라지고 말았다. 그렇게 자신의 아들이 넘어졌음에도 불구하고 엄마는 눈 하나 깜짝 안 하고 결국 떠나 버렸다.

이것이 바로 하늘의 상처, 절대로 치유되지 않는 깊은 아픔이었다. 이 일로 하늘은 평생 사랑을 믿지 않았고, 사랑을 주지도 않았다. 그 어떤 여자가 다가와도 그녀들의 진심을 거짓으로 치부해 버리기 일쑤였고, 마음의 벽을 단단히 걸어 잠갔던 것이다.

또 상처받을까 봐. 또 버려질까 봐. 그것이 너무나 두렵고 무서웠기에, 누군가로부터 버려진다는 그 공포감은 말로 형용할 수 없는 깊은 상처이기에…… 자신이 가장 신뢰하고 믿었던 엄마로부터 비려졌기에…… 그 심리저 손상은 결국 회복되지 않았다.

"오빠……."

"흑흑흑……."

하늘의 말을 모두 다 들은 초록은 저도 모르게 눈물을 흘리고 있었다. 자신을 부둥켜안고 흐느끼고 있는 하늘의 등을 가만가만 두드려 주었다. 가슴이 아팠다. 너무너무 아파 찢어질 것만 같았다. 사랑하는 이의 아픔과 상처가 고스란히 전해져 오는 듯 느껴졌다.

얼마나 아팠을까. 얼마나 괴로웠을까.

엄마와 어릴 적 애착관계가 제대로 형성되지 않으면, 커서 여러 가지로 큰 심리적 장애를 겪게 된다던데, 하늘이 그럴 줄은 정말로 몰랐었다. 그 아픔이, 상처가 이렇게까지 크고 깊을 줄 몰랐다.

"오빠. 그 아픔과 상처 이제 내가 어루만져 줄게요. 내가 보듬어 줄게요. 난 절대로 오빠 버리지 않아요. 절대로 떠나지 않아요. 그러니 나를 믿어요."

그녀의 진심 어린 말에 하늘이 천천히 고개를 들고 초록을 물끄러미 바라보았다. 그 눈빛에 슬픔이 가득했다. 촉촉이 젖어 있는 그의 눈물을 초록이 살며시 닦아 주자, 하늘이 그녀의 손에 키스했다.

이에 초록이 천천히 그의 입술에 제 입술을 대었다. 깊고 깊은 위로의 입맞춤이었다. 그녀의 입맞춤은 슬픔에 짓이겨진 그의 마음에 조금이나마 위안을 주었고 평안을 가져다주었다. 진실한 마음이 전해졌다.

"고마워……."

하늘이 나지막이 속삭이고 이내 초록의 목덜미에 자신의 부드러운 입술을 애잔하게 올려놓았다. 천천히 쇄골을 따라 더듬어 내려오는 그 움직임에 초록은 온 진심을 다해 그를 받아들였다.

저 멀리 아름다운 야경은 오늘따라, 이상하리만치 도시의 서글픔을 그 빛 속에 감추어 두고는 처연한 모습으로 반짝이고 있었다.

☆★☆★☆

미숙은 요 며칠 뜬눈으로 밤을 지새우며 마음을 굳게 먹고 있었다. 마지막 가는 길, 그래도 하늘을 볼 수 있다는 희망을 가지는 것이 얼마나 다행스럽고 감사한 일인지 모른다.

"이모님!"

메트로 타운(metro town). 여러 가지 쇼핑몰이 한곳에 모여 있는 이곳의 커피숍 문을 열고 초록이 들어섰다.

"어, 그래 초록아. 왔니? 여기 앉아."

따뜻한 김이 모락모락 올라오는 커피 한 잔을 손에 들고 초록이 미숙의 얼굴을 물끄러미 바라보았다.

'왜 그러셨을까. 왜 하늘 오빠에게 그토록 모질게, 차갑게 대하셨을까.'

그 궁금증을 물어볼까 망설이고 있는데 미숙이 먼저 입을 열었다.

"내가…… 하늘이에게 좀…… 많이 잘못했단다. 그 아이에게 그렇게까지 상처를 주고 떠났으니……."

말을 하는 미숙의 눈가가 벌게지고 있었다. 그때는 그런 자신의 행동이 아이에게 그렇게 큰 상처를 주리라 전혀 생각하지 못했다.

어차피 헤어져야 하는 상황이기에, 차라리 모질게 정을 끊어 내는 것이 앞으로 그 아이가 좀 더 편하게 살 수 있을 것이라 생각했던 것이다.

"건강한 아이였기에, 잘 견딜 줄 알았어. 그런데 그 아이 아버지의 말을 들어 보니 아니었더구나. 나 때문에…… 그동안 많이 힘들었다고…… 그래서 날 만나는 것을 강하게 거부할 것이라고……."

자신의 생각과 판단이 타인에게도 똑같이 적용될 것이라는 생각은 인간이 지닌 가장 큰 착오다. 어리석은 실수다.

제아무리 가족이라 해도 말이다. 그때는 그것을 몰랐었다. 그녀 역시 세상의 이치를 깨닫기엔 아직 어렸기에.

"네…… 하늘 오빠…… 좀 힘들어 보였어요, 이모님."

"아아, 그래…… 이제 와서 이렇게 내가 욕심을 내는 것이 과연 옳은 일인지도 모르겠다."

우울했었다. 어린 나이에 집안에 의해 정략적으로 결혼을 한 것도, 아이를 바로 출산한 것도, 모두 준비되지 않았던 일이었기에 하늘의 탄생은 축복이 아니라 저주였다.

고통 그 자체였다. 시간이 흐를수록 자신을 향해 울고 웃고 사랑을 달라 보채는 아이가 미웠다. 너무 미워 돌아 버릴 지경이었다. 그렇게 10년을 버텼다.

그러던 어느 날 미숙은 더 이상 이렇게 살 수 없단 생각에 이르렀다. 옷을 만드는 일조차 힘에 겨웠고 정신은 피폐해져 갔다. 죽을 것만 같았다. 그래서 놓기로 했다. 자신이 가지고 있던 모든 것, 심지어 하늘이까지 모두 놓기로 했다. 버리기로 했다.

"그래도 한 번은 보셔야죠. 어쩌면, 오빠도 이모님이 보고 싶을

지도 몰라요. 스스로 강력하게 부인하고 있을 뿐, 실제로는 너무너무 보고 싶을지도 몰라요."

두 사람 모두 가여웠다. 안타까웠다. 세상에서 가장 가까워야 할 사람들이 어쩌다 서로를 지척에 두고 보지도 못한단 말인가.

"그럴까…… 하늘이도 정말로 날 보고 싶어 할까……."

"제가 데려올게요. 하늘 오빠 이모님한테 데려올게요. 그러니 더 이상 머뭇거리지 말고 보세요. 이모님 아들이잖아요. 그리고 마지막으로 진심으로 품어 주세요. 따뜻하게 안아 주세요. 엄마의 사랑을 무척이나 그리워하고 있어요."

초록의 말에 미숙이 참고 있던 눈물을 흘려보낸다. 가슴이 미어질 듯 아파 온다. 저려 온다. 이제 와서 자신의 잘못을 깨닫다니. 후회스러워 미치겠다. 조금만 더 빨리 깨달았어도 좋았을 것을.

"그래, 그러자……. 초록아, 대신…… 아무 말도 하지 말고 데려오렴. 내게 간다고 하면, 그 아이 안 올 것 같아. 바로 사라져 버릴 것 같아……."

"그래도 오빠를 속이면서까지 데려오는 건 좀 그래요. 차라리 사실대로 다 말하고 오빠도 준비가 되면……."

"아니! 그러면 시간이 너무 없다. 그 아이가 나를 받아들이길 기다릴 시간이 없어. 초록아, 마지막 부탁이니, 그렇게 해 다오. 응?"

휴우! 한참 동안 미숙의 간곡한 부탁에 머뭇거리던 초록은 어쩔 수 없이 고개를 끄덕였다.

상황이 상황인 만큼 미숙과 현석의 말이 옳을지도 모르겠단 판단에서였다. 괜히 자신이 먼저 이 모든 사실을 말했다가 정말로 하늘이 멀리 떠나 버리기라도 하면 어쩐단 말인가.

그렇게 시간을 끌다가 그사이 미숙이 잘못되기라도 하면 하늘과 미숙이 만날 기회는 영원히 사라져 버리는 것이 아니겠는가. 그 생각에 초록은 하늘과의 약속을 마지막으로 단 한 번만 어기는 것으로 하고, 일을 실행에 옮기기로 결심했다.

☆★☆★☆

"오빠!"

"응. 왔어?"

인터넷으로 캐나다 유콘 지방에 대해 이것저것 정보를 알아보고 있던 하늘이 활짝 웃으며 일어섰다.

"뭐해요?"

"응, 오로라에 대해서 이것저것 찾아보고 있었어. 알아보니 오로라는 겨울에 봐야 한다는데. 그때까지 괜찮겠어?"

"음. 그럼요. 괜찮아요. 시간 금방 갈 텐데 뭐……."

"그래. 그리고 초록아, 이제 학원 그만 다니고, 나랑 여행이나 다니자."

"여행?"

"응, 영어는 내가 가르쳐 줄 테니깐, 토론토에 가서 나이아가라 폭포도 보고, 몬트리올도 가 보고, 퀘백도 가고 또 프린세스 에드워드 아일랜드에 가서 빨강머리 앤의 초록색 지붕 집도 보고 말이야. 어때? 그게 더 좋겠지!"

듣기만 해도 이 얼마나 가슴 설레는 여행인가. 그것도 사랑하는 사람과 함께 가는 여행이라니. 초록은 더 생각해 볼 것도 없이 고개를 세차게 끄덕였다.

"좋아요! 콜!"

"콜? 아하하하. 오케이. 그럼 이번 달 찬찬히 준비해서 떠나자."

"네. 그래요. 그리고 오빠…… 저기……."

본격적인 얘기에 앞서 초록이 낮은 심호흡을 내뱉고는 그를 긴장된 표정으로 바라보았다.

"왜?"

"그, 저…… 미숙 이모님이…… 오빠랑 나…… 저녁 식사에 초대했는데……. 같이 가도 괜찮겠어요?"

"그래? 그 이모님이 나도 초대했어?"

"응. 오빠…… 보고 싶대요."

안 그래도 언제 한번 그 이모님을 찾아뵙고 우리 초록이 예쁘게 봐 주셔서 감사하다고 인사드리고 싶었는데 잘 됐다. 이에 하늘이 환하게 웃으며 고개를 끄덕였다.

"좋아. 그러자. 언제?"

"응. 내일 저녁."

"그래. 좋아."

"고마워요. 오빠."

"고맙다, 미안하다. 이런 말 하지 않으면 안 될까?"

갑자기 하늘이 초록을 더욱 세게 끌어당기며 한 손으로 그녀의 콧등을 살짝 쥐었다 놓았다.

"왜, 왜요?"

"사랑하는 사람끼리 너무 격식을 차리는 것 같아서 그래. 그런

말 대신 따라 해 봐. 사랑해요."

"에에?"

"빨리, 따라 해 봐. 사랑해요! 오빠."

그 말을 하지 않으면 자신을 놓아줄 것 같지 않아 초록이 웃으며 말했다.

"사랑해요. 오빠!"

"그래, 앞으로는 미안해도, 고마워도 무조건 사랑해요로 통일할 것. 알았지?"

"옙. 알겠습니다. 사랑해요!"

"후후. 나도 사랑한다. 연초록!"

하늘이 그녀에게 부드럽고 달콤한 입맞춤을 드리우며, 감정이 더욱 짙어지려는 찰나,

「읍스! 맘! 얘네들 초락이랑 한늘이 키스한대요. 맘! 맘!」

아! 저런 미운 일곱 살 같으니라구. 도둑고양이마냥 소리도 없이 언제 내려와서는, 두 남녀의 밀애를 딱 잡아내서 사방에 터트린단 말이냐. 아, 저 디스패치 같은 아이!

☆★☆★☆

"나 어때?"

블랙 청바지에, 감색 라운드 티셔츠, 그 위에 세미 정장 재킷을 걸친 하늘의 모습은 정말로 멋스러웠다. 오늘 미숙의 저녁 초대에 하늘은 나름 깔끔하면서도 예의에 벗어나지 않는 스타일로 신경 써서 갖춰 입은 것이다.

"우와! 멋있어요! 오빠. 짱짱! 하하하하!"

초록이 멋스러운 하늘을 보며 몹시도 과장스러운 표정으로 물개박수까지 치면서 호들갑을 떨었다. 마음 한편으론 초조함과 긴장감이 엄습해서 떨려 죽겠지만, 초록은 그것을 내색하지 않으려고 나름 최선을 다하고 있었다.

'잘 될 거야. 다 잘 될 거야…… 후유!'

자꾸만 비어져 나오는 한숨을 들키지 않으려 초록은 일부러 더 크게 떠들고 웃어 댔다.

"왜 그래? 연초록!"

그런데 평소와 다른 초록의 행동을 하늘이 모를 리 없었다. 오늘 아침부터 뭔가 계속 똥 마려운 강아지마냥 안절부절못하는 모습도 그렇고, 무슨 말만 하면 화들짝 놀라는 모습이 그랬다.

거기다 평소답지 않게 자신의 말에 과장스럽게 반응하는 저 오버액션이라니! 뭔가 있다. 뭔가 냄새가 난다.

"뭐, 뭐가요?"

"왜 그렇게 오버하냐고. 게다가 아침부터 계속 안절부절못하고."

"내, 내가요? 내가 그랬어요? 우하하하! 아이 참, 오빠도. 아니에요. 나 평소랑 똑같아요. 나 원래 이랬어요. 하하하하!"

거참 이상하네. 또 뭐, 몰래 클럽에라도 가려는 건가? 아무래도 수상하다. 이에 하늘이 눈을 가늘게 뜨고 초록을 향해 천천히 한 발자국씩 다가선다.

그러자 초록은 그의 예리한 시선에 당황하며 한 발자국씩 뒤로 물러서다가, 그만 벽에 부딪쳐서 더 이상 뒤로 도망갈 수도 없는 상황에 이른다.

"아, 하, 하! 오, 오빠. 왜, 왜 이래요?"

하늘이 그런 초록을 벽으로 더 밀어붙여 자신의 두 팔 안에 초록을 가두어 버리고는, 뚫어져라 바라보았다.

"말해!"

"뭐, 뭘요?"

"너, 나한테 숨기는 거 있잖아. 빨리 말해."

"내, 내가요? 어, 없는데, 숨기는 거. 진짜 없어요!"

"진짜야?"

"응, 진짜 없어요. 아하하. 왜 이러시나. 지금 미숙 이모님 댁에 가야하는데. 이러다 늦겠네⋯⋯."

"정말 아무것도 없어?"

"이 오빠, 정말 속고만 살았나. 없다고요. 아무것도!"

초록의 완강한 태도에 하늘은 잠시 어리둥절하다가 이내 빙긋이 웃어 버린다.

하긴 있긴 뭐가 있겠나! 이제 다시는 속이지 않겠다고 철저하게 약속했는데. 또한 그날 이후 고해성사 보듯 초록은 무슨 일이든지 사실대로 하늘에게 미주알고주알 모두 다 고해바치고 있었기에, 이제 하늘은 초록을 완전히 신뢰하고 믿고 있었다.

"후후. 알아."

"뭘 알아요?"

"내게 뭐든지 숨기지 않는다는 거. 그래서 더 고마워."

그 말과 함께 자신의 이마에 가볍게 키스하는 하늘 때문에 순간 초록은 타는 듯 느껴지는 죄스러움에 눈을 질끈 감았다 떴다. 미치겠다.

"이제 갈까?"

"응? 아. 네네. 가요."

미숙의 집까지 걸어가는 길, 마트에 들러 화사한 장미꽃 한 다발을 사 들고 아기자기한 골목길을 걸어가는 초록의 표정은 그녀의 집이 가까이 다가올수록 긴장감으로 굳어지고 있었고, 하늘은 반대로 기대감 가득한 표정으로 물들어 있었다. 하늘의 옆모습을 지그시 바라보며, 초록이 속으로 속삭였다.

'오빠, 정말로 미안해요. 이럴 수밖에 없는 나를, 이해해 줘요. 휴우!'

드디어 그녀의 집 앞에 도착하고, 초록은 긴장감 가득한 손길로 초인종을 눌렀다.

삐삐!

"오빠, 떨려요?"

"뭐가 떨려?"

무슨 질문이 그러냐는 듯 하늘이 의아하게 초록을 바라보는 순간 천천히 현관문이 열리고, 초록보다 더 큰 긴장감으로 얼굴이 붉게 상기된 미숙이 촉촉한 눈으로 문을 붙잡고 서서는 밝은 햇살 아래 자신의 모습을 드러내지도 못하고 떨리는 음성으로 말했다.

"드, 들어와요."

초록과 하늘이 집 안으로 들어서고 하늘은 미숙을 보고 예의 바르게 미소를 지어 보이며 꾸벅 인사를 한다.

"안녕하세요. 초대해 주셔서 감사합니다. 전, 강하……."

순가, 인사를 하다 거실 한켠, 이젤 위 자신의 어릴 적 모습이 그려진 그림을 보게 된 하늘의 두 눈이 크게 휘둥그레지더니 이내 미숙의 얼굴을 물끄러미 바라보다가 크게 놀라며 뒤로 주춤 물러선다. 그의 손에 들려 있던 장미꽃다발 역시 무참히 아래로 떨어져 버렸다.

"하, 하늘아……. 엄마야…… 엄마……."

"……이, 이게 무슨……."

한눈에 미숙이 자신의 친엄마임을 알아 버린 하늘은 자신의 세계가 무너지는 듯한 충격으로 말도 못 하고 서 있었다.

온몸이 부들부들 떨리기 시작했고 숨도 잘 쉬어지지 않는 듯 고통으로 얼굴이 일그러지고 있었다. 이런 하늘의 모습에 초록 역시 억장이 무너지는 아픔을 느끼며 그에게 다가가 손을 꼭 잡아 주었다.

"하늘아…… 미안하다. 엄마가…… 네가 너무 보고 싶어서 그만……."

"아니야…… 아니야. 초, 초록아…… 가자. 집에 가자……. 아무래도…… 뭐가 잘못된 것 같아……."

이 현실이 도무지 믿기지 않아서 하늘은 자신 앞에서 일어나고 있는 이 모든 상황이 거짓이라고 꿈이라고 생각해 버렸다.

자신의 엄마 이름은 혜숙인데, 미국에 있다고 했는데, 이분의 이름은 미숙이고 게다가 여긴 캐나다잖아.

뭐가 잘못된 것이라고 생각하고는 초록의 손을 잡고 그 집을 나오려 하는데 초록이 하늘의 손을 잡아끌며, 그가 집을 나가지 못하게 막아섰다.

"오빠. 이대로 가지 말아요. 오빠 엄마시잖아. 오빠도 엄마 보고 싶어 했잖아."

이런 초록의 모습에 하늘은 그만 자신의 삶이 송두리째 무너지는 것 같은 절망을 느꼈다. 잠시 요란하게 흔들리는 눈동자로 그 절망을 꾹꾹 내리누르며 간신히 입을 열었다.

"서, 설마…… 너도 알고…… 있었어? 그랬던 거야?"

그 순간, 하늘의 완강한 거부반응에 마음이 아파서 내내 울고 있던 미숙이 천천히 말했다.

"하늘아, 내가 초록이에게 부탁했어. 너 한 번만 보게 해 달라고. 하늘아, 엄마 얘기 좀 들어 주렴. 정말로 네게 하고 싶은 얘기가 너무 많단다."

미숙의 말에 꾹꾹 참아 내리누르던 하늘의 분노가 드디어 폭발하고야 말았다. 초록이 이 모든 사실을 알고 있었으면서도 말하지 않은 배신감까지 더해지자, 하늘은 거의 제정신이 아니었다. 이성을 잃고 말았다.

"무슨 얘기? 당신이 나한테 할 얘기가 있어? 무슨 자격으로? 당신의 인생이 더 소중하다 날 던져 버리고 떠난 사람이, 이제 와서 무슨 할 말이 있다는 겁니까?"

"하늘아! 미안하다. 정말로 미안해. 엄마가 잘못했어. 용서해 주렴!"

"미안해? 잘못했어? 하하하. 그렇게 미안한 사람이 어떻게 15년 동안 단 한 번도 연락하지 않았을까. 그리고 이제야 나타나서 엄마 노릇 하겠단 저의는 또 뭔지요. 혹시 죽을병이라도 걸렸나? 그래서 마지막으로 그때 내 심장에 박은 못, 평생 빼내지 못하게 한 번 더 강력하게 박으려고 나타난 건가요!"

하늘의 독설에 충격을 받은 미숙은 그만 자신의 심장에 가해지는 통증에 두 손으로 가슴을 부여잡았고, 이런 미숙의 모습에 당황한 초록이 눈물을 흘리며 재빨리 하늘의 팔을 잡고는 고개를 절레절레 저었다.

"오빠, 그러지 마요. 이모님 정말로 아프세요. 많이, 아주 많이 아프세요. 그러니깐……."

"하! 아프다……. 이런이런, 완벽하군! 아주 완벽해! 그 시나리오 누가 썼는지 아주 제대로야. 극본상이라도 받아야겠어."

비아냥거리듯 자조적으로 말하던 하늘이 갑자기 자신의 팔을 잡고 있는 초록의 손을 세차게 뿌리쳤다. 그리고 매우 날카로우면서도 차가운 표정으로 초록을 바라보았다.

"너! 절대로 속이지 말라고, 나를 속이지 말아 달라고 그렇게 부탁했는데. 이 사실을 다 알고 있었으면서 어떻게…… 단 한 마디도 하지 않고…… 결국은 너도 저 여자와 똑같아! 똑같다고!"

그때 심장을 부여잡고 통증을 이겨 내던 미숙이 간신히, 힘겹게 입을 열었다. 하늘의 절규를, 분노를, 이해할 수 있었다.

상처가 얼마나 컸으면 얼마나 속에서 곪고 썩어 문드러졌으면 저럴까, 충분히 이해가 되었다.

그럼에도 불구하고 미숙의 심장은 하늘이 겪었을 아픔에 스스로 자책이라도 하는 듯, 점점 힘겨운 고통으로 뭉그러지고 있었다.

"하늘아……. 엄마가 정말로 잘못했다. 그리고 사랑한다……. 내 아들……."

"아아악! 웃기지 마요. 웃기지 말라고! 난 엄마 없어. 당신 같은 엄마, 없다고!"

집 안이 떠나가라 크게 소리치며 절규에 가까운 말을 토해 낸 하늘이 현관문을 열고 밖으로 나가려던 순간, 초록이 절규에 가까운 비명을 내질렀다.

"이모님!"

미숙의 심장이 그만 하늘의 절망과 고통, 자신의 죄책감을 더 이상 견디지 못하고, 뛰는 것을 멈추고야 만 것이다.

이에 미숙은 자신의 심장을 부여잡은 채 거실 바닥으로 스르륵 쓰러졌고, 하늘과 미숙 사이에서 어찌할 바를 모르고 있던 초록이 크게 당황하며 재빨리 달려가서는 미숙을 부둥켜안았다.

이런 모습에 밖으로 나가려던 하늘 역시 크게 당황하며 다시 안으로 뛰어 들어왔다.

"오빠. 911! 911에 전화해요. 빨리!"

병원으로 실려 간 미숙의 심장은 응급처치로도 되살아나지 않았고, 그렇게 그녀는 이 세상을 그대로 떠나 버렸다.

하늘은 인사불성이 되어 차디찬 응급실 바닥에 앉아 넋을 놓고 있었고, 아무도 없는 깜깜한 밤에 혼자 화장실로 가서 피를 토하듯 절규하고 또 절규하다 그대로 혼절하고 말았다.

'이러지 마요. 내게 왜 이래요. 도대체 내게 왜 이러시는 거예요! 내가 그렇게 기다리고 또 기다렸는데, 15년 동안 단 한 번도 나타나지 않더니 이제야 나타나서, 나는 준비가 하나도 안 됐는데 이렇게 갑자기 나타나서, 내게 또 커다란 고통을, 상처를 안겨 주고 떠나시다니 정말로 당신, 내 엄마 맞아요?'

두 눈에 핏발이 가득 선 채로 하늘은 울부짖고 또 울부짖었다.

'엄마라면 정말루 나를 사랑하는 내 엄마라면, 이러면 안 되잖

아. 이러면 안 되는 거잖아! 이제 난 어떻게 살라고. 엄마에게 버려진 아이로도 모자라 엄마를 죽여 버린 파렴치한으로 평생 살라는 건가요? 그렇게 당신 아들이 평생 죄책감으로 고통받으며 사는 것이 당신이 원하던 거였나요? 네? 말해 봐요. 말해 보라고! 아아악. 아아아아악!'

그의 고통은 거친 폭풍우의 세찬 물결처럼 전신을 휘어 감았고, 그의 절망은 끔찍하게 타오르는 화마(火魔)처럼 그의 온 마음을 태워 버렸다.

이런 하늘 옆에서 초록은 조금이라도 그가 느끼는 절망이, 비통이 덜어지기를 간절히 바라며 그의 손을 자꾸만 잡았으나, 하늘은 그런 초록의 손길을 강력하게 거부했다. 완강하게 거절했다. 초록은 울고 또 울었다.

그리고 현석이 이 소식을 듣자마자 바로 한국에서 달려왔고, 그의 도움으로 미숙의 장례식은 하늘과 초록, 그리고 현석만이 참석한 가운데 쓸쓸히 진행되었다.

겉으로는 무표정으로 말 한 마디 내뱉지 않고 있는 하늘은 위태로워 보였고, 그런 하늘을 안쓰럽게 바라보는 초록은 그가 자신의 시선을 의도적으로 피하고 있다는 사실에 깊은 절망을 느끼며 괴로워하고 있었다.

그날 밤, 다운타운 내 위치한 호텔.

현석이 여전히 단 한 마디도 하고 있지 않은 하늘에게 조용히 다가가서 그의 어깨를 부드럽게 잡아 주었다.

"하늘아…… 휴우. 아빠도 차마 말하지 못해 미안하다. 네가 워낙에 네 엄마 얘기만 나오면 강하게 거부반응을 보여서 차마······."

"됐어요. 그만하세요."

아버지에게 내뱉는 말투조차 한없이 차가웠다. 냉랭했다.

"네 엄마, 원래 심장이 좋지 않았다는구나. 때문에 얼마 살 수도
없었다는구나. 그러니 너 때문이 아니야. 하늘아 알지? 절대로 네
잘못도, 그 누구의 잘못도······."

"아버지! 됐다고요. 그만하세요. 피곤해요."

"어, 어어. 그래. 오늘은 일단 푹 자고, 내일 다시 얘기하자. 아
참. 그리고 초록이 말이다. 그 아이가 네게 말 못 했던 것도······."

"아버지!"

신경질적으로 날카로운 하늘의 반응에 현석은 주춤거리며 자신
의 방으로 들어갔다. 지금은 단지 엄청난 충격으로 인해 잠시 그러
는 것일 뿐 다시 원래의 하늘로 되돌아올 것을 현석은 믿어 의심치
않았다.

한편 파란색 지붕 집으로 돌아온 초록은 옷을 벗지도 않은 채로
침대에 엎드려 울고 있었다. 모든 것이 다 자신의 잘못인 것만 같
아 미칠 지경이었다.

이럴 줄 알았으면, 차라리 오빠에게 먼저 말할걸. 그랬으면 이런
일도 없었을 텐데······. 아····· 어찌하여 나는 아직까지도 이렇게
멍청한 것인지. 현석과 미숙의 말을 따르는 것이 아니라, 하늘을
믿었어야지. 그를 믿고 먼저 말을 해 줬어야지.

그리고 자신은 옆에서 그가 마음의 준비를 하고 미숙을 거부감
없이 받아들일 수 있도록 도와줬어야 했다. 그랬어야 했다. 돌이켜

보니 이 모든 과정에서 하늘에 대한 배려가 전혀 없었음을 이제야 깨달았다.

바보 같으니라고! 이 멍청이 같으니라고!

여전히 우유부단하기만 하여 자신의 생각이 아닌 타인의 생각대로 움직이는 어리석고 우매한 인간 같으니라고…….

초록은 그렇게 밤새도록 자신의 어리석음을 자책하며 울고 또 울었다.

모든 것이 잠들어 있는 깊고 깊은 새벽이었다.

차갑고 서늘한 눈빛으로 하늘이 파란색 지붕 집 앞, 초록이 잠들어 있을 방 창문 앞에 조용히 서 있었다.

현석이 잠든 것을 확인하고 하늘은 그대로 호텔을 나와 이곳으로 온 것이다. 잠시, 그렇게 목석(木石)처럼 조금의 미동도 없이 서 있던 하늘은 이내 무너지듯 바닥으로 주저앉으며 며칠 동안 꾹꾹 참았던 눈물을, 미숙의 장례식 때도 보이지 않았던 눈물을 소리 없이 떨구기 시작했다.

초록이 원망스러웠다. 미숙이 자신의 엄마였단 사실을 미리 알려만 줬어도 이렇게까지 일이 흘러가진 않았을 것이다.

'연초록. 네가 내게…… 미리 말만 해 줬어도…… 좋았잖아. 그랬으면 내가…… 그렇게까지…… 하지 않았을지도 모르잖아……. 왜, 왜…… 끝까지 속였니……? 왜…… 나를…… 나를 믿지 못한 거니? 혹시 미리 말하면 내가 도망이라도 갈까 봐 그랬니? 나를 그렇게도 몰랐니? 그렇게도 나를 몰랐어?'

하늘은 초록을 향한 배신감에 치를 떨었다. 초록은 그에게 있어서 새로운 희망이었기 때문이다.

엄마로부터 받은 상처를 그녀를 통해 치유받을 수 있을 것만 같았다. 편안하고 평온한 안식처가 되어 줄 것이라 굳게 믿었다. 그런데 그녀 역시 똑같았다. 자신에 대한 배려는 전혀 없었다.

이것만으로도 미칠 노릇인데, 이제 초록은 그에게 또 다른 아픔으로 심장을 날카롭게 파고드는 존재가 되어 버렸다. 바로 초록을 보면 엄마가 떠올랐기 때문이다. 더불어 그 끔찍했던 기억도 함께 솟구쳤다.

몸이 갈기갈기 찢어질 듯 끔찍한 고통이 그의 심장을 갉아먹었다. 그래서 더 이상 그녀를 볼 자신이 없었다. 보고 싶지도 않았다.

이 모든 고통의 감각을 끊어 버리고 싶었다. 잘라 내고 싶었다.

눈물조차 말라 버린 하늘의 눈빛은 이제 아무것도 남아 있지 않았다. 사람에 대한 신뢰도, 믿음도, 사랑도 아무것도 남아 있지 않았다. 대신 분노와 고통, 절망만이 가득할 뿐이었다.

인조인간처럼, 영혼마저 피폐해져 버린 하늘은 그날 그렇게 그곳에 있던 것을 마지막으로 그녀의 곁에서 자취도 없이 사라져 버렸다.

마치 공중으로 흩어지는 하얀 연기처럼 홀연히 사라져 버렸다.

2부

O6. 초록하늘 다시 만나다

7년 후. 현재. 대한민국.

강남역 근처 카페. 삼월이건만 아직까지도 차가운 바람에 모처럼 얇은 봄옷을 입고 나온 사람들이 자신의 옷깃을 여미며 빠른 걸음으로 거리를 오가고 있었다.

그들이 지나가는 모습을 물끄러미 바라보며, 초록은 따뜻한 김이 모락모락 올라오는 카페라떼 한 잔을 천천히 마시고 있었다.

귀 밑까지 내려오는 짧은 단발머리에 올 봄 유행 중인 아이스블루 청바지와 하얀색 라운드 니트 티셔츠를 입고 있는 초록의 모습은, 한눈에 봐도 매우 세련미가 돋보였다.

봄빛 따스한 햇살이 창문에 빛을 발해 그녀의 얼굴로 쏟아져 내렸다. 7년이라는 세월을 덧입어 한층 성숙된 눈빛은 차분했고, 분위기는 더욱 깊어지고 그윽해졌다.

그때, 카페 문을 살며시 열며 누군가 들어서는 모습에 초록이 빙그레 웃으며 손을 흔들었다.

"여기야!"

손을 들어 반기는 초록을 향해 미연이 환하게 웃으며 다가왔다.

"아오! 추워. 뭔 놈의 날씨가 철을 몰라요. 철을. 봄이면 봄다워야지, 아직까지도 겨울이면 어쩌냐고! 오래 기다렸어?"

테이블 맞은편에 앉으며 미연이 지갑을 주섬주섬 꺼낸다.

"아니. 나도 좀 전에 왔어. 어! 언니. 내가 주문 다 해 놨어. 마끼아또, 맞지?"

"역시 연초록, 센스하고는. 그나저나 그 니트 예쁘다. 네가 만든 거?"

미연의 말에 초록이 빙그레 웃으며 고개를 끄덕인다.

"응, 지금 매장에 다 깔렸어. 후후. 이런 날도 오네. 내가 디자인한 옷이 사람들에게 팔리는 날. 아참. 언니 것도 하나 가져왔어."

초록이 의자 위에 올려 둔 쇼핑백을 미연에게 건네자, 그녀는 세상을 다 얻은 듯 기쁜 표정으로 그것을 받아 들고는 바로 꺼내서 자신의 몸에 대 본다.

"이야, 진짜 이쁘다. 나 정말로 이런 거 하나 갖고 싶었거든. 캬, 좋다. 아는 동생이 패션 디자이너라, 옷도 공짜로 얻어 입고. 고마워. 잘 입을게."

"응, 그런데 현 오빠는? 같이 온다며."

초록의 질문에 미연이 니트를 다시 잘 접어서 쇼핑백에 집어넣었다.

"야, 글쎄. 봉식 오빠랑 혜정 언니 오늘 한국 들어온단다. 그래서 픽업하러 공항에 갔어."

"뭐어? 혜정 언니 엊그제 통화했는데 나한텐 아무 말도 없던데."

"아! 맞다. 이런……."

갑자기 미연이 눈을 질끈 감으며 자신의 머리를 콩콩 쥐어박는다.

"왜?"

"비밀이었거든. 봉식 오빠 커플 한국에 오는 거. 네 생일 선물로 서프라이즈라나 뭐라나."

"뭐? 하하. 뭐야. 그럼 자기네들 방한이 내 생일 선물인 거야? 하여튼, 특이해. 그 커플!"

"그러게나 말이야. 호호호. 그나저나 비밀이다. 그 사람들 보면 엄청 놀라는 척해야 해!"

"후후. 알았어. 그나저나 언니는 신혼생활 어때?"

최근 현과 미연은 오랜 연애에 종지부를 찍고 웨딩마치를 올렸다.

"호호호. 굉장히 좋아. 결혼하니깐 현 오빠 나한테 더 잘해. 더 많이 사랑해 주고. 그리고 무엇보다 이 남자 나이 먹을수록 점점 더 왜 이렇게 멋있어지니. 아놔, 정말로 미치겠다니깐!"

또 시작이다. 이제 앞으로 삼십 분 동안 미연은 현의 멋짐과 근사함에 대해 침을 튀겨 가며 열변을 토할 것이다.

7년 동안 늘 그래 왔기에 초록은 이제부터 시작되는 그녀의 현에 대한 자랑을 열반의 경지에 오른 자세로 들어 줘야 한다.

벌써부터 웃음이 피어오른다. 게다가 좀 있으면 봉식과 혜정 커플까지 등장하신다니, 아주 이번 주는 정신없게 생겼다.

"아 글쎄, 며칠 전에는 내가 퇴근하고 집에 갔더니 세상에 해물탕을, 아오, 난 그렇게 맛있는 해물탕 처음 먹어 봤잖니. 정말 내가 눈물이 앞을 가려서 탕을 먹는 건지 내 눈물을 먹는 건지 모르겠더라고. 완전 감동의 도가니였다니깐. 근데 그 남자가 갑자기 벌떡 일어서서는, 갑자기 나한테 막 오더니 먹고 있는데 글쎄 번쩍 들어 안고서는 크크크큭……."

하늘에 계신 우리 아버지여! 나무아미타불! 가나다라마바사!

점점 시끄러워지는 미연의 폭풍 수다에 초록의 머릿속은 점점 어지러워지기 시작했다.

"하하. 아휴, 간만에 수다 좀 떨었더니 스트레스가 그냥 확 풀리네. 너 이제 어디로 가? 집? 아님 회사?"

서로 가방을 주섬주섬 챙기며 그녀들은 천천히 일어섰다.

"응, 나 현석 아저씨 만나러. 오늘 저녁 약속 있거든."

"아…… 하늘 오빠 아버지…… 계속 만나는 거야?"

"응, 언니 오늘 즐거웠어. 봉식 오빠 왔으면 내일쯤 모이겠네. 기대된다."

"그래, 연락 줄게."

"응, 조심히 가."

"너도, 아저씨 잘 만나고……."

거리에서 서로 반대 방향으로 헤어지며 지하철역으로 향하는 초록의 발걸음이 슬퍼지기 시작한다. 현석을 만나러 가는 날이면 늘 나타나는 신체반응이었다.

발목에 모래주머니라도 단 것처럼 온몸이 무거워지고, 전신에 분포되어 있는 통각계(痛覺計)는 최고조에 다다라 손끝까지 아파 오는 것이다.

평창동, 현석의 집으로 들어서자 그의 아내인 세영이 초록을 반겨 주었다.

"초록아!"

"어머니. 안녕하셨어요?"

"그럼, 나야 잘 지냈지. 벌써 한 달이 지났니? 시간 참 빠르다."

"네, 벌써 한 달이 지났네요."

현관에서 신발을 벗고 있는 초록을 기다렸다가 세영이 그녀의 팔짱을 끼고 거실로 함께 들어서자 기다리고 있었다는 듯 현석이 다가와 초록을 부드럽게 끌어안았다.

"우리 초록이, 아빠가 사랑하고 축복합니다!"

"네, 아버지. 저도 사랑하고 감사합니다. 그동안 잘 지내셨죠?"

"아니 잘 못 지냈다."

소파에 앉으며 초록이 현석의 말에 눈을 동그랗게 뜨며 물었다.

"왜요? 어디 편찮으셨어요?"

"아니, 너 보고 싶어서 잘 못 지냈다. 허허허."

그의 농담에 세영이 기분 좋게 눈을 흘기며 말한다.

"아이고, 하여튼, 네 아빠 과장은 알아줘야 한다. 초록아. 배고프지?"

"네, 무지 배고파요. 어머니!"

"그래, 가자. 엄마가 너 좋아하는 요리 엄청 많이 해 놨어. 호호호."

"와이. 신난다."

그렇게 그들은 부엌으로 들어가 맛있는 저녁을 먹고, 일상적인 얘기를 나누며 웃었다. 마치 한 식구처럼 초록은 현석 부부와 자연스런 만남을 유지하고 있었다.

그들을 통해서라도 하늘을 느끼고 싶어서였을까. 아니면 한순간 자식과 연인을 잃은 그들만의 공통된 아픔을 이렇게라도 공유함으로써 슬픔을 버티고 싶은 서글픈 이유였을까.

저녁 식사 후, 서재로 장소를 옮긴 현석과 초록은 단둘이서만 차를 마시며 조용히 앉아 있었다. 무슨 말인가를 꺼내려는 현석의 얼굴로 깊은 슬픔의 묵직한 무게감이 천천히 드리워지고 있었다.

"초록아…… 이제 너도 새 사람 만나야지. 나이도 있고 네 아빠 보기에도 미안하고……."

"아버지, 그런 말씀 마세요. 아직 저 하늘 오빠, 놓지 못했어요. 언젠가는 돌아오겠죠. 언젠가는……."

"못된 자식. 내 자식이지만 정말로 못됐다. 휴우!"

초록의 얼굴에 잔잔한 물결처럼 익숙한 서글픔과 아픔이 천천히 스며들고 있었다. 7년이나 간직한 아픔과 슬픔이기에 그런 감정조차 익숙해지는 것인가.

그렇게 자취도 없이 사라진 하늘은, 그날 밴쿠버에서 시애틀로 가는 볼트버스를 탄 것을 마지막으로 그 흔적을 더 이상 찾을 수 없었다.

그리고 이후 삼 년이 지난 시점에서 하늘은 현석에게 잘 살고 있으니 걱정하지 말라는 이메일을 끝으로 아예 연락두절이 되었다.

그 이메일의 아이피를 추적한 결과 미국 노스캐롤라이나 어느

변두리 지역에서 보낸 것으로 밝혀졌고, 이에 현석이 그 일대를 샅샅이 찾아보았으나 결국 찾을 수 없었다. 그렇게 또다시 사 년의 세월이 흘렀다.

서로 같은 아픔을 공유하고 있는 초록과 현석의 얼굴로 창밖의 서글픈 달빛이 아스라이 스며들고 있었다.

☆★☆★☆

"연초록 씨, 나 좀 봐요."

최은지 팀장의 콜이다. 오전 디자인팀 회의를 마치고 돌아오자 이제 막 새내기로 입사한 오수정의 얼굴에서 핏기가 사라지고 있었다. 수화기를 내려놓고 자신의 책상 앞에 다가와 안절부절못하고 있는 그녀를 의아하게 바라보았다.

"왜? 오수정 씨 무슨 일 있어요?"

"네, 선배님. 저, 팀장님께서 지난번 회의 때 올해 F/W 프레타포르테(Pret-A-Portue: 기성복을 일컬음) 컨셉은 실용성과 편안함을 강조한 디자인으로 간다고 하시기에, 그 컨셉대로 디자인 다 맞추고 원단까지 모두 주문해 놨는데, 조금 전에 팀장님께서 전화하셔서는 다시 뒤집는다고, 전면 재수정하신다고……. 이미 디자인 공장으로 다 넘기고, 원단도 반품 안 된다고 그쪽 사장님…… 어떡해요? 제 선에서는 도무지 해결을 할 수가 없어요. 선배님."

또 시작이다.

하여튼 저 망할 놈의 변덕은 죽을 때까지 못 고칠 병이다. 이렇게 하라고 해서 이렇게 해 놓으면 다시 저렇게 하라고 하고, 그래서 울며 겨자 먹기로 저렇게 해 놓으면 다시 이렇게 하라고 하기를 되풀이.

아랫사람이 무슨 봉이냐! 지들의 장난에 불쌍한 을(乙)들 피 말라 죽는 것도 모르고, 갑(甲)질도 웬만큼 해야지. 휴우, 낮은 한숨을 내쉬고는 초록이 책상에서 일어섰다.

"알았어. 내가 말씀드려 볼게."

"아하. 감사합니다. 선배님. 정말로 감사드려요. 선배님 짱!"

이제 입사 3년차인 초록은 나름 그 능력을 인정받아 계단 올라가듯 한 단계씩 꿈을 향해 천천히 다가서고 있었다.

처음 하늘을 잃고 한국으로 들어와서 반년간은 아무것도 할 수 없었다. 그가 사라져 버린 것은 초록에게도 꽤 큰 충격이었기 때문이었다.

그런데 반년이 지나자 자꾸만 머릿속에서 하늘이 전부터 해 줬던 조언들이 끊임없이 떠오르며 사라지질 않았다.

'어려운 상황이 닥치면 울지만 말고, 그것을 극복할 수 있는 방법을 찾아봐야지.'

'무슨 일에서든 당당해야 해.'

'네가 하고 싶은 것을 찾아서 꿈을 키워 봐. 함께 찾아보자.'

'무엇이든지 간에 네 생각이 가장 중요해. 용기를 잃지 마.'

'넌 뭐든 할 수 있어. 간절히 원하면 무엇이든 다 이루어진대. 물론 노력이 필요하지만.'

이런 그의 말들은 마치 하늘이 바로 옆에서 속삭이는 것처럼 생생하게 전달되었고, 다시 초록이 힘을 내어 일어설 수 있는 계기가 되었다. 동기부여가 되었다.

'그래, 언젠가 하늘 오빠가 다시 내 앞에 나타났을 때, 보여 줄 거야. 내가 얼마나 달라졌는지를. 내가 얼마나 당당하게 멋진 여자가 되어 있는지를.'

그래서 바로 패션디자인 학원에 등록했고 다시 수능을 치렀으며 의상디자인학과에 입학했고, 졸업 후 바로 미국 패션업계에서 가장 유명한 브랜드인 L사의 한국지사에 패션 디자이너로 입사할 수 있었다.

이 모든 과정을 해낼 수 있었던 가장 큰 힘은 역시 하늘의 격려와 응원의 말이었다. 그것이 있었기에 초록은 버텼고 힘을 냈으며, 용기를 잃지 않았다.

똑똑!

최 팀장 방에 들어선 초록이 살며시 미소를 지었다.

"팀장님, 부르셨어요?"

커다란 블랙 뿔테 안경을 쓰고 머리는 무슨 미스코리아식 부푼 사자 머리를 하고 있는 최 팀장이 초록을 향해 헤벌쭉 웃어 보였다.

"응, 왔어? 초록 씨, 헬프 미."

"말씀하세요."

"있지, 얘기 들었지?"

"뭘요?"

"내일 미국에서 새로 지사장님 부임한다는 거."

"아. 네, 들었어요. 이번엔 어떤 분이 오신대요?"

지난번 지사장은 미국인으로 매우 신경질적이고 변덕스러운 아줌마서 직원들이 골치 꽤나 썩었었는데, 이번엔 과연 어떤 사람이 올지 직원들에게 그것은 초미의 관심사였다.

"나도 몰라. 남자래. 디자이너 출신은 아니고, 무슨 마케팅 홍보를 담당했다나? 우리 브랜드가 이처럼 전 세계로 뻗어 나가는데 지대한 공을 세우신 분이란다. 그래서 내일 본부장님하고 같이 그분 픽업하러 공항에 나가야 되는데, 너도 알다시피 내가 영어가 좀 딸려야 말이지. 너 지난번에 보니깐 영어 회화 좀 되더라. 그래서 내일 같이 좀 가자고. 그런데 이름이 브래드 강이래. 강 씨면 한국 사람인건가? 교폰가? 하여튼."

"그럼 뭐 해 주실래요?"

초록의 뜬금없는 발언에 최 팀장이 눈을 동그랗게 뜨며 한쪽 입꼬리를 쓰윽 말아 올렸다.

"얘가 무섭게 또 왜 이래. 뭐? 이번엔 내가 뭘 또 잘못했는데?"

"이번 F/W시즌 컨셉이요. 바꾸셨다고요."

이 말에 최 팀장이 뜨끔, 뭔가에 찔렸는지 얼른 말아 올린 입꼬리를 내리며 헤벌쭉 웃는다.

"생각해 보니깐, 타겟을 일반 소비자에서 좀 위로 높이면 어떨까……."

"팀장님. 그렇게 하고 싶으시면, 기존의 것은 그대로 가져가시면서 추가로 기획하시는 것이 어떨까요? 다음 시즌은 그냥 원래 기획안대로 편안함과 실용성을 강조한 디자인으로 밀고 가고요. 그리고 무엇보다도 저희들도 좀 생각해 주셔야죠. 매일 밤 야근에 피 말라 죽겠어요."

"아이고, 똑 부러지기도 하셔라. 하여튼 우리 연초록 씨는 어찌 이리도 당당할까. 좋아. 아주 좋아. 알았어. 좀 더 생각해 보고 결정해 줄게."

"안 돼요. 이미 공장 가동 들어 갔⋯⋯."

"알았다. 알았다고. 그러면 내일 공항 같이 가 줄 거지?"

"네, 알겠습니다. 팀장님."

예스! 먹혔다. 초록은 속으로 환호성을 내지르며 팀장실을 빠져 나왔다. 그리고 이번에는 제발 자비롭고 배려심도 많으며 융통성이 넘치는 지사장님이 오시길, 간절히 빌어 본다.

☆★☆★☆

종로 피맛골! 김치찌개가 부글부글 끓고 있는 토속 음식점으로 들어서자, 미리 와서 기다리고 있던 미연과 현이 초록을 향해 환하 게 웃었다.

"초록아! 여기. 이리 와!"

그들이 앉아 있던 곳으로 신발을 벗고 올라서자, 현이 그녀의 가 방을 받아서 뒤로 걸어 둔다.

"오빠. 오랜만이에요. 얼굴 좋아 보이네요."

"그러니? 고마워."

멋쩍은 듯 웃는 현의 얼굴을 미연이 닭살스런 눈빛으로 바라본 다.

"그런데 혜정 언니와 봉식 오빠는? 아직 안 왔어?"

"엇, 쉿! 비밀."

순간 미연이 당황하며 소리를 낮춰 재빨리 말한다. 아, 맞다. 그 들의 방한을 비밀로 해 달라고 했었지 아뿔싸, 그새 잊어버린 초

309

록이 민망한 듯 자신의 혀를 낼름 내밀었다.

"미안. 나이 먹으니 왜 이렇게 자꾸만 깜빡깜빡하는지 미치겠어.
하하하."

화통하게 웃는 초록을 보며 현과 미연도 함께 웃었다.

"초록아, 네 옷 드디어 매장에 깔렸다며?"

"네, 오빠. 드디어요!"

"축하한다. 축하해. 장하다. 연초록."

"감사해요."

"그런 의미로 짠! 건배!"

현의 말에 세 명이 동시에 막걸리 잔을 들어 올려 건배를 한다.

"자! 그럼, 이제 내일이면 향년 28세를 맞이하시는 우리 초록 양
을 위해, 파이팅!"

"퐈이팅! 초록아 생일 축하해!"

"고마워. 모두들."

빰빠라라라라 빰빠!

그 순간, 갑자기 음식점의 불이 모두 꺼지며 팡파레 음악이 울렸
다. 그와 동시에 문가 쪽에서 28개의 촛불이 희미한 불빛을 내며
초록을 향해 다가오기 시작했다. 그 모습에 초록의 얼굴로 웃음이
비어져 나오고, 현과 미연도 함께 웃었다.

곧이어 28개의 촛불을 켠 케이크가 가까이 다가오고, 초록이 시
치미를 뚝 떼며 촛불을 후 불어 끈 순간! 식당의 불이 환하게 켜졌
다.

"서프라이즈!!"

혜정과 봉식이 각각 자신들의 머리에 커다란 리본을 하나씩 달

고는 과장스런 몸짓으로 서프라이즈를 외치자, 초록이 눈을 크게 뜨며 놀라는 표정을 지었다.

"어머나, 깜짝이야! 언니! 오빠! 이게 웬일이에요?"

과장된 몸짓으로 과장된 반응을 보이자, 혜정과 봉식이 아주 흐뭇한 표정으로 말했다.

"놀랐지? 응응? 크하하하하. 우리가 네 생일에 맞춰 온 거 아니니!"

혜정이 호들갑스럽게 말했다. 봉식도 아주 만족스런 표정을 지었다.

"그런데 그 유치한 리본은 뭐냐?"

구박이 섞인 듯한 현의 말에 봉식과 혜정이 씨익, 의기양양한 표정을 지었다.

"으응, 우리가 바로 선물이거든. 그래서 예쁘게 포장한 거야! 어때? 기발하지 않아?"

"……."

순간, 초록과 미연 그리고 현의 얼굴이 심하게 일그러졌다.

그렇게 오래간만에 만난 그들은 밤늦도록 웃고 떠들며 지나간 일들과 새로운 일들을 얘기하느라 시간이 가는 줄도 몰랐다.

그러나 그 누구 하나 캐나다에서 함께했던 추억은 절대로 입에 담질 않았다. 마치 서로 약속이라도 한 듯 그때의 추억은 그들에게 금기시되었다.

간간이 현과 봉식은 겉으로 매우 밝고 명랑하게 웃는 초록을 안타까운 듯, 애처로운 듯 바라보았다.

이런 그들의 시선을 느끼지 못하는 초록이 아니었으나, 그녀 역시 모르는 척 더욱 쾌활한 웃음만 지을 뿐이었다.

"오늘 다들 정말로 고마워. 선물도 고맙고."

그들에게 건네받은 선물 보따리를 바라보며 초록이 희미하게 웃었다.

"네 마음에 들었으면 좋겠다. 평소에 네가 가장 받고 싶었던 선물이 뭔지를 몰라서. 우리 취향대로 골랐는데."

내가 가장 받고 싶은 선물이라…… 혜정의 말에 초록의 심장이 아려 온다.

강하늘. 내가 가장 받고 싶은 선물은 강하늘이 내 앞에 다시 나타나는 건데……. 그 얼굴 다시 마주하는 것. 그것이 내 인생 가장 최고의 선물이 될 텐데…….

갑자기 쓸쓸한 표정이 드리워지는 그녀를 바라보며 모두의 마음에서도 안타까움이 배어 나온다.

☆★☆★☆

다음 날.

인천국제공항. 입국장 C, D구역.

입국을 환영하러 나온 수많은 마중객들이 설렘 가득한 표정으로 입국장 문이 열릴 때마다 눈을 휘둥그레 뜨고는 자기가 아는 사람을 찾고 있었다.

그중에 초록과 최 팀장 그리고 박 본부장도 섞여서는 초록은 꽃다발을, 최 팀장은 브래드 강이라 적힌 피켓을 들고 지사장으로 부임하는 남자를 기다리고 있었다.

뉴욕발 비행기가 도착한 지 어느덧 20분이 훌쩍 넘었으니 이제 슬슬 나올 때가 됐는데…….

초조한 듯 본부장과 최 팀장은 계속해서 고개를 쭉쭉 빼고 있었고, 초록은 그 입국장 문을 슬픈 표정으로 바라보고 있었다.

공항은 언제부터인지 그녀에게 슬픔과 아픔을 안겨 주는 공간이 되어 버렸다. 하늘을 공항에서 처음 만났던 공간이였기에 더욱 그러한지도 몰랐다.

그때, 또다시 입국장 문이 열리고 몇몇의 사람들이 트렁크 가방을 끌거나, 그것을 카트에 싣고 나왔다.

그들을 향해 또 다른 누군가가 달려가고 마치 필름이 수없이 반복 재생되는 듯, 같은 장면이 무수하게 펼쳐지고 있는 가운데 또다시 문이 열렸다.

우르르 몰려나오는 사람들 틈에서 마치 화보에서 튀어나온 듯 하체에 딱 붙는 청바지에 은은한 하늘빛 셔츠, 그리고 레이밴(ray-ban) 스타일의 선글라스를 낀 젊은 남자가 카트를 밀며 천천히 걸어 나오는 세련된 모습에, 사람들의 시선이 일제히 고정되었다.

혹시 유명 연예인인가, 유심히 쳐다보다가 그 남자가 선글라스를 벗자 이내 아님을 깨닫고는 다시 고개를 돌려 버렸다.

그런데 그 순간, 쿵! 쿵쿵!

초록은 얼음처럼 자신의 몸이 순식간에 굳어 버리는 것을 경험하고 있었다. 단지 심장만 미친 듯 쿵쾅거렸다.

입은 벌려진 채 다물어지질 않았고, 전신이 파르르 떨려오기 시작했으며, 홍조가 피어올라 있던 얼굴은 이내 하얗게 질리고 말았다.

'하늘…… 오빠? 어떻게…… 이럴 수가……. 저 남자, 진짜 강하늘이잖아!'

7년이라는 세월이 무심히 비껴간 듯 그 시절 그 모습 그대로, 아니 세월의 무게를 더해 눈빛은 더욱 깊어지고, 외모는 더욱 수려해진 그의 모습을 믿을 수 없다는 듯 초록이 바라보고 있었다.

이것이 혹시 꿈은 아니겠지! 환상은 아니겠지! 드디어 신께서 자신의 간절한 소원을 오늘 생일 선물로 보내 주신 건가! 그녀는 정신을 차릴 수 없었다.

한편 자신의 이름이 적혀 있는 피켓을 발견한 그 남자가 그들 쪽으로 발길을 옮기다가, 그 옆에 넋이 빠져 버린 듯 허허롭게 서 있는 초록을 발견하고는 역시 멈칫 걸음을 멈추었다. 그러고는 무표정으로 뚫어져라 그녀를 바라보았다.

잠시 미세하게 작은 경련이 그의 얼굴을 스치고 지나가더니 미간을 살짝 찌푸렸다가, 이내 아무 일도 없었다는 듯 덤덤해진 남자가 최 팀장과 박 본부장을 향해 천천히 다가왔다.

"안녕하세요. 제가 브래드 강입니다."

"어머나! 한국말 잘 하시네요? 안녕하세요. 전 박성주 본부장입니다. 지사장님."

베일에 가려져 있어서 그 존재 자체가 신비였던 젊은 지사장의 등장에 본부장과 최 팀장의 얼굴로 꽃이 만개하듯 활짝 핀 웃음이 마구마구 피어올랐다.

"안녕하세요. 지사장님. 만나서 반갑습니다. 전 최은지 디자인팀 팀장입니다."

은지의 인사에 살짝 고개를 숙이며 인사를 하던 그 남자가 서늘한 눈빛으로 초록을 바라보았다. 그러자 최 팀장이 그녀의 옆구리를 꾹꾹 찌르며 눈짓으로 어서 꽃다발을 건네란다.

"아, 아아."

그 순간 넋이 빠져 숨조차 제대로 쉬지도 못하고 있던 초록이 자신이 들고 있던 꽃다발을 그 남자에게 건네자, 그것을 무미건조한 표정으로 받아 든 남자는 꽃다발을 획, 자신의 카트 위로 내던지듯 올려놓았다.

"아하하. 초록 씨 인사 안 드려?"

"네? 아아. 아, 안녕하세요."

그에게 인사를 건네는 목소리가 파르르 떨려 온다. 목이 메어 제대로 말이 나오질 않는다. 그럼에도 불구하고 이 남자는 아무렇지도 않은 듯 아주 깍듯하게 예를 갖춰 안녕하세요, 라고 인사를 건넸다.

뭐지! 이건 뭔가! 이 상황이 도무지 이해되지 않던 초록이, 어느새 고인 눈물을 재빨리 닦아 내고는 그의 얼굴을 뚫어져라 바라봤다.

이 모습을 이상하게 바라보던 본부장과 팀장은 이내 별일 아니라는 듯 얼른 하늘을 끌고 주차장으로 걸어갔다. 그 뒤를 초록이 얼빠진 듯 휘청거리며 따라갔다.

살다 보면 때로는 절대로 일어날 것 같지 않은 일들이 어이없게 닥쳐오는 때가 있다. 때문에 누군가는 말하지 않았던가. 드라마보다 더 드라마틱한 것이 인생이라고, 그것이 삶이라고.

회사까지 오는 동안, 그 남자는 단 한 번도 초록을 쳐다보지 않았다. 그때처럼, 그날처럼, 철저하게 그녀를 외면했고 무시했다.

초록 역시 너무나도 당황스러운 상황에, 진짜 강하늘이 맞냐고, 그동안 어디 있었냐고, 그리고 왜 나를 모르는 척하냐고 물어볼 수조차 없었다.

"선배님. 선배님!"

넋이 나간 것도 모자라 영혼마저 사라져 버린 듯 멍하게 앉아 있던 초록이 오수정의 부름에 화들짝 놀라 고개를 들었다.

"어? 나 불렀어?"

"네, 몇 번씩 불러도 못 들으시고, 무슨 일 있으세요?"

지사장을 데리고 오겠다며 밝은 표정으로 나갔던 초록이 공항을 다녀온 뒤 무슨 뱀파이어에게 피를 다 빨리고 온 사람처럼 핏기 하나 없는 얼굴로 들어섰을 때, 직원들은 또 뭐 핸드폰이나 가방이나 아니면 지갑을 잃어버린 것이겠거니 생각했다. 그동안 자주 있어 왔던 일이니까. 그런데 이번엔 뭔가 달랐다.

평소에는 나란 인간은 도대체 이 모양 이 꼴로 왜 이러는 것이냐며 생난리를 치면서 자기 머리를 쥐어뜯으며 시끄럽게 자책을 한다.

그러다 이내 곧 그 상황을 수긍하며 '뭐 어쩔 수 없지. 어차피 잃어버린 거. 다시 사는 수밖에. 인생 즐겁게 살아야지 안 그래?' 하면서 초긍정의 마인드로 재빨리 탈바꿈하고는 미친 여자처럼 싱글벙글 웃으면서 마무리 짓는 것이 순서였는데, 지금은 아무 말도 없이 너무나도 조용하게 앉아 있지 않은가.

이에 직원들은 저희들끼리 이런저런 눈치를 보다가, 오수정이 총대를 메고 그녀 앞으로 다가온 것이다.

"내, 내가 그랬어?"

"네, 선배님이 그러셨어요. 공항에서 무슨 일 있으셨어요? 혹시 새로 오신 지사장님이 저번 지사장님보다 더 사이코……."

그때 초록이 자리에서 벌떡 일어났다. 여전히 표정은 무언가에 홀려 있는 듯하다. 그러더니 갑자기 성큼성큼 걸어서 사무실 문을 열고 나가더니 이내 육상선수처럼 어디론가 뛰어가기 시작한다.

이 모습을 바라보며 직원들은 어이없다는 듯 서로의 얼굴만 바라보고 있었다.

엘리베이터를 향해 달려가는 초록의 머릿속에는 오로지 한 가지 생각밖에 없었다.

그를 만나야 한다. 만나서 그때 7년 전 자신이 어리석었다 사과하고 용서를 구해야 한다.

그리고 물어봐야 한다. 그동안 어디서 어떻게 살았고, 왜 연락은 안 했는지, 그 밖에도 물어볼 말들이 너무너무 많았다. 오늘 밤을 꼬박 지새운다고 해도 다 하지 못할 말들이 빼곡하다.

이 순간이 오기를 얼마나 학수고대했던가. 7년 동안 매일, 아침에 눈을 뜨면 오늘은 그를 만날 수 있을 거란 희망으로 부풀었다가, 밤이 되어 집으로 돌아올 때는 오늘도 역시 그를 만나지 못했단 절망과 좌절로 얼마나 고통스러웠던가.

그런데 드디어 그를 만났다. 오늘, 그것도 회사의 지사장으로 부임했다니. 의사 공부를 하던 그가 어떻게 패션 관련 직종에서 종사하고 있는 것인지 궁금한 것투성이다.

엘리베이터 버튼을 연속적으로 눌러 보지만, 1층에 걸려서는 올라올 생각을 안 한다. 이에 초록이 비상계단으로 향하는 문을 열고, 지사장실이 있는 15층을 향해 뛰어 올라가기 시작했다.

한 층, 한 층 올라가며 그에게 가까워질수록 초록의 심장은 미친 듯 요동쳤고 자신도 모르게 눈물이 흘러나왔다.

그를 그렇게 잃어버리고 7년 동안 단 한 번도 울지 않았는데. 울려고 해도 눈물조차 말랐는지 나오지 않던 눈물이 쉬지 않고 흘러내린다.

드디어 15층, 지사장실이라고 적힌 문을 벌컥 열고 비서실을 거침없이 지나 그가 있을 방문을 열려는데, 비서실에 앉아 있던 여비서가 초록의 팔을 잡고 저지했다.

"이보세요. 누구시죠?"

"아…… 저, 이 사람을 좀 만나야 돼서요. 놔주세요."

막무가내로 여비서의 팔을 뿌리치며 다시 문을 열려고 하자, 여비서가 눈을 날카롭게 치켜뜨면서 말했다.

"미리 약속된 만남이 아니면 들어갈 수 없습니다."

"저 이 회사 직원이에요. 여기 디자인팀 디자이너라고요. 급하게 할 말이 있어서 그래요. 그러니 제발 들어갈 수 있게 놓아주세요. 네?"

초록의 간곡한 부탁에도 여비서는 눈 하나 깜짝하지 않았다. 이런 사람 많이 겪어 봤다는 듯 단호함이 칼날과도 같았다.

"안 돼요. 약속 잡으셔서 다시 오세요. 직원이시라면 누구보다 잘 아실 텐데, 왜 이렇게 예의가 없으세요. 무슨 일이든지 절차와 법칙이 있는 것……."

"무슨 일인가?"

그때 비서실로 누군가 들어오며 중년 남자의 낮은 목소리가 들렸다. 두 여자가 동시에 고개를 돌려 보니 비서실장을 맡고 있는 장 비서였다.

"아, 실장님. 저, 이분이 무턱대고 지사장님을 만나야 한다고 하
셔서……."

여비서가 공손하게 손을 모으며 말하자, 장 비서가 초록을 지그
시 바라보았다.

"초록 선생, 무슨 일인 겐가?"

"아, 장 비서님. 저…… 지사장님을 좀 만나 봐야 할 일이 있어
서요."

전임 지사장의 까다로움에 셀 수도 없이 바뀐 디자인을 들고, 문
턱이 닳도록 지사장실을 왔다 갔다 한 인연으로 초록과 장 비서는
서로 절친한 사이가 되었다.

서로 공통 분모가 있었기에 종종 술도 한잔씩 했었고 그러다 초
록은 자신보다 몇십 년은 더 산 장 비서에게 인생 상담도 종종하곤
했었던 것이다.

장 비서는 그녀를 친근하게 초록 선생이라고 불렀다.

"급한 일인가?"

"네."

간절함 가득한 초록의 눈빛에 장 비서는 그녀에게 뭔가 일이 있
음을 짐작했다. 평소처럼 밝고 당당하고 씩씩한 모습이 아닌, 매우
절박하고 간절하고 애가 타는 듯한 모습으로 저토록 아슬아슬하게
서 있는 건 처음 보았던 것이다. 이에 장 비서가 조용히 고개를 끄
덕였다.

"들어가 보게."

"감사합니다. 정말루 감사해요."

이내 울어 버릴 듯 격앙된 표정으로 초록이 살그머니 지사장실의 문을 열고 안으로 들어갔다.

큰 책상과 회의용 소파가 T자로 놓여 있는 사무실은 스산했다. 초록이 들어왔음에도 불구하고 넓은 창, 저 멀리 드높게 솟아 있는 남산타워를 바라보는 그 남자는 움직이지도 않고 있었다.

팔짱을 낀 채로 창 너머 어딘가만 뚫어져라 응시하는 그의 뒷모습을 보며 초록이 숨죽여 울었다. 아무리 울지 않으려 해도, 제멋대로 흘러내리는 눈물을 막아 낼 재간이 없었다.

"저…… 오빠, 하늘 오빠……."

초록이 숨죽여 울다 얼른 눈물을 닦아 내며, 최대한 침착한 목소리로 입을 열었다. 그러나 그 남자는 여전히 뒤도 돌아보지 않고 그대로 목석처럼 서 있기만 했다.

"오빠……. 저 초록이에요. 하늘……."

순간 그 남자가 재빨리 뒤돌아섰다. 그리고 초록을 뚫어져라 바라보았다. 그 눈빛과 표정에서 어떤 감정도 읽어 낼 수 없었다. 마치 얼굴은 데스마스크 같았고, 냉정하고 차가운 이미지는 뱀파이어 같았다.

이 모습에 초록은 그만 입을 다물고 그 남자를 안타깝게 바라볼 수밖에 없었다.

"난 그쪽하고 할 말 없습니다."

한참 동안 뚫어져라 바라만 보던 남자가 아주 낮은 음성으로 무미건조하게 말했다. 이에 초록의 심장은 찢어질 듯 아파 왔다. 고통으로 얼룩졌다. 이 남자가 이렇게 변한 것이 모두 다 자신의 잘못인 것만 같아 미치도록 미안했다.

"오빠, 미안해요. 그때 캐나다에서……."

"그만!"

캐나다라는 말에 흔들린 건가. 초록의 말을 끊고 잠시 눈을 질끈 감았던 하늘이 천천히 눈을 뜨고는 초록을 날카롭게 노려보았다. 눈빛은 텅 비어 있었다.

"그만하지. 연초록. 다시는 너와 엮이고 싶지 않으니깐, 이 시간 이후부터는 알은체도 말고 내 근처에 얼씬도 하지 말아 줬으면 좋겠군! 그만 나가 보시죠. 연초록 씨!"

"오빠, 하늘 오빠……."

"그만! 그만하라고! 그리고!"

하늘이 분노 서린 표정으로 성큼성큼 다가와서는 초록의 턱을 잡아 올려 자신의 얼굴을 똑바로 바라보게 만든 뒤 이를 악물며 또 박또박 읊조리듯 말했다. 코끝으로 익숙한 그의 향기, 로즈마리 향이 스며들자, 초록의 마음은 더없이 요동쳤다.

"다시는 그 따위로 부르지도 말 것. 역겨우니깐. 알아듣겠나? 그리고 이제 내 이름은 브래드야. 브래드! 그 이름 버린 지 오래라고! 이제, 제발…… 나가 주시죠! 연. 초. 록. 씨!"

그녀의 턱을 내팽개치듯 놓아 버리고 한쪽 구석에 위치한 화장실로 문을 쾅 닫고 들어가 버렸다.

초록은 억장이 무너지는 느낌을 받았다. 심장이 갈기갈기 찢겨 나가는 것 같았다. 피가 거꾸로 돌아 회오리치고 있었다.

한편, 화장실로 숨어든 하늘은 주먹으로 벽을 쾅쾅 치며 괴로워하고 있었다. 다시는 보고 싶지 않은 얼굴이었는데, 다시는 떠올리기도 싫었던 얼굴이었는데, 기억을 봉인하듯 꼭꼭 묻어 둔 얼굴이었는데, 이렇게 한국으로 오자마자 마주하다니, 이 무슨 운명의 지랄 맞은 장난이란 말인가!

그동안 간신히 잊고 살았던 그 당시의 일들이, 그 지옥 같았던 순간들이, 그녀의 얼굴을 마주한 순간, 화면이 리플레이되듯 너무나도 생생하게 떠오르기 시작했다.

미치겠다. 다시 떠오르는 그날의 악몽이 하늘의 목을 점점 죄어 오기 시작한다. 숨통이 막히는 듯 고통스럽다.

☆★☆★☆

비상계단. 머리에 총 맞은 사람처럼, 초록은 만신창이가 된 채로 멍하게 앉아 있었다.

하늘의 가시 돋친 말들과 표정, 행동이 가슴에 구멍을 만들었다. 그 구멍 사이로 서늘한 바람이 숭숭 새어 나온다.

어느 정도는 그 남자가 자신을 반갑게 맞아 주진 않을 것이라고 예상은 하고 있었지만 이 정도일 줄은 몰랐다. 그 충격이 상당히 심했다. 이젠 눈물도 나오지 않았다.

그때 누군가 비상구 문을 열고 터벅터벅 다가왔다.

"초록 선생."

낮은 목소리에 고개를 들어 올려보니 장 비서였다. 장 비서는 조금 전 지사장실에서 하늘이 쏜 총알에 피를 철철 흘리며 나오는 초록을 천천히 따라왔던 것이다.

이런 상황을 미리 예견한 그는 노련하게 그 여비서를 지하창고로 보내 버렸다. 때문에 이 비밀을 아는 사람은 하늘과 초록, 그리고 장 비서가 유일했다.

"아저씨……."

단둘이 있을 때 초록이 장 비서를 부르는 호칭이었다. 실장님보다 아저씨가 더 친근하게 느껴지니 장 비서가 그렇게 부르라고 했던 것이다.

"혹시, 약혼자가 지사장이었던 거니?"

남자 친구가 있냐는 질문에 초록은 약혼자가 있다고 답했었다. 그런데 왜 결혼하지 않냐는 질문에 초록은 그 약혼자가 7년 전에 어디론가 사라져서 기다리고 있다고 답했었다.

"네……."

그녀의 대답에 낮은 한숨을 내쉰 장 비서가 초록 옆에 나란히 앉으며 어깨를 토닥여 주었다. 비서실에서 그들의 대화를 모두 듣고는 상황이 어떻게 돌아가는지 대충 알 수 있었기에, 마음이 더욱 안타까웠다.

"저렇게까지 못되게 구는데 그냥 뻥 차 버리는 것이 어떠니?"

"아니요. 그럴 순 없어요."

"흠."

잠시 아무 말도 않고 있던 장 비서가 천천히 입을 열었다.

"그런데 말이다. 내가 보기엔 지사장이 조금 전 네게 했던 말들 말이다. 모두 진심이 아닌 것 같더구나."

"네……에?"

장 비서의 말에 초록의 눈이 휘둥그레졌다.

"그걸 어떻게 아세요?"

그녀의 질문에 장 비서가 알 듯 모를 듯 어렴풋한 미소를 지었다.

"그건 말이다. 그냥 알 수 있단다."

"……?"

무슨 소리냐는 듯 어안이 벙벙한 표정을 짓는 초록에게 장 비서가 또다시 빙그레 웃었다.

"이쯤 살아 보니 말이다. 전에는 보이지 않던 것들이 보이거든. 전에는 느껴지지 않던 상대방의 마음이 읽히거든. 너 혹시 복어나 고슴도치가 위급한 상황이 되면 왜 자신의 가시를 바짝 세우는지 그 이유를 아니?"

"아니요……."

"그건 말이다. 살기 위해서 그러는 거란다. 죽지 않으려고, 어떻게든 살아보기 위해서…… 지사장이 그렇게 날카롭게 구는 건 바로 살고 싶다는 거다. 제발 자신 좀 살려 달라고 애원하는 거다. 알겠니?"

순간 초록의 온몸으로 작은 파동이 밀려들기 시작한다. 동시에 심장에 뚫린 구멍이 다시 메워진다. 이 정도로 상처받지 말자. 이 정도로 슬퍼하지도 말자. 그는, 그 남자 강하늘은 어쩌면 이보다 더 큰 가슴속 구멍을 메우지도 못한 채 7년 동안 피를 철철 흘리며 살았을지도 모른다.

이제 그가 그랬듯, 자신이 힘든 그 옆에서 그를 지켜 주자, 그 구멍을 메워 주자 결심한다.

"감사합니다. 아저씨."

초록이 벌떡 일어나 장 비서를 향해 고개 숙여 인사를 한다. 그리고 초롱초롱한 눈망울을 빛내며 그의 얼굴을 물끄러미 바라보았다.

"그리고요. 아저씨, 저 좀 도와주세요!"

그녀의 부탁에 장 비서가 씨익 웃자, 초록 역시 활짝 웃었다. 그런 후 두 사람의 시선이 뭔가 의미심장하게 얽혀 들었다.

☆★☆★☆

봄기운은 날이 갈수록 그 푸른 기운을 온 세상으로 흩뿌리고 있었다. 나뭇가지와 들판은 푸릇한 색으로 새 생명의 싹을 틔웠고 개나리와 목련은 그 노랗고 하얀 빛깔을 제 몸에 천천히 담아내고 있었다.

며칠 동안 하늘은 사무실에서 움직이지도 않고 업무파악을 모두 마쳤다. 같은 일의 연장선이라 크게 다른 부분은 없었지만 그래도 철두철미한 일처리를 앞세워 이 자리까지 올라온 그였기에 더욱 꼼꼼하게 서류를 들여다본 것이다.

"장 실장님!"

책상에서 일어서며 하늘이 인터폰으로 장 비서를 불렀다.

"네, 지사장님."

"오늘 오후에 백화점 입점매장을 중심으로 좀 둘러볼까 하는데 준비 좀 해 주시겠습니까?"

"네, 알겠습니다."

"그리고 박 비서에게 커피 한 잔만 부탁한다고 전해 주시겠습니까."

"네, 알겠습니다."

전화 통화를 마친 하늘이 천천히 걸어서 창가 쪽으로 발길을 옮겼다. 확 트인 전경과 멀리 바라보이는 남산이 그의 마음을 조금은 시원하게 해 주는 듯 느껴진다.

그날 이후 초록은 하늘 근처에 얼씬도 하지 않았다. 그때나 지금이나 말도 참 잘 듣는다. 역시 변하지 않은 건가. 그래도 7년이나 지났으니 조금은 변했을 거라 생각했는데……. 외모는 조금 변한 듯도 했다. 그때보다 더 성숙해지고 분위기가 깊어진 여인으로, 소녀에서 숙녀로 말이다.

초록의 갑작스런 등장에 하늘 역시 엄청나게 당황했었다. 한국으로 발령이 났을 때 이런 상황을 생각해 보지 않았던 것은 아니었으나, 이렇게 바로 마주칠 줄은 정말로 몰랐다.

'그 정도까지 심하게 했는데, 그 소심이가 상처를 안 받았을 리 없지.'

분명 회생 불가능한 상처를 입고 이불을 뒤집어 쓴 채로 나오지도 못하면서 징징 울고만 있겠지. 그러나 하늘의 마음은 한없이 차갑기만 했다. 마치 감정이 얼어 버린 것처럼 그녀의 상처에 무심했다.

아무렇지도 않았다. 자신이 겪은 감정의 고통에 비하면 그 지옥의 상처에 비하면, 그런 것쯤 아무것도 아니라 생각한 것이다.

그리고 정말로 다시는 마주치고 싶지도 않았다. 그녀를 보면 과거로 자꾸만 회귀하는 생각과 감정들 때문에 무척이나 고통스러웠기 때문이다.

될 수 있으면 그때의 일은 회피하고 싶었다. 꼭꼭 묻어 두고 싶었다. 평생 꺼내 보고 싶지 않았다.

초록과 아버지에 대한 배신감 때문에 떠난 것이 아니었다. 물론 그들에 대한 배신감으로 엄청난 분노를 느낀 것은 사실이다. 그러나 그것이 전부가 아니었다. 너무너무 고통스러웠기 때문이다. 온몸을 칼로 난자당하는 듯한 고통과 절망, 아픔, 죄책감…….

자신 때문에 눈앞에서 엄마가 죽어 버린 그 상황을 없애 버리고자, 그 미칠 듯 끔찍한 기억들을 지워 버리고자, 그 고통을 잊어버리고자 가족도, 친구도 그리고 그녀도, 모두 버리고 떠났던 것이다.

때문에 강하늘이 아닌, 브래드라는 이름으로 7년 동안 살아온 것이다. 강하늘이길 거부했던 것이다. 그리고 앞으로도 평생, 강하늘이길 거부할 것이다.

왜냐하면 자신이 강하늘이 되는 순간, 그는 엄마를 죽여 버린 패륜아라는 굴레 속에 평생 갇혀 살아야만 하기 때문이다.

똑똑!

그때 노크 소리가 들린 후 누군가 들어왔다. 커피향이 그윽하게 스며드는 걸 보니 박 비서가 커피를 가져왔나 보다. 이에 하늘은 뒤도 돌아보지 않고 낮고도 작은 소리로 말했다. 그 목소리에 한없이 서글픈 쓸쓸함이 묻어 나왔다.

"거기 테이블 위에 놓고 나가세요."

"네, 지사장님. 뜨거우니깐 조심히 드세요."

순간 자신의 목소리와는 정반대로 마치 꾀꼬리가 노래하듯 매우 경쾌하고 명랑한 여인의 목소리가 그의 귓가를 파고들었다.

이미 박 비서가 아님을 파악한 하늘의 온몸으로 저릿한 전류가 찌리릿 흘러내렸다.

재빨리 고개를 돌려 그 쾌활한 목소리의 주인을 바라보고는 제 미간을 긴뜩 찌푸리며 어이없는 표정을 지었다.

327

바로 그곳에 초록이 서 있었던 것이다. 커피 잔을 받쳤던 쟁반을 들고서 남자를 향해 싱긋 여유 있는 미소까지 지어 보인다.

"뭐죠?"

날카로운 그의 반응에 초록은 또다시 생긋 웃으며 말한다.

"오늘부터 지사장님을 모시게 된 수행비서입니다. 앞으로 잘 부탁드리겠습니다. 브래드 강! 지. 사. 장. 님!"

초록은 그 남자가 준 상처 따위 아무 일도 아니라는 듯 표정이 한없이 여유롭기까지 하다.

7년 동안 딱지가 앉을 새도 없이 계속 피고름이 철철 흐르던 마음속 깊은 상처가 있는데, 그 정도쯤은 우스웠다. 그 정도의 독설쯤이야 가소로웠다.

7년 전의 연초록이었다면 아마 그 정도의 상처로도 세상이 다 무너진 것처럼, 인생 끝난 것처럼 울고 불며 난리를 쳤을 테지만 지금의 초록은 그 어떤 바늘과 송곳에도 아랑곳하지 않는다.

한편 하늘은 이 상황에 어안이 벙벙했다. 디자이너에서 갑자기 자신의 비서가 되어 나타난 저 여자의 저의가 무엇인지, 하늘이 묘한 눈길로 그녀를 바라봤다.

"장난하나? 당신은 디자이너잖아. 디자인팀에 있어야 할 사람이 왜 여기 있지?"

"어머나, 지사장님. 아무리 아랫사람이라고 하더라도 예의는 좀 지켜 주시죠. 반말은 좀 곤란합니다. 엄연히 이곳은 직장이고 저는 이 회사 직원이니 말이죠. 브래드 강 지사장님!"

"……."

너무나도 아무렇지도 않게 마치 얼굴에 10cm나 되는 두꺼운 철판을 깔고 나타나 표정 하나 눈빛 하나 변하지 않으며 초록이 눈을 동그랗게 뜨고는 대들었다. 이런 초록의 당당한 태도에 하늘은 쇠망치로 뒤통수를 얻어맞은 사람처럼 멍하게 그녀만 바라보았다.

그러다 이내 정신을 차리고 인터폰으로 장 비서를 불렀다.

"장 실장님, 저 좀 보시죠."

전화기를 내려놓기도 전에 장 비서가 여유 있는 미소를 지으며 사무실 안으로 들어섰다.

"부르셨습니까?"

"지금 이 상황이 어떻게 된 건지 설명 좀…… 해 주시죠. 저 여자가 왜 여기 있는지를요!"

"네, 지사장님. 미리 말씀드리려고 했는데, 상황이 너무 급작스러워서 이제야 말씀드리는 점 양해해 주십시오. 박 비서가 어젯밤에 갑자기 전화해서는 몸이 너무 아프다며 며칠 병가를 내겠다고 하지 뭡니까! 그래서 박 비서가 돌아올 때까지 연초록 선생을 비서로 급하게 대체한 겁니다."

사실 장 비서는 최근 들어 몸이 별로 좋아 보이지 않는 박 비서에게 유급휴가를 준 후, 대신 초록을 그 자리로 데려온 것이다. 그녀의 간절한 부탁을 들어주기 위해서 장 비서가 급하게 생각해 낸 묘안이었다.

"이런 일처리가 가능한 겁니까? 그쪽 디자인팀도 일손이 부족한 걸로 알고 있는데요. 차라리 다른 부서에서……."

"아니요. 연초록 선생만큼 비서 일을 능숙하게 해낼 수 있는 사람은 아무도 없다고 판단했습니다. 이유는 그 까다롭기로 소문난

전임 지사장님께서도 초록 선생을 계속 옆에 두고 일하셨던 만큼, 디자이너로서의 역할도 비서로서의 역할도, 꽤나 능숙하게 잘 처리하기 때문이죠."

장 비서는 확신에 찬 표정으로 말을 이었다.

"이미 경험이 있기 때문에 지켜보시면 아마 매우 만족하실 겁니다. 또한 디자인팀 팀장과도 이미 다 끝난 얘기고요."

여유 있는 표정을 그대로 유지한 채, 차근차근 설명을 하는 장 비서 때문에 하늘은 더 이상 어떤 이의제기도 할 수가 없었다.

왜냐하면 아무리 지사장이라고 해도 비서실과 관련된 모든 사항, 즉 인사까지 모두 비서실장인 장 비서의 소관이었기 때문이다.

또한 하늘은 장 비서에게 자신들의 과거를 알리고 싶지도 않았기에, 잠자코 그의 결정을 따라 줄 수밖에 없었다.

자신과 초록, 그들의 이야기를 장 비서는 모른다고 생각했기 때문이다.

이에 초록은 어깨를 으쓱하며 의기양양하면서도 도도한 표정을 지었다.

"그럼, 지사장님. 박 비서가 돌아올 때까지 제가 최선을 다해서 잘 모시도록 하겠습니다. 어머나! 그새 커피가 다 식어 버렸네요. 잠시만 기다려 주세요. 새로운 커피로 다시 가져다 드리겠습니다."

초록은 책상 위에 놓아둔 커피 잔을 들고는 하늘의 얼굴을 지그시 바라본 후 사무실을 빠져나갔다. 그런 초록의 뒷모습을 물끄러미 바라보며 장 비서가 아빠미소를 지었다.

"옆에서 보시면 아시겠지만, 초록 선생, 요즘 젊은 애들 같지 않게 마음이 참 따뜻한 아가씹니다. 같이 있으면 그 따뜻한 마음이 금세 옮겨 와 기분이 좋아진다니깐요. 허허허허!"

알 듯 모를 듯 무언가 의뭉스러운 웃음을 터트리는 장 비서를 하늘이 어이없게 바라보았다. 뭔가 거대한 음모에 휘말리고 있는 듯한 느낌까지 솟구친다.

장 비서가 나간 자리에 초록이 다시 커피를 들고 들어섰다. 그러자 하늘이 잽싸게 다가와 그녀의 손목을 낚아채며 잔뜩 찌푸린 얼굴로 말한다.

"이봐, 연초록! 지금 이게 뭐하자는 짓거리지?"

하늘의 험상궂음에 초록 역시 싸늘한 눈빛을 지으며 조곤조곤 답했다.

"브래드 강 지사장님. 이 손 놓아주시죠. 점잖지 못하게 이게 무. 슨. 짓. 거. 리. 이신지요. 그리고 앞으로는 제 이름 그렇게 부르지 말아 주시길 바랄게요. 저도 연초록이라는 그 이름, 며칠 전에 버렸거든요. 그러니깐 앞으로는 새로운 이름으로 불러 주세요."

"새로운…… 이름?"

이 여자가 지금 자기하고 장난하자는 건가! 왜 이렇게 당당해진 거지! 예전 그 소심 울보녀는 어디로 사라진 건가!

7년 전과 달리 180도로 달라진 초록의 모습에 하늘은 어안이 벙벙할 따름이었다.

"제 새로운 이름은요. 안젤리나 연이에요! 그러니 앞으로 안젤리나라고 불러 주시죠! 브래드 강 씨!"

"안젤리나?"

잠시 왜 하필 안젤리나로 이름을 바꿨다는 것인지, 이해가 안 되어 어안이 벙벙하던 하늘이 순간 떠오른 생각에 설마 그건 아니겠지? 하는 표정을 지었다.

그러자 초록이 씨익 웃고는 사무실을 총총히 빠져나갔다. 나오자마자 화장실로 직행한 초록이 하하! 참았던 웃음을 터트리며 소리 없이 크게 웃었다.

'강하늘! 뭐? 역겨워? 하늘 오빠라고 부르는 것이 역겹다고?'

7년 만에 나타나서 한다는 소리가, 역겨우니 알은체도 하지 마라? 그래 좋다. 이에는 이, 눈에는 눈! 뭐 이름은 너만 바꾸냐! 네가 바꾸면 나도 바꾼다.

초록하늘만큼 그 케미가 폭발할 만한 이름으로 나도 바꾸시겠다고.

네가 브래드니, 그럼 난 당근 안젤리나지!

브래드 피트와 안젤리나 졸리처럼 우리도 이제 새롭게 시작되는 만남에 이어, 세기의 커플로 다시 태어나 보자고! 강하늘, 아니 강브래드야!

그렇게 의기양양거리며 피식피식 웃던 초록의 표정이 어느새 차분해지더니 눈빛으로 깊은 서글픔이 밀려들었다.

'오빠…… 이제 나만 믿어……. 오빠가 그동안 겪었을, 아니 지금도 겪고 있는 그 고통과 아픔, 상처들…… 이젠 내가 고쳐 줄 거야……. 그때, 7년 전 캐나다에서 내가 위급한 상황에 처했을 때마다 슈퍼맨처럼 나타나서는 도와주고, 또 내게 사랑이 무엇인지도 알려 줬으니 이제 내 차례야……. 이제는 내가 오빠의 우렁각시가 되어서 내가 받았던 만큼 돌려줄 거야……. 그래서 그 상처가 아물수 있도록, 그 자리를 더 아름답고 소중한 기억들로 채워 줄게.'

지갑 속, 파란색 지붕 집 앞에서 하늘과 함께 다정하게 찍은 사진을 바라보며, 그녀의 눈가로 촉촉한 눈물이 스며들고 있었다.

오후. 하늘이 백화점 매장을 방문하기 위해 사무실 문을 열고 나오자, 기다렸다는 듯 초록과 장 비서가 서 있었다.

"가시죠. 지사장님."

초록에게는 눈길도 주지 않으며 장 비서와 함께 비서실을 나가는데 초록이 가방을 들고서 그 뒤를 따라 나오자 하늘이 인상을 쓰며 장 비서에게 말했다.

"저 사람도 함께 가는 겁니까?"

"그럼요. 명색이 수행비선데 당연히 같이 가야죠. 사실 저는 매장이 어디에 있는지도 잘 모릅니다. 그건 저보다 초록 선생이 더 잘 알거든요. 뭐 문제 있으십니까, 지사장님?"

"……아닙니다."

상당히 못마땅했지만, 장 비서의 말에 하늘은 어쩔 수 없다는 듯 잔뜩 인상을 쓴 채로 먼저 쿵쿵 앞서 나갔다. 이에 장 비서가 초록에게 한쪽 눈을 찡긋거리며 웃었다.

"이곳 백화점은 우리 브랜드가 한국에서 가장 먼저 입점한 제1호 매장입니다. 때문에 규모가 가장 큰 곳이며 단골 고객도 가장 많은 곳이죠. 그렇다 보니 매출도 가장 많고요."

강남에 위치한 우리나라에서 규모가 가장 큰 코리아 백화점. 그곳 L브랜드 매장에 들른 초록이 전문가다운 포스를 풍기며 필요한 정보를 하늘에게 설명하고 있었다. 그것을 아무 말 없이 무표정으로 듣고만 있던 하늘이 이내 천천히 걸으며 매장 곳곳을 꼼꼼하게 살펴봤다.

"장 실장님, 이 매장의 작년 하반기 매출 현황 자료를 좀 볼 수 있을까요?"

의도적으로 초록을 무시한 채 옆에 서 있던 장 비서에게 말하자 초록이 재빨리 그 자료를 찾아 하늘에게 내밀었다. 그런 초록을 물끄러미 바라보던 하늘이 이내 못마땅함을 꾹 참고 자료를 받아 들었다.

젠장! 당최 일에 집중을 할 수가 없다. 저렇게 아무렇지도 않은 듯 뻔뻔한 얼굴로 자신을 바라보는 눈빛도 그렇고 자꾸만 자신을 향해 미소를 짓는 모습도, 정신을 산란하게 흩뜨려 놓는다. 이럴 줄 알았으면 한국으로 오는 것이 아니었는데.

"지사장님, 저 잠시 화장실 좀 다녀오겠습니다. 오다가 뭐 커피라도 사다 드릴까요?"

매장 방문을 모두 마치고 다른 백화점으로 이동하러 주차장으로 향하던 중 장 비서가 말했다.

"아닙니다. 커피는 됐으니 그냥 다녀오시지요."

"네, 먼저 주차장으로 가 계세요. 안젤리나 선생, 지사장님 잘 모시고 가!"

안젤라나 선생? 장 비서까지 저 이름으로 부르다니.

하늘은 뭔가 자꾸만 수상한 느낌에 의구심이 들었지만 딱히 뭐라고 할 수가 없는 상황이어서 그저 잠자코 있을 따름이었다.

"네, 실장님!"

장 비서의 말에 초록이 생긋 밝은 미소를 지었고, 그 모습을 물끄러미 바라보던 하늘은 순간 그 미소에 멈칫, 심장으로 이상한 통증이 밀려들어 와 재빨리 시선을 다른 곳으로 옮겼다.

"그럼 가시지요. 지사장님."

초록이 당당한 눈빛으로 하늘을 인도하며 자신이 먼저 앞장서 걸어갔다. 그 뒤를 하늘이 무표정으로 따라갔다.

엘리베이터 안. 두 사람만 타고 있는 좁은 공간, 초록하늘은 어색함을 꾹 참으며 고개를 들어 올려 내려가는 층의 숫자만 바라보고 있었다.

왜 이렇게 어색해진 건가. 왜 이렇게 되어 버린 건가.

이 상황이 미칠 듯 견디기 힘들었던 초록은 줄어드는 숫자에서 하늘의 옆모습으로 시선을 옮긴 후 그의 수려한 옆모습을 뚫어져라 바라보았다.

그의 갸름한 옆얼굴을, 우뚝하니 번듯하게 솟은 콧날을, 도톰하니 촉촉한 입술을 만져 보고 싶었다. 그의 품에 안겨서 허리를 끌어안고 로즈마리 향이 나는 그의 체취를 맡고 싶었다.

"그만 보지! 연초록!"

그녀의 시선을 느꼈는지, 그 남자가 줄어드는 숫자판에서 고개도 돌리지 않으며 낮고 차갑게 말했다. 이에 초록이 재빨리 시선을 거두고는 머쓱하게 서 있다가 다시 그를 바라보았다.

"그동안…… 어떻게 지냈어요? 저는 아주 잘 지냈어요. 오빠 만나면 보여 주려고, 내가 얼마나 달라졌는지 보여 주려고, 열심히 공부도 해서 이렇게 디자이너도 됐고요."

"……"

대답하기 싫은지, 아니면 그녀와 말하기 싫은지, 하늘은 묵묵부답이었다. 시선도 여전히 숫자판에 고정되어 있었다. 표정은 한없이 차가웠고 냉정했다.

"저기…… 아버지도…… 오빠 많이 기다리고 계세요. 오빠 그렇게 사라지고 난 뒤……."

"누가! 누가 네 아버지야!"

순간 무표정, 무응답으로 일관하던 하늘이 분노 가득한 얼굴로 초록을 향해 소리쳤다.

"오빠 아버지요. 현석 아저씨도 아셔야지요. 오빠 지금 한국에 있는 거, 알면 좋아하실……."

"시끄러! 너!"

핏발이 선 눈으로 하늘이 천천히 초록 앞으로 다가왔다. 그리고 엘리베이터 한쪽 벽으로 그녀를 몰아세운 후 두 팔로 벽을 짚어 그녀를 자신의 팔 안에 가두고는 낮게 읊조리듯 말했다.

"또 그때처럼 네 멋대로 굴면 가만두지 않을 거야."

"그래도 아버진데 자식이 어디 있는지는 아셔야죠! 현석 아저씨도 그동안 얼마나 힘들어하셨는지 아세요? 자식을 잃은 부모의 마음이 어떤지를 오빠가 알기나 하냐고요!"

쾅! 순간 하늘이 한쪽 주먹으로 엘리베이터 벽을 세게 쳤다.

"참견하지 마! 또 우리 가족사에 끼어들지 말란 말이야! 네까짓게 뭔데, 네가 뭔데 자꾸만 내 일에 참견이냔 말이야!"

"약혼자요!"

"……뭐?"

초록의 말에 하늘이 흠칫 놀라며 뒤로 물러섰다. 그러자 이번에는 초록이 하늘에게 가까이 다가섰다.

"당신의 약혼자요. 기억 안 나요? 우리 약혼했던 거. 그래서 평생을 함께하기로 했던 거…… 그날 호텔에서 주고받았던 그 약속들, 그 증표들…… 잊지 않았잖아요, 오빠!"

이상하게도 약혼자라는 말에 하늘의 심장과 온몸은 그대로 얼어붙었다. 알 수 없는 아릿함이 천천히 마음속으로 파고들었다. 그 말이 무엇인데, 자신을 이토록 꼼짝없이 묶어 버린단 말인가.

그때 초록이 하늘의 허리를 끌어안았다. 그러자 저릿한 무언가가, 아련한 그리움이, 그의 심장으로 관통한다. 냉정하기만 하던 그의 눈빛이 무참히 흔들린다.

"오빠…… 자꾸만 이런 식으로 나를, 과거를 밀어내려 하지 말아요. 회피하지 말아요. 그럴수록 오빠의 상처는 더 깊어질 뿐이에요…… 그러니 이제 나와……."

띵똥! 순간 엘리베이터가 지하 주차장에 멈추고 문이 열리자 넋을 놓고 서 있던 하늘이 재빨리 초록의 팔을 뿌리치며, 주차장으로 걸어 나갔다. 그 뒤를 초록이 따라오며 소리쳤다.

"오빠, 하늘……."

"그만! 그만해! 제발 내 일에 그만 참견하란 말이야! 이게 다 너 때문이야. 내가 이렇게 된 게 모두 다 너 때문이었다는 걸 꼭 내 입으로 말해 줘야 알아먹겠나!"

그 말에 초록은 멈칫 그 자리에서 걸음을 멈추고는 망연자실한 표정으로 섰다.

하늘은 다시 차갑게 돌아서서 자동차를 향해 걸어갔다. 초록의 심장은 그의 말에 미친 듯 요동치고, 하늘의 심장 역시 복잡한 감정으로 정신을 잃고 뛰고 있다.

초록의 두 눈에서 쉴 새 없이 눈물이 흘러내리고, 하늘의 마음에도 고통에 일그러진 눈물이 정신없이 흘러내린다. 그렇게 잠시 영혼이 빠져나간 사람처럼 서 있던 초록은 눈에 커다란 눈물방울을 그렁그렁 매달고는 차가 들어오고 나가는 출입구를 향해 터벅터벅 걸어간다.

자신이 어디로 가고 있는지도 모르는 듯 넋을 잃은 두 눈에 초점이 흐릿했다.

그렇게 걸어가던 초록은 이제 코너를 돌려고 한 발자국 움직였다. 그와 동시에 입구에서 내려오던 자동차는 코너 옆으로 걸어 나오는 초록을 발견하지 못했다.

그대로 초록이 한 발자국만 더 움직이면 바로 차와 충돌할 지경에 이르렀을 때, 자신의 자동차로 걸어가던 하늘은 너무나도 조용한 초록이 이상해서 고개를 돌려 그녀를 보았다. 그 순간 그의 두 눈이 휘둥그레지며 크게 놀란 표정으로 그녀를 향해 달려갔다.

"초록아! 움직이지 마! 초록아!"

그 순간, 하늘이 자신을 걱정스럽게 부르는 소리에 놀란 초록이 우뚝 걸음을 멈추었다.

'아…… 오빠가 나를 예전처럼…… 불렀어…….'

그의 부름에 감격에 겨워 초록은 아까보다 더 빠르게 걸어 나오다 그만 입구에서 자신을 향해 달려오는 자동차를 보고 얼어 버렸다.

"초록아!"

그때 하늘이 잽싸게 몸을 날려 차에 부딪힐 뻔한 초록을 자신의 품으로 끌어안고는 옆으로 함께 나뒹굴었다.

시간이 멈춰 버렸나. 잠시 아무것도 어떤 것도 들리지도, 보이지도, 느껴지지도 않았다.

초록의 시선엔 오로지 자신을 꼭 끌어안고 있는 하늘의 서글픈 얼굴이 보였고, 그녀의 귓가로는 그가 내뱉는 서러운 감정의 복잡한 숨결만이 들렸으며, 심장으로는 그의 조각난 상처의 시린 고통이 느껴졌다.

또 하나, 이렇게도 간절하게 자신을 꼭 끌어안고 있는 그의 무의식적인 행동을 통해서 그녀는 그가 자신을 미워하는 것이, 싫어하는 것이 아님을 깨달았다.

때문에 조금 전 그에게 받았던 상처가 말끔히 씻겨 나간 그 자리로 다시 그의 아픔이 들어왔다.

'불쌍한 사람……. 살기 위해, 어떻게든 살아가기 위해 자신의 온몸에 가시만 잔뜩 세우고는 발버둥 치는 사람…….'

"괜찮으세요?"

놀란 운전자가 재빨리 차를 세우고 내려서서는 그들에게 다가왔다. 얼마나 놀랐는지 운전자의 얼굴도 새파랗다. 그 순간, 초록을 자신의 품에 꽉 끌어안고 누워 있던 하늘이 벌떡 일어나더니 험상궂은 얼굴로 그 운전자에게 다가가 멱살을 붙잡고 눈에 불을 켰다.

"도대체 눈을 어디에 두고 다니는 거야? 사람 지나가는 거 몰랐어? 이 사람이 진짜…….'

"갑자기 튀어나온 사람이 누군데 지금 이러는 거예요? 적반하장도 유분수지. 그냥 좋게좋게 넘어가려 했더니 이거 안 되겠네."

"뭐야!"

그때, 초록이 재빨리 디기와 운전자의 멱살을 잡고 있는 하늘의 손을 간신히 풀어 버린 후, 그 운전자에게 고개 숙여 인사했다.

"죄송해요. 정말로 죄송합니다. 그러니 화 푸세요. 모두 다 제 잘못이에요."

"네가 뭘 잘못했다는 거야? 전방좌우 잘 살피지 않고 운전한 이 미친……."

"지사장님! 좀 가만히 있으실래요? 회사 이미지 실추시키고 싶지 않으시면 그 입 좀 다무시라고요!"

쌍심지를 켜듯 두 눈을 희번덕 크게 뜨며 하늘의 귀에 대고 작은 소리로 단호하게 속닥거리자, 하늘이 움찔거리더니 이내 못마땅한 표정으로 입을 다물었다. 초록이 다시 그 운전자에게 다가가 정중히 인사했다.

"이분 성격이 원래 좀 지랄 맞아서 그런거니, 선생님께서 넓은 아량으로 그러려니 이해하고 넘어가 주세요. 대신 제가 이렇게 사과드릴게요. 네에?"

'뭐어? 지, 지랄맞아? 누가? 내가?'

순간 초록의 말에 하늘은 어이가 없는 표정을 지었다. 저토록 가냘프고 청순해 보이는 입술에서 이렇게나 험상궂은 말이 튀어나오다니……. 그녀의 색다른 모습에 하늘은 어안이 벙벙했다.

"그래요. 내가 예쁜 아가씨 때문에 그냥 넘어갑니다."

그러면서 하늘을 찌릿 노려보다가 이내 초록을 바라보고는 느물느물 능글맞게 웃었다.

"아아. 감사드려요. 선생님. 호호호."

'호호호? 아주 낯선 남자에게 잘도 호호호다.'

그 운전자를 향해 아름다운 미소를 날려 주는 초록의 모습에 하늘은 또다시 불끈 정체 모를 화가 솟구쳤다.

"저 아가씨. 이렇게 만난 것도 인연인데, 연락처 좀 알려 줄래요? 나중에 시간 되면 차나 한잔……"

"야!"

순간 하늘의 고함소리가 주차장으로 쩌렁쩌렁 울려 퍼졌다. 더 이상 참지 못하고 하늘이 붉으락푸르락하며 그 남자에게 다가서려 하자 초록이 재빨리 그의 등을 떠밀면서 그들의 자동차를 향해 걸어갔다. 그와 동시에 그 운전자를 향해 소리쳤다.

"죄송해요. 제가 연락처를 함부로 드릴 입장이 못 돼서요. 저 실은 약혼자가 있거든요. 그럼 안녕히 가세요!"

그러자 고삐 풀린 망아지마냥, 쿵쾅대며 걷던 하늘의 발걸음이 온순한 어린 양처럼 순해졌고 동시에 험상궂게 잔뜩 일그러졌던 표정에는 자신도 모르게 삐죽 웃음이 스며들었다 사라졌다. 그도 인지하지 못한 웃음이었다.

"아휴! 정말 왜 그래요? 7년 동안 성격이 왜 그 모양이 됐냐고요? 막 분노가 조절이 안 되고 막 충동 조절도 안 되고 막 앞뒤 분간도 안 되고 그래요? 그러다 정말 내일 조간신문 경제면에 L패션 브랜드 강 지사장 부임하자마자 사고치다! 라고 대서특필되고 싶냐고요!"

자동차 앞으로 하늘을 끌고 온 초록이 몹시도 못마땅한 얼굴로 마구 쏘아 붙이자 하늘 역시 인상을 잔뜩 찌푸렸지만 입은 굳게 다물고 있었다.

'이 여자 못 본 새 말도 드럽게 잘하네.'

못마땅했지만 초록의 구박에도 불구하고 하늘은 그 어떤 말도 하고 싶지 않았다. 자꾸 이 여자에게 자신이 휘둘리자 어이가 없었던 것이다. 분명 자신은 초록을 향한 모든 감정정리를 완벽하고도 깨끗하게 끝냈는데 왜 이러는 건지 모르겠다.

삐리리릭 뾰뾱~ 삐리리릭 뾰뾱~ 위 아래, 위위 아래~

그때 넓은 가방 속 그녀의 핸드폰이 정신없이 울리기 시작하자 그제야 초록이 하늘을 향한 잔소리를 멈추고 전화기를 찾기 위해 가방을 뒤적였다.

"네, 실장님! 네. 아. 그러시군요. 네. 네네. 네, 잘 알겠어요. 네. 내일 뵐게요!"

무슨 통화길래 연신 '네'만 외쳐 대다 끊는 것인지 하늘이 궁금한 얼굴로 바라보자 그녀는 천천히 입을 열었다.

"장 실장님이세요. 갑자기 집에 급한 일이 생기셨다고, 지금 바로 퇴근하신대요. 지사장님께는 내일 출근하셔서 따로 말씀하신대요. 그럼 다음 장소로 이동하시겠습니까? 지사장님!"

뭐냐! 뭐가 이렇게 자꾸만 계획적인 느낌이 마구마구 솟구치는 것이냐!

모종의 음모에 자꾸만 말려드는 이 느낌. 그러나 하늘은 그것을 따져 묻기도 애매하여 잠자코 고개만 끄덕였다.

그러자 초록이 생긋 웃으며 뒷좌석 문을 열어 주었다.

"타세요. 지사장님!"

"운전은 잘 할 수 있나?"

"물론이죠. 이래 봬도 운전면허증 딴 지 5년이나 됐다고요."

'비록 장롱면허지만…… 큭.'

이렇게 초록은 긴장감을 속으로 삼키며 운전석에 앉았다.

'뭐, 비록 운전을 많이 해 보진 않았으나, 그때 배운 대로 잘만 하면 되겠지.'

기계치인 우리 엄마도 잘 하는 걸 보면 이게 그렇게 고난이도의 기술을 요구하는 것 같진 않으니 말이다.

천천히 시동을 걸고 기어를 D로 놓고, 심호흡을 여러 번 내뱉으며 천천히 액셀을 밟으면서 앞으로 나아가는 그 모습에 하늘이 매우 미심쩍은 표정을 지었다. 나아가는 자동차가 뭔가 부드럽지가 않았기 때문이다. 이에 재빨리 그녀 주위를 스캔한 하늘이 쯧쯧, 혀를 차며 소리쳤다.

"사이드 브레이크를 내려야죠!"

저걸 떡하니 올린 채로 운전을 시작하다니 아무래도 왕초보인 듯 보인다. 저대로 계속 운전하면 이내 곧 타는 냄새가 날 것이다.

"네? 뭐, 뭘 내려요?"

"사이드 브레이크!"

"브레이크요? 어머나! 깜빡했네…… 하하하."

어색한 웃음으로 그 상황을 무마한 초록이 재빨리 액셀을 밟고 있던 발을 그 옆 브레이크로 옮겼다. 그러자 차가 꿀렁! 끽! 급하게 멈춰 버렸다.

"어? 이상하네. 브레이크를 내렸는데, 왜 멈추죠?"

"흠. 연초록, 이게 사이드 브레이크야. 이렇게 내려야 차가 부드럽게 나가는 거라고."

하면서 하늘이 대신 그것을 내려 줬다.

"아아! 맞다 맞어! 호호호. 잠시 깜빡했네요. 그럼 이제 정말로 출발할게요."

"운전 한 번도 안 해 봤나?"

하늘이 짧고도 간결한 목소리로 말했다. 그 얼굴로 한심스러운 표정이 스며들었다. 초록은 잠시 당황한 표정을 짓다가 이내 도도한 표정을 지었다.

"뭐, 그렇게 많이 해 보진 않았지만, 오늘은 잘 할 수 있으니깐 걱정하지 마시지요. 브래드 지사장님!"

"내려!"

하늘이 단호하게 말하고는 자신이 대신 운전을 하고자 문을 열며 내리려는 찰나, 부우웅! 초록이 잽싸게 액셀을 밟아 차를 출발시켰다.

"연초록!"

"안젤리나예요!"

안젤리나 같은 소리하고 있네. 어이없음을 꾹 참고 하늘이 버럭 소리쳤다.

"내리라니깐, 이게 지금 뭐하는 짓이야?"

그러자 초록이 싱긋 웃었다.

"제가 해요. 제가 수행비선데 당연히 제가 해야죠. 걱정 마세요. 저 진짜 잘할 수 있어요!"

잘할 수 있기는 개뿔!

출발한 지 어느덧 30분째, 벌써 다음 목적지인 백화점에 도착하고 남았을 시간임에도 불구하고 그들은 아직 강남대로도 벗어나지 못했다.

오늘따라 상습정체구간인 이 대로가 왜 이리도 안 막히고 뻥 뚫렸단 말인가! 더욱이 시속 20km를 넘기지도 못하며 설설 기어가고 있는 초록은, 거북이처럼 목을 앞으로 쭉 내밀고 두 손은 운전대를 부서져라 꽉 잡고 시선은 오로지 앞만 보고 있었다.

그 긴장감에 얼굴은 붉은 토마토마냥 시뻘겋다. 간혹 뒤에서 오던 차가 빵빵! 클랙션이라도 울리면, 초록은 당황하여 어쩔 줄 몰라 했다.

"그러게 내가 한댔지! 왜 일을 이 모양으로 만들고 난리야! 이쪽으로 차선 바꿔서 세워!"

"어떻게 바꿔요? 저렇게 차들이 빠르게 지나가는데!"

"백미러를 봐야지. 그래서 차가 없을 때 얼른 바꾸란 말이야!"

"못 봐요. 볼 수가 없다고요! 아흑, 난 몰라."

"아! 정말, 연초록! 제발 이쪽으로 좀 바꿔 봐! 아니면 그냥 여기서 세우던가!"

자기도 모르게 목소리가 높아진 하늘이 답답해 죽겠는 얼굴로 조수석에 앉아서 대신 백미러를 보고 있었다. 언제 이 남자가 조수석으로 건너와서 앉아 있는지 그녀도, 그도 인식하지 못하고 있었다.

어찌 이리 신호대기에 걸리지도 않고 파란불만 주구장창 걸린단 말이냐!

"소리 좀 지르지 말아요! 안 그래도 긴장돼서 미치겠는데, 자꾸만 그렇게 소리치면 더 못하겠단 말이에요! 그리고 뒤에서 다른 차들이 계속 밀어붙이는데 어떻게 여기서 세워요. 그러다 사고 난다고요!"

곧 울어 버릴 듯 잔뜩 울상을 짓고 있는 초록이 소리치자, 하늘이 뜨끔 비로 입을 닫고는 그녀의 옆모습을 뚫어져라 바라봤다. 7

년 전과 달리 꼬박꼬박 말대꾸도 대박이다. 이 여자!

그러다 무엇을 생각했는지 질끈 눈을 감았다 뜬 하늘이 낮은 목소리로 말했다.

"그럼, 나랑 자리 바꿔!"

"네? 어, 어떻게요?"

"가능할진 모르겠지만, 지금은 이 방법밖에 없을 것 같아. 이대로 계속 가면 예전에 본 어떤 시트콤처럼 우리 부산까지 가야 할지도 모른다고! 그러니 내가 네 자리로 갈 테니깐 일단 의자를 뒤로 바싹 밀어."

"의자를 밀어요? 어떻게요?"

이런! 젠장! 도대체 누구한테 운전을 배웠길래 이 모양인 거야!

이에 하늘이 초록 쪽으로 몸을 기울여 운전석 의자 밑, 조절버튼을 찾다가 H라인 스커트 아래로 드러난 그녀의 하얗고 고운 살결의 허벅지에 눈이 고정되었다.

꿀꺽! 자기도 모르게 그 허벅지에 모든 정신을 빼앗겨 버린 하늘의 시선이 또다시 무참히 흔들리기 시작했다.

"찾았어요?"

초록의 외침에 화들짝 놀란 하늘이 재빨리 버튼을 눌러 의자를 뒤로 밀어 버리자, 순식간에 공간이 널찍해졌다. 때문에 액셀 위에 있던 그녀의 발은 자연스럽게 멀어져 버렸다.

"악! 오빠. 발이 안 닿아요."

"이렇게 앞으로 당겨 앉아서 운전대만 꽉 잡고 있어. 흔들리지 않게. 알았어?"

"네…… 이렇게요?"

초록은 하늘이 시킨 대로 몸을 앞으로 움직여 의자 끝에 엉덩이를 붙이고 앉았다. 얼굴은 긴장과 당황스러움에 붉게 물들어 있었다.

　"응, 잘했어. 그럼 이제 엉덩이를 들어 봐."

　"네에에? 뭘 들라고요?"

　"엉덩이를 좀 들어 보라고! 그래야 내가 건너가지!"

　"에에에? 아, 이거 완전 이상한데!"

　"그럼, 계속 이대로 갈 거야?"

　"아, 알았어요. 알았다고요."

　영 못마땅했지만 초록은 어쩔 수 없이 자신의 엉덩이를 의자에서 살짝 들어 올렸다. 일단 하늘이 시키는 대로 해서 빨리 이 지옥 같은 상황을 벗어나고 싶었던 것이다. 그러자 하늘이 초록의 어깨를 잡고 순식간에 왼쪽 다리와 오른쪽 다리를 순서대로 옮겨 와 그녀 아래로 재빨리 앉았다. 이렇게 해서 초록은 의도하지 않게 하늘의 다리 위에 앉은 꼴이 되었다.

　뭔가 상당히 요상스러운 자세로 자신의 무릎 위에 엉거주춤하게 앉아 있는 그녀의 엉덩이가 자동차의 움직임에 따라 자신의 중요부위에 닿자, 화들짝 당황한 하늘이 붉어지는 얼굴을 감추며 재빨리 말했다.

　"이, 이제 됐어. 운전대 놓고 이젠 네가 옆으로 옮겨 앉아."

　이 상황이 어색하고 난감하기는 마찬가지였던 초록 역시 하늘의 말에 새빨개진 얼굴로 재빠르게 조수석으로 이동했다.

　그리고 하늘은 이내 속도를 높여 안정적으로 운전하기 시작했다. 이 모습에 안도의 한숨을 내쉰 초록은 제 고개를 푹 숙이고는 움직이지도 않았다.

"괜찮아?"

차가 어느 정도 안정되자 하늘이 그녀를 바라보며 물었다. 많이 놀랐을 텐데 너무나 조용한 초록이 신경 쓰였던 것이다.

그런데 어쩐 일인지 시끄럽게 재잘재잘, 잠시도 쉬지 않고 지저귀던 그녀가 고개만 푹 숙인 채 묵묵부답이었다.

"괜찮냐고?"

"……."

"연초록?"

"……."

"연초록 씨!"

"……."

"안젤리나!"

"……훌쩍!"

설마 울고 있는 건가?

계속 묵묵부답인 그녀 때문에 하늘이 이내 차선을 바꿔 한적한 길 가장자리에 세운 후 초록을 향해 몸을 돌리며 물었다.

"왜 그래?"

"……."

여전히 고개를 숙인 채로 움직이지도 않는 그녀의 얼굴을 하늘이 두 손으로 감싸고는 천천히 자신 쪽으로 들어 올렸다.

"아……."

순간 눈물범벅으로 얼룩진 얼굴을 마주한 하늘의 심장께로 저릿한 무언가가 훑고 지나갔다.

계속 울고 있었던 건가!

"흑흑, 죄송해요…… 오빠!"

정말 잘하고 싶었는데. 지난날과 달리 멋진 모습만 보여 주고 싶었는데. 이게 뭐람. 왜 나란 여잔 강하늘 앞에만 서면 이토록 허술하기 짝이 없는 인간이 된단 말인가.

이에 너무너무 서러웠던 초록이 하늘의 가슴으로 재빨리 자신을 던져 버리고는 그 품으로 파고들며 대성통곡하기 시작했다. 어느새 그녀의 손은 하늘의 허리를 꽉 끌어안고 있었다. 다시는 놓치지 않겠다는 듯.

엉엉엉엉! 흑흑흑흑!

영혼을 탈출시킨 듯 울고 있는 그녀를 떼어 버리지도 못하고 그렇다고 안아 주지도 못하는 하늘은 낮은 한숨만 내쉬고 있었다. 그저 당황스러울 뿐이다. 7년 만에 만난 이 여자는 여전히 대책이 없었다. 여전히 정신을 못 차리게 만들었다. 여전히 사건사고를 일으키고 다니는 말썽꾸러기다.

아! 물론 변한 것도 있다.

바로 마구 들이댄다는 것! 싫다는데도 끈질기게 들이댐은 물론, 뻔뻔해지기까지 했다. 말발은 또 어떻고. 순간 하늘이 어이없이 피식 웃다가 이내 여전히 자신의 허리를 꼭 끌어안고 있는 초록을 아련한 눈빛으로 내려다보았다.

그러자 그의 심장에 새겨졌던 깊은 상처 위로 또다시 붉은 피가 배어 나왔다. 쓰라렸다. 따가웠다. 몹시도 아팠다.

이처럼 너는, 나에게 더 이상 환한 아침햇살의 따사로운 존재가 아니라 깊이 박혀 있어서 빼낼 수도 없는, 때문에 보면 볼수록 자꾸만 상처가 덧나서 고통스러운, 가시 같은 존재가 되어 버린 것이다.

"이봐, 연초록. 이제 그만 울지. 처음 운전하면 그럴 수도 있는 거니깐, 이렇게 세상 다 끝난 것처럼 이러지 말자고."

잠시 실컷 울도록 내버려 두고 있던 하늘이 낮은 소리로 말했다. 그러자 초록이 감동스러운 눈빛으로 고개를 들고 하늘을 바라보았다.

"오빠. 지금 나 걱정해 준 거예요?"

"걱정은…… 흠흠. 그나저나 그 얼굴이나 어떻게 좀 하지!"

하늘이 고개를 절레절레, 눈을 한번 질끈 감았다 뜨며 낮은 한숨을 내쉬고는 초록에게 휴지를 뽑아 건네줬다. 이에 초록이 조수석 앞쪽 햇빛 가리개를 내려 그곳에 숨겨진 거울에 자신의 모습을 비춰보고는 입을 쩌억 벌렸다.

이, 이게 진정 사람의 얼굴이란 말인가! 이 모습을 이 남자에게 보였다니! 아! 못살겠다! 눈물 콧물로 범벅이 된 얼굴은, 아이라이너와 립스틱이 뭉개지고 번져서 엉망진창이다 못해 참혹했다. 귀신의 집에 상주하는 도깨비를 가장한 웃긴 피에로 같았다.

이 모습에 화들짝 놀라 대충 얼굴정리를 마친 초록이 다시 하늘을 돌아보다 그만 또 휘둥그레진 얼굴로 입을 쩌억 벌리고 말았다. 이런 초록의 모습에 하늘 역시 그녀의 시선을 따라 자신의 가슴으로 고개를 내린 순간 그가 얼굴을 잔뜩 찌푸렸다.

"이런, 제길!"

바로 그의 하얀 와이셔츠가 초록이 흘린 눈물과 콧물, 아이라이너와 립스틱이 함께 뭉개져서 그곳에 고스란히 그 흔적을 남겨 두고 있었기 때문이다.

"아, 이런…… 옷이…… 더러워졌네요…… 아. 하. 하."

민망한 웃음을 짓는 초록을 하늘이 어이없이 바라보았다.

잘도 웃는다. 웃음이 나오냐! 이 여자야! 아오! 정말, 너 나한테 왜 이러는 거냐! 왜 이러는 거냐고!

그날, 백화점 매장 방문은 그렇게 단 한 곳만 방문한 채로 끝나 버리고 말았다.

☆★☆★☆

아침 봄빛의 싱그러운 햇살이 눈부시다. 그 환한 햇살이 하늘과 초록의 얼굴 위로 깊이 드리워졌다. 그윽한 커피향이 모락모락, 사무실 안을 부드럽게 감쌌다.

오늘의 스케줄 표를 들고 초록이 하늘에게 브리핑을 하고 있었다.

"오늘 오전 10시에 전체 간부회의가 있으시고요. 점심에는 그분들과 금수복집에서 회식이 있으십니다. 또 오후 두 시에는……."

일정을 읊고 있는 초록을 하늘이 무표정으로 바라보며, 고개만 끄덕이고 있었다.

며칠 전, 그 일이 있었음에도 불구하고 저 남자는 여전히 사무적이었다. 여전히 지나치리만큼 거리를 두고선 가까이 다가오지 못하게 방어막을 두껍게 쳐 두었다.

"……이것으로 오늘 일정은 끝나십니다."

모든 스케줄을 말하고 난 초록이 멀뚱히 서 있었다. 뭔가 더 할 말이 있는 듯 그 남자의 얼굴만 물끄러미 바라보고 있다.

"뭐, 더 할 말이 남았습니까?"

저 깍듯한 말투하고는. 순간 정이 뚝 떨어지려는 것을 참고 초록이 천천히 입을 열었다.

"오늘 저 평창동에 가요. 아버지, 어머니 뵈려고요. 가서 저녁도 먹고 재밌는 얘기도 많이 하다 올 거예요. 같이…… 가실래요? 엄청 좋아하실 텐데……."

순간 하늘의 표정이 심하게 일그러졌다. 저 여자 또 시작이다. 또 자신의 화를 돋워 폭발하게 만들 계획임이 분명하다. 그렇지 않고서야 그렇게 하지 말라고 했음에도 불구하고, 저렇게 지속적일 수가 없다.

끈질기기가 두꺼운 고무줄 수십만 개를 뭉쳐 놓은 것처럼 질기다. 점점 더 저 여자가 정말로 그 소심쟁이에 울보쟁이였던 연초록이 맞나 궁금해진다. 혹시 얼굴만 똑같은 다른 여자가 아닐까, 살짝 의심도 들었다.

"나는 안 갑니다. 그리고 다시는 우리 가족사에 참견하지 말라고 그렇게 말했을 텐데! 더 이상 당신하고 말하기 싫으니깐, 그만 나가 보시죠! 안젤리나 씨!"

그러더니 등을 돌려 넓은 창문, 저 너머 남산타워를 초점 없는 시선으로 바라보았다.

"이제 그만 자신이 만들어 둔 감옥에서 걸어 나와요. 7년 동안 가둬 뒀으면 충분해요. 언제까지 그 어둡고 음습한 곳에서 계속 그렇게 살 거예요! 그러다가 더 이상 회복 불가능할 정도로 마음이 피폐해져서, 당신 부서져 버리면 어쩌려고 그래요. 감옥에 가둬 둔다고 해서 그때의 그 일이 달라지진 않아요. 변하지 않는다고요. 차라리 나와서 내게 소리쳐요. 그때 왜 그렇게 멍청했냐고, 너 때문에 그 배신감에 치가 떨린다고 소리라도 지르고 원망이라도 하라고!"

초록의 말에 하늘의 낯빛이 점점 어두워지기 시작했다.

"이렇게 자꾸만 뒤로 숨지만 말고 소리라도 지르라고! 어려운 상황일수록 숨지만 말고 그것을 어떻게 극복하고 해결할지 생각해 보라면서! 오빠가 늘 나에게 해 줬던 얘기 아닌가요? 그러니 나와 함께 극복해요. 부딪쳐서 해결하자고요!"

순간, 그녀의 페이스에 휘말리지 않으려 무던히도 애를 쓰던 하늘이 결국 참지 못하고 분노를 폭발시키며 그녀에게 다가와 벽으로 밀어붙였다. 그러고는 최대한 목소리를 낮춰 이를 악물고는 매섭게 뇌까린다.

"너! 제발 그 입 좀 다물어. 네가 뭘 알아! 도대체 네가 뭘 안다고 잘난 체야! 네가 그 고통을 알기나 해? 자기 손으로 엄마를 죽였다는 그 낙인이 가슴속에서 매일 불타오르는 그 고통을, 매일매일 심장이 칼로 난도질당하는 그 아픔을 네가 알기나 하냐고! 네가…… 정말로 그 절망을…… 알기나 하냐고!"

"아……."

몰랐다. 이 남자가 본인 스스로 미숙을 죽였다고 생각하고 있는지 몰랐다. 그저 그의 눈앞에서 그토록 허무하게 엄마가 죽어 버린 상처 때문에, 또한 자신이 그 모든 것을 숨긴 잘못 때문에, 배신감으로 마음을 닫아 버린 줄로만 알았다.

그런데 자신 스스로를 폐륜아로 만들어 버리고, 그 고통과 죄책감에 짓눌린 채로 숨도 제대로 못 쉬며 살아왔다니, 그랬다니…….

초록의 심장이 그가 그동안 흘렸을 눈물에 잠겨 버렸다. 더불어 자신의 눈물까지 더해져 깊은 홍수를 이뤘다. 안타까운 마음에 초록은 자신 앞에 서 있는 그를 와락 껴안아 버렸다. 그의 허리를 두 팔로 꽉 끌어안고 그의 심장에 얼굴을 대었다.

그러자 당황한 하늘이 그녀를 떼어 버리려 했으나 초록은 그를 놓아주지 않았다.

"오빠, 아니야. 오빠가 이모님을 죽인 게 아니야. 왜 그렇게 생각해! 그건 그냥 하나의 사고였을 뿐이야. 마른하늘에 날벼락이 쳐서 든든하게 서 있던 소나무가 갑자기 두 동강이 나 버린 것처럼, 그냥 우연한 사고였을 뿐이라고."

초록이 절규하듯 외쳤다.

"이모님은 원래 심장이 좋지 않아 시한부 판결을 받았었고, 하필이면 그날 벼락처럼, 그렇게 이별이 갑자기 찾아온 것뿐이라고. 그러니 스스로를 자책하지 마. 오빠 잘못이 아니야. 그러면 하늘에 계신 이모님도 더 슬퍼하실 거야. 마음 편히 눈도 감지 못하실 거라고!"

초록의 말에 하늘은 혼란스러운 듯 눈만 감고 있었다. 겉으로는 그녀의 말에 동요하지 않으려 주먹을 꽉 쥐고 이를 악다물고 있었으나 속으로는 그동안 수없이 쌓고 또 쌓았던 방어벽이, 기왓장이 우르르 무너지는 느낌에 휘청거렸다.

"오빠……. 나와 함께……."

"그만! 그만해."

무거운 공기처럼 그의 목소리가 사무실 바닥으로 낮게 깔렸다.

분노보다는 서글픔의 목소리가 새어 나왔다.

"오빠……."

"제발…… 부탁이야. 나 좀 그만…… 내버려 둬……. 내 눈앞에서 제발…… 사라져 줘. 너를 보면…… 너만 보면 그 고통이 함께 연상돼서…… 미치도록 힘들어……. 죽어 버릴 듯 힘들다고…… 그러니깐…… 제발…… 사라져 줘……."

그렇게 잇새로 낮게 말한 하늘이 천천히 그녀의 팔을 풀어 버리고는 바로 화장실로 들어가 버렸다. 그의 쓸쓸한 뒷모습을 바라보며 초록은 안타까운 마음과 애처로운 마음이 혼합되어, 그것을 눈물로 쏟아 버린다.

속상한 마음에 사무실을 나온 초록은 마트에 들러 애호박과 청양고추, 양파, 당근, 계란, 버섯, 소고기 등을 장바구니에 담았다. 장을 다 본 후에는 떡볶이와 어묵, 순대 등을 파는 분식코너에 들러 어묵 한 개를 아작아작 씹어 먹었다.

속상할 땐 먹어 줘야 한다.

무언가를 아작아작 씹어 먹으면 스트레스가 풀려 버리는 지상 최고의 단순함을 장착하신 그녀였기에, 초록은 그렇게 앉은 자리에서 어묵 10개를 폭풍흡입한 후 기분이 한결 편안해짐을 느꼈다.

'아저씨, 오늘 지사장님 댁에 도우미 아주머니 오시는 날인가요?'

하늘이 간부회의에 들어간 사이, 초록이 장 비서에게 물었다.

'오늘? 수요일이니깐 맞네. 오늘 들어가는 날인데 왜?'

'그 아주머니께서 밥도 해 주시나요? 밑반찬 같은 것도 좀 만들

어 주시고요?'

'응, 그렇지. 그렇긴 한데, 워낙에 잘 안 먹는대. 입이 짧은 건지, 아니면 입맛에 맞지 않는 건지. 어떤 때는 손도 안 대고 그대로 놔두기도 한다더라고.'

순간, 초록은 무슨 생각이 떠올랐는지 눈을 반짝이며 장 비서에게 작은 소리로 속삭였다.

'아저씨, 저 오늘 일찍 좀 나갈게요. 조퇴요.'

'왜? 갑자기? 어디 아파?'

'아니요. 저 남자가 저보고 사라지래요. 진짜 사라지려고요!'

사라지라면 못 사라질 줄 알고! 흥! 나도 더럽고 치사해서 사라진다!

그러나 그녀의 발길은 시장 본 것을 잔뜩 싸 들고 하늘의 아파트로 향했다.

'아파트 비밀번호는 7777이야.'

'네에? 정말로 비밀번호가 7777이에요?'

'응, 왜?'

'그 비밀번호는……'

바로 그와 그녀가 함께 살았었던 곳, 그 파란색 지붕 집의 현관 비밀번호였던 것이다.

7777을 연속으로 누르자 띠리링 소리와 함께 문이 열렸다. 장 비서에게 부탁해서 오늘 도우미 아주머니는 오시지 말라고 연락했다.

아파트로 들어서자 로즈마리 향이 향긋하게 날아와 그녀의 코끝을 간지럽힌다.

50평의 아파트는 말 그대로 황량했다. 최소한의 가구만이 처량하게 놓여 있는 그 집은 서늘했다. 따뜻함이라고는 찾아볼 수도 없었다. 마치 그의 마음처럼.

그 모습에 낮은 한숨을 내쉰 초록은 이내 앞치마를 두르고, 창문을 활짝 열어 따뜻한 봄빛 햇살을 집 안 가득 드리웠다.

그리고 청소기를 돌리고, 걸레질을 하고, 그가 자는 침대에 누워 잠시 그의 체취를 느껴 보기도 했다. 그의 침대에 누워 있으니 그와 함께 있는 듯 느껴졌다.

기분이 좋아진다. 언젠가는 반드시 이곳에서 함께 자리라! 굳은 결심으로 다시 제 주먹을 불끈 쥐어 보기도 한다.

시계를 보니 어느덧 그가 퇴근할 시간이 다 되었다.

이에 손길이 바빠진 초록이 재빨리 주방으로 들어가 그가 가장 좋아하는 된장찌개를 끓이고, 계란말이를 하고, 소시지 볶음을 하고, 소고기 장조림을 만들었다.

하나같이 그가 가장 잘 먹고 좋아하던 음식들이다. 그때 애들 입맛이라고 얼마나 놀렸었는지. 그것을 식탁 가득 차려 놓고, 초록은 살며시 집을 빠져나왔다. 마치 우렁각시처럼 몰래.

'오빠. 내가 만든 음식 먹고 기운 내. 맛있는 음식이 때론 기분을 좋게, 마음을 한결 편안하게 만들어 주거든. 그리고 아무리 오빠가 내게 못되게 굴고 차갑게 굴어도 나 절대로 물러서지 않아. 사라지란다고 정말로 사라지지 않는다고. 이제 난 예전의 그 어리숙했던 연초록이 아니거든. 오빠가 날 이렇게 바꿔 놨잖아. 그러니 이제 내 차례야. 기대해. 강하늘!'

357

한편 간부회의를 마치고 나온 하늘은 비서실을 두리번거렸다. 아까 오전에 그 일이 있고난 뒤부터, 초록의 모습이 계속 보이지 않았기 때문이다.

사라지랬다고 진짜 사라진 건가!

"오늘 몸이 좋지 않다며 아까 조퇴했습니다. 안색이 파리한 것이 정말로 어디가 심하게 아파 보이더라고요. 그래서 제가 얼른 들어가라고 했습니다."

하늘의 시선을 알아챈 장 비서가 말했다. 그러자 하늘의 표정에 그늘이 드리워졌다. 그 모습을 장 비서가 놓치지 않고 바라보았다.

이후로도 사무실에서 계속 무거운 무언가가 마음을 짓누르는 통에 하늘은 제대로 업무에 집중할 수가 없었다.

'많이 아픈 건가.'

그녀가 아파서 조퇴했다는 말이 자꾸만 거슬렸던 것이다. 그렇게 무거운 마음을 안고 퇴근한 하늘은 무표정으로 옷을 벗고 샤워를 했다. 차갑게 떨어져 내리는 물방울에 몸을 적시며, 오늘 오전 초록과의 일을 자꾸만 떠올렸다. 무시하려고 해도 어느덧 생각은 거기로 가 있었다.

'그건 그냥 하나의 사고였을 뿐이야. 마른하늘에 날벼락이 쳐서 소나무가 갑자기 두 동강이 나 버린 것 같은 그냥 우연한 사고였을 뿐이라고. 그러니 스스로를 자책하지 마. 오빠 잘못이 아니야!'

자꾸만 그녀의 말이 떠올라 미치겠다. 이에 하늘이 자신의 머리를 세차게 흔들고, 주방으로 나왔다. 냉장고에서 시원한 냉수를 꺼내 단숨에 들이켰다. 그러다 식탁 위 잘 차려진 밥상을 보고 천천히 식탁으로 다가섰다.

'원래 이 아주머니는 밥상을 차려 놓지 않았는데…….'

때문에 하늘이 스스로 밥을 푸고, 찌개를 퍼서 먹었었다. 어차피 입으로 들어가는 음식은 죽지 않기 위해 아주 소량만 먹을 뿐 거의 저녁을 먹지 않는 날이 더 많았다.

그런데 오늘은 식탁 한가득 차려진 음식들에 자신도 모르게 군침이 돌자, 스스로도 놀랐다. 그도 그럴 것이 이 음식들은 죄다 자신이 가장 좋아하는 것들이었기 때문이다. 처음으로 입맛이 돌기 시작했다. 자신도 모르게 무엇에 홀린 듯 식탁에 앉아 숟가락을 들었다. 된장찌개를 한 숟가락 크게 떠서 맛보자, 눈이 저절로 휘둥그레졌다.

보통의 요리 솜씨가 아니었다. 아무래도 오늘 다른 도우미 아주머니가 왔다 갔나 보다 하고 생각했다. 그리고 그렇게 한 그릇 뚝딱, 밥을 모두 비운 하늘의 표정이 아까보다 한결 편안해졌다.

07. 초록하늘에 끌리다

다음 날, 비서실로 들어서던 하늘은 여전히 비워져 있는 초록의 자리를 물끄러미 바라보았다.

'아직도 아픈 건가? 아니면 정말로 사라진 건가!'

며칠째 코빼기도 보이지 않는 초록 때문에 이상하게 하늘은 심란했다.

"참! 지사장님. 안젤리나 선생 말입니다."

"그냥 연초록 씨라고 부르시죠. 실장님. 그 이름, 연초록 씨하고 너무 안 어울리지 않습니까?"

그러자 장 비서가 푸핏! 웃다가 다시 입을 열었다. 좀 이미지가 안 맞긴 하다. 왠지 섹시한 여자에게나 어울릴 법한 그 이름이 청순함의 대명사인 초록과 어울리지 않는 건 사실이었다.

"그렇긴 하죠. 허허허. 하여튼 초록 선생 지금 로비 카페에서 인터뷰 중이고요. 끝나면 바로 디자인팀으로 가서 일한답니다. 다다음주에 진행 예정인 패션쇼 때문에 무척 바쁘다네요."

"인터뷰요? 무슨……."

"아. 초록 선생 말이죠. 한국패션협회에서 주관하는 올해의 신인 디자이너상을 받았거든요. 그것 때문에 엘라 잡지사와 인터뷰 중이고요. 참 기특하지 않습니까? 허허허허!"

하늘은 초록이 인터뷰 중이라는 말에 온 신경이 벌써부터 카페 쪽으로 향하고 있었다.

겉으로는 무심한 척 아무렇지도 않아 보이지만, 장 비서는 역시나 잠시 흔들리는 하늘의 눈빛을 놓치지 않고 바라보다가, 그가 사무실로 들어가자 빙그레 웃었다.

'아니, 아무리 그래도 말이야. 내가 지사장인데! 나한테는 단 한마디도 안 하고, 이럴 수 있는 건가! 연초록! 정말로…… 삐친 건가? 사라지란 말을 하는 게 아니었나…….'

그게 뭐라고, 자신에게는 인터뷰며 패션쇼며 말도 안 하고 사라져 버린 초록의 행동이 이토록이나 섭섭하다니. 그런데 정작 하늘은 그 마음이 무슨 마음인지도 깨닫지 못하고 있었다.

그러다 벌떡 자리에서 일어선 하늘이 사무실 문을 빼꼼히 열고는 비서실을 휙휙 살펴보다가 장 비서가 잠시 자리를 비운 듯 보이자 슬금슬금 조심스러운 발걸음으로 비서실을 빠져나왔다. 그러고는 바로 비상문을 열고 계단을 뛰어 내려가기 시작했다.

인터뷰가 어떻게 진행되는지 무척이나 궁금했기 때문이다. 아니 실은 인터뷰에서 무슨 말을 하는지가 더 궁금했다.

로비에 위치한 카페로 내려온 하늘은 주위를 두리번거리며 살펴보다가 카페 기장 안쪽에 앉아서 어떤 남자와 얘기를 하는 초록의 모습을 발견했다.

다행히도 초록은 입구를 등지고 앉아 있어서 자신의 모습을 들킬 염려가 없다고 생각하고는 조심스럽게 카페 안으로 들어가서 그녀를 등지고 앉았다.

"자, 이제 모든 궁금한 사항에 대한 답변은 모두 들었으니, 이것으로 공식적인 인터뷰는 마치도록 하죠."

"네, 수고 많으셨어요. 기자님."

기자로 추정되는 남자가 말하자 초록이 답했다. 순간 하늘은 미간을 잔뜩 찌푸렸다.

'제길! 벌써 끝난 건가!'

아쉬웠다. 뭐라고 말하는지 듣고 싶었는데. 그런데 왜 그게 듣고 싶은 건지 왜 이렇게 행동하고 있는지 하늘은 스스로도 이해되지 않았다.

"그럼, 이제부턴 사적인 인터뷰 좀 시작해도 될까요?"

그때 남자가 느물거리며 말했다.

"사적인 인터뷰요?"

"네, 제가 개인적으로 초록 씨께 궁금한 것이 좀 많아서요."

'뭐? 초록 씨? 언제 봤다고 초록 씨야!'

하늘은 초록을 향해 다정하게 말하고 있는 저 남자가 무척이나 마음에 들지 않았다. 눈이 세모꼴로 샐쭉해진 하늘은 주변의 잡스러운 소리들을 제거해 버린 후 오로지 그 남자와 초록의 대화에만 집중하기 시작했다.

"물어보세요."

"혹시, 남자 친구 있으세요?"

하늘의 표정으로 긴장감이 스며들었다. 초록이 어떻게 대답할지 괜스레 심장까지 두근거리기 시작한다. 왜 이러는지 정말로 모르겠다.

"아뇨. 없어요. 남자 친구."

그녀의 대답에 하늘의 눈에서 활화산처럼 불꽃이 활활 타오르기 시작했다.

'언제는 약혼자라며 7년 동안 나만을 기다렸다더니만, 저 여자 완전…… 뻥쟁이잖아!'

뭔가 괘씸하기도 하고 섭섭한 감정도 일었다.

"아하. 이거 잘 됐습니다. 저도 없거든요. 저 어떠세요. 초록 씨 완전 제 스타일인데."

점점 흥분지수가 급격히 상승하는 하늘은 붉어진 얼굴로 입술을 잘근잘근 깨물고 있었다.

"어머, 이런. 죄송해요. 제 말을 오해하셨나 봐요. 남자 친구는 없지만 대신 약혼자가 있거든요."

순간, 활활 불타오르며 씩씩! 매운 바람을 쉴 새 없이 쏟아 내던 하늘이 멈칫! 행동을 멈추며, 이내 얼굴에 승자의 거만한 미소를 드리웠다.

"아…… 이런. 아쉽습니다. 하긴 초록 씨처럼 매력적인 여자를 남자들이 지금까지 그냥 놔두진 않았겠죠. 그래서 그 약혼자라는 남자는 어떤 분입니까? 대체 어떤 남자길래, 이토록 아름다운 미녀를 꿰찼는지 궁금하네요."

이 말에 하늘은 자신도 모르게 귀를 더욱 쫑긋 세우며, 그녀의 입에서 터져 나올 자신에 대한 찬사를 기꺼이 들어 주실 요량으로 오만한 자세를 잡았다.

"음······. 그 남자는요······. 아주, 못돼 처먹었어요!"

순간 뒤통수를 거대한 샌드백으로 가격당한 듯 하늘은 화들짝 놀라 눈을 휘둥그레 떴다.

"네에? 못돼 처먹었다고요?"

"네, 거기에다가 이기적이고 까칠하고 싸가지에 하여튼 세상에서 가장 나쁜 남자예요."

"도대체 왜 그렇게 생각하는 거죠? 그래도 약혼자라면서요."

점점 흥미진진해지는 듯 남자가 고개를 쭉 빼며 신나서 질문한다.

"자기 아픔밖에 볼 줄 모르거든요. 자기 상처만이 가장 고통스럽다고 생각하거든요. 그런데 아니거든요. 자기가 아픈 만큼 다른 사람도 아플 수 있다는 사실을, 자기가 고통스러웠던 만큼 다른 사람도 그만큼의 고통을 안고 지옥 속에서 살아왔다는 사실을 모르고 있어요. 자신이 감당했던 절망과 고통을 다른 사람도 똑같이 겪었는데 말이죠. 그래도 전 포기하지 않을 거예요."

"뭘 말입니까?"

"그 남자에게 들이대는 거요. 아무리 바보에 멍청이에 이기적인 사람이라고 하더라도, 사랑하거든요."

순간 하늘의 심장으로 큰 소용돌이가 휘몰아치기 시작했다. 그녀의 진심을 마주하며 그의 표정은 심각하게 굳어 버렸다.

"그 사랑, 힘들지 않겠어요?"

기자도 무언가를 느꼈는지 장난스럽게 바라보던 시선에 이내 진지함을 담았다.

"그래도 옆에 있는 걸요. 그래서 하나도 힘들지 않아요. 그 사람 볼 수 있다는 것만으로도 전 행복합니다. 또 언젠가는 그 사람, 감옥 속에서 나올 거라 믿어요. 원래 맑고 투명한 사람이었으니깐, 다시 돌아올 것이라 믿어요. 7년 전 그때처럼!"

그렇게 인터뷰를 끝낸 초록이 카페 밖으로 나가기 위해 자리에서 일어서서는 입구 쪽으로 걸어가다가 고개를 숙인 채 시선을 아래로 떨구고 있는 하늘의 모습을 물끄러미 바라보았다.

한편, 이들의 대화를 모두 엿들은 하늘의 표정은 한없이 심각했다. 자꾸만 가슴이 저릿저릿 아파 왔다. 심장 깊숙이 박혀 있던 가시가 그것을 더욱 들쑤셔 놓았다. 사무실로 돌아온 하늘은 그렇게 하루 종일 심각한 표정으로 앉아서는 무언가 깊은 생각에 빠져 버렸다.

퇴근 무렵이 다 되어서 하늘이 장 비서를 불렀다.

"네, 지사장님. 부르셨습니까?"

"저…… 디자인팀 말입니다."

기운이 하나도 없는 표정으로 하늘이 낮게 말했다.

"네, 말씀하시지요."

"많이, 바쁘답니까?"

"네, 그래서 오늘도 역시 야근해야 한다는군요."

"아…… 그렇군요……. 그럼, 저녁은 어떻게 한답니까? 제가 격려 차원에서 저녁을 사면, 직원들이 좋아하겠습니까?"

"……."

대답 없이 장 비서가 하늘을 물끄러미 바라봤다. 그러다 그 의중을 읽은 듯 인자한 미소를 띠우며 다정하게 답했다.

"그러면 시간을 많이 잡아먹기 때문에 직원들이 싫어할 겁니다."

하늘의 어깨가 아래로 축 처졌다. 저녁을 빌미로 초록의 얼굴이나 한번 볼까 했는데.

"대신 저녁거리로 때울 만한 것들을 사 가지고 사무실로 방문하시면 어떻겠습니까? 그걸 더 좋아할 것 같은데요."

"아, 그 방법도 있었군요. 그럼 그럴까요? 하하하."

아래로 축 처졌던 그의 어깨가 다시 하늘 높이 승천했다. 날개라도 장착한 듯 아주 높게!

똑똑!

다음 주 예정인 패션쇼 때문에 디자인팀 사람들은 말 그대로 폭탄 맞은 듯 미친 듯 정신없이 일에 몰두하고 있었다. 단 1초도 쉴 틈이 없이 사무실은 분주했고 사람들은 바빴다.

초록 역시 최종 라인업을 결정하느라, 사무실 한쪽 구석 회의용 탁자에 앉아 디자인팀의 유일한 노총각인 김 과장하고 머리를 싸매며 논의 중이었다. 때문에 누군가 사무실 문을 두드리는 소리가 들리지도 않았다.

똑똑똑! 또다시 이어지는 노크소리에 오수정이 알아듣고는 네! 크게 소리쳤다. 그러자 문이 천천히 열리며 하늘이 양손 가득 음료수와 저녁거리를 싸 들고 들어섰다. 이에 모두 눈이 휘둥그레지며 하던 일을 뚝! 멈추고 말았다.

"어머! 지사장님! 여긴 어쩐 일이세요?"

놀란 최 팀장이 빙그레 웃으며 달려가서는 음료수를 받아 들었다.

"아니, 다들 다음 주 패션쇼 때문에 엄청 고생들 하신다기에 격려차 나왔습니다. 혹시 뭐, 도와 드릴 일 없나 해서요. 하하하!"

이런 닭살스런 멘트에 자신 스스로 민망해진 하늘은 그저 어색한 미소를 지으며 사무실을 재빨리 둘러봤다. 한쪽 구석 회의용 탁자에 어떤 외간 남자와 바짝 붙어 앉아 있는 초록을 발견하고는 자기도 모르게 미간을 찌푸렸다.

"어머나! 지사장님. 역시 호호호. 젊으셔서 그런가, 센스가 국보급이시네요!"

그가 사 온 고급 수제 샌드위치와 초밥 등을 바라보며 오수정이 감동에 겨운 눈짓을 보냈다.

"정말로 도와 드릴 일 없나요?"

될 수 있으면 이곳에서 오래 머물고 싶었던 하늘이 자신의 등장에도 아랑곳하지 않고, 계속 어떤 남자와 무엇인가를 소곤대는 초록을 의식하며 큰 소리로 말하자 최 팀장이 눈웃음을 지으며 답했다.

"이렇게 맛있는 거 사다 주신 것 자체로 감사드립니다. 지사장님!"

그러면서 바빠 죽겠으니까 빨리 가라는 듯 무언의 압력이 담긴 눈길로 웃었다. 아무래도 지사장이 이렇게 탁 버티고 서 있으면 일에 집중하기가 힘들기 때문이다. 이에 눈치 또한 빠르신 지사장님께서 멈칫멈칫 주춤거리다가 다시 큰 소리로 말한다.

"아, 네! 그럼 모두 수고해 주십시오! 전 그만 가 보겠습니다!"

그림에도 불구하고 초록은 여전히 자신을 쳐다보지도 않았다.

"네네! 감사합니다. 지사장님!"

때문에 하늘은 더 큰 목소리로 우렁차게 소리쳤다.

"아, 그리고 패션쇼 끝나면 제가 거창하게 한턱 쏘겠습니다!"

이번에도 역시 모르쇠로 일관하는 초록 때문에 하늘의 마음은 답답함으로 타올랐다.

"와아아아! 네. 기대할게요~"

어쩔 수 없이 쫓겨나듯 디자인팀을 나온 하늘은 허탈한 표정으로 복도에 서 있었다. 자신이 이렇게 친히 귀한 발걸음까지 해 주셨는데, 게다가 며칠 만의 만남임에도 불구하고, 연초록인지 안젤리나인지 저 여자는 자신에게 눈길 한번 건네지 않았다. 계속 들이댈 거라더니 왜 갑자기 차가워진 건지 이유를 알 수 없는 불안감과 초조감에 사로잡혀서는 무표정으로 복도를 걷기 시작했다.

"저기요. 지사장님!"

그때 뒤에서 초록이 부르는 목소리에 조금 전까지 석고상처럼 굳어 있던 하늘의 표정이 금세 부드럽게 변하다가 이내 다시 무표정으로 그녀를 돌아봤다. 최대한 아무 일도 없었다는 듯 자연스럽게 행동하고 있는 것이다. 그런 하늘을 보고 초록이 싱긋 웃으며 다가왔다. 이에 그의 심장이 두근두근 요동쳤다.

"혹시, 나 보고 싶어서 온 거예요?"

"뭐, 뭐? 무슨 이런 말도 안 되는. 아니야! 너 보고 싶어서 온 것 절대로 아니야! 난 단지 지사장으로서 직원들 격려 차원으로다가……."

"에이! 나 보고 싶어서 온 거면서. 후후후."

"아니라니깐…… 이 여자가……."

"그럼, 됐구요! 이만 가 보세요! 저 지금 엄청 바빠서 지사장님 상대해 줄 시간 없어요!"

금방 새초롬해져서는 휙 돌아 다시 비상구 문을 열고 계단 아래로 내려가려는 초록을 하늘이 다급하게 붙들어 세웠다.

"저, 저기! 연초록!"

"그거 제 이름 아닌데요!"

"저기 말이야! 안젤리나!"

하늘의 다급한 부름에 초록이 빙그레 승리의 미소를 지으며 돌아봤다.

"왜요?"

표정에 거만함과 오만함이 잔뜩 담겼다.

"어디 가? 왜 사무실로 안 가고 계단을 내려가냐고?"

"궁금하시면 따라 오시든가~"

아니, 저 여자가 정말! 그러면서 또 그녀의 뒤를 쫄래쫄래 따라 내려간다. 생각과 몸이 따로 노는 진기한 경험을 하늘은 지금 겪고 있었다.

그렇게 도착한 곳은 각종 원단과 패션 장식품들이 보관되어 있는 지하창고였다. 굳게 잠긴 문을 열고 들어가자 알싸한 지하실의 냄새가 그들의 코끝을 자극했다. 초록이 익숙하게 불을 켜자 어두컴컴한 지하창고가 금세 환하게 밝아진다.

"여긴 왜 온 거야?"

"패션쇼에 필요한 것들 이것저것 찾을 게 있어서요."

"이런 데 여자 혼자 오고 말이야. 그러다 갇히기라도 하면 어쩌려고……."

쓸데없는 잔소리를, 하지 않아도 될 말들을, 어색한 하늘은 주절주절 떠들고 있었다. 그 모습에 초록은 보이지 않게 웃으며 필요한 것을 찾기 위해 철제로 잘 짜여진 장식장들을 둘러보기 시작한다.

"그래서 당신이랑 같이 왔잖아요. 그러니 갇혀도 무섭지 않아요. 왜냐하면 오빠가 또 슈퍼맨처럼 날 구해 줄거니깐!"

"……."

그녀의 말에 여기저기 둘러보던 하늘의 발걸음이 우뚝 멈췄다. 그렇게 상처를 줬는데도 여전히 자신을 향해 두 팔을 활짝 벌리고 있는 그녀의 모습에 저릿한 통증이 심장을 관통했다.

"있지……. 내일 저녁…… 같이…… 먹을까?"

"뭐라고요? 잘 안 들려요. 이리 와서 말할래요?"

"어디 있는데?"

넓은 지하창고 수많은 철제 장식장들 사이를 돌아다니며 하늘이 초록을 찾았다.

"여기요!"

그렇게 여기저기 찾던 하늘은 드디어 가장 끝 쪽에 있는 철제 장식장 앞, 사다리를 타고 높은 곳까지 올라가서 무언가를 찾아 헤매는 그녀를 발견했다.

"뭐해?"

"필요한 원단을 찾고 있는데, 분명 여기 있었는데…… 이상하네……."

보기만 해도 아슬아슬 위험해 보인다. 자신이 지금 사다리 위에 올라가 있다는 사실을 잊은 건가. 균형을 잡지도 못하면서 장식장 여기저기를 마구 휘젓고 있는 모습이 어째 불안하다.

"조심해. 그러다 떨어지겠어!"

"괜찮아요. 여기서 짬밥이 몇 년인데. 호호호. 눈 감고도 날아다 닌다고요! 아! 찾았다. 역쉬~ 연초록, 기억력 하난 죽지 않았다니 깐. 오호호호으아악!"

순간, 찾고 있었던 것을 찾았단 성취감과 동시에 강하늘에게 마구 잘난 척을 해 대던 초록은 아니나 다를까, 한쪽 발을 사다리 난간으로 잘못 디디는 바람에 휘청, 결국 중심을 잃고 바닥으로 곤두박질치기 시작했다. 나풀나풀 나비무늬 모양이 화려한 원단과 함께.

"조심해! 연초록!"

그렇게 나비처럼 나비원단과 함께 고꾸라지던 초록은 그대로 팔을 벌리고 기다리고 있던 하늘의 품으로 풍덩! 떨어졌다. 이와 함께 하늘과 초록은 서로를 부둥켜안은 채 바닥으로 고꾸라지면서 두 사람의 가슴과 가슴이 맞닿고, 다리와 다리가 맞닿고, 얼굴과 얼굴이 맞닿았다.

더불어 입술과 입술도 그렇게 꼭 맞닿고 말았다.

"흡!"

어이없이 박치기한 입술을 두 사람 모두 후다닥 떨어트렸다. 그리고 서로의 눈을 당황스럽게 바라보았다. 심장은 미친 듯 쿵쾅거리기 시작했다. 그것이 서로에게 고스란히 전해지고 있었다. 그러다 점점 하늘의 눈빛이 초록의 눈 속으로 그윽하게 녹아들었다.

7년 만에 느껴 본 그녀의 입술이 전해 주는 그때 그 감각들. 그 감성들이 다시 되살아나는 듯 느껴진 것이다.

"아…… 미, 미안해요."

순간 이 당황스러움과 어색함을 견디지 못한 초록이 먼저 그의 몸 위에서 일어나려고 몸을 움직이는 찰나, 하늘이 그녀의 두 손목을 자신의 큰 손으로 모두 잡아 버렸다.

"오, 오빠……."

"아무 말도 하지 마."

갈라지는 목소리로 낮게 내뱉고는 이내 몸을 돌려 재빨리 자세를 바꿔 초록을 자신의 품 아래로 눕혀 버렸다. 그런 후 그녀의 얼굴을 지그시 내려다보던 하늘은 그녀의 입술을 향해 천천히 다가가기 시작했다.

사실, 이성적 사고가 마비된 듯 하늘의 머릿속은 온통 초록의 모습으로만 가득했다.

그녀밖에 없었다. 7년 전에도 지금도 그의 마음속에는 그녀밖에 없었다.

마음속에 입혀진 색깔만 다를 뿐 언제나 자신의 마음에 초록이 박혀 떠나질 않았다는 사실을 이제야 비로소 깨달은 것이다. 행복하고 따스했던 그 색이 어둡고 차갑게 변했을 뿐, 그녀가 항상 존재했었다는 사실을 알아 버린 것이다.

이렇게 나는 너에게서 평생 벗어날 수 없는 것인가…….

촉촉하고 부드러운 그녀의 입술을 향해 천천히 다가갈수록 심장이 터질 것만 같았다.

초록 역시 그윽하게 다가오는 하늘의 모습에 온몸으로 벅찬 긴장감이 몰려들어 이내 스르륵 눈을 감았다.

이윽고 하늘의 입술이 초록의 입술과 천천히 맞닿고 그 부드러운 느낌에, 그 짜릿한 느낌에, 두 남녀 모두 오래도록 묻어 두었던 그 시절의 감각과 감정들을 다시 마주하게 되었다.

아……

잠시 그렇게 살짝 서로의 입술이 포개진 상태로 가만히 그 감촉을 그 감각을 느끼고만 있던 하늘이 천천히 자신의 입술을 움직이기 시작했다.

'이제 어쩔 수 없다. 여기서 멈출 수 없다.'

그러면서 곧 터져 버릴 듯 탱탱하면서도 생크림처럼 부드럽고 달콤한 그녀의 아랫입술과 윗입술을 번갈아 가며 조심스럽게 빨아 들였다. 너무나도 부드럽고 따뜻한 그 남자의 감촉에 의해 초록의 온몸은 따뜻한 물에 레몬가루가 녹아내리듯 그 남자에게로 녹아내렸다.

'당신처럼 나도 벗어날 수 없어.'

초록이 눈물을 흘리며 하늘의 목을 두 팔로 끌어안자 하늘 역시 초록을 자신의 품속으로 더 바짝 끌어당겨 안은 후 살짝 벌어진 입술 사이로 자신의 혀를 집어넣었다. 그 부드럽고 촉촉한 감촉에 그녀의 온몸이 짜릿함으로 젖어 들었다.

두 남녀의 얼굴이 붉게 상기되고 서로의 입속에서 그간 애타도록 그립고 보고 싶었던 마음을 위로라도 하려는 듯 서로를 놓아주지 않는다. 그렇게 오래도록 깊고 깊은 입맞춤을 이어 나가던 하늘의 입술이 천천히 그녀의 목덜미로 내려앉고 그곳에도 역시 부드러우면서도 애처로운, 심장이 아려 눈물이 날 만큼 애잔한 표정으로 키스를 퍼붓던 하늘이 이내 초록을 더욱 세게 끌어안으며 눈을 질끈 감았다.

'너를 이렇게 다시 안을 줄 몰랐어……. 초록아 나는 네가……
네 존재가 아프다. 너무 아파 미칠 것 같은데…… 네가 없으면 더
아플 것 같아……. 그래서 이제 염치없지만…… 네 옆에서 견뎌
볼까 해……. 이런 나를 다시 받아 줄 수 있겠니.'

'7년 동안 오빠는 내 곁에서 떠난 적이 없었어. 그러니 그냥 옆
에 있으면 돼. 늘 그랬던 것처럼. 자연스럽게.'

그렇게 7년 만의 키스로 서로의 마음을 다시금 확인한 초록하늘
이 지하창고 철제 장식장에 나란히 기대어 조용히 앉아 있다. 키스
후, 더욱 말이 없어진 두 사람 사이로 지하실의 알싸한 공기만이
어색하게 흐를 뿐이다.

말이 없다고 하여 서로의 마음까지 느끼지 못하는 것은 아니었
다. 때로는 수백 마디의 말보다 눈빛 하나 손길 하나 몸짓 하나가
그 진심을, 그 본심을 더욱 잘 설명해 주기 때문이다.

얼마나 시간이 흘렀을까.

"배고프지 않나?"

뭔가 더욱 복잡해진 표정으로 그 무거운 공기를 가르며 하늘이
먼저 입을 열었다.

"……푸풋!"

하늘의 말에 멀뚱히 그의 얼굴을 바라보던 초록이 뭐가 웃긴지
피식 웃어 버렸다.

"……?"

느닷없는 그녀의 웃음에 하늘이 의아한 표정을 지었다.

"느끼해요!"

"뭐, 뭐가 느끼하다는 거지?"

"그 말투요! 배고프지 않나? 뭐가 느끼하다는 거지? 하하. 완전 아저씨 같아!"

"?!"

아, 아저씨? 느끼해?

너무 황당해서 어이없게 그녀를 바라만 보자 그녀는 싱긋 웃으며 벌떡 일어섰다.

어쨌거나 오늘 그의 마음을 확실하게 알아 버린 초록의 표정은 장거리 마라톤을 7년에 걸쳐 완주한 것처럼 속 시원한 표정이었다.

"배고파요. 무지! 나 맛있는 거 사 주세요! 가요!"

하늘의 팔을 잡아 일으켜 세운 후 매우 어색하게 서 있는 하늘에게 싱긋 미소를 지었다. 그러자 문을 향해 먼저 걸어가는 초록을 향해 성큼성큼 다가선 하늘이 그녀의 손을 살며시 잡았다.

"가자. 맛있는 거 사 줄게."

놀라운 눈빛으로 하늘의 얼굴을 바라보자 한결 편안해진 표정으로 하늘이 낮고도 다정하게 말했다. 이에 초록의 얼굴로 환한 웃음이 봄빛 따스한 햇살처럼 드리워진다.

"이거 원, 딸내미 놀라게 해 주려는 것도 장난이 아니구만 그래. 얼마나 더 기다려야 하는 거야! 그냥 전화해서 나오라고 할까?"

"야, 이놈아. 지금까지 기다렸는데, 좀만 더 기다리면 될 것을. 쯧쯧, 하여튼 인내심이라고는 없어요. 그리고 초록은 내 딸인데 왜 자꾸 네놈 딸이냐는 거냐!"

"자식, 네 딸이 내 딸이고, 내 아들이 네 아들이지! 우리 사이에 기리긴!"

"네 아들놈은 사라져서 나타나지도 않는구만. 나만 손해지! 딸만 빼앗기고!"

"미친놈. 내 아들도 곧 나타나면 네 아들 만들어 줄 테니깐 조금만 더 기다려라!"

"싫다. 네 아들! 내 딸 마음 아프게 한 놈, 절대로 싫어!"

농담인지 진담인지 알 수 없는 감정들을 섞어 가며 현석과 희철이 L패션 로비에서 시끄럽게 옥신각신하고 있었다. 오랜만에 만나 저녁을 먹으며 반주 겸 한잔씩 섞어 마시던 두 사람은 이내 초록을 두고 서로 지 딸이네, 내 딸이네 실랑이를 벌이다가 그녀 회사 앞까지 찾아온 것이다.

연락도 없이 깜짝 놀라게 해 주자면서.

"에잇! 안 되겠다. 전화해서 나오라고 해야지. 기다리다 지쳐 쓰러지겠네."

정말로 인내심이 바닥난 현석이 핸드폰을 꺼내 들자 희철이 자기 핸드폰을 꺼내 들며 소리친다.

"야야! 내가 걸게. 내가 건다고!"

띵똥!

그때, 지하실로부터 올라온 엘리베이터가 로비에 도착하고 문이 열리면서, 초록과 하늘이 나란히 내렸다.

"뭐 먹고 싶어?"

"음. 아주 비싸고 맛있는 거 먹어야지! 오빠는 뭐 먹고 싶은데요?"

그렇게 들뜬 마음에 초록이 하늘의 얼굴만을 바라보며 걷고 있는데 갑자기 하늘의 표정이 급격히 굳어지며 우뚝, 그 자리에 멈춰 섰다.

그와 동시에 들려온 목소리.

"하, 하늘이니? 너 정말로 하늘이야?"

믿을 수 없다는 듯 거친 격랑에 흔들리는 파도처럼, 새파래진 얼굴로 현석이 그들의 모습에 아연실색하고 있었다.

이 모습을 본 초록의 표정 역시 당황함으로 굳어 버렸다. 아직 현석에게 하늘이 한국에 왔음을 말하지 않았던 것이다. 지난날과 같은 실수를 또다시 반복하고 싶지 않았기에, 우선적으로 하늘의 의견을 먼저 존중했던 것이다.

하늘이 현석을 만날 준비가 되면 그때 얘기하려고 했었는데 또 이렇게 어긋나 버리다니.

"하늘아!"

자신의 아들을 향해 제정신 아닌 발걸음으로 휘적휘적 현석이 다가섰다.

믿을 수 없다는 듯 자신이 마주하고 있는 사람이 진짜 자신의 아들인지를 확인하고자 그의 얼굴을 만져 본다.

"……아버지."

"하. 진짜 맞구나. 내 아들, 강하늘. 이 나쁜 놈!"

그러면서 그를 끌어안고 울었다. 7년 동안 얼마나 보고 싶었던 아들이었나. 그 감격에 현석은 정신을 차릴 수 없었다. 하늘도 갑작스런 상황에 당황은 했지만 7년 만에 만나 뵙는 아버지의 모습에 강철처럼 곧추서 있던 무언가가 속절없이 흘러내리는 것을 경험하고 있었다.

한편, 희철 역시 이 어이없는 상황을 당황한 듯 바라보다가 이내 초록에게 다가와 그녀를 끌고 한쪽으로 데려갔다.

"어떻게 된 거야? 넌 하늘이 여기 있는 거 다 알고 있었어? 저놈, 언제 찾은 거야? 그런데 왜 아무 말도 안 했어?"

"저 그게……."

그렇게 하늘도 초록도 뜻밖에 벌어진 상황에 난감해하고 있었다.

☆★☆★☆

집으로 가는 택시 안에 희철과 초록이 뒷좌석에 나란히 앉아서는 심각한 표정으로 굳어 있다.

푸르스름한 어둠의 밤공기를 가르며 그들이 탄 검은색 승용차는 이제 막 동작대교를 건너는 중이었다. 조금 전 현석과 하늘, 오랜만에 만난 두 부자 단둘이서만 그간의 회포를 풀라고 남겨 두고, 희철은 초록을 데리고 함께 나왔다. 무표정으로 무언가 심각하게 생각하던 희철이 드디어 낮고도 냉정한 목소리로 입을 열었다.

"난, 네가 다시 하늘이하고 엮이는 거, 반대다! 그러니 행동 조심하고 다녀!"

"아빠! 잘 아시잖아요. 제가 그동안 얼마나 간절하게 하늘 오빠 기다렸는지……."

그래서다. 그래서 희철은 다시 나타난 하늘이 반갑지만은 않았던 것이다. 그 자식 때문에 초록이 얼마나 상처를 받고 힘들어했는지, 그것을 옆에서 지켜보는 그의 마음이 얼마나 찢어지던지 당장에 이놈을 잡아서 주리라도 틀어 버리고 싶었던 적이 얼마나 많았던가!

때문에 희철은 무수한 날들, 초록이 힘들어하는 것을 바라보면서 하늘에 대한 원망도 미움도 함께 키워 왔던 것이다. 아무리 가장 친한 친구의 아들이라 하더라도, 희철에게 하늘은 결코 용서할 수 없는 존재였다. 그러니 지금 이 시점에서 자신의 의사를 강력하게 피력해야만 했다. 또다시 얽히기 전에.

"내 눈에 흙이 들어와도 너희 둘 또다시 엮이는 꼴 난 절대로 못 보니, 이제 그만 그놈에게서 벗어나거라. 그 정도면 넌 충분히 힘들 만큼 힘들었고 할 만큼 했다. 그러니 현석이도 섭섭해하진 않을 거야. 그놈 말고 더 좋은 놈 만나서 당장 결혼해! 내일부터 선 자리 알아보마. 그러니 그렇게 알고, 이번 달 내로 오피스텔 짐 빼서 집으로 들어와!"

"아빠, 갑자기 왜 이러세요?"

"갑자기가 아니야. 너 캐나다에서 영혼이 빠져 버린 듯 빈껍데기만 안고 돌아왔을 때, 그때 이미 결심했던 일이다. 하늘이가 지금 당장 찾아와서 무릎 꿇고 잘못했다 용서를 구해도, 절대로 그놈에게 널 다시는 주지 않을 거라고! 괘씸한 놈 같으니라고! 한국에 왔으면서도, 제 애비에게 연락도 하지 않은 천하의 못된 놈 같으니라고!"

희철의 기준에서 하늘의 행동은 이미 인간으로서 지켜야 할 도리와 예의를 한참 벗어난 것이었다. 그딴 식으로 사라져 버린 것도 도저히 이해 불가능인데, 돌아와서 자기 부모도 찾아뵙지 않고, 그간 죄송하다 잘못했다 용서를 구하지도 않다니, 모든 것이 다 납득이 되지 않는다. 그래서 그저 하늘을 천하의 못된 놈에 인간 망나니로 취급해 버린다.

"아빠……."

산 넘어 산이라더니. 뭐 하나 쉬운 게 없다.

하늘에 대한 희철의 분노가 이 정도로 깊을 줄은 정말로 몰랐다.

이런 희철의 모습에 초록은 다시 낮은 한숨을 내쉬며 깊어져만 가는 고민을, 근심을, 야경에 반짝이는 한강 물에 투영시킨다.

☆★☆★☆

벌써 꽤 많은 시간이 지났건만 하늘과 현석은 아무 말도 없이 그저 서글픈 달의 흐릿한 빛을 담고 조용히 흘러가는 한강 물만 내려다보고 있었다.

하늘은 무엇을 어떻게 말해야 할지 몰라 입을 다물고 있었고, 현석 역시 하늘이 겪었을 고통과 절망을 잘 알기에 그것을 차마 실체로 듣기가 겁나 그 어떤 말도 할 수가 없었다. 말하지 않아도 다알 수 있었다. 그것이 부모의 마음 아니던가.

"그동안…… 잘 지냈니?"

"……네."

"그래, 잘 지낸 듯 보이는구나……."

"……네."

겉으로는 잘 지냈겠지. 그 속은 썩어 문드러져서 피를 철철 흘렸어도.

현석이 자신의 아들을 애처로이 바라봤다.

"그때는 내가 판단을 잘못했었다. 하늘아. 미안하구나. 이 아버지를…… 용서해 다오……."

순간, 하늘의 무심하던 눈빛이 현석의 사과에 무참히 흔들렸다.

그들 앞을 흐르는 잔잔한 물결처럼 덤덤하기만 하던 하늘의 두 눈에서 세찬 격랑에 흔들리듯 뜨거운 것이 울컥 솟구쳐 오른다. 이에 자신의 감정을 들키지 않으려 하늘이 고개를 숙이고 있자 현석이 그의 손을 덥석 잡았다.

"하늘아…… 그때는 그게 최선이라고 생각했었던 이 아비의 우매함을 용서해 다오. 제 자식 마음 하나 이해하지도 못하고……."

급기야 현석도 울먹이며 하늘의 손을 더욱 세게 잡았다. 그러자 참고만 있던 하늘의 서글픔이, 한스러움이, 애타는 회환이, 드디어 폭발하고야 말았다.

흑흑흑흑…….

소리조차 내지 못하며 입을 틀어막고 우는 하늘을 현석 역시 눈물로 끌어안았다. 무심하게 조용히 흘러만 가던 한강 물도 그들의 슬픔을, 아픔을 느꼈는가. 갑자기 거친 물결로 일렁이더니 이내 잠잠해진다.

"그래, 그동안 어떻게 지냈기에, L패션 지사장이 된 것이냐?"

7년이라는 세월이 참으로 긴 시간이기는 하지만 그렇다고 세계적으로 유명한, 그것도 하늘의 전공과 완전히 무관한 패션 관련 회사에서 중책을 맡기에는 턱없이 부족한 시간이기도 했다. 때문에 현석은 자신의 아들이 7년 만에 지사장이라는 직책으로 다시 한국으로 돌아온 것이 도무지 이해되지 않았던 것이다.

현석의 질문에 하늘의 시선이 과거의 일을 떠올리며 아련하게 젖어 들었다.

7년 전 그날 새벽으로.

파란색 지붕 집 앞에서 무너지듯 서 있던 하늘은 초록의 방에 불이 꺼지길 기다렸다가, 조용히 집으로 들어가 자신의 여권과 필요한 것들 일부만 대충 챙겨 나왔다. 그런 후 곧바로 벤쿠버 시내에서 시애틀로 가는 볼트버스에 올라탔다.

그곳에 있을 자신이 없었다. 용기가 없었다. 아니 어쩌면 그곳을 회피하고 싶었던 마음이 가장 컸을 것이다.

미칠 것만 같았다. 온몸이 갈가리 찢기듯 고통스러웠다. 도저히 말로는 형용할 수 없는 회환이었다.

'엄마라고 불러 줄걸…… 실은 나도 보고 싶었다고 말해 줄걸……. 아니 소리라도 지르지 않았더라면…… 상황이 달라졌을까…….'

미숙이 쓰러지던 그 순간이 자꾸만 떠올랐다. 보고 싶었다며 서럽게 울던 미숙의 얼굴이 사라지지 않아 몇날 며칠을 잠조차 이룰 수 없었다. 그 순간을 씹고 또 씹고, 곱씹어 생각해 보아도 달라지는 것은 아무것도 없이 그저 고통 그 자체였다.

모든 것이, 상황이 그렇게 된 것이, 모두 자신의 잘못 때문에 벌어진 것 같았다.

때문에 하늘은 자신 스스로를 가장 용서할 수 없었다. 초록도 아버지도 그 누구의 잘못도, 자신의 잘못만큼 크진 않을 터.

터져 버릴 듯 복잡한 감정을 안고 시애틀로 건너온 하늘은 무작정 아무 버스나 집어타고, 미국 동부 쪽으로 가기 시작했다. 왜 하필 동부였는지는 그 자신도 이유를 모르겠다. 그냥 되는대로 발길 가는대로 갔던 것도 같다.

그렇게 도착한 곳은 뉴욕이었고, 그곳에서 하늘은 말 그대로 자신을 놓아 버렸다. 철저하게 자신을 망가뜨리기 시작했다. 자신 스스로에게 가혹한 형벌을 내리기 시작했다.

낮에는 정처 없이 어딘지도 모르는 목적지를 향해 무작정 걸었고, 밤에는 길거리에서 잠을 잤다. 낮에는 공원에서 미친 사람처럼 넋을 잃고 앉아 있었고, 밤에는 지하철 계단에서 새우잠을 잤다. 낮에는 자신의 영역을 침범했다며 시비를 걸어오는 노숙자들에게 두들겨 맞았고, 밤에는 하수구 옆에서 악취를 맡으며 잤다.

그렇게 철저하게 스스로에게 벌을 주고 있던 어느 날 누군가 읽고 버린 신문지를 주워 한기가 느껴지는 지하철 바닥에 깔고 자려던 순간, 그는 어떤 기사와 함께 미숙이 환하게 웃고 있는 얼굴을 발견하고 말았다.

「"L패션 수석 디자이너였던 그레이스 박. 심장병으로 세상을 떠난 일이 뒤늦게 알려져 패션계 충격에 빠지다"

L패션을 지금의 이 자리에 있게 만든 인물은 단언컨대 창립 멤버이자 수석 디자이너였던, 그레이스 박일 것이다. 동양의 작은 나라, 한국에서 온 그녀는 고전적인 동양의 우아한 미를 바탕으로, 미국 패션계에 커다란 파장을 불러일으킨 인물로……」

그 신문기사를 읽고 또 읽고, 신문지가 너덜너덜해질 때까지 읽던 하늘이 고개를 들자 신기하게도 미숙이 서 있었다.

"엄마?"

그가 놀라움에 울먹이며 미숙을 부르자 그녀는 그저 조용하게 미소만 지으며 어딘가를 향해 걷기 시작했다. 그 뒤를 하늘이 휘척 휘척, 무언가에 홀린 듯 따라갔다. 그 신문지를 손에 꽉 그러잡은 채로 말이다.

그렇게 도착한 곳은 다름 아닌 뉴욕에 본사를 두고 있는 L패션 정문 앞이었다.

달이 아래로 기운 조용한 새벽이었고 며칠을 굶은 탓인지 아니면 무엇에 홀린 탓인지, 그곳 정문 앞에서 하늘은 그만 정신을 잃고 쓰러졌고 그 순간, 쾅!

'하늘아! 하늘아!'

누군가 자신을 따뜻하게, 다정하게 부르는 목소리에 살그머니 눈을 뜨자 미숙이 환하게 웃는 얼굴로 자신을 바라보고 있었다.

"어, 엄마……."

'그래, 하늘아. 엄마야. 엄마가, 우리 하늘이 얼마나 보고 싶었는지 몰라…….'

"아니야, 아니야! 당신은 나를 버렸어. 나를 버리고 떠난 사람이 내가 보고 싶을 리가 없어!"

절규에 짓눌린 하늘의 표정을 미숙이 매우 가슴 아픈 표정으로 바라보고 있었다. 두 눈 가득 애달픔과 안쓰러움을 담고서 그렇게 한참 동안 뚫어져라 바라보던 미숙이, 어딘가 어두운 터널을 향해 사라지기 시작했다. 그러자 하늘의 마음이 초조해지고 다급해졌다.

이게 아닌데. 이러려던 것이 아닌데.

"아니야. 아니야! 가지 마! 엄마, 엄마. 가지 마! 또 날 버리고 가지 말라고! 아아악!"

아아아악!

「이보세요. 이보세요!」

화들짝 놀란 하늘이 황급하게 눈을 뜨자, 어떤 미국 여자가 자신을 흔들어 깨우고 있는 모습에 당황한 표정으로 하늘이 입을 열었다. 금발이 아름다운 젊은 여성이었다.

「여, 여기가 어디죠?」

눈을 크게 뜨고 주위를 휘휘 둘러보자 햇살이 환하게 쏟아져 들어오는 창이 인상 깊은, 고급스러운 가구들이 정갈하게 놓여 있는 커다란 방, 이탈리아 장인이 만들었음직한 고풍스러운 침대에 자신이 누워 있음을 발견했다. 더불어 자신의 팔에 꽂혀 있는 링거주사와 함께.

「이제 정신이 드나요? 당신 일주일 만에 깨어났어요. 우리 회사 앞에서, 미안하게도 우리 차에 치여서……. 다행히 큰 부상은 없었는데, 의사 말로는 그동안 영양실조에 가까울 정도로 당신 심신이 쇠약해져서 오래도록 자는 거라고 하더군요. 기억 안 나요?」

여자가 상냥하게 웃으며 조곤조곤 속삭이듯 말했다. 그러자 그의 기억이 다시 돌아왔다. 미숙의 기사를 읽고 무작정 L패션 본사를 찾아갔었던 기억이 났다.

분명 정문까지 갔었는데. 그 후론 아무것도 기억나지 않았다.

「아……」

「반가워요. 내 이름은 조이예요. 그쪽은 이름이 뭐죠? 당신 신원을 확인할 만한 소지품도 하나 없어서 어쩔 수 없이 우리 집으로 데려왔어요.」

하긴 여권이 들어 있던 가방을 어떤 노숙자에게 도둑맞았으니, 그는 자신을 증명해 줄 만한 그 어떤 자료도 지니고 있지 않았다.

「……고맙습니다.」

「이름이 뭐예요? 가족은 있나요?」

조이가 하늘을 그윽한 눈빛으로 바라봤다. 그녀의 질문에 하늘의 동공이 크게 흔들렸다.

이름⋯⋯. 가족⋯⋯.

다시는 강하늘로 살고 싶지 않다는 강력한 욕망이 큰 파도처럼 솟구쳐 올라왔다. 아무도 모르는 곳에서 강하늘이 아닌 것처럼 살고 싶다는 강렬함. 그러면 조금은 죄책감이 덜어질까.

「가족은 없습니다⋯⋯. 이름은⋯⋯ 브래드.」

그래, 이제부터 나는 브래드인 것이다. 더 이상 강하늘이 아닌 브래드로, 그 고통에 찌든 옷을 벗어 버리고 새롭게 살고 싶었다.

「오우! 브래드. 당신 이미지하고 딱 어울리는 이름이네요. 좋아요. 어쩌면 우리, 운명일지도 모르겠네요. 호호호.」

「네? 그것이 무슨⋯⋯.」

「일단 씻고 나오세요. 갈아입을 옷은 저쪽에 준비해 뒀으니깐.」

그러면서 그녀는 알 듯 모를 듯 의미심장한 미소를 짓고 방을 나갔다.

샤워를 마치고 그녀가 준비해 준 옷으로 갈아입었다. L패션 로고가 붙어 있는 청바지와 블랙 셔츠였다. 사이즈를 잰 듯 그의 몸에 딱 맞아 떨어지는 것이 놀라웠다.

거지에서 근사한 왕자님처럼 멋있어진 모습으로 변신한 하늘이 거실로 나오자 조이의 눈이 휘둥그레졌다.

「와! 이렇게 차려입으니, 정말로 다른 사람 같군요. 멋있어요! 호호호.」

한편 조이의 감탄과는 달리 하늘은 그 저택의 웅장한 규모와 화려함에 두 눈이 커졌다. 자신의 집도 한국에서는 그래도 꽤 고급 주택에 속하는지라, 웬만한 것에는 잘 놀라지도 않았던 하늘도 입을 다물지 못했다. 마치 이곳은 집이 아니라 중세 유럽 왕이 살았던 성처럼 보였던 것이다.

내가 지금 꿈을 꾸고 있는 것인가!

조이가 이끄는 대로 소파에 앉아 어리둥절한 표정을 짓고 있는데, 중년의 미국 남자가 그들에게로 다가왔다. 미국 영화배우 해리슨 포드처럼 중후한 인상을 풍기는 멋스러운 육십 대 초반의 남성이었다. 그가 하늘에게로 다가와 악수를 청했다.

「깨어나서 정말 다행이로군. 난 숀이라네. 이름이?」

「……브, 브래드입니다.」

「흠. 브래드라. 집은 어디인가? 직업은?」

「집도…… 직업도…… 없습니다…….」

「흠. 그래서 거리에서 살았던 건가?」

「…….」

하늘은 아무 말도 할 수가 없었다. 그런 하늘을 심각하게 바라보고 있던 숀이 신문을 탁자 위에 내려놓았다. 쓰러지면서도 손에서 놓지 않았던 바로 그 신문을 보며 하늘은 당황함으로 온몸이 굳어졌다.

「이 신문을 꽉 쥐고 있던데, 이 여인 혹시 아는 사람인가?」

다시 미숙의 얼굴을 마주한 하늘의 시선이 요란하게 흔들렸다. 그러나 그것을 들키지 않으려 하늘이 재빨리 얼버무리고는 고개를 숙였다.

「아, 아니요. 모, 모르는 사람입니다.」

그런 하늘을 손이 무표정으로 바라보고 있었다. 그러나 눈빛은 무언가를 꿰뚫어 보는 듯하더니 이내 목청을 높여 그를 불렀다.

「강하늘!」

「네? ……아, 아니 뭐라고 하셨죠?」

이 사람이 대체 자신의 이름을 어떻게 알고 있는 것인가. 너무 당황해서 안절부절못하는 하늘을 보며 손이 말했다.

「자네 이름이 강하늘 아닌가?」

「아, 아닙니다. 아니에요! 제 이름은 브래드입니다!」

하늘이 완강하게 고개를 저으며 부정했다. 다시 강하늘이 되고 싶지 않았던 것이다. 또다시 강하늘이 되어서 그 끔찍한 기억을 안고 고통 속에서 살고 싶지 않았다.

그런 하늘을 연민의 시선으로 바라보던 손이 천천히 입을 열었다.

「흠. 그렇군. 실은 이 여인의 아들 이름이 강하늘이었다네. 어릴 적 사진을 봤는데 자네와 상당히 닮아서 물어본 거라네. 이 여인은 나와 가장 친한 친구이자 동료였거든.」

그 말을 내뱉은 손의 눈빛이 그리움으로 젖어 드는 듯 보였다. 더불어 하늘은 속으로 매우 놀라고 있었다. 어쩌면 미숙이 자신을 이리로 데려왔는지도 모르겠단 생각마저 들었다. 그때 손이 또다시 놀라운 얘기를 들려주었다.

「그레이스가 생전에 내게 부탁을 한 게 있었거든. 나중에 자신이 이 자리에 없을 때, 혹시라도 자기 아들에게 무슨 일이 생기면 도와 달라고 말이야.」

손이 또다시 무언가를 꿰뚫어 보는 듯한 눈빛으로 하늘을 지그시 바라보았다. 그 눈빛에 하늘은 저도 모르게 어깨를 움츠렸다.

「흠. 자네 혹시 패션 사업에 관심 있는가?」

「네에?」

「관심 있다면 우리 회사에서 일해 보는 건 어떤가. 어차피 갈 곳 없는 인생이지 않은가. 새로운 곳에서 새롭게 살아 보는 것도 나쁘지 않다네.」

「뭘 보고 저에게 이런 기회를 주시는 겁니까?」

「젊음. 인생을 끝내기엔 자네 아직 너무 젊지 않은가. 그러니 조금 더 살아 보고 무엇을 결정해도 그때 결정하란 말일세.」

「아…….」

그렇게 해서 하늘은 숀이 내미는 손을 잡았고, 미숙이 일궈 놓은 L패션에서 바닥부터 다시 삶을 시작했다. 낮에는 일하고 밤에는 패션 관련 공부를 했고 학위를 땄다. 특히 마케팅 관련 분야에서 뛰어난 두각을 나타내기 시작했다.

이런 하늘의 능력을 숀은 높이 샀고, 그의 능력을 인정해서 점차적으로 중요한 직책을 맡기기 시작했다. 숀의 딸이자 L패션 이사인 조이 또한 하늘을 적극적으로 도와주었다. 그래서 이 자리까지 온 것이다.

"그랬구나. 그렇게 된 거였어."

영화 같은 이야기에 현석은 그저 조용히 눈물만 훔치고 있었다. 부우웅! 멀리서 불빛이 화려한 유람선이 반포대교를 따라 천천히 들어오고 있었다.

"어쩌면 네 엄마가 너를 도왔는지도 모르겠구나. 네가 망가지지 않게 말이야."

"……."

현석의 말을 들으며 하늘은 어둠으로 깊어진 물결을 잠자코 바라보고 있었다. 그때 현석이 자신의 핸드폰을 꺼내 무언가를 찾아 하늘에게 건넸다. 그 안엔 수없이 많은 편지들이 가득 들어찬 상자가 찍혀 있었다. 그것을 의아한 듯 바라보자 현석이 조용히 말했다.

"네 엄마 유품이다. 이 편지들 모두 네게 쓴 것이더구나. 지난 10년 동안 하루도 빠지지 않고 매일 편지를 썼어. 네게 미안하다고, 너무너무 미안해서 매일 피눈물을 흘리면서 후회하고 있다고……."

순간 하늘의 심장은 수십 개의 바늘이 찌르고 달아난 것처럼 아려 왔다. 동시에 무언가 해소되지 않은 듯 느껴지던 고통의 흔적이 조금씩 사그라지는 느낌도 받았다.

끝을 알 수 없을 것만 같았던 죄책감도 조금은 덜어지는 듯도 했다. 이에 하늘은 현석을 바라보며 웃었다. 현석도 함께 웃었다. 그렇게 하늘은 스스로에게 조금씩 화해를 시도하기 시작했다.

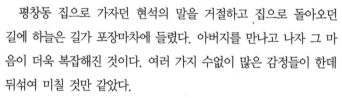

08. 초록하늘로 날다

평창동 집으로 가자던 현석의 말을 거절하고 집으로 돌아오던 길에 하늘은 길가 포장마차에 들렸다. 아버지를 만나고 나자 그 마음이 더욱 복잡해진 것이다. 여러 가지 수없이 많은 감정들이 한데 뒤섞여 미칠 것만 같았다.

한 잔, 두 잔 그렇게 비우기 시작한 소주병이 어느새 테이블 한 가득이었다.

"아주머니, 여기…… 소주 한 병 더…… 주세요……."

혀 짧은 소리로 말하자, 아까부터 조마조마한 눈길로 쳐다보던 포장마차 주인이 쯧쯧 혀를 차며 말했다. 조금만 더 마시면 정신을 잃고 쓰러질 것이 분명해 보였기 때문이다.

"이봐요. 총각. 많이 마셨는데 이제 그만 집에 가요. 더 마시면 안 될 것 같아. 어서, 어서 일어나요!"

"에이. 괜찮는데…… 더 마실 수 있는데……."

"빨리 가래도! 이제 더 이상 총각한테는 술 안 팔아. 그러니 어서 가요. 어서!"

"하아……."

어쩔 수 없이 하늘은 아쉬움 가득한 표정으로 일어나 비틀비틀 집을 향해 걷기 시작했다. 이미 이성이 마비되고, 정신이 지구 밖으로 사라져 버린 그의 발걸음은 갈지자로 왔다 갔다 했고 정신이 하나도 없었다.

오로지 본능적인 감각으로 집까지 찾아가는 그 발걸음이 누군가를 향한 그리움으로 무거웠다.

'초록아. 아…… 연초록…… 보고 싶다…… 보고 싶어.'

생각으로 멈추지 못하고 본능만이 살아 있는 그의 손가락이 제멋대로, 그녀에게 문자를 보낸다.

[여 ㄴ 초 로 ㅏㄱ…… 보기 시ㅃ ㅏ ㄷ…….]

띵띠딩!

자신의 오피스텔로 돌아온 초록은 희철의 말에 심각해져서는 고민에 잠겨 있다가 이제 막 침대에 누우려는 순간, 누군가가 보낸 문자를 받고 벌떡 몸을 일으켰다.

"하늘 오빠네. 근데 이게…… 뭐지?"

도대체 무슨 소린지 알아보기가 힘들었다. 게다가 이 상태로 문자를 보낸 하늘이 슬슬 걱정도 되었다. 이에 초록이 재빨리 하늘에게 전화를 걸었다.

건조한 벨소리가 끈질기게 울려 댔지만 그는 전화를 받지 않았다. 그러다 문득 혹시 '보고 싶다'를 잘못 누른 건가, 싶은 생각이

들자 그녀의 가슴이 빠르게 요동치기 시작하며 그 벅찬 감격에 초
록 또한 하늘이 미치도록 보고 싶어졌다.

　계속해서 전화를 걸어 보지만, 그는 여전히 묵묵부답으로 일관했
다.

　순간 용수철처럼 튀어 오른 초록은 그대로 옷을 갈아입고 오피
스텔을 뛰쳐나갔다. 지금 당장 하늘을 보지 않으면 죽을 것만 같았
기에 그의 집으로 무작정 달려갔다.

　한편 인사불성인 채 집으로 돌아온 하늘은 조금 전 자신이 초록
에게 문자를 보냈다는 사실도 인지하지 못한 채로 늘 그랬던 것처
럼 옷을 다 벗고 샤워실로 들어갔다. 흔들흔들, 비틀비틀, 샴푸에
거품을 내어 머리를 감고 그 거품으로 몸까지 쓱쓱 닦는다.

　그런 다음 물로 대충 한번 휙 헹구고는 수건으로 아랫도리만 감
은 채 휘청휘청 거실로 나와서 소파로 털퍼덕 쓰러졌다. 머리에는
여전히 거품이 가득했다.

　엎어지는 순간의 충격으로 아랫도리를 아슬아슬하게 감싸고 있
던 수건과 머리 위 보글보글한 거품들이 나풀나풀 공중으로 날아올
랐다가 바닥으로 툭! 톡톡 떨어졌다.

　그는 탄탄한 엉덩이와 탄력적인 근육들을 씰룩이며, 아찔하고도
섹시한 뒤태를 적나라하게 드러낸 채 곧 깊고 깊은 꿈나라로 직행
한다.

　띵똥! 동시에 집 안으로 초인종 소리가 울려 퍼졌지만 하늘은 그
자세 그대로 꼼짝도 안 하고 누워 있었다. 이미 깊은 꿈나라로 직
행하셨기 때문이다.

딩동! 딩동!

현관문 앞에서 벨을 계속해서 누르는 초록의 얼굴은 초조했다. 전화도 안 받고 집에도 인기척이 없자 혹시 무슨 일이라도 생긴 건지 무척이나 걱정되었기 때문이다.

삐삐삐삐! 그렇게 몇 분 벨을 누르던 초록은 안 되겠는지 비밀번호를 누르고 집으로 들어갔다.

"오빠! 하늘 오빠!"

불이 환하게 켜진 걸로 봐서는 집에 있는 것 같은데 왜 대답이 없을까? 초록이 주위를 두리번거리며 천천히 집으로 들어섰다.

"오빠!"

조심스럽게 하늘을 불러보며, 거실로 들어선 순간 초록은 그만 화들짝 놀라고 말았다. 그와 동시에 입은 쩌억 벌어졌고 얼굴은 순식간에 불덩이처럼 달아올랐다.

"옴마야! 내 눈앞에 펼쳐져 있는 저, 저게…… 뭐, 뭣이다냐!"

한동안 초록은 하늘의 그 아찔한 모습에 석고상처럼 굳어서는 움직이지도 못하고 서 있었다. 정말로 거짓말처럼 머릿속이 하얘지는 새로운 경험을 겪고 있는 중이었다. 그러다 화들짝, 얼른 정신을 차린 그녀가 조심스럽게 다시 그를 불러 본다.

"오빠……. 하늘 오빠?"

그러나 그는 여전히 묵묵부답이었다. 이제 그녀는 혹시 하늘이 어디 아픈 건 아닌지, 그래서 저 지경으로 기절해 있는 건 아닌지 몹시 걱정되기 시작했다. 이에 슬금슬금 그를 향해 다가가며 될 수 있으면 미치도록 섹시한 엉덩이는 보지 않으려 노력했다.

"오빠! 오빠!"

그의 머리맡에 앉아 단단한 어깨를 흔들자, 휴! 깊은 숨을 내쉬며 하늘이 고개를 천천히 돌리더니 다시 깊은 잠으로 빠져 버렸다.

"아휴, 술 냄새! 대체 얼마나 마신거야! 그리고 이건 뭐지?"

그가 내뱉은 숨결 사이로 찐한 알코올 냄새가 풍겨 나오자 아픈 것이 아니란 사실에 안심하던 그녀는 이내 하늘의 머리카락에 몽글몽글 달라붙어 있는 정체불명의 거품을 만져 보고, 냄새를 맡아 보다가 피식, 어이없게 웃었다.

"설마, 머리 감고 헹구지도 않은 거야? 나 참! 오빠! 오빠! 일어나 봐요. 이거 헹구고 자야할 것 같은데. 휴우!"

나오는 것은 한숨뿐이었다. 이 난감한 상황을 대체 어떻게 해결해야 하는 것이란 말인가. 무언가 심각하게 고민하던 초록이 얼른 일어나 그의 침실로 가서는 속옷이 있음직한 공간을 마구 뒤지기 시작했다. 서랍장이란 서랍장은 다 열어 보고, 장롱도 다 열어 보다가 드디어 속옷을 발견하고는 싱긋 웃었다.

거실로 나와 그의 적나라한 모습을 그윽하게 바라보며, 한쪽 입꼬리만 살짝 말아 올린 채 의미심장한 미소를 지었다. 일단 이렇게 좋은 볼거리는 두고두고 감상해 줘야 한다고 생각하며 자신의 핸드폰을 들고 찰칵! 인증 샷을 찍었다.

"이보세요. 브래드 강 씨. 그대도 이렇게 흐트러질 수 있는 사람이었군요. 후후."

뒤집어진 상태로 그에게 속옷을 입히며 초록이 중얼거렸다. 앞으로 돌려 입히는 건 도저히 못 하겠다. 아무리 그래도 아직 결혼도 안했는데…… 그러나저러나 내가 자신에게 속옷을 입힌 사실을 알면 이 남자, 어떤 반응을 보일까.

그렇게 민망한 상황을 대충 마무리 짓고, 초록이 그의 양쪽 겨드랑이 아래로 손을 집어넣어 그를 일으켜 보려 힘을 주었으나 꿈쩍도 하지 않았다. 덩치가 크기도 했지만 술 먹고 축 처져 있어서 초록의 힘으로 그를 움직인다는 것이 쉽지가 않았다.

'이 샴푸, 헹궈 줘야 하는데…….'

다시 고민에 빠져 입술을 잘근잘근 깨물던 초록은 무엇이 생각났는지 다시 벌떡 일어나 화장실로 가서 세숫대야에 물을 받아 왔다.

'이렇게라도 대충 닦아 줘야지 안 되겠다.'

초록은 엎어진 그의 몸을 김밥 말듯이 돌려 똑바로 눕혔다. 다행히 소파가 엄청 커서 그가 바닥으로 떨어지는 불상사는 막을 수 있었다.

술에 취해 잠에 빠진 모습이 미치도록 섹시했다.

아휴! 나이 드니깐, 남자도 섹시하단 사실을 알게 된 초록은 잠시 하늘의 근사한 자태를 여유롭게 감상한 뒤 그의 입술에 쪽! 짧게 입을 맞췄다. 그러고는 고개를 소파 가장자리 쪽으로 끌어와 그아래 세숫대야를 받치고 손으로 물을 떠서 그의 머리를 헹구기 시작했다. 하늘이 미간을 찌푸리며 몸을 뒤척거렸다.

"가만히 있으세요. 강브래드 씨. 이렇게 헹구지 않으면 당신 머리 다 빠진다고요. 난 대머리 남자 싫거든. 그러니 나하고 오래오래 살고 싶으면, 가만히 있으라고요."

그녀의 말을 알아들었는지 하늘의 뒤척임이 이내 잠잠해진다. 그렇게 여러 번, 세숫대야의 물을 바꿔 가며 그의 머리를 헹궈 준 초록은 파김치가 되어 그 옆에 널브러져 누웠다.

소파 아래로 힘없이 떨어져 있는 그의 팔을 들어 올려 자신의 머리를 기댔다. 그가 숨을 쉴 때마다 숨결에 알싸한 알코올 냄새와 로즈마리 향이 섞여 나왔다. 기분 좋은 향이었다.

그 향에 취해 초록은 자신도 모르게 다시 하늘의 입술에 가볍게 입을 맞춘 뒤 그의 허리에 팔을 감고 스르륵, 꿈속으로 빠져들었다. 편안했다. 아늑했다. 오랜만에 그의 품속에 눕자 세상을 다 얻은 듯 기분이 좋아졌다.

"아아. 살려 주세요!"

중세 유럽의 지하실처럼 생긴 곳 한쪽에서는 횃불이 활활 타오르고 있고, 각종 고문도구들이 벽에 을씨년스럽게 걸려 있었다. 그곳 한가운데 하늘이 속옷차림으로 나무 의자에 앉아 있었다. 다리와 몸은 꽁꽁 묶여 있었고 양팔은 허공에 매달려서 마치 만세 자세를 하고 있는 듯 보였다. 괴상한 자세였다.

그 앞엔 캣우먼처럼 위아래 구분 없이 통으로 된 블랙 가죽 옷을 입고 매끈한 몸매를 뽐내며 고문관이 서 있었다. 얼굴 역시 복면으로 가려져 누군지 알 길이 없었다. 이 상황이 하늘은 무척이나 두려웠다.

"네 잘못을 네가 알겠느냐!"

"자, 잘 모르겠어요. 도대체 내가 무엇을 잘못했길래 이러는 거죠?"

하늘은 자신이 고문을 당하고 있는 이유를 당최 모르겠다. 게다가 이렇게 민망한 고문이라니.

"뭣이라! 정말로 네 잘못을 모른단 말이냐!"

"네…… 모르겠어요……."

"흠, 또 쓴맛을 봐야 네 놈이 네 잘못을 알렷다!"

"아아…… 하지 마세요. 제발 그것만은 아아!"

순간, 그 캣우먼처럼 생긴 고문관이 갑자기 하늘의 오른쪽 팔에 매달리더니, 그 팔을 마구 잡아 눌렀다. 그러자 하늘의 얼굴이 고통으로 일그러진다.

"아, 무거워요. 팔도 저리고 아파요. 그러니 제발 내려와요. 네?"

"싫다. 싫어!"

그러면서 더욱 그의 팔을 잡아 눌렀다. 그 모습이 마치 전깃줄에 대롱대롱 매달려 있는 고양이 같았다. 무겁고 아프고 죽겠다. 이 사람을 좀 어떻게 치워야 하는데 꽁꽁 묶여 있으니 어떻게 할 방법도 없다.

'넌 누구냐? 누군데 날 이렇게 괴롭히는 거야! 아! 떨어져라. 제발 떨어지라고!!!'

순간 번쩍! 하늘이 눈을 떴다. 깼는데도 불구하고 오른쪽 팔이 너무 아프고 저리다. 더불어 온몸이 묶여 있는 듯 답답하다.

'아직도 꿈속인 건가.'

다시 정신을 차린 순간, 하늘은 자신의 몸을 꼭 끌어안고 자신의 오른쪽 팔을 베개 삼아 자고 있는 어떤 여인을 발견하고는 화들짝 놀라 몸을 움직이다가 그녀가 초록임을 확인하고는 더욱 소스라치게 놀랐다.

"어, 어떻게……."

이 여자가 여기 있는 것인가. 도무지 기억나지 않았다. 마지막 기억을 되돌려 봐도 자신이 포장마차에서 술을 마시고 있던 모습만 떠오를 뿐이었다.

그렇게 잠시 이 상황을 이해해 보려 머리를 굴리던 하늘은 초록을 살며시 흔들어 보았으나 너무 깊이 잠든 그녀는 일어날 기미가 전혀 없었다.

휴! 일단 이게 어찌된 일인지는 나중에 알아보는 것으로 하고, 낮은 한숨을 내쉬며 시계를 보자 새벽 네 시였다. 아직 그녀를 깨우기엔 너무 이른 시간임을 깨닫고는 피가 통하지 않아 아파 미칠 것 같은 고통을 참으며, 하늘은 잠시 그대로 더 누워 있었다. 그러다 이 상황이 너무 웃겨 웃음이 터져 나왔다.

후후! 하하!

'그럼 꿈속에서 나를 괴롭혔던 고문관이 연초록 너였던 거냐! 어이가 없네. 하하!'

소리 없이 키득키득 웃던 하늘은 순간, 초록이 자신의 허리를 더 깊게 끌어안으며 몸을 밀착해 오자 갑자기 심장이 미치도록 뛰기 시작했다. 팔이 끊어질 것 같은 아픔이 순식간에 사라진 그 자리에 대신 기묘한 욕망이 고개를 들고 일어섰다. 그녀가 자신의 몸에 닿아 있는 부분들이 화끈화끈 뜨겁게 달아오르기 시작한 것이다.

'아아…… 안되겠다. 더 이상 못 참겠다.'

얼굴이 붉게 상기된 하늘은 천천히 몸을 움직여 초록이 깨지 않도록 조심스럽게 소파 아래로 내려왔다. 그리고 감각이 없는 오른 팔을 휘휘 돌려 원래의 상태로 되돌린 다음, 천천히 초록을 들어 올려 안았다.

새근새근, 아이처럼 투명한 표정으로 자고 있는 초록을 침대 위에 살며시 내려놓고, 이불을 넢어 준 뒤 침대에 걸터앉아 그녀의 얼굴을 그윽하게 내려다보았다. 그러자 알싸한 감정이 휘휘 돌아 심장을 파고들었다.

어쩔 수 없다. 이젠 나도 모르겠다. 보지 않는 아픔이 지금의 이 고통보다 더 클 것이기에……. 이제 다시, 너를 내 마음속에 담아 보련다. 이기적이라 말해도, 나쁜 놈이라 비난받아도 모르겠다.

심해처럼 깊은 시선으로 그녀를 바라보던 하늘의 고개가 천천히 아래로 내려가고, 초록의 부드러운 입술에 살며시 입을 맞추었다. 그러자 초록이 잠결에 희미한 미소를 보냈다. 그 미소를 바라보며 하늘도 기분 좋은 미소를 지어 주었다.

어라?! 그런데 이건 또 뭐냐!

순간 하늘이 자신의 몸을 내려다보다, 빛의 속도로 얼굴이 붉어 졌다. 당황함에 침대에서 벌떡 일어나 민망해진 차림으로 후다닥, 방을 뛰쳐나가 화장실로 들어가더니 앞뒤가 바뀌어 의도하지 않게 T자 모양이 되어 버린 팬티와 뒤집어진 면 티를 훌훌 벗기 시작한 다.

'아! 이런. 제길! 속옷을 뒤집어 입다니! 술이 얼마나 취했으면, 속옷 뒤집어 입은 것도 몰랐단 말이야! 강하늘! 아 설마, 초록이 이 모습을 보진 못했겠지? 제발, 못 봤어야 하는데. 아냐 정말, 이런 말도 안 되는 실수를 저지르다니. 이 천하의 강하늘이! 미치겠네, 미치겠어!!!!'

번쩍! 휘둥그레 눈을 뜨고 잠시 좌우로 고개를 돌려 자신이 지금 어디 있는지를 파악한 초록이 벌떡 일어났다. 해는 이미 중천에 걸려 있었다. 토요일이라서 다행이지, 만일 평일이었다면 지각했을 것이다.

"아 맞다. 나 지금 하늘 오빠 집에 있는 거지. 그런데 언제 침대로 왔지? 분명 오빠랑 소파에서 잤는데."

하늘이 자신을 침대로 옮겼다는 생각에 쑥스러우면서도 기분 좋은 미소가 불쑥 솟구친다. 그러다 어제 그 남자의 아찔한 모습이 떠오르고 이내 웃음이 터져 버렸다.

"오빠?"

거실로 나오자 인기척이라곤 어디에서도 찾아볼 수 없는 넓은 거실이 처량했다. 민망한 마음에 하늘은 소파에서 자고 있을 것이라 생각했는데, 아무도 없는 것이다.

"어디 갔나?"

하늘이 없다는 사실에, 그녀가 깊은 실망감과 더불어 화가 솟구치려는 그 순간, 삐삐삐삐! 도어록 풀리는 소리가 들리더니 하늘이 들어섰다.

청바지에 티셔츠, 눌러쓴 야구모자, 밝은 표정.

7년 전과 다를 바 없는 하늘의 모습에 초록은 이 공간이 그와 함께 했던 캐나다로 이동한 것만 같은 기분에 사로잡혔다.

"일어났어?"

낮고도 다정한 말투, 아직도 꿈속인건가! 현실감이 없었다.

"배고프지? 집에 먹을 게 아무것도 없어서, 간단하게 아침……."

손에 바게트 빵과 우유, 샐러드 재료를 사 들고 들어오는 하늘에게 다가간 초록은 그대로 그의 품속으로 뛰어들었다.

그래, 이 모습이 바로 하늘이다. 이 남자는 이런 모습이 어울린다. 다정하고 밝은 표정, 남을 배려하는 듯한 행동과 다정한 말투,

칠 년 동안 어디 갔다 온 거니? 왜 이제야 왔어?

사 온 그것들을 바닥에 내려놓고 하늘 역시 그녀를 두 팔로 휘어 감았다.

"미안해."

"……."

"잘못했어. 내가 어리석었어…… 너 때문이 아니었다는 걸 너무 나도 잘 알면서도…… 그랬어……. 미안하다. 초록아……."

때론 그 당시에는 옳다고 생각했던 일들도, 되돌아보면 잘못된 것이 얼마나 많던가. 후회스러운 일들이 얼마나 많던가. 끊임없이 시행착오를 반복하면서 살아가는 것이 인생 아니던가.

"……오빠…… 고마워…… 지금이라도 돌아와 줘서……."

그래도 우리는 살아가야 한다. 그것을 반성하며 다시는 그와 같은 실수를 되풀이하지 않기 위해 노력하며 그렇게 살아가야 하는 것이다.

"미안해."

"나도 미안해."

서로를 끌어안은 그들의 얼굴로 눈물이 소리 없이 떨어지고 있었다.

그윽한 커피향이 온 집 안을 감쌌고 이제 막 오븐에서 구워져 나온 빵은 고소했다. 하늘이 오믈렛과 샐러드를 만든 아침은 그럭저럭 훌륭했다.

"꼭 캐나다에서 먹었던 아침 같다."

바게트에 오믈렛을 올려 먹으며 초록이 웃었다. 그 미소를 부드럽게 바라보며 하늘도 커피 잔에 입술을 댄다.

"아버지하고는 얘기 잘 했어요?"

"응. 대충……."

"어머니도 만나 봐야지."

"응. 그래야지. 그리고 아저씨도 만나 뵙고……."

희철의 얘기에 초록의 표정이 급격히 어두워졌다. 한 번 그렇게 하기로 마음먹으면, 절대로 바꾸지 않으시는데 걱정이다. 또 다른 난관에 봉착한 초록은 그저 빵만 질겅질겅 씹어 먹을 뿐이었다.

"현이랑 봉식이는 잘 있니?"

"응. 다들 잘 지내요. 현 오빠는 미연 언니하고 결혼했고, 봉식 오빠도 혜정 언니하고 결혼해서 벤쿠버에 살고 있고. 다들 오빠 많이 보고 싶어 해요."

그렇구나. 이렇게 다들 자신들만의 사랑을 찾아, 무수한 시간 소중한 추억들을 만들며 잘 살아가고 있었는데. 너만 나 때문에 힘들었겠구나……

"안 그래도 봉식 오빠, 다음 달에 사업 때문에 한국 나온다고 했어요. 그러니 그때 혜정 언니하고 같이 보면 되겠네. 현 오빠는 오빠가 먼저 만나 보든가요."

"그래, 그럴게."

깊어진 눈빛으로 하늘이 조용하게 대답했다.

"그리고 오늘은 평창동에 가서 어머니 먼저 찾아뵈어요. 오빠 사라지고 많이 힘들어하셨어. 오빠, 많이 사랑하셨는데 정말 친자식처럼……."

"그래, 그럴게."

다정한 눈빛으로 하늘이 부드럽게 답했다.

"그리고 또……."

"그래, 그럴게."

"뭐예요? 무슨 말 할 줄 알고."

"무조건 다 들을게. 무조건 다 할게. 네가 하라는 거."

"후후!"

그의 말에 초록은 세상을 다 얻은 듯 기쁜 표정을 지었다.

"그런데 어제는 어떻게 된 거야? 우리 집은 어떻게 알고 들어왔어?"

"기억 안 나요?"

"어…… 응. 전혀 안 나네……."

순간, 초록의 입꼬리가 씨익 위로 말려 올라갔다. 어제 그 적나라하고도 아찔한 그의 모습이 떠올라 한편으로 얼굴이 화끈 달아오른다.

"지사장님께서 부르셨어요. 보고 싶다고. 미치도록 내가 보고 싶다고."

"내가?"

"네! 그러곤 제발 집에 좀 와 달라고 사정사정, 울고불고 아휴! 난리도 난리도 그렇게 생난리를 치는 건 난 또 처음 봤네."

"저, 정말로 내가 그랬어?"

알게 뭐냐. 어차피 저 남자 아무것도 기억하지 못하는데. 흐흐흐.

"그뿐인 줄 아세요? 왔더니 세상에, 아무래도 오빠 술 끊어야 할 것 같아요."

"왜…… 왜?"

무섭다. 그녀의 입에서 무슨 말이 튀어나올지. 아무것도 기억나지 않는다는 사실이 이토록 무서운 일일 줄이야.

"그러니깐 음…… 소파에 쓰러져 있었는데, 음 그랬는데……."

"그랬는데 뭐?"

"일단, 머리에 거품을 잔뜩 묻힌 채로…… 음……."

"머리에 거품?"

"샴푸 거품요. 아니 무슨 사람이 샴푸만 잔뜩 발라 놓고는 헹구질 않았대요. 아. 그거 헹구느라 정말 얼마나 힘들었는지. 그리고 또……."

"또, 또 뭐가…… 있어?"

"그 속옷 입히느라…… 아, 정말. 내가 얼마나 난감……. 아! 됐고, 어쨌든 앞으로 과음은 금물이에요. 알았어요? 또 그렇게 술 많이 마시고 다른 여자들 앞에서 그런 모습 보이면 안 되니깐. 흠. 그럼 전 이제 좀 씻을게요."

알쏭달쏭, 도무지 이해할 수 없는 말만 내뱉고 그녀는 화장실로 직행했다. 그런데 저 도도하면서도 우월한 승자의 표정은 뭘까.

속옷을 입히느라 난감했고 다른 여자들 앞에서 그런 모습?!

초록의 말을 곰곰이 되씹던 하늘의 두 눈이 갑자기 휘둥그레졌다.

그, 그럼. 속옷 뒤집어 입은 게 내가 그런 게 아니라, 서, 설마 네가 입힌 거??

그렇게 잠시 망연자실, 어이없이 앉아 있던 하늘의 귀가 화장실에서 들려오는 유혹적인 샤워 소리에 쫑긋 솟아오르고, 입술이 다시금 씨익 말려 올라가더니 동시에 광대가 높이높이 승천했다.

'그래, 딴 사람도 아니고, 네가 본 건데 뭐. 괜찮다. 괜찮아. 하하하하. 그럼, 어디 다시 한 번 보여 줄까나! 그리고 기브 앤 테이크지! 너도 봤으면 나도 봐야 되지 않겠니! 으흐흐흐흐!'

그러더니 갑자기 벌떡 일어나 입고 있던 옷가지를 훌훌 벗어 버렸다. 보기 좋게 탄력적이고 탄탄한 잔근육들을 씰룩이며, 화장실 문을 벌컥 열고 안으로 들어갔다.

순간, 기분 좋게 샤워를 하던 초록이 갑자기 쳐들어온 남자의 모습에 꺄악! 화들짝 놀라 소리치자 그 남자는 재빨리 샤워부스로 몸을 밀고 들어오며 비명을 지르는 여자의 입을 자신의 입술로 막아 버렸다.

☆★☆★☆

초록은 일을 마치고 집으로 일찍 돌아왔다. 오늘 하늘은 오랜 친구인 현을 만나러 간다고 했다. 같이 가자는 하늘의 말을 거절하고 남자들끼리 회포 풀라며 초록은 혼자 집으로 돌아왔다.

'잘 만나고 있겠지.'

기분 좋은 미소를 지으며 옷을 갈아입고 있는데 전화벨이 울렸다.

"너 어떻게 됐어?"

희철의 목소리가 공기 중으로 낮게 깔린 안개처럼 무겁고 어두웠다.

"뭐가요?"

전화기를 들고서 초록이 침대 위로 누웠다. 몸이 무거웠기 때문이다.

"오피스텔 빼는 거!"

"아빠, 왜 이러세요."

"내 말 허투루 듣지 마라. 이번 주에 짐 정리해서 당장 집으로 들어와."

"싫어요! 아빠, 이런다고 나 하늘 오빠 안 만나지 않아요. 아빠가 더 잘 아시잖아요."

"안 돼! 하늘은 절대로 안 돼!"

"아이 참! 아빠, 저 더 이상 힘들고 싶지 않아요. 그러니깐……."

"됐다! 잔말 말고 정리해서 들어와. 이미 부동산에 얘기해서 오피스텔 세입자 구했어!"

"네에에? 아빠!"

툭! 띠띠띠띠! 망했다. 더 큰 산이 버티고 있었다니. 이제 겨우 산 하나를 넘었을 뿐인데, 또 다른 난관이 기다리고 있다고 생각하자 초록의 온몸에서 힘이 빠져나갔다.

삐리리리 삐삑~ 삐리리리 삐삑~ 위 아래~

희철 때문에 심란해진 초록이 액정화면을 보니 하늘의 전화였다.

"여보세요."

"왜 이렇게 힘이 없어?"

전화기 너머 요란한 음악소리가 시끄러웠다.

"어디에요?"

"현이랑, 호프집! 현이 너도 부르라고 해서. 나올래?"

"아니, 피곤해. 그리고 속상하고……."

"왜?"

"실은⋯⋯."

초록은 희철의 분노를 하늘에게 설명했다. 어차피 그도 알고 있어야 될 일이니, 숨기지 않았다. 그리고 더 이상 이 모든 사건을 혼자서 해결하고 싶지도 혼자서 짊어지고 싶지도 않았다.

"알았어. 내가 해결할게."

한참 동안 그녀의 얘기를 듣고 있던 하늘이 낮게 말했다.

"어떻게?"

"일단 쉬고 있어. 나중에 전화할게."

어떻게 해결한단 말인지. 아! 고단한 인생이여.

지끈지끈 두통이 밀려와 초록은 그대로 눈을 감고 잠 속으로 빠져들었다.

☆★☆★☆

흑석동. 높은 언덕에 위치한 초록의 본가 앞에 하늘이 서 있었다.

화사한 목련 나무로 둘러싸인 단독주택은 아담했다. 멀리 한강물이 야경에 반짝이며 잔잔하게 흐르고 있다.

삐이! 초인종을 조심스럽게 누르는 하늘의 표정으로 긴장감이 엄습했다.

"누구세요?"

목소리의 주인은 초록의 엄마인 듯했다.

"안녕하십니까. 저, 강하늘입니다. 어머니."

"어머나 세상에! 저, 정말로 하늘이니?"

"네."

"어머나, 어머나, 여보! 하늘이가 왔어요. 이 죽일 놈이 왔네요! 어쩌죠?"

아무리 죽일 놈이 맞긴 하지만 이렇게 다 듣고 있는데 직접적으로 말씀하시다니. 하늘의 표정이 대략 난감해진다.

"드디어 왔군. 들어와!"

인터폰 너머 들려오는 희철의 목소리가 단호하다.

퍽! 퍽! 퍽!

희철이 두 주먹으로 힘차게 가격할 때마다 무릎을 꿇고 앉아 있는 하늘의 몸이 움찔움찔거렸다.

"네가 뭘 잘못했다고 꿇어앉은 거야?"

"여러 가지로 다 잘못했습니다."

퍽퍽!

환갑이 다 되었음에도 불구하고 희철의 주먹은 삼십 대 건장한 남성 못지않게 드세 보였다.

"아니아니, 구체적으로 말해 봐. 네가 뭘 잘못했는지를."

"⋯⋯일단, 초록이 마음을 아프게 한 것과 아저씨와의 약속을 제대로 지키지 못한 점, 또⋯⋯."

퍼퍼퍼퍼퍽!

마지막 강렬한 한 방에 샌드백이 정신을 못 차리고 휘리릭 앞으로 밀려났다가 다시 되돌아왔다. 그 모습에 하늘이 침을 꿀꺽 삼켰다.

"제대로 알고 있긴 히군. 그 외에 네 아버지를 힘들게 한 것도 있음이야."

희철이 입술을 씰룩였다.

"네, 잘 알고 있습니다."

"못난 놈! 끄응!"

"용서해 주십시오. 아저씨!"

희철은 심기가 계속 불편했다.

"용서고 뭐고, 이제 우리 초록이 놔주게!"

"……아저씨."

"너 때문에 우리 초록이 좋은 시절 다 보냈는데 이제 또다시 마음고생 하라고? 난 그 꼴 못 봐. 죽어도 못 봐!"

"다시는, 다시는 고생시키지 않겠습니다. 아저씨!"

간신히 멈춘 샌드백을 희철이 다시 퍽! 세게 내리쳤다.

"너! 7년 전에도 그렇게 말하지 않았나? 우리 초록이와 예쁘게 잘 만나겠다며 마음 아프게 하는 일 절대로 없을 거라고 했잖아!!!"

목소리에 분노가 가득 실렸다.

"아저씨……. 한 번만……."

"아저씨! 아저씨! 아저씨!"

이제는 얼굴까지 시뻘게진 희철이 눈을 부릅떴다. 못마땅해 미치겠다는 듯, 하늘을 잡아먹어 버릴 듯 그 눈빛이 무서웠다.

"난 지난 7년간 내 딸 잃어버린 것이나 마찬가지였다고. 네놈하고 네 아버지한테! 더 이상 너희 강씨 남자들! 꼴도 보기 싫어! 이만 나가! 다시는 우리 초록이 만나지도 말고! 다시는 너, 내 눈앞에 나타나지도 마! 나가!!"

붉으락푸르락, 이젠 샌드백이 아닌 하늘을 당장이라도 패대기쳐 버릴 듯 잔뜩 화가 솟구친 희철이 씩씩대자 초록의 엄마가 다가와 하늘을 얼른 일으켜 세웠다.

"이만 가라. 하늘아. 그게 좋겠어. 오늘은 이만 가."

성질이 불같은 사람이었다. 때문에 잘 화를 내지 않아도, 한번 화가 나면 통제불능이었다. 이를 잘 알고 있는 엄마가 재빨리 하늘을 밖으로 내보낸다. 계속 놔두었다간 하늘이 어디 하나 부러질 듯 보였기 때문이다.

"하늘아."

"네……."

정원으로 나오자 엄마가 하늘을 조용히 불렀다.

"아저씨, 네가 이해해."

"네, 이해해요. 그리고 죄송합니다."

봄바람이 아직 쌀쌀했다.

"그래, 나도 네 사정은 잘 알고 있다. 너도 얼마나 그간 마음고생이 심했겠니……. 또 그렇게 행동할 수밖에 없었던 이유도 있었겠지. 그저 이 모든 것이 어른들의 잘못인 것만 같아, 난 마음이 아프다."

엄마는 잠시 말을 멈추고 저 멀리 여유롭게 흐르고 있는 강물을 내려다보다 말을 이었다.

"너희들 교제한다고 했을 때, 누구보다 좋아했었거든. 초록 아빠 말이다. 이제 자기도 아들 하나 생겼다며 얼마나 기뻐했었는데……. 그래서 더 그럴 거야. 배신감이 크겠지. 네가 앞으로 아들 노릇 사위 노릇 잘 한다고 했다며. 그 말을 하고 또 하고. 아휴! 내가 지금 무슨 넋두리를…… 어쨌거나 오늘 일은 너무 섭섭해하지 말고."

하늘의 등을 토닥토닥 두드려 주는 그녀의 손길이 엄마처럼 따뜻하고 다정하게 느껴졌다.

"네, 죄송합니다. 아줌마."

멀리 잔잔한 한강의 물결이 구슬펐다. 지금 하늘의 마음처럼.

"어머니라고 불러 볼래?"

"네?"

"우리 초록이는 그렇게 부르더라. 네 엄마한테……."

"아…… 죄송해요……. 어머니."

순간 그녀의 눈가로 반짝 눈물이 맺혔다.

"내가 주책이지. 그래도 하늘아, 나도 널 아들처럼 생각했단다. 알지?"

"네……."

"나뿐만 아니라 저 양반도 마찬가지였다. 그리고 하늘아, 이제라도 무사하게 돌아와 줘서 고맙고. 앞으로라도 우리 초록이 잘 부탁한다."

"어, 어머니……."

소리 없이 바닥으로 내려앉는 목련 꽃잎처럼 하늘도 스르르 그녀 앞으로 주저앉았다.

자신의 잘못된 판단으로, 얼마나 많은 사람들이 아팠던 건가.

뺨을 타고 내려오는 눈물을 엄마가 부드럽게 닦아 주며 미소 지었다. 그 미소가 한없이 포근했다.

☆★☆★☆

"무조건 아빠 말씀 들어!"

"오빠!"

뾰로통! 입을 댓 발 내밀고 초록이 항의를 해 보지만, 하늘은 계속 고개를 절레절레 흔들었다.

"들어가. 흑석동으로."

"그럼, 정말로 우리 못 만날지도 몰라요."

"그렇진 않을 거야. 나 믿어. 응?"

의자에서 일어선 하늘이 천천히 초록에게 다가왔다.

"더 이상 부모님들 마음 아프게 하고 싶지 않아."

"그럼, 내 마음은?"

하늘이 다가와 그녀의 손을 잡았건만 여전히 초록은 새초롬했다.

"네가 흑석동으로 들어간다고 달라지는 건 없어. 초록아, 우린 이렇게 회사에서도 매일 보잖아. 그러니 그만 고집 부리자. 응?"

순리대로 따라가자 결심했다. 다시 희철에게 초록이를 되돌려주자고 결심했다.

일단 희철의 마음을 돌리기에 앞서 그가 원하는 대로, 자신이 맞춰 가야 한다고 생각한 것이다. 하늘이 부드럽게 초록을 끌어안으며 타이르자 이내 초록도 고개를 끄덕였다.

"알았어. 그렇게 할게요."

"고마워."

더욱 세게 그녀를 끌어안으며 하늘은 초록의 목덜미에 얼굴을 묻었다.

그들의 등 뒤로 이제 겨울옷을 벗고 봄옷으로 갈아입은 남산이 아름다운 꽃들로 화려했다.

☆★★☆

흑석동으로 들어온 초록은 옷가지를 정리하고 있었다. 일단 하늘이 들어가라고 하도 채근해서 들어는 왔지만, 희철이 계속 무표정으로 일관하고 있어 초록의 마음은 좋지 않았다.

"정리 다 했니?"

그때 엄마가 방으로 들어왔다.

"응, 다 했어요. 아빠는?"

"서재에."

"계속 그러셔?"

"알잖아. 스스로 풀릴 때까진 계속 저런다는 거. 휴우. 하여튼 고집이 장난이 아니야. 네 아빠."

"하늘 오빠, 나 못 봐. 엄마."

"안다. 알아. 네 아빠도 잘 알고. 그럼에도 불구하고 지금 괜히 심술 한번 부려 보는 거야. 그러니 조금만 여유를 갖고 기다리면, 허락하겠지."

"휴우! 엄마는? 엄마도 하늘 오빠 싫어?"

그녀의 말에 엄마가 자상한 미소를 지었다.

"아니, 난 하늘이 좋아. 네 속을 아프게 했다는 점은 괘씸하지만, 사실 그 아이도 얼마나 불쌍한 아이니. 난 하늘이 마음 충분히 이해해."

"엄마……."

초록이 엄마의 허리를 끌어안으며 그 품으로 파고들었다. 향긋한 엄마만의 포근한 내음이 그녀의 코끝을 자극하자, 조금 전까지 우울했던 기분이 상쾌해진다.

"자, 이제 정리 다 했으면 저녁 먹자. 고추장찌개 끓여 놨어!"

"와, 맛있겠다. 안 그래도 그거 되게 먹고 싶었는데 어떻게 아셨어?"

"텔레파시! 호호!"

두 모녀가 따뜻하게 마음을 나누며 아래층으로 내려오고 있는데 띵동! 띵동! 초인종이 울렸다.

"이 시간에 누구지?"

"글쎄다. 올 사람 없는데."

"네가 나가 볼래? 엄만 찌개에 불 좀 올릴게."

"네!"

초록이 인터폰을 바라본 순간 두 눈이 휘둥그레졌다.

"오빠?"

바로 그곳에 하늘이 서 있었기 때문이다.

"응, 문 좀 열어 줘."

온다는 말도 없이 어쩐 일인지. 초록이 의아한 표정을 지으며 현관문을 열고 재빨리 마당으로 나가서 대문을 열었다.

"저녁 먹었어?"

"아니, 아직!"

"휴! 다행이다. 늦었는 줄 알았네. 나 지금 무지 배고프거든!"

하늘에 휘영청 높이 떠 있는 달빛보다 더 환한 표정의 하늘이 대문으로 들어서자 초록은 또다시 고개를 갸웃거렸다. 바로 하늘이 이민가방을 들고 들어섰기 때문이다.

"이게 뭐야? 오빠!"

"응. 나 오늘부터 니네 집에서 살려고!"

"잉?"

이건 또 무슨 소린가! 넋이 나가 어리둥절한 채로 서 있는 초록을 스쳐 가더니 하늘이 낑낑! 무거운 가방을 끌고 집 안으로 들어섰다.

"누구냐? 초……."

서재에서 조용히 책을 보던 희철은 예고도 없이 찾아온 방문객이 누군가 궁금하여 방에서 나오다 이민가방을 들고 들어오는 하늘을 보고 모든 동작을 멈췄다. 그러고는 대체 지금 이 상황이 무슨 상황인지 잘 이해되지 않는다는 표정을 지었다.

"안녕하셨어요. 아버님! 저 오늘부터 이 집에서 살려고 왔습니다! 내쫓으셔도 저 절대로 안 나갈 겁니다! 그러니 괜히 힘쓰지 마십시오! 아버님!"

"뭐어어?"

희철의 입이 쩌억 벌어져 석고상처럼 굳어 버렸다.

"이, 이게 뭐하는 짓이야? 당장 돌아가지 못해?"

집 안으로 난입하고 있는 하늘을 희철이 어이없이 바라보며 소리쳤다. 그러나 이미 단단히 마음의 결심을 하고 들어온 하늘은 표정 하나 변하지 않았다.

"저, 갈 데가 없습니다. 아버님. 여기 말고는요."

"뭐라고? 네 아파트 있잖아."

"그건 이미 회사에 반납했습니다."

작정을 하고 온 사람을 무슨 수로 막겠는가. 희철이 잠시 멈칫하다 입을 열었다.

"그럼, 평창동 본가로 들어가!"

"그것도 쉽지가 않을 거 같습니다. 저희 아버지께서도 아버님 아들 노릇 하라며 내치셨거든요."

"뭐어?"

아주 두 부자가 작당하고 계획을 세웠구만. 끙!

희철이 못마땅한 표정을 잔뜩 짓고 있는데, 이 상황을 재빠르게 파악한 엄마가 하늘에게 다가와 웃었다.

"하늘아, 저녁은 먹었어?"

"아니요. 아직 못 먹었습니다. 어머니! 저 밥 좀 주시겠어요?"

"아이고. 그럼그럼. 당연히 줘야지. 안 그래도 지금 막 먹으려던 참이었어. 일단 들어가자."

"어, 어딜 들어가?"

희철이 소리를 질렀으나 그 소리가 귀에 들리지도 않는다는 듯 하늘과 초록, 엄마가 부엌으로 총총히 사라졌다. 그것을 희철만 어이없게 바라볼 뿐이었다.

"와! 진짜 맛있어요. 어머니."

이것저것, 식탁 위 반찬들을 게 눈 감추듯 먹어 치우는 하늘을 엄마는 흐뭇하게 바라보고 있었다. 사람 하나 더 앉은 이 식탁이 어쩜 이렇게 풍요롭게 느껴지는지.

"오빠, 천천히 먹어. 체하겠어."

"하하. 너무 맛있어서. 아비님도 맛있게 드십시오!"

능청스럽게 웃는 하늘을 희철은 여전히 못마땅한 듯 바라보고 있었다. 그러다 숟가락을 탁, 식탁 위에 던지듯 놓고는 꿍 소리와 함께 서재로 들어가 버렸다.

"설거지는 제가 하겠습니다. 어머니."

하늘이 와이셔츠 소매를 훌훌 걷어 올리며 앞치마를 두르자, 엄마가 손을 휘휘 저으며 손사래를 쳤다.

"괜찮아. 괜찮아."

초록은 그저 이 상황이 재미있어 계속 실실 웃고만 있었다. 강하늘의 이런 모습, 진짜 오래간만이었기 때문이다.

그렇게 설거지를 마치고 부엌에서 나온 하늘이 서재 앞에서 노크를 했다.

"아버님, 아버님!"

묵묵부답인 희철을 향해 하늘이 끈질기게 문을 두드려 댔다. 이에 귀찮아진 희철이 짜증의 표정으로 벌컥 문을 열었다.

"왜?"

"저, 어디서 지내면 될까요?"

"지내긴 뭘 지내? 당장 나가!"

"그럼, 초록이 방에서 함께 지내도 되겠습니까?"

능글능글, 아주 능청스러운 이 녀석, 아무래도 작정하고 들어왔는가 보다.

"그래, 그러자 오빠."

옆에 서 있던 초록도 불을 지폈다.

"뭣이? 이것들이!"

"하하하. 농담입니다. 농담. 그럼, 저 아버님 방에서 함께 지낼

418

까요?"

그때 보다 못한 엄마가 다가오며 말했다.

"이 층, 초록이 방 앞에 창고로 쓰던 방이 있는데, 그거 내일 비워 줄게. 오늘은 일단 서재에서 잘래?"

"그럴까요? 어머니!"

"자긴 뭘 자. 나가!"

희철이 소리치지만 두 사람은 그의 말이 들리지도 않는가 보다. 아무래도 자기만 빼놓고, 저 세 사람, 무슨 작당을 한 것이 분명했다.

☆★☆★☆

어이없게 서재를 하늘에게 내어 준 희철은 밤새 뒤척이다가 새벽에 눈을 떴다. 아무리 늦게 자도 새벽 5시만 되면 어김없이 눈이 떠지니, 알람이 따로 없었다. 아내가 깨지 않도록 살며시 일어나 운동복으로 갈아입고 방을 나왔다.

수십 년 동안 한결같이 해 온 일이었다. 출근 전 새벽운동으로 하루를 시작하는 것 말이다. 봄꽃들이 화려한 잔치를 벌이고 있지만, 새벽 공기는 차가웠다. 찬물 한 잔을 벌컥 마시고, 거실로 나오던 희철은 하늘이 잠들어 있는 서재를 찌릿 노려봤다.

'못마땅한 녀석. 쿵!'

미간을 잔뜩 찌푸린 채로 희철이 현관문을 열고 정원으로 내려서는데 기차 화통을 삶아 먹은 듯 우렁찬 소리가 그의 귓가를 자극했다.

"아버님, 안녕히 주무셨습니까!"

돌아보니 하늘이 말간 얼굴로 그를 향해 꾸벅 인사를 했다.

'언제 나왔지? 그리고 내가 운동하는 건 또 어떻게 알았지?'

"끙!"

하늘의 문안인사도 제대로 받지 않고 희철은 그의 옆을 휙 스쳐 지나가 대문을 열고 나섰다. 그러자 하늘이 그 뒤를 따라 나왔다.

"아버님, 오늘 날씨가 참 좋습니다. 꽃향기도 좋고요. 게다가 저 멀리 한강이 바라보이니, 정말로 끝내줍니다."

아 이놈 참! 왜 이렇게 수다스러워진 건가!

원래 하늘은 과묵하고 묵직한 스타일이었는데, 지금의 하늘은 재 잘재잘, 마치 참새 같다.

"아버님! 새벽에 이렇게 운동하는 사람이 많다니, 정말 놀라운데 요!"

하늘은 희철의 옆에서 나란히 뛰며 한강 둔치에서 운동하고 있 는 수많은 사람들을 놀라운 듯 바라보며 말했다.

"아버님! 이거 하나 드십시오!"

잠시 휴식을 취하고 있는데 순식간에 사라졌던 하늘이, 작은 음 료수 캔을 사 들고 오더니 히죽 웃었다.

아, 이놈 참! 반죽도 좋다. 계속 무응답, 개무시로 일관하고 있는 자신에게 끝도 없이 치근덕거리는 모습이라니.

"끙!"

안 그래도 갈증이 나서 죽겠던 희철은 못마땅한 표정을 풀지 않 은 채 하늘이 주는 음료수를 받아 마신다. 그의 이런 모습에 하늘 이 활짝 웃었다.

"여보, 오늘도 운전 잘 하고 다녀오세요."

하늘이 이 녀석은 벌써 출근한 것인가. 운동하고 온 뒤로 도통 모습이 보이지 않아 집 안 이곳저곳을 기웃기웃하던 희철은 또 쾅 소리와 함께 대문을 열고 나왔다.

그랬더니 하늘이 또 해맑게 웃으며 서 있었다.

"아버님. 오늘은 제가 모시겠습니다. 매일 아침 운전하시는 것도 피곤하실 테니깐요. 앞으로는 제가 출퇴근시켜 드리겠습니다."

그러면서 자신의 자동차 뒷문을 활짝 열었다. 잠시 그 모습에 주춤거리자, 옆에 서 있던 초록이 다가와서는 팔짱을 끼며 콧소리를 낸다.

"아잉. 아빠 어서 타세요. 저희 늦어요."

"됐다. 싫어!"

그러자 엄마가 버럭 소리쳤다.

"여보. 오늘 나 차 써야 하니깐, 차 놓고 가세요."

이런. 이 모두 한 패거리였다니. 그렇게 희철은 못마땅함을 가득 품고 하늘의 차에 올라탔다.

"아버님! 오늘 하루도 일 잘 보십시오!"

자신을 회사 앞에 내려놓고 사라지는 하늘의 차를 물끄러미 바라보던 희철은 순간 저도 모르게 피식 웃고야 말았다.

점심시간.

간부들과 회의 겸 점심을 먹었더니 시간이 남았다. 몸이 나른하던 희철은 근처 사우나로 발길음 옮겼다. 아직 점심시간은 충분했고, 어제부터 하늘이 때문에 잔뜩 신경을 썼더니 온몸이 묵직했기 때문이다. 회사 앞에 바로 위치한 사우나에 들어가 옷을 벗고 있는데 누군가 슬쩍 다가섰다.

"아버님!"

"아이고, 깜짝이야!"

순간 희철의 두 눈이 휘둥그레지며 자신 앞에 아무것도 걸치지 않은 채로 서 있는 하늘을 황당한 표정으로 바라보았다.

"어, 어어. 너 어떻게 된 일이야?"

"저도 아버님하고 사우나 하려고 왔습니다. 하하."

"......?"

더 이상 희철은 기가 막혀서 말도 나오지 않았다. 그러다 자신만만, 위풍당당하게 서 있는 하늘의 몸을 쭉 위아래로 스캔한 희철의 얼굴로 후후! 흐뭇한 미소가 피어올랐다가 재빨리 사라졌다.

'자식, 몸 하나는 괜찮군. 그것도 튼실하고. 흠.'

뜨거운 물에 몸을 지지고 있는데 하늘이 희철의 팔을 잡아끌었다.

"아버님, 이쪽으로 오십시오. 제가 때 밀어 드리겠습니다."

"됐다!"

"아이 아버님. 얼른 오세요. 제가 이 또 때 밀기 선수 아닙니까! 하하하. 제가 저쪽에서 준비하고 있을 테니깐 얼른 오십시오!"

그러더니 앉아서 목욕할 수 있는 곳으로 사라졌다.

아 이놈 참! 왜 이렇게 귀찮게 구는 것인가. 그때 탕 속에 같이 몸을 녹이고 있던 어떤 노인이 그를 부러운 듯 바라보며 한마디 했다.

"아들이 참 효자네요."

"네?"

"부럽다고요. 부러워 미치겠다고요."

"아하하. 참 글쎄, 내가 괜찮다는데도 굳이 같이 운동을 하겠다, 회사에 태워다 주겠다, 또 이렇게 목욕도 같이 하겠다 난리니, 원. 귀찮아서."

그의 코가 벌름벌름, 자랑스러운 표정을 짓더니 순간 입꼬리 양 끝이 위로 불쑥 승천한다.

"귀찮긴요. 요즘 저런 아들이 어디 있답니까! 인물 잘나, 몸 좋아, 다정다감해. 볼수록 부럽네요."

"하하하하. 그런가요! 어험! 그럼 어디 아들 손으로 때 좀 밀게 해 볼까나."

그러면서 건들건들, 탕 속에서 몸을 일으키는 희철의 표정이 아주 만족스러웠다. 그때 목욕탕 안으로 하늘의 우렁찬 목소리가 울려 퍼졌다.

"아버님! 아버님!"

☆★☆★☆

하루 종일 희철을 따라다니며 비위를 맞추느라, 하늘은 정작 초록의 얼굴은 제대로 보지도 못하고 있었다. 같은 집에 살지만 얼굴 보기가 이렇게 힘들어서야.

게다가 초록은 며칠 있으면 열리는 패션쇼 때문에 거의 매일 야근을 하거나, 아예 회사에서 밤을 새우고 들어오는 날이 많았기에 더욱더 얼굴 보기가 하늘의 별 따기였던 것이다.

늦은 밤. 거의 자정이 다 된 시간.

오늘도 회사에서 밤을 새워야 한다는 초록의 연락을 받고 시무룩하던 하늘은 끝내 그 보고픔을 참지 못하고 회사로 왔다. 잠시라도 그녀의 얼굴 한번 보고 가고자 함이었다.

모든 사무실에 불이 꺼진 회사는 적막하고 조용했다. 7층 디자인팀이 있는 곳에서 내린 하늘이 복도 벽에 등을 기댄 채로 초록에게 문자를 보냈다. 대충 청바지에 티셔츠 하나만 걸치고, 야구모자를 눌러썼기에 아마 직원들이 그를 보더라도, 이 사람이 브래드 지사장일 거라고는 상상도 못 할 것이다.

[잠시만, 복도로 나와 볼래?]

띵똥! 하늘의 문자를 받고 초록은 고개를 갸웃거렸다.

'설마, 지금 회사로 온 건가?'

거의 졸다시피 꾸벅거리고 있는 직원들의 눈치를 살피며, 살그머니 복도로 나온 초록이 주위를 두리번거렸다.

'어디 있는 거지?'

천천히 복도를 따라 걸으며 하늘을 찾고 있는 그 순간, 갑자기 하늘이 한쪽 벽에 숨어 있다가 초록의 팔을 잽싸게 낚아챈 뒤 비상계단 문을 열고 그 안으로 숨어들었다.

"오빠! 놀랐자…… 읍!"

말을 할 틈도 주지 않고 하늘은 자신의 입술로 초록의 입을 막아 버렸다.

참을 수 없었다. 너무너무 보고 싶고, 안고 싶어 미칠 것만 같았다. 한집에 살아도 더 멀리 있는 듯 느껴지는 거리. 더욱 그리워지는 마음. 주체할 수 없는 욕망.

엄마가 2층 초록의 방 앞에 하늘이 머물 수 있게 창고 방을 치워 주겠다 했건만, 희철의 반대로 하늘은 그냥 1층 서재에 머물 수밖에 없었다.

어쩌다 늦은 시간, 몰래 초록의 방으로 가려고 살짝 빠져나오기만 해도 기가 막히게 희철이 눈을 부라리며 계단 입구에 앉아서 신문을 보고 있는 것이다.

아니, 한밤중에 왜 그것도 계단에 앉아 신문을 보냔 말이다!

그렇게 굶주린 늑대처럼 초록에게 달려든 하늘이 초록을 번쩍 들어 안아 벽으로 밀어붙였다.

어두컴컴한 비상계단에서 그들의 격정적인 숨소리가 조용하게 울려 퍼진다.

처음엔 당황하던 초록도 이내 하늘의 목을 세차게 끌어안고, 그의 달콤한 키스를 받아들인다. 부드럽고 짜릿한 그 맛에 초록하늘의 몸은 점점 더 달아오르고, 서로를 탐하고 싶은 참을 수 없는 욕구에 이 행동을 절제를 할 수가 없었다. 멈출 수가 없었다.

이제 초록의 입술을 마음껏 맛보던 하늘의 입술이 그녀의 목덜미로 내려앉았다. 더불어 한쪽 손은 그녀의 스커트 속으로 숨어들었다. 초록 역시 하늘의 티셔츠를 들어 올려 그의 탄탄하고도 단단한 등을 마음껏 쓰다듬었다.

그들의 손끝이 파르르 떨리고, 격정적인 파도처럼 숨소리가 거칠어진다.

하아…… 하아…….

"아아, 초록아…… 널 갖고 싶어. 참을 수 없어……."

"하아…… 지금? 여기서?"

조용하게 속삭이듯 말하는 그들의 목소리가 부푼 흥분으로 달떠 있다.

"어디든. 네가 원하는 곳에서."

"그럼. 다른 데로 가자."

"어디?"

그녀의 가슴에 얼굴을 묻고 있던 하늘이 벌겋게 달궈진 얼굴로 초록을 바라보자, 그녀는 하늘의 손을 이끌고는 계단을 빠른 걸음으로 올라가기 시작했다. 이에 하늘이 어리둥절한 표정으로 그녀의 손에 이끌려 따라 올라갔다.

그리고 그들이 도착한 곳은 바로 지사장실.

능숙한 손길로 지사장실의 도어록 비밀번호를 누르고 그곳으로 들어가자마자, 꺼지지 않은 욕망의 불씨에 다시 부채질을 하며 초록과 하늘이 서로를 끌어안았다. 서로의 몸을 밀착하며 하늘이 다시 초록에게 키스를 퍼부었다.

조금 전 계단에서의 키스가 격정적이었다면, 지금의 키스는 한없이 부드럽고 달콤했다. 천천히 그녀의 입술을 조금씩 삼켜 버린다. 마치 부드럽고 달콤한 푸딩을 먹는 것처럼 그의 행동은 매우 조심스러웠다.

초록 역시 그의 입술을 조심스럽게 빨아들이며 그의 티셔츠를 조심스럽게 벗겨 버린다. 그러자 멀리 야경에 반짝이는 불빛에 그의 몸이 근사하게 빛을 발한다. 그때 하늘이 초록을 들어 안아 자신의 책상 위에 앉혔다. 그러고는 천천히 그녀의 블라우스 단추를 풀기 시작한다. 그 손길이 파르르 떨린다. 설렘과 긴장으로 젖어

든다.

"오빠…… 너무 떨려……."

진짜 심장이 가슴 속에서 튀어나온 것만 같았다. 하늘도 마찬가지로 무척이나 긴장되었다.

블라우스를 다 벗긴 하늘은 이제 브래지어도 살그머니 풀어 버리고, 드러난 그녀의 여신과도 같은 아름다운 모습에 감동의 표정을 지었다.

처음도 아닌데 왜 이렇게 새롭고 색다른가!

그렇게 잠시 그녀의 아름다운 모습을 물끄러미 바라보던 하늘이 그녀를 살포시 끌어안았다. 그러자 맨살과 맨살이 서로 맞닿는 그 느낌에 그들의 몸으로 또다시 짜릿한 전율이 흘러넘친다. 이에 더 이상 참을 수 없던 하늘이 다시 초록을 번쩍 들어 안아, 소파 위로 살그머니 뉘어 놓았다. 그런 후 그녀의 몸 위로 조심스럽게 올라간다.

다시 키스를 한다. 정신없이 소용돌이에 휘말리는 그들의 욕망과 감정이, 급기야 제정신을 잃고 만다. 그렇게 하늘이 초록에게로 조심스럽게 들어간 순간, 그녀의 입에서 낮은 탄성이 새어 나왔다.

완벽한 일치감을 느꼈는가! 주체할 수 없이 부푼 흥분과 감정으로 그들의 몸이 서로에 의해 끓어오른다. 그렇게 끓어오른 감각들이 폭발하고 또 폭발하기를 수차례. 마침내 그 경이로운 폭발감은 절정에 다다르고 이내 더 깊은 사랑으로 승화되고 말았다.

쪽!

그녀의 이마에 키스를 마친 하늘은 초록을 감싸듯 끌어안고 누워 있었다. 터질 듯 부풀어 올랐던 흥분이 가라앉은 지금 이 시간은 평화로웠다. 창밖 아름다운 야경이 그런 그들의 얼굴로 그윽한 빛을 드리웠다.

"초록아, 나 회사 그만둘 거야!"

하늘이 무엇인가를 결심한 듯 낮고도 단호한 목소리로 말하자, 그의 목젖에 코를 박고 있던 초록이 휘둥그레 눈을 뜨며 그를 올려다봤다.

"뭐? 왜?"

"다시 하고 싶은 일 하려고. 이제 다 제자리로 돌아왔으니깐."

"아……."

하늘의 오래된 꿈은 의사였다. 그것을 이제 다시 이루고자 하는 것이다.

"나 이제 회사 그만 두면, 다시 학생 될 거라서 가난해지는데 괜찮겠어?"

"후후. 내가 벌어 먹이면 되지."

"초록아……."

그녀의 대답에 만족한 듯 하늘은 다시 초록을 꼭 끌어안았다.

그래, 다시 시작하자. 잃어버린 지난 7년간의 시간을 되돌릴 순 없지만, 그만큼 더 많이 사랑해 주리라. 더 많이 웃게 만들어 주리라. 하늘은 초록을 꼭 끌어안고 결심한다.

☆★☆★☆

초록을 사무실로 보내고 조용히 집으로 돌아온 하늘이 대문을 열고 마당으로 발을 들인 순간, 평상에 귀신처럼 앉아 있는 희철의 모습에 화들짝 당황한다.

"아, 아버님…… 왜 안 주무시고……."

"초록이에게 갔다 오니?"

밤공기만큼 희철의 목소리가 바닥으로 낮게 깔려 있었다.

"네. 너무 보고 싶어서요."

"음. 그래. 초록인 피곤하지 않다니?"

"피곤해도, 좋아하는 일이라서 괜찮답니다. 아버님."

희철이 자신의 옆자리를 툭툭, 손바닥으로 살짝 내리쳤다. 그곳에 하늘이 다가가 앉았다.

"참, 오래도 시간이 흘렀구나."

"네. 죄송합니다."

"그래, 이제 너도 마음의 상처는 좀 아물었니?"

희철의 따뜻한 말에 잠시 하늘의 심장이 뭉클, 알싸한 감동으로 젖어 들었다.

"……노력해 보려고요."

"그래, 어디 그게 쉽게 아물겠나. 흠."

희철은 자신의 한숨을 살랑이며 다가온 봄바람에 묻혀 저 멀리 강으로 흘려보냈다. 그러면서 희철은 조심스럽게 하늘의 손을 잡았다. 하늘은 희철의 달라진 행동에 어안이 벙벙할 따름이었다.

"하늘아. 이제 또다시 우리 초록이 힘들게 만들면 그땐 정말 너 가만히 안 둘 거다. 알겠니?"

"아아, 아버님……. 네…… 다시는, 다시는 힘들게 하지 않겠습니다. 감사합니다. 아버님."

툭! 순간 희철이 하늘의 어깨를 가볍게 내리쳤다.

"감사는. 아직 허락하지 않았다, 이놈아. 좀 더 두고 볼 거야!"

"네, 아버님. 계속 보십시오. 평생 보십시오. 절대로 다시는 초록이 힘들게 하지 않을 테니, 계속 계속 보셔야 합니다. 아버님!"

아버님, 아버님! 하늘의 외침이 그날 흑석동의 공기를 들썩이게 만들었다. 그 모습에 희철이 흐뭇한 미소를 만면 가득 드리운다.

☆★☆★☆

그로부터 6개월 후.

"오늘, 수고 많으셨어요. 팀장님."

회사 정문 앞. 초록과 팀장이 사뿐사뿐 내리는 눈을 맞고 있었다.

"그래, 초록 씨도 정말 수고 많았다. 이제 급한 불 대충 껐으니 당분간은 숨 좀 쉴 수 있겠지. 나도 그리고 너도!"

폭탄머리에 하얗게 내려앉는 눈송이를 바라보며 초록이 싱긋 웃었다.

"네, 숨 좀 쉬어요. 이제는 정말! 하하하."

"그나저나, 시간은 왜 이렇게 빨리 흐르냐. 벌써 올해도 다 갔잖아. 휴우!"

"그러게요."

그때 회사 정문을 바람 같은 속도로 뚫고 나오는 사람이 있었다. 최근 입사한 신입직원 오해진이었다.

"저, 선배님! 초록 선배님!"

"어? 해진 씨! 왜요?"

"하아하아! 벌써 가 버리신 줄 알고 얼마나 뛰었는지. 저, 제가 댁까지 모셔다 드리려고요. 같이 가세요. 네?"

오해진의 말에 팀장이 씨익 의뭉스럽게 웃었다.

"나 먼저 간다. 잘해 봐. 두 사람."

"아, 아니. 저 팀장님! 팀장님! 같이 가세요! 네?"

초록이 당황하여 그녀를 불러 보지만 애타는 목소리는 메아리가 되어 돌아올 뿐이었다.

"이야. 우리 팀장님 눈치 하난 끝내주시네요. 하하하. 이제 가세요. 선배님."

"저기, 해진 씨. 미안한데 어쩌죠. 나 데리러 온 사람이 지금 저기 있는데."

하며 초록이 손가락으로 도롯가를 가리키자, 하얀색 세단에 앉아 이글이글 불타오르는 눈빛의 하늘이 그들을 매섭게 쏘아보고 있었다.

"저 사람, 누구예요?"

순간, 벌컥 자동차 문을 열며 하늘이 내리더니 성큼성큼 다가왔다. 그러고는 초록의 어깨에 팔을 휙 둘러 자신 쪽으로 바짝 끌어당기더니 무뚝뚝하게 말한다.

"나는 연초록 씨 남편 되는 사람입니다만!"

"에에에? 선배님 결혼하셨어요?"

이에 초록이 어색한 듯 웃으며 아직은 아니지만 곧 할 거라고 말하려는 순간 하늘이 더 빠르게 답했다.

"그럼요. 결혼도 안 했는데 한집에서 같이 살 리가 없겠죠!"

씨익 능글맞게 웃으며 말하는 하늘의 모습에 이내 급실망한 오해진이 씁쓸한 표정으로 하늘과 초록에게 꾸벅 인사를 하며 뒤돌아섰다. 그 발걸음이 무척이나 처량했다.

"뭐야. 그렇게 노골적으로 말하면 어떡해요. 해진 씨 무안하게!"

"뭐어? 해진 씨? 무안? 너 지금 그놈 편 든 거야? 그런 거야?"

분노의 몸짓으로 운전대를 부서져라 잡고는 하늘이 버럭 소리쳤다. 이 모습에 순간 움찔한 초록이 눈을 동그랗게 뜬다.

"아니, 왜 소리는 지르고 그래요? 오빠가 먼저 잘못해 놓고!"

"내가 뭘! 뭘 잘못했는데? 내 여자를 내 여자라 말한 게, 그게 잘못인 건가? 응? 그럼 난 뭐 내 여자를 내 여자라고 말도 못 하냐고. 너 나 학생이라고 돈도 못 벌어 온다고 지금 구박하는 거지. 이젠 사랑이 식은 거지. 그런 거지?"

아니 이 남자가 다 늙어서 공부하려니 힘이 드나. 요즘따라 부쩍 히스테리를 부리는 하늘 때문에 초록이 입을 쭉 내밀며 그를 바라보았다.

"오빠, 왜 그래? 요즘 뭐 나한테 불만 있어? 툭하면 짜증에 신경질에……."

불만? 있지. 있다. 맨날 야근에 제대로 얼굴 볼 수도 없는 것은 그렇다 치고, 어쩌다 쉬는 날에는 피곤하다며 하루 종일 잠만 자는 것도 그렇다 치자. 그래, 일이 바쁘고 힘들면 그럴 수도 있겠지.

그런데 며칠 전.

'저기, 초록아. 많이 피곤해?'

이 층 소파에 누워 있는 초록에게 살그머니 다가선 하늘이 자신의 넓은 허벅지에 초록의 머리를 올려놓았다.

'응…… 조금……'

천천히 초록의 부드러운 머릿결을 쓰다듬었다. 마침 초록의 부모님 모두 예식장에 가셨으니 모처럼 단둘이서만 있게 된 절호의 찬스! 아니던가.

젊은 남자의 본능적 욕구가 마구 솟구치는 날이었다.

'그럼, 이렇게 해 봐. 내가 마사지 해 줄게.'

벌써 흥분된 몸짓으로 초록의 어깨를 만지작만지작하자 그녀는 매우 귀찮은 표정으로 하늘의 손을 뿌리쳤다.

'아이. 하지 마. 귀찮아.'

뭐? 귀, 귀찮아? 하늘은 초록의 거절에 상처를 받았다.

그래도 다시 마음을 가다듬고, 초록의 부드러운 얼굴을 천천히 쓰다듬다가 입술을 향해 고개를 천천히 내리는 순간 눈을 감고 있던 초록이 짜증스런 얼굴로 벌떡 일어서는 것이 아닌가.

'아이 쯧! 나 좀 잘게. 너무 피곤해서. 오빠도 공부 열심히 해요.'

하며 자신의 방문을 세차게 닫고 사라졌다.

이럴 수가! 어떻게 저 여자가 나를, 나를 거부할 수가!

이에 하늘은 그날, 상처투성이가 되어 너덜너덜해진 가슴을 부여잡고 일주일 내내 뾰로통 나 지금 왕 삐쳤음을 알리며 무뚝뚝, 무표정, 무덤덤, 일부러 차갑게 굴었다. 그러나 초록은 전혀 눈치채지 못하는 듯했다.

'에잇! 저런 둔한 여자 같으니라고!'

그러니 매사 짜증에 신경질에 그 무섭다던 노처녀 히스테리보다 하늘의 증상이 더 심각해졌다.

"그래! 있어 불만! 그것도 욕구불만!"

하늘의 말에 초록의 두 눈이 놀라움으로 커졌다.

"욕구불만!?"

여전히 하늘은 툴툴대며 초록의 얼굴은 쳐다보지도 않은 채로 앞만 뚫어져라 바라보며 운전 중이었다. 심각한 표정으로 하늘을 바라보던 초록은 이내 피식 피식 웃기 시작했다.

'이 남자, 삐지니 은근 귀엽잖아!'

여러 가지 색을 지닌 남자. 강하늘!

세상에 단 하나뿐인 내 남자. 초록이 그런 하늘을 은근하게 바라보다 이내 운전대를 잡고 있는 그의 오른쪽 팔뚝에 손을 올렸다.

"왜 이래! 손 치워!"

하늘이 툴툴거리자 그의 탄탄한 팔 근육이 실룩거렸다. 그러나 초록은 아랑곳하지 않고 그의 니트 소매를 들쳐 올려 그 속으로 손을 쑤욱 집어넣은 후 그의 팔뚝을 살살 쓰다듬었다.

"야야. 간지러워. 운전하는데 뭐하는 거야."

아까보다 한결 누그러진 목소리로 하늘이 툴툴댔지만 싫지 않은 듯 가만히 있었다. 그렇게 잠시 팔을 쓰다듬다가 이내 그녀의 손이 아래로 미끄러져 내려가서는 그의 튼실한 허벅지를 살살살 간지럽힌다.

"흠흠. 연초록. 그, 그만 하시지. 나 운전하기 힘들어져."

이에 초록은 더 강렬한 눈빛을 지으며 유혹적으로 입술을 앞으로 쭉 내밀고, 그의 귓가로 고개를 들이밀고는 속삭였다.

"오빠. 어쩌지. 나 지금……."

"너 지금, 뭐?"

그녀의 숨소리조차 요염하게 느껴지는가. 하늘의 얼굴이 급 붉어졌다.

"갖고 싶어서 미치겠는데. 하아!"

"뭐, 뭘? 뭘 갖고 싶은데?"

붉어진 얼굴과 더불어 하늘의 심장은 미친 듯 요동치기 시작했다.

"바로, 당신! 강하늘이 지금 미치도록 갖고 싶네."

그 순간 더 이상 참을 수 없던 하늘이 운전대를 휙 꺾고는 집이 아닌 다른 방향으로 운전하기 시작했다.

나도, 널 갖고 싶어. 미치도록 갖고 싶다고. 매일매일, 아니 하루 온종일 품고 있어도 부족할 것 같아. 이제 그만 연초록, 결혼하자. 결혼하자고!

아까부터 하늘은 초록의 머릿결을 부드럽게 쓰다듬고 있었다. 그녀는 이런 남자의 손길에 기분 좋은 미소를 지으며 나른하게 기지개를 켠다.

"음. 몇 시야?"

눈도 뜨지 않은 채 묻는 초록의 이마에 살짝 입을 맞춘 하늘이 천천히 답했다.

"아홉 시. 이제 그만 일어나시죠. 잠꾸러기 아가씨."

살며시 눈을 뜨자 하늘이 빙긋이 웃고 있었다.

"아! 일어나기 싫다."

"후후. 그렇게 잤는데도 또 자고 싶어? 아. 어쩌나. 이런 잠꾸러기 아가씨를. 하하."

밤새 사랑을 나눈 이들의 얼굴로 잔잔한 만족감이 퍼지고 있었다.

그때 똑똑! 노크 소리가 들린다.

"누구지?"

초록이 눈을 크게 뜨며 침대에서 천천히 일어나자 하늘이 싱긋 웃으며 답했다.

"룸 서비스일 거야. 아침 시켰거든."

"아아……."

"세팅 해 놓을게 옷 입고 나와."

그의 목소리가 오늘따라 유난히 근사했다.

"응."

자상하기도 하지. 아침까지 주문해 놓고. 남자의 세심함에 초록이 후후, 혼자 조용히 웃었다. 그리고 거실로 나왔더니 룸서비스로 주문한 음식들만 탁자 위에 놓여 있을 뿐 하늘은 보이지 않았다.

"오빠?"

"응. 나 화장실에 있으니깐. 네가 뚜껑 좀 열어 놓고 있을래?"

"응"

하늘의 지시대로 초록이 첫 번째 접시 위 은색으로 된 둥그런 뚜껑을 열자 그 향까지 맛있는 오믈렛과 베이컨, 갓 구운 크로와상 등이 올려져 있었다.

"와! 맛있겠다."

그리고 옆에 있는 두 번째 뚜껑을 열었더니 음식이 아닌 무슨 종이봉투가 놓여 있었다.

"어? 이게 뭐지?"

조심스럽게 그것을 들고 종이봉투 속을 확인해 본 순간, 초록의 두 눈이 휘둥그레졌다.

바로 캐나다 벤쿠버로 가는 비행기 티켓이 들어 있는 것이 아닌가! 그 티켓을 본 순간 초록은 자신도 모르게 가슴이 뭉클 일렁이는 느낌을 받았다.

벤쿠버! 그곳 이름만 들어도 그녀의 심장은 두근두근 반응을 시작한다. 처음 그를 만났던 곳, 그리고 그와 사랑이란 이름으로 행복한 추억이 가득했던 곳이기 때문인가.

이제 초록이 설레는 마음으로 마지막 접시 위 뚜껑을 열었다.

"아!"

그 접시 위 놓여 있는 작은 초록색 반지 케이스를 본 초록의 눈가가 순식간에 젖어 들었다.

'언제 이런 걸 다 준비한 거야.'

그녀가 그 케이스를 집어 올려 뚜껑을 열었더니 반짝이는 다이아몬드가 눈부신 결혼반지가 빛을 발하고 있었다.

그때 화장실에서 나온 하늘이 두 손 가득 색이 화려한 꽃다발을 들고 다가와 그녀에게 건네주었다.

"오빠……."

하늘은 말없이 무릎을 꿇고 앉아 그녀의 손에 들려 있는 반지를 잡아 초록의 네 번째 손가락에 천천히 끼워 주었다.

"이젠 정말, 결혼하자. 초록아. 나와 결혼해 줄래?"

"하아. 당연하지!"

너무 감격에 겨워 초록은 그만 하늘을 와락 끌어안았다. 그러자 하늘도 천천히 그녀를 제 품속으로 깊게 당겨 안았다.

"너무 돌아왔지?"

"응, 너무 오래 걸렸어."

"미안. 나 때문에."

"아니야. 나 때문이야."

누구 탓도 아니다. 상황이 그렇게 되었을 뿐. 그 누구의 잘못도 아니었음을 그들은 누구보다 더 잘 알고 있었다.

"그럼, 저 비행기 표 신혼여행으로 예매한 거야?"

"아니. 결혼 전에 먼저 다녀오자."

"결혼 전에?"

"응, 지금이 가장 예쁘대서."

"뭐가?"

"초록하늘!"

"초록하늘! 아! 오빠……."

초록이 와락 다시 하늘의 목을 끌어안았다. 하늘은 더없는 충족감으로 부드럽게 미소 짓고 있었다.

그래. 언젠가 우리 초록하늘 보러 가기로 했었잖아. 기억나니? 그때 바로 가지 못하고 이제야 가게 해서 정말로 미안해.

☆★☆★☆

수없이 많은 별들이 다이아몬드처럼 빛나고 있었다. 그 쏟아지는 별빛에 온 세상을 하얗게 덮고 있는 눈도 반짝거렸다. 하늘로 쭉쭉 뻗은 나무들의 잎사귀도 떨어져 내리는 눈송이와 별똥별로 반짝거렸다.

마치 유리 마을처럼 온 세상이 아름답게 반짝반짝 빛을 발하고 있었다. 그중에서도 가장 의미 있게 반짝거리는 것은 다름 아닌 초록하늘의 맑은 눈동자였다.

깊은 겨울 매서운 추위가 온몸을 파고들었으나 그들의 표정은 추위조차 잊어버린 듯 한없이 행복했고 무언가 들뜬 설렘으로 가득했다.

밴쿠버를 거쳐 오늘 도착한 유콘의 자연 경관은 말로 형용할 수 없을 지경이었다. 이곳에 도착하자마자 그들은 가장 먼저 푹신하게 쌓여 있는 눈밭에 몸을 던졌다. 장시간의 비행으로 축적됐던 피로가 말끔하게 날아가는 듯했다.

백색의 겨울 공기는 상쾌했고 신선했으며 깨끗했다. 더불어 그들의 마음도 깨끗하게 정화되는 기분이었다. 그간 있었던 모든 부정적인 기억과 이미지들이 연기처럼 사그라지는 듯도 했다.

특히 하늘의 마음은 더욱 그랬다. 대략 10시간 동안 태평양을 날아오면서 하늘은 미숙이 자신에게 남겨 둔 편지를 모두 읽으며 그녀의 진심을 깨달았기 때문이다.

「사랑하는 내 아들, 하늘아. 정말로 미안하다. 그리고 사랑해. 단 한 순간도 사랑하지 않은 적이 없었단다. 다만 그 표현의 방식이 서툴렀을 뿐. 이 서툴고 어리석은 엄마를 용서해 주렴. 사랑한다. 사랑해. 내 아들. 하늘아.」

그것을 읽으며 하늘은 신기하게도 마음속 깊은 곳에서 상처로 피투성이가 된 채, 잔뜩 웅크리고 앉아 울고 있던 어린아이가 굳게 걸어 둔 자물쇠를 열고 스스로 걸어 나오는 것을 느꼈다. 그렇게 걸어 나오는 어린 하늘에게 미숙이 다가와 부드럽게 포옹하며 입을 맞추자 놀랍게도 피투성이가 되었던 상처가 거짓말처럼 아무는 것을 느꼈다.

"이젠, 숨어 들어가지 마. 내가 이 손 절대로 놓지 않을 거니깐!"

비행기에서 내내 하늘의 손을 꼭 잡고 놓지 않으며 초록은 그의 눈물을 닦아 주었다.

"고마워."

그녀의 손을 마주 잡으며 하늘은 비로소 평온한 미소를 만면 가득 드리웠다.

"오빠, 볼 수 있겠지?"

"그럼, 당연히 볼 수 있어."

"이렇게 많은 별을 보다니, 믿을 수가 없어. 오빠도 처음이지?"

쏟아져 내리는 별똥별을 한 손 가득 잡아 타닥타닥 낮게 피어오르는 모닥불 안에 그것을 던져 넣으며 초록이 웃었다.

"응, 처음이야. 이렇게 많은 별. 서울에선 보기가 쉽지 않잖아."

가방에서 담요를 꺼내 초록의 무릎 위를 덮어 주며 하늘이 조용하게 속삭였다.

"난 행복한 사람이야. 행복은 멀리 있지 않다는 말, 이제 실감해. 그저 이렇게 사랑하는 사람하고 좋은 시간을 함께 보내는 거, 이게 바로 행복이었어. 이런 날이 올 줄은 정말 몰랐어."

"그동안 함께하지 못했던 몫까지 더 행복하게 해 줄게. 미안해."

그녀의 따뜻한 눈빛을 마주하며 하늘이 그윽하게 말했다. 그러자 초록이 그의 얼굴에 손을 대며 고개를 가로로 저었다.

"이제 미안하다는 말은 그만해. 지나간 일은 이제 그만 잊고 앞으로 다가올 날들만 생각하자고. 그런 의미로, 우리 결혼하면 아이는 몇 명 정도 낳을까?"

초록의 질문에 하늘의 표정이 금세 장난꾸러기 아이처럼 변했다.

"음, 한 여섯 명 정도?"

"뭐어? 아니 이 사람이. 그럼 난 뭐 평생 아이만 낳으라는 거야?"

"하하하! 농담이야. 농담. 넌 어떤데?"

잠시 무언가를 깊게 고민하는 척하던 초록이 이내 싱긋 웃으며 답했다.

"음, 하늘이 주시는 대로!"

"뭐어? 하하하하!"

그들의 밝은 웃음소리가 신선한 겨울 공기와 섞여 훈훈한 기운을 만들었다.

"있지. 초록아. 네 첫사랑이 바로 나라며?"

"누가 그래?"

"아버님이. 하하하."

순간 초록의 표정이 당황함으로 물들었다. 초등학교 6학년, 처음으로 하늘을 만났던 그날, 그녀는 그만 하늘에게 첫눈에 반해 버렸던 것이다. 그 사실을 아빠는 어떻게 알고 있었던 걸까.

"망했다. 그건 평생 숨기고 싶은 비밀이었는데. 그럼 오빠 첫사랑은 누구야?"

"나? 음, 글쎄……."

"뭐야! 말해 줘. 말해……."

"어! 어어! 나온다. 드디어 나와 초록아."

그때, 저 멀리 지평선 위로 초록색의 띠가 둥글게 둥글게 원을 그리듯 떠오르기 시작했다. 마치 레이저쇼를 보는 듯 그 띠들은 요염하면서도 매혹적인 자태로 넓은 하늘을 수놓으며 춤을 추고 있었다. 이 모습에 모두 깊은 감동의 탄성을 내지르며 하늘을 뚫어져라 바라보았다.

수없이 많은 별들을 헤집고 그 사이로 환상적인 초록하늘이 점차 넓게 영역을 확장해 가고 있었다. 사람들이 내뱉는 감동의 하얀 입김이 하늘로 올라가 오로라와 섞여 들었다.

정말 경이로운 광경이 아닐 수 없었다.

"와아! 정말 너무 아름다워. 오빠."

"그래, 정말 너무너무 아름답다."

다른 말이 필요 없었다. 저 아름다움을 그 어떤 단어로도 형용할 수 없다는 사실이 슬펐다.

"진짜, 초록하늘이네."

"응, 진짜 초록하늘이야."

그 순간 하늘이 넋 놓고 오로라를 바라보고 있는 초록을 자신 쪽으로 돌려세웠다. 그러고는 아주 그윽하고도 부드러운 목소리로 속삭였다.

"소원을 빌어 봐. 오로라를 보며 소원을 빌면 반드시 이루어진대!"

"소원?"

"응."

초록을 바라보는 하늘의 눈빛은 오로라보다 더 매혹적이었다.

"내 소원은, 영원히 오빠와 함께하는 거야!"

"아…… 초록아."

그녀의 고백에 하늘의 표정이 감동으로 젖어 들었다.

"오빠는?"

"내 소원도…… 너와 마찬가지야. 너만을 위해 살아가는 거."

"후후. 사랑해."

"나도. 나도 사랑해. 그리고 초록아, 내 첫사랑은 말이야. 바로……."

초록이 초조함으로 침을 꿀꺽 삼켰다. 얼굴로는 설렘과 기대가 동시에 반짝였다. 이미 그가 보내오는 눈빛과 손길을 통해 짐작하고 있었기 때문일까.

"바로 너야. 연초록."

그날 중학생이었던 어린 하늘도 초등학생이었던 어린 초록을 단번에 제 마음속에 심어 버렸던 것이다. 그리고 몇 날 며칠 지워지지 않는 그녀의 환영 때문에 고생 좀 했었다.

사실 우연은 가장 계획적인 필연이었을지도 모르겠다.

"그럴 줄 알았어."

"알았어?"

"응."

초록의 대답에 하늘이 의외라는 듯 고개를 갸웃거리며 웃었다.

"어떻게 알았어?"

"여기. 여기로 느낌이 오더라고."

그러면서 초록이 자신의 심장 위에 손을 얹었다. 그러자 하늘이 활짝 웃으며 그녀에게 입을 맞췄다.

여전히 하늘은 초록빛으로 물들어 있었고, 은하수에서는 수없이 많은 별을 쏟아 내고 있었다. 그런 초록하늘 아래로 그들이 서로에게 스며들었다.

이제 온 세상은 완벽하게 아름다운 초록색 물결로 물들었다. 자연이 만들어 낸 경이로운 하늘 아래, 그들은 서로의 손을 맞잡았다. 그리고 서로의 심장에 견고한 사랑을 건네주었다. 다시는 어긋나지 않을 사랑. 그것을 전해 주는 그들의 입가로 행복한 미소가 스며들었다.

그렇게 황홀하고 아름다운 밤, 초록은 하늘에게, 하늘은 초록에게로 날아들었다.

마치 광활한 하늘, 초록색의 오로라가 날아들듯 그렇게 초록, 하늘로 날다!

—*The end*

작가 후기

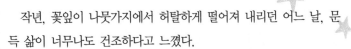

  작년, 꽃잎이 나뭇가지에서 허탈하게 떨어져 내리던 어느 날, 문득 삶이 너무나도 건조하다고 느꼈다.

  자상하고 따뜻한 남편과 눈에 넣어도 아프지 않을 만큼 사랑스러운 아들이 옆에 있었지만, 삶은 무척이나 지루했고 심장은 메말라서 바스락댔다.

  그래서 울었다. 내부 깊은 곳에서 어떤 열망이 자꾸만 들끓어 오르고 있었지만, 그것이 뭔지 몰라서 방황했다.

  그 메마름에 그나마 위안이 되었던 건 바로 독서였다. 수많은 책들을 닥치는 대로 읽었다. 그런데 그 어떤 재밌는 내용들도 내면의 들끓음을 잠재울 순 없었다. 그때 무언가 보이지 않는 목소리가 내 귓가에 대고 속삭였다.

  "글을 써 봐. 사랑을 소재로 말이야. 그래서 그 열망과 들끓음을 태워 버려!"

이것이 내가 글을 쓰게 된 동기였다. 그리고 로맨스 소설을 쓰게 되면서 비로소 바스락대던 심장이 촉촉이 젖어들기 시작했다. 가슴 저릿한 설렘으로 심장은 다시 두근거렸고 하루하루 새로이 연애를 하는 기분으로 들떴다.

그러다 스무 살, 그 풋풋하고 파릇파릇했던 시절, 연애 감정을 처음으로 느꼈었던 그 시절로 돌아가 보고 싶어졌다. 첫사랑, 그 환희의 기억을 고스란히 느껴 보고 싶었다. 그렇게 해서 '초록, 하늘로 날다!'가 탄생한 것이다.

이 글을 쓰면서 참 많이 웃었다. 매일을 들뜬 기쁨과 설렘을 안고 살았다. 특히 여자 주인공인 연초록의 캐릭터가 20대 초반의 나와 많이 닮아 있어서 더욱 애정이 갔다.

다소 유치할 수 있는 내용이지만 어차피 인생의 상당 부분은 유치하지 않던가! 특히나 20대 초반이기에 이런 유치함조차 사랑스럽게 비쳐질 수 있지 않을까!

아무튼 이 글을 읽는 독자들이 잠시나마 가벼운 마음으로 웃을 수 있었으면 좋겠다. 더불어 그 시절, 풋풋했던 옛 기억을 떠올리면서 마음이 따뜻해진다면, 더 바랄 게 없겠다.

항상 옆에서 든든하게 지켜 주며 큰 용기를 주고 있는 내 첫사랑이자 인생의 동반자인 남편에게 우선적으로 깊은 감사의 인사를 전하며, 엄마가 작가여서 참 자랑스럽다는 내 아들에게도 고마움을 표한다.

더불어 부족한 글을 세상으로 끄집어내 주신 '다향'의 여러 관계자 여러분께도 진심으로 깊은 감사의 인사를 전하고 싶다.

마지막으로 엄마, 아빠, 사랑합니다!

2015년 7월.

정유나.

초록, 하늘로 날다!

초판 1쇄 찍음 2015년 7월 13일
초판 1쇄 펴냄 2015년 7월 17일

지은이 | 정유나
펴낸이 | 정 필
펴낸곳 | (주)뿔미디어

편집장 | 이재권
기획 · 편집 | 이은정, 강서윤

출판등록 | 2002년 9월 11일 (제1081-1-132호)
주소 | 경기도 부천시 원미구 소향로 17, 303(두성프라자)
전화 | (032)651-6513 / 팩스 | (032)651-6094
E-mail | dahyangs@naver.com
블로그 | http://blog.naver.com/dahyangs
홈페이지 | http://bbulmedia.com

값 9,000원

ISBN 979-11-315-6567-4 03810

www.bbulmedia.com

www.bbulmedia.com